www.tredition.de

AF185473

KLAUS ROSE

DER TEUFEL SOLL DICH HOLEN

ISBN
Paperback   978-3-7439-3905-9
Hardcover   978-3-7439-3906-6
e-Book   978-3-7439-3907-3

Printed in Germany

KLAUS ROSE

DER TEUFEL SOLL DICH HOLEN

Sara Sonntag ermittelt

Dreiländereck-Krimi

Das Buch:

Eine Behelfsunterkunft wurde abgefackelt. Monate später wird Günther Bauer erwürgt. Der Politiker und Makler hatte untaugliche Einrichtungsutensilien an Flüchtlingseinrichtungen verscherbelt, er war quasi ein Hans Dampf in allen Gassen. Sind dem Asylbewerber Hamadi die Sicherungen durchgebrannt? Ist der ein islamistischer Gefährder, gar ein Terrorist?

Tags drauf findet man Bauers frivole Verkaufskraft Lisa Färber tot im Wald. Sie hat Würgemale am Hals. Gibt es einen roten Faden zum Mord an ihrem Chef?

Die Kommissarin Sara Sonntag und der Kollege Felix Freitag ermitteln, allerdings ist deren Zusammenarbeit mit Reizpunkten übersät. Sara lebt nach dem Credo, wir schaffen das, und ihr Partner ist ein Zuwanderungsgegner, was prompt zur Fehlerkette führt.

Felix verhaftet den Syrer und stützt das auf die Aussage der Witwe. In Saras Maschinerie geraten ein Architekt und ein Baulöwe. Die planen ein Hotel auf dem Gelände der Brandruine. Ist Schmiergeld im Spiel?

Und das Mordroulette erhöht seine Drehzahl, als die Kommissarin von Sexorgien prominenter Aachener in Bauers Maklerbüro erfährt. Das nimmt sie zum Anlass, die Teilnehmer in eine Falle zu locken. Sara agiert als Ersatzfrischfleisch für die Ermordete. Ab da hängt ihr Leben am seidenen Faden.

Der Autor:

Klaus Rose, Jahrgang 1946, kommt 1955 als Flüchtling nach Aachen. Nach dem Studium lebt er in München. Er kehrt nach Aachen zurück und engagiert sich in der Kommunalpolitik. Nach dem Renteneintritt verbringt er die Freizeit mit dem Schreiben seiner Kriminalromane.

Dem Schicksal ist die Welt ein Schachbrett nur, und wir sind die Steine in des Schicksals Faust.

George Bernhard Shaw

Für die Liebhaber eines guten Regionalkrimis.

1

Es ist windstill in Aachen. Die Luft steht, dazu ist es rekordverdächtig heiß. Bei Bewohnern sowie Touristen bilden sich Schweißperlen auf der Haut, denn deren Schweißdrüsen schieben Sonderschichten, und manches Kühlaggregat läuft auf Hochtouren. Der Herbst ist mit wolkenlosem Himmel und übernatürlicher Sonnenbestrahlung gesegnet. Das Freibad am Hangeweier würde aus allen Nähten platzen, wäre es nicht geschlossen. Die Hitzewelle ist ein gefundenes Fressen für Romantiker, die für das Phänomen gern den Begriff „Goldener Oktober" anwenden. Wahrscheinlich entstand diese Umschreibung bei einer ähnlichen Wetterkonstellation.

Der Nachteil ist, dass die Feinstaubmessstelle vor dem Suermondt-Ludwig Museum heftig Alarm schlägt. Die als Notlösung angedachten grünen Umweltplaketten auf Windschutzscheiben, die das Fahren im Stadtzentrum drastisch einschränkt, können das Überschreiten der gesetzlich vorgeschriebenen Feinstaubobergrenze nicht verhindern. Entgegen den Erwartungen ist die Wirkung der Aufkleber Augenwischerei, denn wie in anderen Innenstädten wird auch die Aachens von dreckiger Luft beherrscht. Und die belastet den Organismus.

Tja, und was tun die Bosse der Stadt?

Rein gar nichts, da in den verantwortlichen Positionen profillose Verwaltungsbeamte sitzen. Und die halten das Aussperren des Autoverkehrs für abwegig, was sich in einer Verlautbarung der Presse folgendermaßen liest: „Die Beeinträchtigungen der Atemwege sind gering."

Na bitte, da haben wir den Salat.

Nicht eine Sau beschäftigt sich mit der Gefahr für Leib und Leben. Klimawandel und Erderwärmung? Pah, der Zustand der Umwelt ist den Leuten piepegal, also geht das rege Treiben den handelsüblichen Gang, schließlich ist der Mensch ein Gewohnheitstier. Und wie an Nachmittagen üblich, dampft in den Fußgängerzonen der Asphalt und die Gehwegplatten stöhnen unter der Last der Einkäufer.

Oft geben Kränkelnde bei einer derartigen Bullenhitze die Löffel ab. Leider ist die Todesursache den Todesanzeigen nicht zu entnehmen. Aber sehr bald werden zwei gewaltsam herbeigeführte Todesfälle die Schreckensbilanz der Stadtchronik bereichern, und das Wissenswerte ist für Sensationsbesessene unter der Rubrik Gewalttaten in Aachen nachlesbar.

Aber eins nach dem anderen, dazu kommen wir gleich. Es ist später Nachmittag. Die Schatten werden länger und das satte Blau des wolkenlosen Himmels verschönt das grandiose Altstadtpanorama der Kaiserstadt, bis die Sonne hinter der malerischen Silhouette des Aachener Doms versinkt. Das tut sie wie im Bilderbuch eines Märchens.

An dem ausführlich beschriebenen Nachmittag beginnt das Unheil mit übertriebener Geilheit und extrem ausgeprägtem Lustempfinden. Diese Rezeptur liegt an der schwülen Luft und führt zu Sexualphantasien, Adrenalinausstößen und Schwellungen im Genitalbereich. Das tritt besonders krass bei einem Dreibeiner in Erscheinung, dem der Herrgott äußerliche Makel in die Wiege gelegt hat.

Nehmen wir als Beispiel den fettleibigen Makler Günther Bauer. Der ist alles andere als der Frauentyp à la Robert Redford. Er sollte an solchen Glutofentagen seine Hände in den Schoß legen und zufrieden auf sein Tagwerk blicken, denn der Immobilienhandel brummt, aber seine Gefühle sind in Aufruhr. Seine Ehe ist eine Farce, und ein Weibsbild von zweifelhaftem Format hatte er lange nicht mehr in den Klauen. Aber der Mann braucht die Rammelei mit einer Sahneschnitte ab und an. Sein Fortpflanzungsorgan sehnt sich nach Flittchen, die ihre saftige Fotze bereitwillig und mit Hingabe zur Verfügung stellen.

Wen wundert's, dass Bauer seufzt: „Feierabend, Lisa. Bitte verriegele das Eingangsportal."

„Ja, Chef", antwortet das nur dürftig bekleidete Mädel, das viel Fleisch zeigt und sich Lisa Färber nennt. Ihre perfekten Rundungen aufreizend betonend, gleicht sie der Versuchung, süßer als Schokolade.

Lisa ist zweiundzwanzig Jahre jung. Und noch etwas ist das hübsche Ding, nämlich dreist und ordinär. Sie trägt hochhackige Schuhe, einen hautengen, viel zu kurzen Rock und eine weit ausgeschnittene Bluse. Beugt sie sich vor, dann purzeln ihre drallen Brüste aus dem Büs-tenhalter heraus. Mit ihrer gewagten Aufmachung treibt sie das Mannsvolk zur Weißglut.

Lässigen Schrittes geht Lisa zum Portal. Sie wirft sich mächtig in Pose. Per Knopfdruck schließt sie die Verriegelung, wie vom Chef angeordnet, dabei bestaunt der Makler die aufreizend mit dem Po wackelnde Verkaufskraft. Schmachtend sieht der Lustmolch mit dem inneren Auge die glattrasierte Scham Lisas vor sich. Er kennt die Muschi des Luders aus Sexgelagen, so macht ihn der Gedanke an die Leckerei begehrlich.

Bauers Maklerbüro ist Bestandteil eines barocken Altbaus der Jahrhundertwende. Dessen Spitzenlage im Bereich des Stadttheaters garantiert Rekordumsätze, denn geht's ums Geldausgeben, unterscheidet sich Aachen in nichts von Düsseldorf und Köln. Hier stinkt es nach Reichtum. So sucht man nach Imbissbuden im Viertel der Hochfinanz vergebens.

In dieser Umgebung übersteigen die horrenden Ladenmieten die Finanzkraft der Fleischspieß-Barone, daher wetteifert eine Menge an Geldinstituten mit ebenso vielen Niederlassungen der Versicherungsbranche um den Leckerbissen unter den Altbauten. Auch edle Restaurants buhlen um die Gunst der Gutbetuchten. Ja, sogar ein Bio-Supermarkt hat sich im Imperium der Geldsäcke angesiedelt. Und der behauptet seinen Platz, weil er Zeichen setzt für den Luxus, den Selbstgefällige über alles lieben.

Nobel geht die Welt zugrunde. Das Motto passt wie die Faust aufs Auge zum Geschäftsgebaren der Inhaber Bauer und Lebewirt. Das Design der Büroausstattung hat System. Das Brimborium an Pomp blendet die Kundschaft und gehört zur Verkaufsstrategie. Moderne Sitzelemente und eine Bar mit Pfiff verschönern das Ambiente. Aber wozu der Schnickschnack beim Verkauf von Immobilien?

Sinn machen die imposanten Fotos von Luxusvillen und respektablen Geschäftshäusern, die an den Wänden hängen. Bei deren Anblick sitzt den Kunden das Geld locker, davon gehen die Geldhaie aus. Und tatsächlich wandert ein großer Batzen Knete hier über die Verkaufstische, doch hinter der Maske des Reichtums verbirgt sich auch etwas ganz anderes, und das ist das Unheil.

Das Innere des Büros liegt unter Sonnenbestrahlung. Bauer lässt die Verdunkelungsrollos runter, dabei entgeht ihm der junge Mann, der im Hauseingang auf der gegenüberliegenden Straßenseite steht. Der trägt ein dunkelblaues T-Shirt und verbirgt seine Beine unter ver-waschenen Jeans. Gierig saugt er an der Zigarette, dabei schaut er unruhig zu den Fenstern des Maklers hinüber. Er macht ein paar Schritte auf und ab, dann kehrt er zum Ausgangsstandort zurück. Auf wen wartet er? Was macht ihn dermaßen nervös?

Der Endvierziger Günther Bauer ist mit Lisa Färber allein im Büro, was nicht gut ist für die Kleine, denn in seinem Schritt knistert es gewaltig. Sein Kompagnon Lebewirt führt auswärtige Verkaufsgespräche und die Sekretärin Agnes Wunder hat sich krank gemeldet, so wittert der Makler die Chance, seinem Drang nach Sex freien Lauf zu lassen. Unflätig kratzt er sich zwischen den Beinen und sucht Körperkontakt, indem er um sie als Opfer herumschleicht. Er überschüttet sie mit anzüglichen Komplimenten über ihre Brüste und ihren prallen Arsch, womit er eine schwülstige Stimmung erzeugt und sich in seinem Unterbewusstsein verbotene Intimität breit macht.

Die Hauptbeleuchtung ist ausgeschaltet. An den Präsenttiertischen werfen die Arbeitslampen verwirrende Lichtkegel an die Raumdecke. Lisa schaltet die Tischleuchten aus, klemmt sich die Sommerjacke unter den Arm und will das Büro durch den Nebeneingang verlassen, doch gewandt wie eine Katze versperrt ihr Bauer den Weg und schnurrt: „Was? Du willst gehen? Doch nicht jetzt, wo's gemütlich wird."

Er nimmt der sich sträubenden Lisa die Jacke ab, wirft sie über eine Stuhllehne und versucht das junge Ding an sich zu drücken, aber Lisa entzieht sich seiner Umarmung.

„Hab dich nicht so", herrscht der korpulente Chef seine Angestellte an. Seine Spanferkelaugen funkeln. „Sonst bist du nicht so zugeknöpft."

11

Doch Lisa kontert: „Tja, du Pfennigfuchser, deine Freunde zahlen auch dementsprechend. Du weißt, was ich koste."

„Ach ja?"

Der Makler zieht die Augenbrauen hoch, dabei murrt er: „Du und deine Erpressungsversuche, aber das macht man nicht mit einem Freund. Mädel, Mädel, du bist das Fass ohne Boden."

Der Zurückgewiesene packt seine Verkaufskraft am Oberarm. „Nun komm und ziere dich nicht. Was ist gegen etwas Spaß außer der Reihe einzuwenden?"

„Du verstößt gegen die Abmachungen", erwidert Lisa. Sie will den Lustmolch mit der Zurechtweisung abwimmeln. Und um das fragwürdige Argument zu unterstreichen, schiebt sie nach: „Zweihundertfünfzig Euro extra und du darfst mal lecken. Außerdem geht ohne die kleinen Lustbereiter gar nichts."

Lisa formt einen Kreis mit Daumen und Zeigefinger und schaut Bauer triumphierend an. „Okay, okay", lässt der nicht locker. „Manchmal bin ich ein Geizhals, aber ich bin dein Boss", keucht die transpirierende Krämerseele. „Für mich machst du umsonst die Beine breit. Ist das klar? Du bist doch froh, wenn ich's dir besorge."

Die Situation spitzt sich zu. Dermaßen dreist und aufdringlich hat Lisa ihren Vorgesetzten noch nie erlebt. An der sich ausbeulenden Hose im Schwanzbereich merkt sie, dass sie aufpassen muß, denn der Finanzhai ist unbeherrscht. Was ist bloß in den geilen Sack gefahren? Bekommt er bei seiner Frau keine Schnitte?

Amüsant waren die Fickeinsätze bei den acht Sexualgelagen mit den schlüpfrigen Freunden der Chefs, denkt Lisa, gar keine Frage. Fünf schwerreiche Männer, alle prominente Saftärsche, dann Lisa und Freundin Tanja, dazu die Lustverstärker. Das passte. Und lukrativ war das die Beine breit machen. Zweihundertfünfzig Euro

Liebeslohn bekamen Lisa und Tanja pro Mann. Oft war das ein Tausender pro Abend. Da meckert man nicht. Und das Gute ist, ihr Freund Peter ahnt nicht das Geringste.

Lisa liebt den armen Schlucker, der als Kellner arbeitet und abends im Dienst ist, so sehen sie sich erst spät in der Nacht. Und nebenher hält sie sich einen jungen Syrer als Fan, obwohl er eine unrealistische Zukunft ist, aber er erwärmt ihr Herz. Aus selbigem Kalkül will sie den heißblütigen Verehrer nicht aufgeben. Irgendwie hängt sie an Turan, denn der ist ehrlich und fleißig. Würde Turan was von Lisas Doppelmoral erfahren, wär's aus und vorbei. Doch soweit will Lisa nicht denken. Im Moment hat das Geldmachen Vorrang. Und hat sie genug davon, dann will sie ein Lokal eröffnen. Das ist der Deal.

Wehmütig kehrt sie gedanklich zu den Beischlaforgien zurück. Mit Hilfe der Pillen blieb der Ekel aus. War sie high, hatte sie den einen oder anderen Fick genossen, dabei war der Landtagsheini eine Nummer für sich. Sie kannte seinen Spitznamen. „Schieb ihn rein", nannten sie ihn, dabei lachten sie sich buckelig. Von den Anderen hatte Lisa die Namen längst herausbekommen, und sie schlägt Kapital daraus, dabei ist TOP SECRET in dem Gewerbe oberstes Gebot.

Aber jetzt ist die Situation anders. Mit dem aufdringlichen Bauer allein im Büro fühlt sich Lisa nicht wohl in ihrer Haut. Sie ist zwar gut gebaut, also kein Hungerhaken, aber der Dicke hat Kraft und ist behänd. Der lässt sich nicht abwimmeln. Bekommt er sie gepackt, dann Prost Mahlzeit.

Fluchtartig will Lisa die Tür erreichen, aber der Dickwanst hat es geahnt. Geistesgegenwärtig schneidet er ihr den Weg ab und blockiert den Ausgang ins Freie.

„Nun los", grunzt Günther Bauer. „Zieh dich aus und leg dich mit dem Rücken auf den Schreibtisch. Ich mache es dir, wie du's brauchst."

Lisa denkt angestrengt nach. Habe ich den Bogen über-spannt? Was ist zu tun? Wie komme ich heil aus der Zwickmühle raus? Sie fühlt sich in einer Endlosschleife, aus der es kein Entrinnen gibt. Und um etwas Zeit zu gewinnen, sagt sie: „Gib mir zuerst eine Pille."

„Quatsch", dröhnt der Chef. „Momentan habe ich die Pillenkacke nicht im Büro."

„Dann besorge welche."

Günther Bauer glotzt irritiert, wobei er wahrscheinlich denkt: Warum lasse ich mir die Frechheiten bieten? Also besinnt er sich auf seine Macht.

„Du Luder nimmst dir zu viel raus", dröhnt er. „Mach, was ich dir sage."

Bedrohlich nähert sich der Dicke der zurückweichenden Lisa, dann stürzt er sich überfallartig auf sie, doch geistesgegenwärtig entzieht sie sich der Attacke.

Sie droht dem Grobian: „Wenn das deine Freunde erfahren, handelst du dir Ärger ein."

Doch Bauer bleibt unbeeindruckt, er gerät sogar in Rage und brüllt: „Das ist mir scheißegal!"

Der Punkt ist erreicht, an dem es für Lisa ausweglos wird, denn Bauers Fratze ist vom Glanz eines begattungsreifen Gorillamännchens überzogen. Er greift der wild fuchtelnden Lisa mit der linken Hand an den Hals und drückt ihren sich wehrenden Körper resolut auf den Schreibtisch.

Das musste ja so kommen, denkt Lisa. Aber auf die gewaltsame Tour will ich keinen Sex. Der abstoßende Mann widert mich an. Bauer ist in der Stadt Karls des Großen bekannt für sein Nachstellen jeden Rockzipfels,

14

die Hauptsache ist, die Frauen sind jung und unverbraucht. Soll ich um Hilfe schreien?

Nein, das ist nutzlos.

Die Mauern sind dick und die Fenster doppelverglast. Außerdem ist das Bürohaus leer. Von außen ist keine Unterstützung zu erwarten, schon gar nicht an einem Dienstag, der als ruhiger Geschäftstag gilt.

Bauer ist außer Rand und Band. Doch er hat alle Hände voll zu tun, da seine Verkaufskraft faucht und kratzt, wie eine nicht zu bändigende Furie. Als sich des Scheusals Visage der Lippen Lisas bemächtigen will, riecht sie den widerlichen Atem des Sexbesessenen.

Von dem angewidert mobilisiert Lisa ihre allerletzten Kraftreserven und rammt dem Saukerl instinktiv ihr rechtes Knie in den Unterleib, sodass der vor Schmerz aufstöhnt und sich sein Griff lockert. Aber reicht das zur Flucht?

Zwar hat Bauer die Kontrolle über seine Koordination verloren, dennoch fixiert er Lisa auf die Tischplatte, wo-bei er grunzt, dabei will er sich mit der rechten Hand seinen Hosengürtel abstreifen, was nur bedingt gelingt. Er bekommt seinen steifen Schwanz nicht aus der Hose in den Anschlag, stattdessen drückt er mit seiner linken Pranke Lisas Kehle allzu kräftig zu.

Lisa ist entsetzt. Aus Verzweiflung fängt sie an noch mehr zu zappeln.

Sie röchelt: „Bist du verrückt? Hör auf. Ich bekomme keine Luft.“

„Luft“, keucht sie.

„Hör auf. Luft... , Luft... .“

Ein letztes Zucken, dann ist es still. Die Zeit ist stehen geblieben. Nur das schwere Atmen des Immobilienmaklers ist zu vernehmen.

Es vergehen Sekunden, vielleicht Minuten, dann erst lässt Bauer von Lisa ab und schüttelt sich vor Verwunderung. Seine Augen starren die Tote entgeistert an, dabei flüstert er selbstverloren in den Raum: „Oh, oh, du dumme Göre. Was hast du Biest angerichtet? Du hast mich rasend gemacht."

Und aus dem Albtraum erwacht, rattert im verhinderten Vergewaltiger ein Uhrwerk. Geht's um die Lebensplanung, gleicht Bauer einer gut geölten Maschine. Im Nu weiß er, was zu tun ist. Nicht umsonst sagt man ihm eine saftige Portion Bauernschläue und Unverfrorenheit nach. In dreißig Minuten beginnt die Stadtratssitzung und er als finanzpolitischer Sprecher der CDU-Fraktion hat anwesend zu sein. Mit seiner Teilnahme hätte er ein perfektes Alibi.

Das Dummchen beseitige ich nach der Ratssitzung, denkt Bauer rational. Von der Sitzung rase ich ins Büro, verfrachte Lisa in den Kofferraum, bringe sie in den Wald und verscharre sie. Dann kehre ich in den Schankraum des Ratskellers zurück. Niemand wird meine Abwesenheit bemerken. Die halbe Stunde macht den Kohl nicht fett. Meinen Kompagnon erwarte ich erst am nächsten Tag. Aber was passiert, macht der sich früher auf den Heimweg und fährt am Büro vorbei?

Und wenn schon, denkt er weiter. Den Kompagnon habe ich mit den Sexorgien in der Hand. Das ist ein Pfund, mit dem ich wuchern kann. Lebewirt ist feige und kuscht vor seiner dominanten Frau.

Bauers Selbstschutzvorrichtung funktioniert perfekt. In der Rubrik Cleverness kann ihm niemand das Wasser reichen. Ich muss mich auffrischen, denkt er, ich darf keine Gefühlsregung zeigen. Entschlossen und kalt wie eine Hundeschnauze will ich wirken, das ist mein Markenzeichen.

Mit armschwingenden Gesten treibt sich Bauer zur Eile an. Er säubert im Waschraum die Anzughose. Dass sie zerknittert ist, fällt niemandem auf. Die Ratsbänke verdecken den Blick auf seinen Unterkörper. Mit Krawatte und Jackett sieht der Makler aus wie immer, wie aus dem Ei gepellt. Ihm merkt man die versuchte Vergewaltigung nicht an, schon gar nicht den Mord an der Untergebenen. Für den ist ihm eine lebenslange Haft sicher.

*

Ich schlafe sehr schlecht. Ich, die Hauptkommissarin Sara Sonntag. Auch in dieser Nacht wälze ich mich mit männermordenden Gedanken im Bett hin und her, und in mir brodelt es wie in einem Schnellkochtopf.

„Alle Männer sind Scheißkerle", seufze ich, sinnbildlich für mein Chaos im Kopf. Mein Puls rast. Das Machopack ist zu nichts nütze und gehört in die Erdumlaufbahn geschossen. Besonders die Hallodris gehören zeugungsunfähig gemacht, schnipp, schnapp, allen voran das Paradeexemplar der Abteilung.

Ich bin total durch den Wind, als ich den pendelnden Lampenschirm an der Zimmerdecke beobachte, dabei schwirren mir zwei Fragen durch den völlig überfrachteten Kopf, hartnäckig wie ein Wespengeschwader. Die lauten: Soll ich abwarten? Und: Was wird aus mir und dem Macho?

Großer Gott, mit dem Brummschädel hätte ich mich besser in eine flauschige Decke gekuschelt, zum Beispiel aufs Sofa vor die Glotze. Eine ätzende Wiederholung hätte ich mir reinpfeifen können, einen Marathonlauf oder ähnlichen Stumpfsinn. Der macht müde. Ich brauche ausreichend Schlaf um frisch und ausgeruht für den Dienstantritt zu sein.

17

Aber das Abschalten schlägt fehl. Und bin ich dennoch weggedöst, träume ich wirres Zeug. Von Wolke zu Wolke flattern Engel in Brautkleidern. Mir stehen in Gedanken die Haare zu Berge. Ist das normal bei einer verkorksten Beziehungskiste?

Ich denke schon, denn ich, die 32-jährige und ungewöhnlich hübsche Sara Sonntag, bin unglücklich verliebt. Vor gut zwölf Monaten habe ich mich aufs spiegelglatte Parkett begeben, seither bin ich in den zwölf Jahre älteren Kollegen Felix Freitag verschossen. Der ist wie ich Hauptkommissar, noch dazu mein Partner, was an sich nicht sonderlich tragisch wäre, würde mein Herzallerliebster nicht eine Frau und zwei Kinder ernähren müssen.

Mein Telefon klingelt. Ich presse meinen Kopf tief ins Kissen, um den Ton zu überhören, doch es nützt nichts.

Wie spät ist es eigentlich?

Kurz aufgeblickt, erfahre ich es vom erleuchteten Zifferblatt der Wanduhr. Was? Kurz nach Mitternacht? Bei einem Anruf um die Zeit handelt es sich um Mord.

Widerwillig hangele ich mich aus dem Bett, hechte zur Sprechkonsole und drücke mir den Hörer ans Ohr, prompt nimmt ein knüppelharter Tag bereits in der Nacht seine Betriebstemperatur auf.

„Hauptkommissarin Sommer", melde ich mich. „Aha. Es gibt einen Toten in der Maria-Theresia-Allee. Wahrscheinlich ermordet", antworte ich der anrufenden Person. „Natürlich komme ich."

Bärbeißig hülle ich mich in den Morgenmantel, gehe in die Küche, schmeiße die Kaffeemaschine an und will die Tageszeitung von der Haustür reinholen, doch bevor ich mich dazu aufraffe, trete ich auf die Bremse. Ja klar, das Wurstblatt ist noch in Druck. Stattdessen dusche ich hastig, dann kleide ich mich an und setze mich an den Küchentisch.

Auf dem Kalenderblatt lese ich: *Reisende soll man nicht aufhalten*, prompt läuten in mir die Alarmglocken, tangiert der Spruch meinen Herzenszustand. Und schon bin ich bei meiner Liaison mit dem Kollegen Felix Freitag, denn der ist mein Problem, und das gleicht der Größe eines Möbelwagens. Vielleicht bin ich nur eine beliebige Bettgeschichte für ihn?

Anfangs wollte ich die Affäre vermeiden, aber Pusteblume. Ich war einsam und mir wär's peinlich gewesen, hätte ich die Männer des Präsidiums reihenweise vernascht. Aber ich suchte einen Mann, so war ich den Annäherungsversuchen des Schwerenöters widerstandslos ausgeliefert. Bei mir überreifen Pflaume musste er keine aufwändigen Verführungskünste anwenden, schon hatte er mich auf der Matratze. Und jetzt, wo's der Kerl geschafft hat, stellt er mich als lieblos hin.

Doch was soll's. Schnipse ich mit den Fingern, habe ich an jedem Finger drei Verehrer, allerdings fürchten viele Männer meine Selbstständigkeit. Die bevorzugen weiter das Heimchen am Herd. Tja, mit dem Schicksal komme ich schwerlich klar, doch das ist das Los mancher Frau, nicht nur einer Kommissarin.

Ich überfliege die Zeitungsseiten der Vortagsausgabe, dabei würge ich ein Brötchen mit Honig runter und schlürfe den heißen Kaffee. Das mache ich im Eiltempo, obwohl das ungesund ist. Beim Artikel über den IS bleibe ich hängen und fahre mir angewidert durch die Haare.

Bei den Morden der religiösen Fanatiker schlottern sogar einer Polizistin die Knie. Nach deren Wirkungstreffern in Paris ist nichts mehr, wie's mal war. Wäre ich eine exzellente Autorin, könnte ich die Ängste in Worte fassen, doch ich schreibe Tatortprotokolle. Da stellt sich die Frage: Wie bringt man Terroristen von ihrem Irrweg ab? So wie's die konservativen Spinner versuchen sicher nicht.

Pfui Teufel, sage ich denen. Die CSU-Schnarchnasen schüren mit ihrer Polemik zur Flüchtlingsproblematik den Hass und unterstützen damit die Arschlöcher der PEGIDA-Bewegung. Für die harsche Formulierung entschuldige ich mich nicht, denn was die bayrische Landesregierung treibt, das ist das Radikalisieren ihrer Anhängerschaft mit dümmlichen Fensterreden.

Doch jedem normal denkenden Menschen ist klar: Die Freiheit durch Obergrenzen einzuschränken, eventuell Zäune zu errichten, den Schießbefehl einführen und das Abschaffen des Schengen-Abkommens zu erwägen, das führt zur Aufgabe Europas.

Weshalb habe ich ein flaues Gefühl im Magen? Rührt es daher, dass ich mit meinen 32 Jahren alleinstehend bin? Liegt es am hochexplosiven Weltklima, und damit an meiner Furcht vor der Zukunft?

Beziehe ich mein Unwohlsein auf den Mordfall, zu dem ich gerufen wurde, dann liegt meine Verstimmung an der hohen Kriminalitätsrate der Stadt, denn Aachen bietet allerhand Scheußlichkeiten. Kürzlich wurde ein Asylantenheim abgefackelt und nun der Mord. Das Verbrecherpack fühlt sich pudelwohl im Dreiländereck. Ins benachbarte Ausland kann man herrlich abtauchen. Hinüber in die Niederlande und nach Belgien ist es nur der berühmte Katzensprung.

Das Honigbrötchen intus, werfe ich mich in eine Sommerjacke. Seit dem Anruf ist eine Viertelstunde vergangen. Ich bin bereit für alles, was kommt.

Als ich in meinem Fiat Panda sitze und mich auf den Weg mache, komme ich zügig voran, nebenher lausche ich einem Streitgespräch im Autoradio. Eine Moderatorin stellt die heikle Behauptung in den Raum: Vor Gott sind alle Menschen gleich. Ist die Aussage richtig oder falsch?

An der Glaubensfrage scheiden sich die Geister. Ein christlich angehauchter Teilnehmer bejaht die Frage mit „Halleluja", worauf der Ungläubige die Feststellung kritisiert und zurückfragt: Wozu braucht man einen Gott, der Terroristen und Unschuldige in einen Topf wirft?

Er argumentiert: Gäbe es Gott, dann hätte er die seit Menschengedenken geführten Kriege im Namen der Religionen verhindert.

Damit verdient er meinen Applaus, säße ich nicht am Steuer. Außerdem ist das Thema im Moment nicht meine Baustelle.

Mit dem Ausschalten des Autoradios lenke ich meine Aufmerksamkeit auf den spärlichen Straßenverkehr. Die Straßen sind so gut wie frei. Die Innenstadt befindet sich im Tiefschlaf. Unerlaubt schnell rausche ich mit meiner Blechbüchse an der Normaluhr und dann am Haupt-bahnhof vorbei, dahinter biege ich in die Maria Theresia Allee ab.

Und den Tatort erreicht, ist der Straßenraum durch den Baumbestand stockfinster. Nur in wenigen Fenstern brennt Licht. Auch vorbeifahrende Autos werfen Lichtkegel auf die Fahrbahn, dennoch springen mir rotweiße Absperrbänder der Spurensicherung vor dem Vorgarten eines Altbaus ins Auge. Hinter denen stehen drei oder vier Schaulustige, wahrscheinlich die Nachbarn des Getöteten.

Ich bin jung und noch nicht cool und abgebrüht, daher bin ich mächtig aufgeregt. Die Todesursache kenne ich nicht, auch nicht den Zustand der Leiche. Welcher Anblick erwartet mich? Auf meinem Rücken hat sich ein Schweißfilm gebildet, denn ein Mord ist und bleibt ein Waterloo. Steht mir ein Fiasko am Tatort im noblen Südviertel Aachens bevor?

Die Allee ist zugeparkt, wie überall in Aachen herrscht Autoüberschuss. Ich mache kurzen Prozess und stelle den Panda verkehrswidrig ab, dann zücke ich einen Notizblock und sprinte zur angegebenen Hausnummer.

Mein lieber Schwan. Die Besitzer des Anwesens sterben nicht an Altersarmut, denn hinter der Hausnummer 36 verbirgt sich ein Protzobjekt. Der Jahrhundertwendebau wurde aufwendig saniert, er besitzt demnach einen respektablen Wert. Auf den englischen Rasen des Vorgartens hat man Buchsbaumbüsche gepflanzt. Das Ambiente dient den Besitzern als Aushängschild für Reichtum. Auf mich wirkt das Gemäuer lieblos.

Vor der offenstehenden Haustür steht eine den Kopf schüttelnde Frau mit kolossaler Oberweite. Ist sie die Witwe des Toten?

Die Frau wirkt unbeteiligt, irgendwie gleichgültig, jedenfalls verstehe ich unter total aufgelöst etwas anderes. Ich nicke kurz und eile an ihr vorbei, dabei sehe ich mich in der Scheibe der Haustür.

Oho. Mir gefallen meine hübschen Grübchen neben den Mundwinkeln und ich bin stolz auf meine lockige Mähne. Über die samtbraune Cordjacke habe ich mir einen bunten Schal gewickelt, dazu trage ich eine blaue Jeans und schwarze Halbschuhe im Turnschuhstil. Mir steht das legere Outfit rundherum gut.

Vorsichtig drücke ich die Haustür auf, dann stehe ich in einem unübersichtlichen Inferno. Und mittendrin, auf dem Fliesenflurboden, liegt der männliche Tote. Er ist von oben bis unten mit Blut besudelt und von Schlägen ins Gesicht entstellt. Die Fleischmasse war mal ein Gesicht. Aus der wabernden Masse starren kalte, weit aufgerissene, leblos erstarrte Augen hervor.

Der Anblick des Toten widert mich an. Mir ist übel. Mich abrupt abwendend würge ich die Kröte an Grauseligkeit herunter. Die Tat hat mich dem Kotzen nahegebracht. Durch die schlimm zugerichtete Leiche wird mir die widerwärtige Seite meines Berufs drastisch vor Augen geführt.

Por, ekelhaft. Wer ist zu solch einer Tat fähig?

Das Blutbad hat ein Durchgeknallter angerichtet, denke ich. Und dann das Drumherum. Mein Gott, welch ein Chaos. Neben dem Toten liegt ein Mantel, daneben ein paar Jacken, diverse Schals, ein Hut und eine Menge Kleinkram. Der wurde beim Kampf von der Garderobe gerissen. Und in dem Wust steht er, mein Kollege und Partner Felix Freitag, der Sonnyboy der Mordkommission. Der war, wie konnte es anders sein, bereits lange vor mir am Tatort eingetroffen.

Trotz der Wiedersehensfreude bin ich kreidebleich im Gesicht. Aber zweimal kurz durchgeschnauft und mich gestrafft, begrüße ich meinen Partner und die Leute der Spurensicherung mit einem kräftigen Händedruck.

Felix fragt mich: „Verfolgst du die Bemühungen um die Abschiebung nichtanerkannter Asylbewerber in sichere Herkunftsländer?"

„Ja, tue ich", antworte ich wortkarg.

„Das sind Kriminelle und Vergewaltiger. Das ist doch richtig, oder?

„Bestimmt nicht alle", verweigere ich mich seinem Argument. „Außerdem mag es dahingestellt sein, ob diese sogenannten sicheren Staaten auch sicher sind."

Diese Antwort reicht ihm, trotz allem windet er sich wie die beutesuchende Schlange um einen Baumstamm, als er grummelt: „Nun zu dem Toten. Tja, wie sage ich's dir?"

Mein Partner reibt sich nervös die Hände, dabei versucht er es mit einer belanglosen Anrede. „Dann pass auf, Sara."

Warum ist Felix so fahrig? Dermaßen unsicher kenne ich ihn gar nicht. Sonst ist er forsch und geradeaus. Hat er schlecht geträumt? Eventuell von mir? Sind berechtigte Sorgen angebracht?

Schön wär's ja. Das wäre genau das, was ich mir wünsche, aber der Schlawiner soll von mir träumen? Das ich nicht lache. Der Typ ist er nicht, da gebe ich mich kei-nen Illusionen hin. Wer weiß, von wem der träumt?

Felix zupft sich Flusen vom T-Shirt und zerrt es in die Länge, dann setzt er seine Anrede fort: „Bitte zieh keine voreiligen Schlüsse, denn der Tote ist ein Mann der Politik."

Aha, daher weht der Wind, denke ich.

Vor Erstaunen haben sich meine Augen verdunkelt, als ich mit zittriger Stimme einwerfe: „Mein lieber Scholli, das kann ja heiter werden", dabei verstärkt sich mein flaues Gefühl.

„Und noch was", erweitert Felix seine Angaben. „Stell dir vor, der Tote hatte nach der gestrigen Ratssitzung eine handgreifliche Auseinandersetzung mit einem Asylanten."

O je, jetzt kommt's knüppeldick, denke ich.

Die Alarmstufe Rot blinkt in mir auf. Die Terror- und Flüchtlingspropaganda hat meine Instinkte versaut, und das, obwohl ich weder Politiker noch Asylbewerber im Freundeskreis habe. Diese Konstellation hat sich nie ergeben, was ich kaum bedaure, obwohl Politikprofis für den Werdegang nützlich sein können. Aber ich bin nicht karrieregeil. Ich nehme es, wie's kommt.

Noch abwesend, streiche ich mir die ungezügelte Mähne hinter die Ohren und blubbere: „Wie heißt der Tote und worum ging's? Herrgott noch mal, woher weißt du das schon wieder?"

Mein Kollege ist 45 Jahre, schlank und kräftig. Er ist der Frauentyp, wie ihn Illustrierte abbilden. Sein strohblondes Haar trägt er mit Stolz zur Schau. Das macht ihn zehn Jahre jünger. Aber leider ist er ein Hallodri. Er handelt nach dem Lustprinzip.

O je, ich verliebe mich andauernd in falsche Männer, daher ist mein Protest gegen mein Zweitfrauendasein Zeitverschwendung. Das heißt im Klartext: Ich habe mich mit der Klüngelbeziehung abzufinden. Aber kann ich das? Und vor allem will ich das?

Felix räuspert sich: „Der Ermordete heißt Günther Bauer. Und von dem Streit hat mir ein Freund berichtet. Mit dem war ich abends ein Bier trinken", erklärt er mir im Tonfall einer Rechtfertigung.

Hol dich der Teufel, so ist es immer, denke ich. Ich bin wegen der Nichtberücksichtigung enttäuscht. Ein Freund dient als Entschuldigung. Ich könnte ihm eine latschen, stattdessen entgegne ich mit Sarkasmus in der Stimme: „War der Freund blond und hat lange Haare? Verflixt und zugenäht, wenn du's gewollt hättest, dann hätten wir den Abend gemeinsam verbringen können."

Mein Partner wird stutzig. Seine tiefblau schimmernden Pupillen zucken kurz. Doch mit einer wegwischenden Handbewegung murrt er trocken: „Lass das, Sara."

Alles klar, mein Freund, grummelt es in meinen Denkströmen. Ich dränge mich nicht auf. Daher Schwamm drüber und Schluss mit dem Gejammer. Die Eifersüchtelei schadet meinem Aussehen, besonders meiner glatten Haut.

Ich berappele mich und denke wieder in Mordproportionen, schon klingt mein Tonfall beruflich. „Der Tote ist also Politiker. Und das vor der Tür ist seine Frau."

„So ist es", antwortet Felix. „Bauer ist finanzpolitischer Sprecher der CDU und sitzt im Aufsichtsrat der Alemannen. Dazu hat er ein Immobilienbüro. Das teilt er sich mit einem Kompagnon. Bauers Frau vor der Tür hat die Polizei gerufen."

„Sagtest du Bauer?"

„Ja, Günther Bauer."

„Ei der Daus, jetzt erinnere ich mich. Der wurde Frauen gegenüber oft unflätig. Er ist das Paradebeispiel für die mit Brettern vernagelte Männergesellschaft."

„Soll das eine Spitze auf mich sein?"

Mein Partner hat tatsächlich versucht, das Beispiel zuzuordnen und auf sich zu beziehen, worauf ich triumphiere: „Oho. Du fühlst dich angesprochen. Such dir aus, ob du in diese Schablone passt."

Felix schüttelt noch ungläubig den Kopf, als ich ihm erkläre, was ich über Bauer weiß: „Das Schwein hat mir in die Bluse gegrabscht und seine Lieblingsbeschäftigung ist das Erzählen dreckiger Frauenwitze. Dessen frivole Gangart lernte ich bei Benefiz-Galas zugunsten der Alemannen kennen."

Und woraus besteht die Reaktion meines Partners?

Aus Freude, denn der jubelt: „Mensch, Sara, du bist Fußballfan? Dann lass uns zum Spiel gegen Viktoria Köln gehen."

Na bitte, denke ich wohlgefällig. Mein Wunsch wurde vom Gott für Liebesangelegenheiten erhört. Mein Partner nimmt sich die Zeit für ein paar private Stunden, auch wenn's nur ein Besuch im Stadion ist.

Zufrieden beende ich den gedanklichen Ausflug ins Fußballmilieu, als ich erwähne: „Welche Fakten haben wir bis jetzt?"

Felix reibt sich mit beiden Händen durchs Gesicht. Auch seine Nacht war zu kurz. Dann runzelt er die Stirn und erläutert: „Bauer wurde hinter der Eingangstür niedergeschlagen und dann erwürgt, aber wir wissen nicht, womit der Täter zugeschlagen hat. Vielleicht mit einer Eisensstange oder einem Totschläger? Vieles kommt in Frage. Aber eins ist sicher, der Mörder hat Bauers Blut auf den Klamotten."

„Okay, das reicht erst mal. Damit können wir arbeiten", zolle ich Felix Respekt für den Kurzbericht. „Warten wir auf die Ergebnisse der Trüffelschweine. Das in
den blauen Dunst spekulieren liegt mir nicht. Kennst du
Hintergründe für die Vorgänge im Stadtrat?"

Da ich keine Antwort bekomme, lege ich zwei Finger
der rechten Hand an die Schläfe und konzentriere mich
auf die überflogenen Zeitungsseiten. Was war in meinen
Fokus geraten?

Doch es ist mein Kollege, der aus dem Nähkästchen
plaudert: „Als Aufsichtsrat der Alemannen hatte Bauer
alle Hände voll zu tun. Ihn machte man für den verpaß-
ten Aufstieg mitverantwortlich."

„Okay, das ist möglich", bin ich seiner Meinung.
„Aber jetzt fällt es mir ein. In dem Zeitungsartikel, den
ich gelesen habe, ging's um eine Flüchtlingsunterkunft,
die abgefackelt wurde."

Felix winkt gelangweilt ab: „Ach, die meinst du."

„Ja, die meine ich", fahre ich fort. „Um neuen Wohnraum für Asylbewerber hat Bauer mit einer Frau von
den Grünen gestritten, bis weit unter die Gürtellinie."

„Bravo", raunt mein Partner. „Kaum geht's gegen eine
Frau, schon war der Drecksack dabei. Andererseits soll
er sich für Asylanten eingesetzt haben."

„Sein Flüchtlingsengagement war Schaumschlägerei.
Ich vermute, es diente als Tarnung oder als Ablen-
kungsmanöver", rücke die Unwissenheit meines
Partners gerade. „Für Bauer waren die Flüchtlinge
Mittel zum Zweck."

Danach lege ich Felix den Zeigefinger auf den Mund
und flüstere: „Psst, kein Wort darüber. Der Polizeipräsident gehört zu Bauers Freundeskreis."

„Was soll's", quakt Felix und ignoriert die Warnung.
„Der Wichtigtuer kann mich mal kreuzweise", wird er
sogar unverschämt. „Zumindest haben wir einen An-

27

fangsverdacht, obwohl mir eine Frau als Täter unwahrscheinlich vorkommt."

Ja, so mag ich meinen Kollegen, wodurch ich zur Liebe abschweife. Ich hätte den Tag lieber mit Felix im Bett verbracht. Allein seine Anwesenheit macht mich fickrig. Übrigens stehen meine Initialen für süß und saftig, die von Felix für frech und feurig. Er sieht aber auch toll aus und ist gut im Bett. Und das macht eine Trennung schwer, obwohl sie vernünftig wäre. Erfüllt das Chaos noch seinen Zweck? Wann hatte ich mit ihm die letzte stürmische Nacht?

Felix meldet sich zu Wort: „Warte mal", sagt er. „Nach dem Gerede meines Freundes ging ein Syrer dem Bauer, nach dessen islamfeindlichen Äußerungen, an die Kehle. Das wäre eklig verlaufen, doch Bauer hat sich blitz-schnell vom Acker gemacht. Den Namen des Syrers weiß ich nicht."

„Was?" Ich staune. „Der Syrer ging Bauer an die Gurgel? Na, wenn das kein Motiv ist."

„Das ist tatsächlich eins", bestätigt mich Felix. Er hat seine Stirn in tiefe Falten gelegt. „Sicher steckt der Knatsch um das Abfackeln der Behausung für Flüchtlinge dahinter."

Worauf ich rekapituliere: „Den Brandanschlag zu bearbeiten hat sich unser Chef unter den Nagel gerissen. Und was kommt bei dem raus? Nicht die Bohne."

Und Felix fügt zu der Kowalski beleidigenden Tatsache an: „Natürlich nichts, denn Kowalski ist eine Niete. Welches Wunder hat aus ihm einen Oberkommissar gemacht?"

„Beziehungen", zucke ich abfällig mit den Schultern. „Der hat seine Drähte."

Mein Partner und ich, wir sind ein eingespieltes Team, aber ich bin der Star. Fehlende Erfahrung kompensiere ich mit Eifer und Entschlossenheit. Ich habe den siebten

Sinn. Mein Handeln ist besonnen, die Kollegen sagen kopfgesteuert. Dabei bevorzuge ich die ausgefeilte Herangehensweise. Mit der setze ich meine Gegenspieler, in den meisten Fällen sind es die Täter, schnörkellos schachmatt. So liegt meine Aufklärungsrate bei einhundert Prozent, denn mir fällt manches in den Schoß.

Felix dagegen ist luschig. Er ist unbeherrscht und aufbrausend. Um richtig erfolgreich zu sein, hinterfragt er zu wenig. Er ist mehr der Bulldozer und verkörpert die geballte Kraft an Polizeigewalt. Im Einsatz rackert er wie ein Berserker. Er symbolisiert das Fass Sprengstoff, daher ist es phänomenal, wie er die Familie und mich unter den Hut bekommt.

Doch diese Aufteilung geht zu Lasten der Konzentration. Auch wie er sein Fremdgehen geheim hält ist sein Phänomen. Wie er das schafft ist nirgendwo verbrieft. Darin ist mein Partner abgebrüht. Nennt man dass Trennung der Gewaltenteilung?

Ich würde das nicht schaffen, denn ich bin darin anders gestrickt. Jedenfalls konzentriere ich mich wieder auf Mord oder Totschlag.

„Sag mal, Felix. Wie wichtig war Bauer für die Koalition?"

„Nun ja."

Mein Kollege überlegt.

Nach einer Pause erläutert er: „Wie ein Pate zieht er im Finanzausschuss die Fäden. Vielleicht hat er Grund und Boden der abgebrannten Asylunterkunft unter der Hand vermauschelt. Und der neue Besitzer will eine teure Bebauung."

„Geht das denn?"

Meine Frage kommt nicht von ungefähr, denn wie manch anderes ist die Kommunalpolitik nicht mein Steckenpferd. Sie ist zu trocken, um das Wort langweilig zu vermeiden. Doch jetzt rächt sich mein Desinteresse, weil ich mittendrin hänge, daher warte ich auf die notwendigen Erläuterungen meines Kollegen.

Und der antwortet knapp: „Bauer macht's möglich."

Ich horche auf und denke: Bauer war wohl der King im Politikkäfig. Was hat Bauer zu diesem kolossalen Ruf verholfen? Ist er wirklich ein Übertyp gewesen?

Allerdings erwidere ich lapidar: „Sieh an, Bauer der Schlaumeier."

Nach der Denkpause frage ich: „Steckt auch der Bauunternehmer Domen mit in dem Schmutz? Der ist nicht nur Präsident der Alemannen."

Und weil Felix nicht auf meine Vermutung reagiert, gehe ich in mich und verkrieche ich mich in mein nachdenkliches Inneres, bis die Reporterin der Aachener Lokalpresse hereinschneit.

Anja Sondermann ist eine attraktive Mitvierzigerin mit ungebändigter Haarpracht. Die Frau wittert Sensationen zehn Meilen gegen den Wind. Das ist ihr Job. Flink wie der Blitz ist sie die rasende Klatschspaltenreporterin der Region.

Unbehelligt sieht sich Anja den Toten samt Sachlage an. Dann schreitet sie herausfordernd zu uns rüber.

„Aha, der Herr Freitag mit der Dame Sonntag", sagt sie spitzbübisch grinsend. „Immer noch ein Paar?"

Danach wird sie beruflich. „Na, was haben wir diesmal? Wurde Bauer erschlagen, oder gibt's ein anderes Todesmerkmal?"

„Bauer wurde mit etwas Rundem niedergeschlagen und danach erwürgt", antworte ich sachgemäß. „Sehen Sie die Rötung am Hals?"

„Ja… ."

„Das vorweg, alles weitere von unserer Pressestelle."

Die Pressetante lacht.

„Na, na, warum so förmlich?"

Sie setzt ihre verschwörerische Maske auf und spekuliert: „Denkt dran, ich kann helfen. Zusammenarbeit ist angesagt. Die Artikel über Bauer stammen ausnahmslos aus meiner Feder. Versteht Ihr? Eine Hand wäscht die andere."

„Liebe Frau Sondermann", werde ich förmlich, dann mache ich klar Schiff. „Wir braten keine Extrawürste. Aber wie heißt der Asylant, der Bauer an die Kandare nahm?"

„Was? Das wisst ihr nicht?"

Anja wundert sich, was eine peinliche Stille zur Folge hat. Doch sie wäre keine Sensationsreporterin, wenn sie nicht versuchen würde, viele Leckerbissen für ihr Wurstblatt herauszuholen, also schachert sie: „Sage ich es euch, was bekomme ich dafür?"

„Aber Anja", zische ich empört.

„In Zukunft bekomme ich alle brandheißen Infos aus eurem Stall vor der Konkurrenz auf den Tisch", klatscht uns Anja um die Ohren. „Versprochen?"

„Na gut", knurre ich. „Nenn uns den Namen, mache dein Tatortfoto und verdufte. Mehr bieten wir dir nicht an. Wir kriegen ihn sowieso raus."

Anja grinst und richtet den Fotoapparat auf den Toten, sodass Felix kreischt: „Moment! Zuerst den Namen."

Die Pressetante unterbricht das Knipsen.

„Der Typ heißt Hassan Hamadi, sagt sie. „Er ist aus der syrischen Großstadt HOMS geflohen und lebt mit anderen Flüchtlingen in einer Mansarde in der Viktoria Allee. Neben einem Büroaushilfsjob ist er in der Hilfe für Flüchtlinge aktiv. Reicht das?"

„Sehr gut, Anja", lobe ich sie. „Ist an Hamadi sonst noch irgendetwas auffällig?"

Anja wägt mit den Händen ab.

„Ich will's nicht beschwören", sagt sie gedämpft, „aber radikalisiert könnte er sich haben. Er hängt als Dauergast in der Moschee herum."

„Du meinst, er ist ein islamistischer Gefährder?"

Anja rollt mit den Augäpfeln. „Soweit würde ich nicht gehen. Jedenfalls sollte man ihn mal genauer unter die Lupe nehmen."

„Danke, Anja. Wir geben den Ratschlag weiter."

Doch Anja ist noch nicht fertig, denn sie holt gezielt zur nächsten Frage aus: „Was macht eigentlich der Brandanschlag? Was hat Oberkommissar Kowalski bei seinen Recherchen rausbekommen? Nichts. Oder?"

„Alle wundern sich über unseren Chef", stehe ich Rede und Antwort. „Aber du fragst die Falschen. Uns hat er in seine Ermittlungen nicht eingeweiht."

„Himmel Herrgott", echoviert sich Anja.

„Woher kommt wohl der Brandstifter? Natürlich aus dem AfD-Umfeld oder der PEGIDA-Bewegung. Das ist jedem klar. Warum tut sich Kowalski so schwer?"

Tja, warum?

Diese Frage stelle ich mir als Polizistin tagtäglich, denn eine Festnahme halte ich für machbar. Jeder Anfänger bei der Kripo hätte längst Vollzug vermeldet.

Aber da Kowalski nicht zu Potte kommt, bestätige ich Anjas Einwurf: „Mit PEGIDA liegst du richtig. Doch trotz der Klarheit hat Kowalski nichts vorzuweisen. Das ist kein Ruhmesblatt für unseren Chef. Was soll ich sonst sagen?"

Anja lacht verächtlich und wechselt das Thema. „Bauer war kein Samariter", erläutert sie. Er war zwar für das Einrichten der Notunterkünfte zuständig, aber womit tat er das? Mit wackeligen Betten und schäbigem Bettzeug. Rücksichtslos hat er den Kram an die Stadt zu überteuer-ten Preisen verhökert. Er hat sich an der sogenannten Hilfsbereitschaft bereichert. Wusstet ihr das?"

„So in etwa", winde ich mich heraus.

„Da kann ich verstehen, dass Hamadi schlecht auf den Halunken zu sprechen war. Und der Gauner nannte es Hilfsbereitschaft."

„Der verdiente sich eine goldene Nase", rümpft Anja die ihrige. „Wisst ihr eigentlich, was beim Abfackeln in der Flüchtlingsunterkunft los war? Die nackte Angst ging um. Für mich trägt unser Freund Bauer, Gott sei ihm gnädig, die Mitschuld an dem Brandanschlag."

Ich schaue Anja ernst an, worauf die mir zuzwinkert.

„So, das war's", sagt sie. „Bauers Schuld war übrigens spekulativ gemeint. Herrje, ich muss weg. Der Tote soll frisch in die Druckerpresse. Das erwarten die Leser."

Und der Pressetante auf die Schulter geklopft und sie verabschiedet, mache ich mir Notizen, danach wende ich mich an die Spurensicherung.

„Sprecht mit Nachbarn, sucht Tatzeugen, sichert die Tatortspuren, besonders die vorm Haus", instruiere ich die Meute. „Ich will jeden Fliegenschiss. Es wäre ja gelacht, hat der Mörder keine Fehler gemacht."

„Und was jetzt, Sara?"

Felix klingt ratlos. „Was sagt dir dein Bauch?"

Trotz der warmen Witterung ist mir kalt. Ich ziehe den Reißverschluss meiner Jacke zu, dabei kräuselt sich meine Stirnpartie.

„Klar ist, es war eine Spontantat", rekonstruiere ich, „außer man will uns hinter die Fichte führen. Reden wir mit Bauers Frau. Seine Alte haben wir glatt vergessen."

Wir staksen hinaus, wo das Busenwunder mit einer Zigarette in der Hand auf und ab geht.

„Wollen sie einen Glimmstängel", hält sie uns ihre Schachtel entgegen.

„Nein danke. Wir sind Nichtraucher", erwidere ich für Felix gleich mit und mustere die Vollbusige. Danach stelle ich ihr die Frage: „Frau Bauer. Sind sie in der Lage, uns einige Fragen zu beantworten?"

„Selbstverständlich", antwortet die. „Fragen Sie."

Sie wirkt wie eine Gefriertruhe, eiskalt, emotionslos und kontrolliert, gar nicht wie die bis ins Mark erschütterte Frau.

Leidenschaftslos sagt sie über die Gräueltat: „Ich kann mir denken, wer das meinem Mann angetan hat."

„Ach ja? Na dann raus damit", fordert Felix. „Erleichtern sie uns die Arbeit."

„Zuerst war's ein Geschimpfe und dann das Gepoltere", murmelt die Witwe. „Dann fuhr ein Mann mit einem Fahrrad davon. Die klappernden Geräusche habe ich gehört."

„Für Sie war's ein Mann. Warum keine Frau?"

„Natürlich ein Mann."

„Woher wissen Sie das? Jedenfalls hat das Poltergeräusch ihr Mann verursacht, als er zu Boden ging", stelle ich nüchtern fest und verschränke fröstelnd die Arme vor der Brust.

Mit der selbstbewussten Körperhaltung fahre ich fort: „Haben Sie den Radfahrer erkannt? Kommt Ihr Gatte oft sehr spät in der Nacht nachhause? Wo war er nach der Ratssitzung? Und wer war der Radfahrer?"

„Was weiß ich, wer der Radfahrer war?"

Es war eine spontane Antwort, und der lässt die genervte Frau schnarrende Laute folgen: „Vielleicht war's ein heruntergekommener Flüchtling? Und wo ist mein Mann gewesen. Irgendein Luder hat er aufgetrieben."

„So einfach sehen Sie das?"

Das sagte Felix naiv und ohne Hintergedanken, worauf er feststellt: „Aha, Ihre Ehe war im Eimer."

„Was spielt das für eine Rolle? Mein Mann war ein Scharlatan", knattert die kratzbürstige Witwe herunter. „Nennen Sie mir einen Mann, der was taugt."

Meine Schadenfreude ist unübersehbar, als ich meinen Partner belustigt angrinse und das Gespräch beende, das den Syrer Hamadi in Bedrängnis gebracht hat.

„Vielen Dank, Frau Bauer", verabschiede ich sie. „Brauchen sie Beistand?"

„Wozu?"

Nur das belanglose Wort kam der Witwe über die Lippen. Weshalb ist sie so abweisend? Schließlich wollen wir ihr helfen und den Mord an ihrem Mann aufklären. Das ist unser Job.

Aber die Witwe zeigt keinerlei Reaktion der Trauer. Sie lässt uns wie bestellt und nicht abgeholt stehen, dann stiefelt sie mit bebenden Brüsten ins Haus.

Mein Kollege starrt mich ungläubig an. „Denkst du, was ich denke?

Er hat mit dem Fragekonstrukt eine bestimmte Richtung verfolgt, und die Frage beantwortet er sich gleich selbst. „Hamadi ist in Erklärungsnot", raunt er mit der Überzeugungskraft eines Steuereintreibers. „Dem Burschen fühlen wir auf den Zahn, denn ein Syrer kennt nur Gewalt."

„Mag sein, Felix", antworte ich einsilbig, wenig angetan von seinem Argument. „Frag in der Zentrale nach der Adresse, danach erstatten wir ihm einen Besuch."

Ich versinke in meine Gedanken, denn der spekulative Tathergang stimmt mich zwiespältig. Der Verdacht gegen den Syrer wirkt gestellt. Er kommt mir fremdgesteuert vor. In meiner Karriere hat sich kein Mörder auf dem Tablett präsentiert, schon gar nicht nach einer ekelhaften Tat. Oder war's kein Mord, sondern Totschlag aus niedrigen Motiven? War das Erwürgen ein Zufallsprodukt, dann macht es Sinn.

Nicht zufällig denke ich an den Syrer. Oft enden seine Auseinandersetzungen in Raserei, hat Anja angedeutet. Immer wieder vermittelt Hamadi das Gefühl, dass er sei-ne Hände nicht bei sich behalten kann. Vom Wesen her ist er zu reizbar, geht's um seine Ehre. Oder haben wir uns mit dem Verdacht ein faules Ei ins Nest gelegt?

Das wollen wir nicht hoffen, deshalb verschließen wir vor der Tatsache seiner Unbeherrschtheit nicht die Augen und werden dem Verdachtsmoment nachgehen, obwohl mir ein Flüchtling als Mörder nicht behagt.

Doch was ich jetzt dringend brauche, ist ein Erfolgserlebnis in der Liebe. Kräftig knuffe ich meinen Kollegen mit verräterischem Verlangen, dabei setze ich mein Hochglanzlächeln auf. „Mensch, Felix", mache ich ihn an. „Wann treiben wir's mal wieder so richtig?"

2

Es ist 3 Uhr 30 in der Nacht. Ich stehe mit meinem Partner vor der Tür des Hauses, in dem Hamadi wohnt. Um hineinzukommen und den Syrer nicht zu warnen, betätige ich die Klingel zur Wohnung unter ihm. Ich liebe den Überraschungseffekt.

„Ring, ring."

Hamadi wohnt in der Viktoria-Allee, und zwar in einem stark vernachlässigten Altbau mit abbröckelnder Fassade. Der Zustand des Hauses paßt zur Unterkunft für Asylanten und Obdachlose. Übrigens wohne ich nicht allzu weit entfernt in der Oppenhoffallee.

Nochmals klingele ich, diesmal lange anhaltend.

Danach warten wir, bis der Türöffner surrt.

Felix stemmt sich gegen die Haustür und wir schlüpfen durch die Türöffnung, prompt stehen wir im geräumigen Treppenhaus. Hier stehen die Räder der Bewohner an die Wand gelehnt. Aha, das schrottreife Rad wird Hassan Hamadi gehören, denke ich.

Wir steigen die altersschwachen Stufen zu dem Stockwerk unter Hamadi hinauf, wobei ich überlege, welche Art Sinn macht, dem Syrer gegenüberzutreten. Ohne ihn zu kennen ist das, was wir machen, ein Drahtseilakt. Die Terrorvorfälle in Paris und viele andere haben uns verunsichert. Was erwartet uns in seiner Wohnung? Geht eine Bedrohung vom Syrer aus? Hat er eine Waffe und knallt uns gar über den Haufen?

Wir müssen gegen alles gewappnet sein.

Ich bedanke und entschuldige mich gleichzeitig für die Störung bei dem Bewohner unter Hamadi, nach dem Erscheinungsbild ein Langzeitarbeitsloser, dann steigen wir die Stufen bis zu Hamadis Wohnung eine Etage höher hinauf.

Wir hätten eine SEK-Einheit mitbringen müssen, denke ich, aber auf deren Unterstützung haben wir aus Gründen der dünnen Beweislage verzichtet. Wir wollen kein Aufsehen erregen und das Anlocken Schaulustiger vermeiden, darüber sind wir uns einig. Alles andere wäre kontraproduktiv. Allerdings hege ich den Verdacht, dass wir uns auf ein Pulverfass begeben.

„Gehen wir rein?", frage ich meinen Partner, dabei zittern meine Glieder wie Espenlaub.

„Selbstverständlich", antwortet Felix, dabei macht auch er nicht den sichersten Eindruck.

Ich klopfe leise.

Keine Reaktion.

Ich drücke die Klinke geräuschlos runter und schiebe die Tür nach innen auf, wonach ich hochkonzentriert die Mansarde betrete. Felix bleibt dicht hinter mir, praktisch biete ich ihm Deckung. Unser Vorgehen verdient Spott und widerspricht den Vorschriften, denn so hat man es uns nicht beigebracht.

Aufmerksam mustere ich die Einrichtung. Der Wohnraum ist schäbig eingerichtet, eben so, wie sich die vielen Ottonormalverbraucher eine Flüchtlingswohnung vorstellen. Die Möbel und die sonstigen Gegenstände sind vom Sperrmüll, das sieht man auf den ersten Blick. Es fehlt an reichlich Geld und an weiblichem Einfluss. Keine Frau hat in der Wohnung ihre Visitenkarte hinterlassen, denn das Potenzial an Geflüchteten besteht aus jungen Männern.

Und plötzlich, wie aus dem nichts, steht er vor uns. Es muss Hassan Hamadi sein. Der Mann ist klein, nichtsdestotrotz ist mir nicht wohl in meiner Haut.

Hamadi macht einen unausgeschlafenen Eindruck, was kein Wunder ist, denn es ist mitten in der Nacht. Seine Miene wirkt mürrisch und furchteinflößend. Er hat sich notdürftig eine ausgeleierte Trainingshose übergestreift. Aber warum geht er auf Krücken? Benutzt er sie als Tarnung?

Nach einer ungemütlichen Pause frage ich den dunkelhäutigen Mann, der unter Mordverdacht steht. „Sind Sie Herr Hamadi?"

Der Syrer ist muskulös und ihn schmückt ein flacher Bauch. Betörend sind seine tiefschwarzen Augen, obwohl leicht verkniest. Mit drei weiteren Flüchtlingen aus Syrien soll er in der kleinen Mansardenwohnung leben, soviel hat Anja verraten.

Gemeinhin halte ich mich für freundlich, trotzdem antwortet der Gefragte schnodderig: „Und wenn's so ist?

Er fuchtelt mit den Armen herum, dabei bringt er uns in gut verständlichem Deutsch in Verlegenheit.

„Wer gibt ihnen das Recht, hier unangemeldet einzudringen?"

Offensichtlich ist Hamadi ein ganz Ausgefuchster. Seine Ausdrucksweise zeugt von hervorragenden Deutschkenntnissen. Ich bin angetan von seiner Lernfähigkeit, keinesfalls begeistert allerdings bin ich von der Frechheit des Syrers. Auf die reagiere ich mit Kopfschütteln.

Dann stelle ich uns vor: „Wir sind von der Kripo. Ich bin Hauptkommissarin Sonntag, dass ist mein Kollege Freitag."

Wir reiben Hamadi die Dienstausweise unter die Nase, doch der beachtet sie nicht, stattdessen bietet er uns mit knappen Gesten die Sessel an. Er selbst setzt sich auf das abgewetzte Ledersofa uns gegenüber, dabei kratzt er sich am Sack. Was die Polizei von ihm will, das verwundert ihn nach den Vorfällen auf dem Berliner Weihnachtsmarkt und Barcelona nicht sonderlich, deshalb ist er nicht irritiert.

„Herr Hamadi", sage ich ausdruckslos: „Wie haben Sie die Zeit nach der Ratssitzung verbracht? Alles ist wichtig."

Der Syrer erstarrt vor Erstaunen. Alsdann knurrt er: „Warum wollen Sie das wissen?"

Ich lasse ihn nicht lange zappeln und antworte: „Weil Günther Bauer tot ist."

„Tot. Wer ist tot...?"

„Der von Ihnen angegriffene Günther Bauer."

„O nein", stammelt er. „Ist das wahr?"

Hamadi ist die Antwort im Rachen steckengeblieben.

Doch den freigehustet, nuschelt er: „Das ist ein Irrtum. Vor Stunden hat er noch gelebt. Woran ist er gestorben?"

Mein Denkmechanismus rotiert. Will mich Hamadi auf den Arm nehmen? Zieht er eine Show ab. Ist es ein Trick oder ist er immer so vorwitzig?

Ich bin baff und winke zerknirscht ab. „Wohl kaum an natürlichen Todesursachen", erwidere ich barsch. „Dann wären wir nicht hier."

Prompt hat mein Partner die Faxen dick. „Tun Sie nicht so scheinheilig", knurrt Felix. Dann holt er tief Luft. „Mit Brachialgewalt haben Sie Günther Bauer entstellt. Reichte sein von Schlägen zerstörtes Gesicht nicht? Mussten Sie den Mann erwürgen? Rache ist süß, nicht wahr?"

Hamadi befindet sich in Bedrängnis. Haben das seine Landsleute gespürt?

Die erscheinen wie auf Knopfdruck auf der Bildfläche mit einer bedrohlichen Grundhaltung.

Wie die mich anstarren, denke ich. Ich habe es mit vier Männern im besten Mannesalter zu tun. Alle sind Moslems und stehen voll im Saft und, stelle ich fest, dazu befinden sie sich im Ausnahmezustand. Nach der Kölner Silvesternacht geistern unzählige Berichte über sexuelle Übergriffe auf Frauen durch die Medien, und ich bin eine überaus hübsche Frau. Noch dazu ist das Wort Gleichberechtigung im Islam ein Fremdwort. Hänge ich das Thema zu hoch? Gilt es aufzupassen, wegen deren Mangel an Sexualität?

Ich bin auf der Hut, als ich die dazugestoßenen Mitbewohner frage: „Und wer sind Sie?"

Keine Antwort.

Ich frage erneut: „Verstehen sie mich?"

„Aha, also nicht."

Das Schweigen akzeptierend, schiebe ich nach: „Wir sind nicht die Fremdenpolizei, sondern die Mordkommission, deshalb interessieren uns ihre Namen und die Aufenthaltsgenehmigungen nicht."

Die Syrer schauen mich an, als sei ich eine Edeldirne. Ich gebe zu, dass ihr Verhalten beklemmend auf mich wirkt, daher befürchte ich wenig Gutes für mich. Damit ihre Lust auf ein Beischlaferlebnis nicht eskaliert, wende ich mich von ihnen ab und wieder Hamadi zu. Der macht den seriösesten Eindruck.

Und mit Hamadi im Blickkontakt, aber die anderen in den Augenwinkeln, hake ich neu ein: „Sie vermuten also, unser Besuch sei ein Irrtum."

Ich fasse mir mit der rechten Hand aufs Herz und greife volle Pulle an: „Von wegen, mein Freundchen. Sie stehen unter Mordverdacht. Daher raus mit der Sprache. Worum ging's bei dem Streit und wie gut kannten Sie den Ermordeten?"

War der Begriff Freundchen eine Entgleisung? Zuckt der Syrer deswegen mit dem Kopf und der Schulterpartie, oder ist das eine Folge der Fluchtumstände? Was hat der Mann für Greueltaten erlebt? Wie war er vor seiner Flucht aus der Heimat? Wie verlief seine Flucht? Bei seinem Nachdenken wirkt er hypernervös. Der Mann ist impulsiv und eine Ladung Dynamit, denke ich.

Und in der Art antwortet Hamadi, dabei reibt er sich hektisch über die Nasenflügel: „Ich hätte Bauer umbringen können, so brutal verachte ich ihn, das ist richtig, schließlich habe ich die Negativseiten des Gauners durch meine Arbeit in der Flüchtlingshilfe kennen gelernt. Führt Sie das zu mir?"

Nun gut, denke ich, die Antwort war in Ordnung. Hamadi ist nicht ausgerastet und hat die Frage korrekt interpretiert. Daher übernehme ich weiterhin die Wortführung und kläre ihn auf: „Sie drohten Bauer an, das Sie ihn fertig machen. Leugnen Sie das etwa?"

Und folgerichtig schiebe ich die Frage nach dem Alibi hinterher: „Wo waren Sie gegen Mitternacht und was haben Sie gemacht?"

„Um die Zeit war ich mit einem Freund unterwegs. Dann bin ich mit dem Rad heimgefahren und ich habe mich ins Bett gelegt", antwortet Hamadi, dabei verleiht er sich eine gleichgültige Note.

Aber gerade diese Mimik fuchst mich. Das belanglose Getue kaufe ich ihm nicht ab und greife zu einer dem Syrer fremden Redewendung: „Erzählen Sie's Knecht Ruprecht, falls Sie ihn treffen."

Worauf Felix kurz angebunden, aber gallig anfügt: „Bitte ziehen Sie sich an. Wir nehmen Sie fest. Sie, Herr Hamadi, haben Günther Bauer in seinem Haus ermordet."

Ach du heiliger Strohsack, denke ich. Was geht denn jetzt ab? Ist Felix verrückt geworden oder größenwahnsinnig? Warum drückt er so ekelhaft auf die Tube? Es ist zum wiehern. Er hat Hamadi verhaftet. Warum? Der Schritt war voreilig. Womöglich sind die Syrer gefährlich, auch der Verdacht auf Terrorismus ist zu dem Zeitpunkt nicht auszuschließen, doch Vermutungen reichen nicht für die Festnahme. Wir haben keine Beweise und kein Geständnis. Aber fahre ich dem Kollegen in die Parade, ist er zutiefst beleidigt. Schleunigst sollte ich mich nach einem neuen Partner umsehen.

Während ich grübele, hat sich der Syrer vom Sofa erhoben. Aufgewühlt steht er vor uns und antwortet: „Ich habe nichts getan. Warum verhaften Sie mich?"

Doch Felix bleibt seiner Linie treu. „Natürlich sind Sie unschuldig. Das behaupten schließlich alle, was auch sonst", brummt er. „Und winseln nützt nichts. Weil sie in ihrem Scheißland nicht klargekommen sind, wurde Bauer ihr Opfer. Indirekt haben Sie ihn umgebracht. Warum? Das klären wir auf dem Revier."

O Gott, denke ich, und greife mir an den Kopf. Die hirnrissige Formulierung meines Kollegen ist ohne Sinn und Verstand, und seine Argumente unterste Schublade. Dazu ist seine Vorgehensweise beschämend. Alles erinnert an eine Kochsendung, und das Gericht darin hieß: Murks á la Freitag. Muss ich beim entwürdigenden Hickhack mitmachen?

Mir bleibt nichts anderes übrig, da sich mein Partner abwendet. Sein Job scheint getan. Doch er irrt, denn er hat die Rechnung ohne Hamadis Freunde gemacht, denn einer der Schweigsamen schaltet sich ein und das in einem durchwachsenen Deutsch: „Wie dem auch sei, Herr, Herr...?"

„Freitag."

„Ja richtig, Herr Freitag. Mein Name sein Turan. Und es Tatsache, dass mein Freund zusammen mit mir."

Dann betont er stolz: „Hassan und ich, wir uns getroffen mit Bekannter meiner deutschen Freundin in Stadt. Fragen Sie nach?"

„Aha, Sie sprechen Deutsch? Schau an", gackert Felix, ohne den Hinweis zu beachten. „Und jetzt spielen Sie den Alibispender."

„Hassan halb zwölf in Bett war", schimpft Turan. „Es genügen, wenn ich's sagen. Beweisen Sie Gegenteil."

Unsicher senkt Felix den Kopf und schweigt, denn er hat mit allerhand möglichem gerechnet, doch nicht mit der Schlagfertigkeit des Syrers. Der Kerl kennt sich mit dem Gesetz verdammt gut aus, denkt er wohl. Woher hat er das Grundwissen? Hat er Jura studiert?

Und zu allem Überdruss untermauert Turan das Alibi: „Außerdem Hassan von Fußball Verletzung an Bein. Er geht an Krücken und ist für Tathergang zu geschwächt."

Felix grinst belustigt über die vielen grammatischen Fehler, dann wird er unverschämt: „Verarschen kann ich mich selbst. Bauer war sturzbesoffen. Den hätte ein Schwächerer als ihr Hassan aus den Latschen gepustet. Das Vertuschen ist keinen Pfifferling wert. Er war's, basta."

Aber das Basta war zuviel, denn es zieht das Gift und Galle spucken des Syrers nach sich. Turan gleicht dem vielstrapazierten Elefanten im Porzellanladen.

Er greift Felix an: „Haben Alzheimer? Mein Freund zu der Zeit lag in Bett. Will nicht in Polizeigehirn?"

Und Hamadi ergänzt, wobei er eine Krücke drohend gegen uns richtet. „Ich bin ein kultivierter Mensch, kein Gorilla aus irgendeinem Regenwald. Der Scherz ist makaber."

„Nun halten Sie mal die Luft an", echot Felix. „Bei zum Tod führenden Delikten verbieten sich Scherze. Ihre Handgreiflichkeiten mit Bauer reichen als Motiv."

Ja, geht's noch, denke ich brüskiert. In was für eine Schmierenkomödie bin ich da geraten? Ja, wie bremse ich den Partner?

Der hat unnötig viel Staub aufgewirbelt. Ich kann die Vorgehensweise nicht nachvollziehen, ergo halte ich mich aus dem Drama raus, denn was in der Nacht geschah, das weiß nur der Mörder.

Dennoch ahne ich Ungemach, als sich Felix die Eier reibt und die Katze aus dem Sack lässt. „So, Herr Hamadi. Geben Sie uns Ihre Kleidungsstücke für die Spurensicherung."

„Wofür?"

Der Syrer stampft mit der Krücke auf den Boden und baut sich bedrohlich nah vor meinem Partner auf. Doch Felix weicht nicht zurück.

„Natürlich für den Blutabgleich, denn der Mörder hat Blutspritzer abbekommen", antwortet er, weshalb Hamadi Unverständnis demonstriert und knurrt: „Halten Sie mich für blöd? Ich hätte meine Kleidung verbrannt, wäre ich ein Mörder."

Schlüpft man in die Haut des Syrers, dann ist die Entrüstung verständlich, denke ich. Vor allem, wenn er mit dem Mord nichts zu tun hat. Trotz allem reicht er mir die Kleidungsstücke, dabei bemerke ich kleine Flecken am Ärmel der Jacke, und es fehlt ein Knopf.

In Krimis verliert der Mörder oft einen Knopf. Das ist zwar eine abgedroschene Romanidee, aber es passiert auch in der Realität, verfalle ich ins Tüfteln. Finden die Spürhunde den Knopf am Tatort und vergleichen ihn mit denen an der Jacke, dann ist der Syrer dran. Möglicherweise unterschätze ich meinen Partner, und er hat den richtigen Riecher?

Der Not gehorchend akzeptiere ich das Verhaftungsprozedere des Partners, doch die Situation hat sich hochgeschaukelt. Es kommt zu Handgreiflichkeiten und intensivem Körperkontakt mit den Protestierenden. Wilde Stöße wechseln sich mit Schlägen gegen unsere Unterarme ab. Was nehmen sich diese Burschen raus? Bei denen hat eindeutig die Integration versagt.

„Hören Sie auf mit den Angriffen. Sie begehen Widerstand gegen die Staatsgewalt", brülle ich, um unsere Position zu stärken, was ich auch erreiche.

Und die Attacken unbeschadet abgewehrt, brausen wir mit Hamadi zur Hauptwache. Dort lässt Felix die Fingerabdrücke registrieren, dabei mustere ich den Syrer im Schein der Neonbeleuchtung. Was spricht gegen ihn? Dass er jähzornig ist? Das gilt für die meisten Flüchtlinge, nicht nur für Syrer?

Die Nordafrikaner gelten in rechtsorientierten Bevölkerungskreisen als außerordentlich kriminell. Es grassieren Vorurteile, besonders in der Masse an Flüchtlingsgegnern. Gewisse Denkweisen machen in der Nasiszene Schule. Aber entgegengesetzt zur rechten Meinung macht Hassan Hamadi auf mich einen korrekten Eindruck, trotz des Ausrutschers.

Sei's drum.

Unser Auftritt hat Reaktionen freigesetzt, gar keine Frage, die aber an die große Glocke zu hängen wäre falsch. Die Abwehrmechanismen des Syrers sind vertretbar, doch das spricht Hamadi vom Mord an Bauer nicht frei. Das Pendel schlägt gegen den Syrer aus. Mit seiner Neigung zu Spontanreaktionen ist er eine vertretbare Tätervariante. Als Mörder ist Hamadi beileibe nicht lächerlich.

Ich behalte es im Hinterstübchen, stattdessen attackiert Felix den Syrer: „Rufen Sie sich die Nacht vor Augen und Sie merken, dass leugnen zwecklos ist. Ihr Alibi ist auf Sand gebaut."

Aber Hamadi bleibt hartnäckig bei der Aussage, er habe Bauer nicht ermordet. Den Spruch rasselt er gebetsmühlenartig herunter, wodurch sich das Gesicht meines Partners verfinstert. Was deutet sein finsterer Gesichtsausdruck an?

Na was wohl.

Felix zieht die Konsequenz aus seiner Fehlreaktion. Er entlässt den Syrer aus seinen Fittichen, wobei er maliziös murmelt: „Belassen wir's dabei, Herr Hamadi. Auf den ersten Blick scheint Ihr Alibi hieb- und stichfest zu sein."

„Es ist wasserdicht."

„Raus!"

46

Felix hat die Aufforderung lauthals gebrüllt, alsdann nimmt er sich zurück. „Halt, warten Sie. Setzen Sie Ihre Unterschrift unters Vernehmungsprotokoll, und halten Sie sich zur Verfügung. Das ich Sie gehen lasse, ist kein Freispruch."

„Bei Allah", meutert der Syrer. „Ich war's nicht. Machen Sie Schluss mit dem Spuk."

*

Der Syrer ist gegangen. Ich bin mit Felix allein und erwache angesäuert aus dem Albtraum. Habe ich den Klamauk eben tatsächlich erlebt? Mein Kollege hat eine Vielzahl an Schrauben locker, denn die Verhaftungsaktion war Schrott.

Ich spreche ihn darauf an. „Was ist bloß in dich gefahren? Was hat dir den Kopf vernebelt?"

„Aber Sara."

„Kein aber."

Felix macht mich rasend.

„Zum Verhaften braucht man stichhaltige Beweise. Und welche hast du?"

Ich deute mit zwei Fingern ein paar Zentimeter an.

„Nicht so viele hast du. Sie es endlich ein."

„Jetzt übertreibst du."

„Von wegen", bleibe ich penetrant. „Mensch, Felix, du wetzt ja schon die Messer, wenn du den Namen Hamadi nur hörst. Dein Verhalten war unter aller Sau."

Laust mich der Affe? Ich weiß nicht mehr, was mit mir los ist. Die Vorgehensweise meines Partners hat mir die Stimmung vergällt. Aber weshalb stelle ich mich auf die Seite Hamadis, wo mancher Umstand für seine Schuld spricht? Felix hat sich so verhalten, wie es die meisten Polizisten tun. Da ist es normal, das er den

Gekränkten spielt und die Schulterblätter hochzieht, als sei ihm die Geometrie verrutscht.

Mein Partner verschränkt umgehend die Arme vor der Brust und riskiert die dicke Lippe: „Was willst du eigentlich? Ich habe den Syrer im Sack. Den Restaufwand erledigen die Schnüffelnasen der Spurensicherung. Hamadi gibt klein bei, verlass dich drauf."

„Herrgott noch mal", setze ich nach. „Kapierst du's nicht? Dein Säbelrasseln war für die Katz. Du hättest den Syrer wegen der niedergebrannten Flüchtlingsunterkunft löchern müssen und so weiter. Wir sind genauso schlau wie vorher."

Aber anstatt meinen Einwand zu akzeptieren, ist er Wind auf die Mühle meines Partners.

Er wird vor Wut puterrot und tobt: „Und du? Du hast untätig dabeigesessen", wirft er mir vor. „Wo war dein Druck? Keinen Pieps hast du gemacht. Du bist doch sonst nicht auf den Mund gefallen."

„Das stimmt so nicht", stelle ich klar. „Okay, ich hätte das Zepter übernehmen müssen. Aber du machst es dir zu leicht. Der Mordfall Bauer ist kompliziert, jedenfalls schwieriger als du denkst"

„Quatsch", faucht Felix. „Der Fall ist gelöst. Das war eine unserer leichtesten Übungen."

„Nein, nein, das sehe ich anders", beschwöre ich ihn. „Vertu dich nicht. Hamadi muss nicht der Mörder sein. Er ist großzügig, dass besagt allein sein Name. Dessen Bedeutung habe ich im Internet recherchiert", posaune ich klugscheißerisch heraus. „Ja, da staunst du? Wir machen nämlich keine Hatz auf Flüchtlinge, sondern wir jagen einen Mörder. Mit deiner Überheblichkeit krachst du gegen die Wand."

„Ach, leck mich", wird Felix abfällig. „In Syrien rennen die Moslems mit der Knarre rum. Und was machen die hier? Das hier sind alles Terroristen und die haben nur das Rumballern gelernt."

„Selbstverständlich", antworte ich mit beißender Ironie. „Alle Moslems sind schießwütig." In mir bahnt sich der Ärger seinen Weg. „Und bei uns vergewaltigen sie wild und ungezügelt die Frauen. So denkst du doch, oder?"

„Und? Ist das nicht so?"

Ich lächele freudlos, bleibe aber sanft. „O nein, Felix. Du glänzt ja geradezu mit Halbwissen, noch dazu hast du Vorurteile. Es ist nicht zu übersehen, wo deine Unwissenheit hinführt."

Ich denke nach: Die Silvesternacht in Köln hat die Landschaft verändert. Ich kann Felix in etwa verstehen. Aber alle Flüchtlinge unter Generalverdacht zu stellen und in die Schublade Straftäter zu stecken, oder sie gar des Terrorismus zu bezichtigen, das geht mir gegen den Strich. Für mich ist es eine Unverfrorenheit.

Okay, mein Partner fühlt sich beschissen. Warum versucht er's nicht einmal mit Besonnenheit? Immerzu will er mit dem Kopf durch die Wand. Aber zu ihm halten nützt nichts mehr, denn ich habe bei ihm ins Fettnäpfchen getreten.

Felix will sich von mir abwenden und schnieft: „Andauernd machst du mir Vorwürfe. Eben noch wollte ich mit dir in die Kiste springen, aber nun habe ich keinen Bock mehr."

„Nein, Felix, so kann das nicht weiterlaufen", äußere ich meine Niedergeschlagenheit und umarme ihn. „Das Wochenende gehört uns. Du hast es mir versprochen."

„Mal sehen", knurrt Felix.

Ich hätte meinen Gefühlsausbruch besser unterlassen, denn unsere Affäre hat einen Pferdefuß: Felix ist unzuverlässig. Doch wie bringe ich den Schwerenöter dazu, folgende Sätze in seinen Gedankenschatz aufzunehmen:

Bin ich gut genug für Sara? Oder: Gebe ich Sara den Grund mich zu verlassen?

Ach was, das kann ich vergessen. Zu sehr frönt er dem Machogehabe. Er ist von seinem Sexappeal überzeugt.

Also verbleibe ich in meinem Liebesvakuum, denn mein Partner windet sich aus meinen Armen und schleicht aus dem Büro, wie ein Karnevalsjeck aus dem bayrischen Wald, dem allerdings die Narrenkappe als Kopfschmuck fehlt.

3

Wo ist mein Partner hin gegangen?

Es ist früher Vormittag, und ich bin hundemüde. Hat er das Präsidium verlassen?

Ich gehe in die Abteilung der Spurensicherung. Und da steht er. Er ist in ein gestenreiches Gespräch mit dem Kollegen Weber vertieft.

Als er mich sieht, gähnt er kurz, dann räkelt er sich ausgiebig.

„Gut, dass du kommst", sagt er, das klingt nach Zufriedenheit. „Die Spuren vor Bauers Haus werden dich interessieren."

Ich ziehe die Stirn kraus.

„Welche Spuren?"

„Erkläre es ihr, Weber."

Felix platzt vor Stolz. „Mensch, Sara, wir haben Hamadi."

Ich setze mich auf die Ecke des Schreibtisches und stelle meine Lauscher auf Empfang, dann bin ich bereit.

„Mach's nicht zu spannend", sage ich flapsig.

Doch bevor der gute Weber zu Wort kommt, äußert sich Felix, dabei gibt er sich total euphorisiert: „Die Schlinge zieht sich zu für den Syrer." Er verzieht den Mund in die Breite, als habe er damit einen mordsmäßigen Schwertfisch gefangen.

Mich jedoch kann man nur mit handfesten Fakten in Jubelstimmung versetzen, deshalb hinterfrage ich ihn trotzig: „Eh, Felix. Hast du was gegen Flüchtlinge?"

Die Gesprächseröffnung erinnert in nichts an Auseinandersetzungen, die im Happyend enden. Doch bevor die Negativdramaturgie an Tempo gewinnt, räuspert sich der ausgelaugte und unausgeschlafene Weber. „Hörst du mir jetzt zu, Sara? Bitte."

„Natürlich."

„Hm", knurrt Weber. „Oberflächlich ist die Kleidung des Syrers sauber, also es gibt kein Blut weder auf der Jacke, noch auf der Hose, aber das ohne Gewähr. Dafür habe ich hinter dem Buchsbäumchen Fußabdrücke der Sportschuhmarke Adidas gefunden, außerdem zwei Euro große Löcher, die von einer Krücke stammen könnten."

„Sehr gute Arbeit. Hast du sonst noch was?"

Weber braust auf: „Nein, verdammt noch mal! Zaubern kann ich nicht. Am späten Nachmittag folgt mein Bericht. Guten Morgen übrigens."

„Guten Morgen, Kollege."

Der Mann für die Spurensicherung ist verstimmt. Er nimmt die nachträgliche Begrüßungsfloskel mit Desinteresse zur Kenntnis und stakst, sich nach Schlaf sehnend, aus dem Raum.

Kaum ist Weber gegangen, bestürmt mich mein Partner: „Na, was sagst du? Wir fahren sofort zu Hamadi und holen die Beweisstücke, bevor der sie verbuddelt. Was macht der, neben seinen Aktivitäten bei der Flüchtlingshilfe?"

„Hilfskraft in einem Umweltbüro soll er sein", antworte ich. „In dem beschäftigt man sich mit der Müllproblematik. Mehr weiß ich nicht, aber das kann er uns ja selbst erzählen."

„Siehst du. Er macht in Müll", schachert Felix. „Beeilen wir uns, sonst verschwinden die Schuhe und Krücken auf der Deponie."

„Moment. Hast du einen Durchsuchungsbeschluss?"

„Habe ich", triumphiert mein Partner und wedelt mit einem DIN-A-4 Wisch. „Los komm. Stellen wir Hamadis Bude auf den Kopf."

„Wir allein?", frage ich unschlüssig. Ich bin mir der Unwägbarkeiten des Einsatzes bewusst. „Das ist gefährlich. Gehören Hamadi und seine Freunde zu den Gefährdern, dann fliegt uns dessen Bude gewaltig um die Ohren."

„Ach, Sara. Mach dir nicht gleich in die Hose", spielt Felix die Gefahr herunter. „Mit den lausigen Moslems werden wir locker fertig."

*

Ich bin zwar verunsichert, trotzdem höre ich auf meinen Partner. Es ist immer noch ekelhaft warm. Das soll sich durch das stabile Hoch Marianne auch nicht ändern, glaube ich der Wettervorhersage im Radio. Ich schwitze vor mich hin. Auf meiner Stirn und im Nacken bilden sich Schweißperlen, die ich ab und zu mit einem Tempo wegwische.

Der Verkehr in der Innenstadt ist überschaubar. Als wir nach einer Viertelstunde Fahrzeit die Viktoria-Allee er-reichen, den Wagen abstellen und dann aussteigen, ist die Tür angelehnt. Wir betreten das Treppenhaus, gehen die Stufen vorsichtig hinauf und bleiben vor der Mansarde stehen.

„Und nun? Wie verhalten wir uns?", frage ich Felix.

„Wir benutzen die Vorsichtsmaßnahmen der vergangenen Nacht", sagt mein Partner.

„Ich telefoniere doch besser eine SEK-Einheit herbei", versuche ich meinem Partner die Hilfe des SEK abzuringen, doch der lehnt ab.

„Quatsch", knurrt Felix.

Er denkt, er habe alles im Griff. Er spielt den ganz von sich überzeugten Kripomann.

„Diesmal gehe ich vor", sagt er trocken. „Für uns spricht das Überraschungsmoment."

Und die Tür mit sanfter Gewalt geöffnet, betreten wir den Gemeinschaftsraum. Und in dem steht Hamadi.

Er ist sprachlos und stützt sich auf seine Krücken, dabei glotzt er uns feindselig an und sagt geschockt: „Sie begehen Hausfriedensbruch."

Felix begrüßt den Verdächtigen: „Guten Morgen erst mal, Herr Hamadi. Da sind wir wieder, diesmal mit einem Durchsuchungsbeschluss. Arbeiten Sie nicht?"

„Ich bin Freiberufler."

„Und wo sind ihre Mitbewohner?"

Hamadi ignoriert Felix, stattdessen stellt er mir die Frage: „Wollen Sie was trinken? Ich kann Ihnen leider nur Wasser anbieten."

„Nein danke", winke ich ab. „Wir sind nicht durstig."

Felix zieht die Schultern hoch.

Weiterhin wundert er sich über die Abwesenheit der Mitbewohner, doch in ihm nagt die Ungeduld, denn er stochert mit der Frage nach: „Welche Schuhmarke tragen Sie?"

„Großteils verdammt alte Adidasschuhe", erwidert der Syrer. „Neue kann ich mir nicht leisten."

„Bingo", raunt Felix den abgedroschenen Aufschrei aus Aufenthaltsräumen in Urlaubsanlagen, weswegen ich ihn mit verachtendem Blick abstrafe.

Aber Felix lässt sich nicht beirren. „Adidasschuhe hat Bauers Mörder getragen", bilanziert er. „Und die Spurensicherung hat den Vorgarten umgekrempelt. Tja, und was hat sie gefunden?"

„Sie werden es mir sagen", würgt Hamadi hervor.

Abermals ist Felix ob der Antwort verblüfft. Soll er den Syrer zurechtstutzen?

Doch in Anbetracht seines Hochgefühls unterlässt er's, stattdessen klärt er ihn auf: „Natürlich fand man Schuhspuren und die Löcher Ihrer Krücken im weichen Boden. Ihr Haltbarkeitsdatum ist abgelaufen, Herr Hamadi. Zeigen Sie mir Ihr Schuhwerk."

Hamadi reibt sich die gerötete Nase. Er kramt ein Taschentuch raus und schnäuzt sich.

Ich frage ihn: „Sind Sie verschnupft?"

Worauf der Gefragte mault: „Verschnupft macht mich Ihre Halsstarrigkeit."

Seine Hinterfotzigkeit ist eine normale Reaktion, denke ich. Sollte er unschuldig sein, dann hat er viel Ungerechtes runterschlucken müssen. Logischerweise ist seine Grenze an Leidensfähigkeit überschritten. Aber er hat sich unter Kontrolle und bleibt handzahm, sonst hätte er Felix längst eine verpasst.

Allerdings fühlt er sich auf dem falschen Dampfer, als mein Partner in den Vorraum stakst und im Sammelsurium an Turnschuhen wühlt.

Der Syrer eilt hinzu und betont: „Ein Paar ist von mir, alle anderen gehören den Freunden."

„Okay", stellt Felix fest.

Doch die folgende Frage ist zynisch: „Welches Paar trugen Sie es in der Tatnacht?"

„Was?"

Hamadi überlegt, bevor er erwidert: „Ich war während der Tat zuhause und Sie wollen das trotzdem wissen?"

Felix knirscht mit den Zähnen. „Ja, das will ich."

„Na gut, da Sie darauf bestehen", weicht Hamadi nicht aus. „Ich habe schwarze Turnschuhe getragen", antwortet er und tippt mit dem Zeigefinger auf den Schuh in der Hand meines Kollegen.

Felix glotzt auf die Sohle. „Verdächtig ähnlich", sagt er. „Die Musterung der Sohle gleicht den Abdrücken vom Tatort."

Meine Herren, was ist Felix unverfroren, denke ich. Genau das ist der Grund, weshalb ich ihm Luschigkeit unterstelle. Er macht es sich zum wiederholten Male zu leicht. Anstatt dass er die kontrollierte Offensive vorantreibt, bringt er sich in die Defensive.

So geschieht es zwangsläufig, das der Syrer entgegnet: „Bei Allah. Auf der Sohle ist kaum Profil. Der Schuh hat keinen markanten Abdruck hinterlassen."

„Das meinen Sie. Und nun sehe ich mir Ihre Krücken an. Zeigen Sie her."

Felix nimmt die Krücken an sich und studiert sie. „Nun ja", druckst er. „Die sind schwer. Damit könnte man einen Mann erschlagen."

„Das ist aber sehr weit hergeholt", schimpft Hamadi. „Sehen Sie daran Blut?"

„Leider nicht", reagiert Felix kleinlaut, jedoch kontert er mit seiner Mordversion: „Vermutlich haben Sie mit der Krücke auf Bauer eingeschlagen und das Blut fein säuberlich abgewischt. Ein Spurenvergleich wird Ihre Anwesenheit am Tatort beweisen."

„Sie veranstalten Ringelpiez", bekommt er prompt als Antwort. „Die Tatortfotos haben Sie keinen Schritt weitergebracht."

Felix guckt den Syrer an, wie ein Junkie auf Entzug. Seine Gedanken drehen sich um den Tatort: Woher weiß er das mit den Photos? Von uns nicht. Und woher kennt er das Wort Ringelpiez? Der Mann besitzt einen au-ßerordentlichen Bildungsgrad.

Bissig folgert er: „Das ist kein Ringelpiez, Herr Hamadi. Sie verabscheuten Bauer und anhand der Tatausführung war's ein Racheakt, kein beauftragter Mord. Bezahlte Killer verunstalten keine Opfer."

„Und? Was Sie da sagen, das entlastet mich."

Hamadi lacht aufreizend, doch Felix bessert nach.

„O nein. Sie haben Bauer aus Rache erwürgt. Und um das zu beweisen, ziehe ich die Schuhe und Krücken aus dem Verkehr. Die Spurensicherung sorgt für Klarheit. Wir begehen doch keine Fehler, nicht wahr?"

Ach du grüne Neune, denke ich. Mein Partner lernt nichts hinzu. Ohne groß nachzudenken begibt er sich in eine Sackgasse.

Erstens: Er hat locker vom Hocker mit unbeweisbaren Spuren geblufft, denn Adidas-Schuhe sind so häufig wie Blätter oder Tannennadeln im Wald.

Und zweitens: Er kann Hamadi zwar Rachegelüste unterstellen, ihm aber den Mord nicht beweisen. Somit hat er dem Syrer sogar eine Steilvorlage geliefert.

Und die nutzt der Syrer, denn er meutert: „So, so, ein Rachemord war's, drum verfolgen Sie mich. Aber Sie sind auf dem Holzweg. Ich mochte Bauer nicht, das gebe ich zu, ich denke dabei an die Schweinereien mit den Betten und Decken. Der Lump war eine Frechheit. Außerdem bin ich nicht radikal und gehöre keiner islamhörigen Strömung an."

„Sie waren Bauers Erzfeind."

Felix bleibt stur, worauf Hamadi heißläuft: „Ach was. Das mit Bauer waren harmlose Scharmützel. Der Mann wurde nicht von mir, eher von IS-Mitgliedern hingerichtet. Die Tatausführung passt zu deren Gewalttätigkeiten."

„Sie sind solch ein Mitglied", mault Felix.

„Quatsch, das bin ich nicht", antwortet Hamadi. „Angesehene Kreise lassen töten", erwähnt er, womit er auf die Sparte Wirtschaftskriminalität ausweicht. „Die machen sich Hände nicht schmutzig", fährt er fort. „Übrigens unterlaufen sogar Killern Fehler."

Und so geht es unentwegt weiter, denn mein Partner schnaubt: „Die Tatausübung war schlampig. Eines Killers unwürdig."

Weshalb Hamadi murrt: „Sie denken destruktiv. Glauben Sie wirklich an eine Krücke als Schlaginstrument? Sie lassen wohl keine Dummheit aus?"

Jesses Maria, das war starker Tobak. An dem hat Felix mächtig zu knabbern. Doch bevor er aus der Hose hopst, halte ich ihm eine Hand vor den Mund. Und zu Hamadi sage ich mit Nachsicht: „Kritisieren Sie uns ruhig, das ist Ihr Recht. Aber finden wir den kleinsten Blutrest an den Krücken oder den Schuhen, dann ist das Spiel vorbei."

Hamadi musternd halte ich inne, dann kann ich meine Wissbegierde nicht mehr im Zaum halten, denn die ist grenzenlos: „Aber eine Zwischenfrage ist erlaubt?"

„Und die wäre?"

„Wie kamen Sie nach Deutschland und wo haben Sie so gut Deutsch sprechen gelernt?"

Der Syrer fühlt sich gebauchpinselt.

„Nun ja, die Frage ist schnell beantwortet", ereifert er sich, und das mit sichtlichem Stolz. „Ich bin mit wenig Gepäck aus einer von Luftangriffen in Schutt und Asche gelegten Großstadt in die Türkei geflohen, wie zwei Millionen anderer Syrer. Dort hatte ich das Glück im Flüchtlingslager Öncüpinar leben zu dürfen, und von da habe ich mich über Lesbos und die Balkanroute nach Deutschland begeben. Schon unterwegs habe ich fleißig Deutsch gebüffelt."

Ich habe intensiv zugehört, was man mir ansieht, als ich antworte: „Das war eine gefährliche Odyssee?"

„Selbstverständlich. Ich habe scheußliches erlebt", erklärt Hamadi. „Viele, auch Kinder, sind bei der Flucht ertrunken. Und dann die ewigen Entbehrungen und die Krankheiten. Jetzt lebe ich in der teuren Bruchbude, aber ich bin dankbar und jammere nicht."

„Das ist auch richtig", freue ich mich über den Syrer, dabei lasse ich ihn nicht aus den Augen.

„Doch beantworten Sie mir eine weitere Frage. Wer hat Ihrer Meinung nach bei Bauer Hand angelegt? Hand aufs Herz, wen verdächtigen Sie?"

Der Syrer stemmt die Fäuste in die Hüften, dabei überlegt er lange, dann flüstert er: „Durchwühlen Sie die Hintergründe um das abgebrannte Flüchtlingsheim. Es gibt Verbindungen zwischen Günther Bauer und einem Schlitzohr. Wiese oder so ähnlich soll der heißen."

„Zu dem Nazi? Sie scherzen."

„Aber nein", wehrt Hamadi ab. „Ich kann's nicht beweisen, doch Günther Bauer und dieser Wiese haben gemeinsame Sache gemacht. Und sehen Sie sich das Privatleben der Witwe an. In das Busenwunder hat sich mancher Casanova verguckt. Ist allerdings nur eine Vermutung."

„Danke", werfe ich ein.

Doch danach wird's brisant, weil der Syrer erwähnt: „Ich stamme aus Syrien, das ist kein Geheimnis, aber wissen Sie, dass man mich brutal anfeindet? Ich bekomme Drohbriefe, denn durch PEGIDA wird die rechte Hammelherde immer dreister. Zur Zeit nutzen die feigen Säcke den Briefschlitz."

„Und wie wehren Sie sich?"

„Dagegen bin ich machtlos, auch die Polizei", erwidert er ernst. „Daher melden Sie Ihr Kommen bitte vorher an. Das dient meiner Sicherheit. Ich rechne tagtäglich mit Strafaktionen."

Meine Sympathiewerte für Hamadi steigen. Mir imponiert sein Mut, denn er geht mit sehr viel Tapferkeit vor dem Nazigesocks nicht in die Knie. Berücksichtigt man die Wahlerfolge der AfD, dann ist das umso erstaunlicher.

Ich hänge wie magnetisiert an den Lippen des Syrers, als er einen weiteren Verdacht äußert: „Zudem verdächtige ich Bauers Kompagnon. Fragen Sie dessen Sekretärin."

Wie Richard Gere lächelt mich Hamadi an, dabei sehe ich aus den Augenwinkeln die angeschwollenen Gesichtsadern meines Kollegen. So liegt es nahe: Gleich explodiert Felix aus Eifersucht, zumindest geht er wie das HB-Männchen an die Decke.

Um Felix nicht zu provozieren, mache ich's kurz und verabschiede uns. „Haben Sie Reservekrücken? Ja? Na dann einen guten Tag und entschuldigen Sie die Störung."

Das war's, denke ich, und stehe schon im Türrahmen, doch Felix kann seine Verachtung nicht unterdrücken, denn der johlt: „Ich habe Sie im Visier, Herr Hamadi. Sind die Abdrücke mit denen am Tatort identisch, dann hole ich Sie höchstpersönlich ab. Das wird mir eine Freude sein."

Worauf Hamadi kontert: „Keine Chance, Herr Kommissar. Ich war nie im Vorgarten des Ermordeten."

Tja, Übermut tut selten gut, doch erst am Ende wird nach Heller und Pfennig abgerechnet. Momentan sieht's so aus, als sei Hamadi ein hervorragender Mime, an dem sich Felix die Zähne ausbeißt. Der Syrer ist ausgebuffter, als ich vermut hatte. Oder hat er mich eingelullt?

Der Verdacht bleibt bestehen, dass er Bauers Frau zur Witwe gemacht hat. Wann lösen sich die Grauschleier um den Mord endlich auf?

*

Die Beweismittel bei der Spurensicherung abgegeben, gehe ich mit Felix in unser Büro. Es riecht muffig im Arbeitszimmer. Ich lüfte, indem ich die Fenster sperrangelweit öffne, dann werfen wir uns geschafft in die Sessel hinter den Schreibtischen.

Felix fragt süffisant: „Bist du diesmal mit mir zufrieden?"

„Na ja, deine Umgehensweise lechzt nach Verbesserung, dazu hast du dich in den Syrer als Täter verrannt. Hamadi betreffend bist du verspannt."

„Bin ich nicht", grunzt mein Partner.

„O doch. Aber pass auf, ich gebe dir einen Tipp. Der erstbeste Verdächtige ist selten ein Haupttreffer."

„Der Syrer war's", nörgelt Felix. „Darauf schwöre ich Stein und Bein. Und du begehst einen Fehler, wenn du Hamadi glaubst. Der lenkt raffiniert von sich ab."

Ich sehe ihn verständnislos an. Er ist verbohrt, denke ich, das ist eine typische Männereigenschaft. Gegen seine Halsstarrigkeit ist kein Kraut gewachsen.

Mit der Erkenntnis verteidige ich Hamadi: „Warum hat der Syrer bei dir verschissen? Hat er was, was du gern hättest?"

Ich warte ab, doch da Felix keinen Mucks macht, halte ich mit meiner Vermutung nicht hinter dem Berg: „Tja, Hamadi hat wunderschöne Augen, sehr schöne sogar, und er ist alles andere als der Mörder. Er passt nicht ins Genre des Schlächters."

„Okay", zeigt Felix erstmals Einsicht. „Wer sieht schon wie ein Mörder aus. Aber wer sonst hat die Tat begangen?"

„Zum Beispiel ein Großkotziger", vermute ich vage. „Bauer steht für dubiose Geschäftspraktiken. Unter der Tatsache liegt der Hund begraben. Wie hat er das mit dem Gelände der Notunterkunft getrickst?"

„Das durchschaut keiner", mutmaßt Felix.

„Und was ist an der Vermutung des Syrers dran, es gäbe eine Verbindung zwischen Bauer und Wiese?"

Ich fahre mir mit der Zunge über die trockenen Lippen. „Hat Bauer die Unterkunft aus Profitsucht von Wiese abfackeln lassen?"

Obwohl Felix rechtslastig ist, schüttelt er sich. Danach blitzt die von mir verschollen geglaubte Weißheit des Kollegen kurz auf. „Ich halte Wieses Beteiligung für möglich", sagt er überzeugend."

Und es wird noch besser: „Aber entscheidend ist doch, wer den Zaster für das Grundstück eingesackt hat?"

Oho, wer hätte das gedacht. Mein Mitstreiter nähert sich seiner Hochform und dann kann er sogar denken. Welch eine wundersame Fügung.

Ich bin sichtlich erfreut über ihn und setze meine Spekulation in Frageform fort: „In welchen Kanälen verschwand die Knete? Womöglich ist sogar die Landespolitik in die Problematik verstrickt? Gab's Streit um den Verteilerschlüssel des Mammons?"

Mein Kollege schnalzt mit der Zunge. „Alles ist realistisch."

„Genau", stimme ich ihm zu. „Auch mein Eindruck ist, nur Bauer behielt beim Grundstücksverkauf den Über-blick. Und das passte irgendjemandem nicht."

„Und du denkst jetzt, Bauer wurde aus Habgier ermordet", ereifert sich Felix.

Es entsteht eine Entspannungspause des Nachdenkens, dann hat es sich Felix anders überlegt, denn der betont: „Ich bleibe dabei. Hassan Hamadi hat Bauer abgemurkst. Leider kommt von dem Flüchtlingspack und von Kowalski kein Feedback. Der Oberkommissar ist wahrlich keine Hilfe."

Ich mache mir dementsprechende Gedanken über Felix, denn dem ist der Begriff „Flüchtlingspack" nicht nur so rausgerutscht. Er denkt und empfindet wie ein Rechter. Ansonsten stimmen wir überein, denn auch ich denke: Die Leistung des Oberkommissars ist blamabel. Sie lässt deutlich zu Wünschen übrig. Vertuscht er wichtige Beweisfakten?

Mit diesen Verdachtsmomenten im Hinterstübchen ergreife ich das Wort: „Das Flüchtlingsdrama ist die Krux an der Geschichte. Womöglich war die Hilfsbereitschaft Bauers gegenüber den Flüchtlingen nur gespielt, stattdessen hat er sie mit der Brandstiftung vertrieben, und das Grundstück anderweitig verscherbelt, und das deckt der Oberkommissar. Neben Mafiamethoden wird auch Geldwäsche diskutiert. Die Klatschtante Anja weiß sicher eine Menge darüber."

„Dann sprich mit ihr. Rufe sie an", sagt Felix. „Ich muss mal für Dalmatiner."

Felix ist weg, und ich verdränge meine Scheu vor der Presse, daher wähle ich Anjas Nummer in der Lokalredaktion. Aber nicht Anja Sondermann meldet sich, sondern der zugeknöpfte Chefredakteur.

„Reuter", kläfft er in die Sprechmuschel. „Sie stören, oder ist Ihr Anliegen wichtig?"

„Ich bin's, Sonntag", gebe ich mich zu erkennen.

„Ach Sie sind's, Frau Sonntag", räuspert sich Reuter und ändert den Tonfall. „Ihr Anruf kommt wie gerufen. Mich beschäftigen einige Ungereimtheiten."

„Ungereimtheiten? Wie meinen Sie das?"

Ich kann Reuter nicht ausstehen. Er benimmt sich Frauen gegenüber schlüpfrig und schleimig. Anja hatte ihn über Bauers Ableben in Kenntnis gesetzt, ja, sie nannte ihm den Namen Hamadi als Mörder und gab ihn als Freiwild zum Abschuss frei. Die Notwendigkeit sei mal dahingestellt und ist Ansichtssache, jeder nach seiner Fasson. Korrekt war das jedenfalls nicht.

Und manchmal bleibt Reuter fair. Diesmal jedoch löchert er mich: „Ihre Ermittlungen konzentrieren sich auf den Streit zwischen dem Syrer Hamadi und Bauer. Das lässt Mutmaßungen zu."

„Der Schuh passt nicht", antworte ich ungehalten. „Aber es stimmt. Hamadi ist verdächtig."

„Puh, ich bin beeindruckt", haucht der Chefredakteur. „Der Asylheini ist also verdächtig. Mein Gott, mehr haben Sie nicht?"

Na bitte. Ich habe richtig vermutet. Reuter kann nicht aus seiner Haut. Er bewegt sich im Rahmen seiner Vorurteile. Immer draufhauen auf Randgruppen, und das sind Flüchtlinge für ihn. Neutral war der Satzverdreher weiß Gott nie. Ich sollte seine Zeitung abbestellen, aber das Konkurrenzblatt ist noch schlechter.

Mit Abscheu akzeptiere ich den Zustand und murre verbiestert: „Bin ich Hellseher? Doch nun zu was anderem. Was ist dran an Spekulation um den Landtagsabgeordneten Gossen? Sollte der ausgebootet werden, und ihm sollte Bauer folgen? Welche Abmachung hat man im fernen Düsseldorf vereinbart?"

Reuter tut, als wüsste das jeder: „Das Wirtschaftsressort des Landes handelt den Zahlenfuchs Bauer als Nachfolger Gossens. Der steht auf der Abschussliste."

„Er hat also ein Motiv, seinen Widersacher abzuservieren. Unter Politikern ist das doch üblich."

„Das haben Sie gesagt", erwidert Reuter.

Und ich stelle klar: „Gemauschel ist schwer zu beweisen. Einer spielt meist mit gezinkten Karten, daher gebe ich bei Hamadi keine Vollzugsmeldung heraus."

„Worte, nichts als Worte", näselt der Zeitungsmensch.

Er hatte einen positiveren Gesprächsverlauf erwartet und gibt sich nur ungern mit meiner Zurückhaltung zufrieden. Mürrisch drängt er auf eine Stellungnahme in meinem Namen: „Hamadi ist Ihr Kandidat. Nun sagen Sie's schon."

Als ich mich verweigere, schwenkt er um.

Er erinnert sich daran, dass er als Mann mit einer attraktiven Frau spricht, prompt macht er auf Smalltalk. Ich sähe ja so toll aus, schmeichelt er. Man könnte mal ausgehen, und so weiter im Text.

Genervt schiebe ich meine Pupillen nach oben und lege auf. Die bloße Vorstellung, mit Reuter in die Kiste zu springen, verkneife ich mir. Er wäre der Letzte, von dem ich mich vernaschen ließe.

Inzwischen sitzt mein Partner wieder an seinem Tisch, daher lenke ich das Gespräch auf den Landtagspolitiker: „Für mich hat der Landtagsabgeordnete tausend Gründe. Mit seinem Motiv ist er eine Bank."

„Womit kommst du denn jetzt?"

Ich versuche meinen Partner zu überzeugen: „Bauer hätte die Nachfolge des Landtagsfreaks angetreten. Um das zu verhindern, hat Gossen seinen Job durch dessen Tod gerettet. Er profitiert von der Missetat. Doch was machen wir mit der Mordvariante?"

„Ach, du spinnst", wiegelt Felix ab. „In Frage kommt da eher ein anderer Flüchtling, oder Bauers Kompagnon."

„Ein anderer Flüchtling?"

Ich werde blass, denn Felix hat mich geschockt.

„Das sind ja unerfreuliche Töne", weise ich den Partner zurecht. „Dann hat wohl eher ein Nazi den Gauner ermordet. Der hielt Bauer für einen Freund der Willkommenskultur. Bist du ganz allgemein gegen Flüchtlinge?"

„Natürlich", schmollt Felix. „Das Moslemgeschmeiß soll in seinen Ländern bleiben", versetzt er mir einen weiteren Stich. „Seien wir doch ehrlich. Was wollen die alle hier? Die stehlen uns die Butter vom Brot. Außerdem habe ich Angst vor Überfremdung."

„Ach du heiliger Strohsack", würge ich hervor. Dann beuge ich mich wütend über den Schreibtisch und packe Felix an die Schulter.„Bist du's tatsächlich? Denkst du wirklich so rückständig?"

Felix antwortet barsch: „Ja, so denke ich. Die Stadt ist vollgestopft mit dunkelhäutigen Typen, dadurch trauen sich die Frauen nicht mehr auf die Straße. Das ist die unbequeme Wahrheit. Die muss ausgesprochen werden. Ich kenne einige bei uns, die so denken."

Geht's um die Flüchtlingsproblematik, dann ist auch mir Angst und Bange. Niemand kann dir sagen, wo das hinführt, denke ich. Aber auf Hetztiraden der AfD reinfallen kommt nicht in die Tüte. Ein Flüchtling ist ein Mensch wie du und ich, nicht eine beliebige Ware, die man zurückschickt. Und Anschläge auf Asylunterkünfte gehen gar nicht. Diese Verbrechen gehen auf das Konto des Nazipacks, doch wir Deutsche sind auf dem rechten Auge blind. Außerdem leben wir in Saus und Braus, leider mit ungerecht verteiltem Wohlstand.

Ich fühle mich den Grünen zugehörig, das kommt in Polizeikreisen selten vor. Das Teufelswerk mit der Massentierhaltung auf engstem Raum und beim Verzehr einen fleischfreien Tag, bei den Themen bin ich mit den Grünen artverwandt. Felix ist eher ein Rechtsausleger, doch seine Grundgesinnung hatten wir ja bereits.

Mit ernster Miene nehme ich ihn mir vor. „O nein, mein Freund", rücke ich die Situation gerade. „Du verblendetes Arschloch orientierst dich an braunen Wahrheiten. Weißt du denn, was ein Nazi zu sein bedeutet?"

„Sag's schon. Na, sag's schon."

Mein Partner hat eine straffe Haltung angenommen, wogegen ich mich ins gepolsterte Rückenteil des Stuhls zurückgelehnt habe und mit den Händen die Raute forme. „Du hast bereits verloren, bevor du das wahre Leben kennst", betone ich klar und unmißverständlich. „Verstehst du's? Wahrscheinlich nicht, denn du brabbelst den Rattenfängern nach dem Mund, ich dagegen bin bei der Kanzlerin. Wir schaffen das, sagte sie sehr richtig."

„Aber wie? Das sagt sie nicht", bleibt Felix starrsinnig. „Inzwischen hat sie sich gottlob korrigiert. Erinnerst du dich an die Orgie der Vergewaltigungsversuche in Köln? Ich bin immer noch geschockt. Willst du das in Aachen erleben?"

Erbost stampfe ich mit dem rechten Fuß auf und zische: „Den Scheiß haben keine Flüchtlinge angezettelt. Da waren Kriminelle aus nordafrikanischen Ländern am Werk."

„Und wenn schon", lässt mein Partner die Schultern sinken. „Moslem bleibt Moslem."

„Ja, ja, du scherst alle über einen Kamm. Aber weißt du, was in Syrien und Afghanistan passiert?"

„Natürlich", druckst Felix. „Im Moment sollte man dort nicht leben. Das wäre weniger schön."

„Weniger schön, sagst du." Ich verliere langsam die Beherrschung. „Ja Herrschaftszeiten. In den Ländern tobt der Krieg. Und viele Flüchtlinge, die zu uns kommen, sind traumatisiert. Hassan Hamadi ist solch ein Beispiel."

„Hamadi ist nicht traumatisiert", kontert Felix und bekräftigt seine Meinung. „Er ist er ein raffinierter Terrorist. Außerdem soll das Ausländerpack bei sich zuhause aufräumen. Wir können nicht alle aufnehmen. Wahrscheinlich sind unter denen abertausende und noch mehr Terroristen. Stell dir mal vor, die errichten hier ihren Gottesstaat."

„Und du befeuerst mit deiner Dummheit die verbockte Debatte", mache ich meinem Ärger unmissverständlich Luft. „Mensch, Felix, geh in dich und schalte deinen Kopf ein."

Felix spuckt verächtlich in sein Tempotaschentuch und schnaubt sich mit dem die Nase. In ihm hat die Fremdenfeindlichkeit gesiegt, als er entgegnet: „Das brauche ich nicht. Ich bin nicht blind und verstehe die Angst vor dem Islam."

„Du und Angst." Ich schüttele wütend den Kopf. „Vor wem denn? Vor den Moslems? Wie nur kann man den bescheuerten Rechtspolitikern glauben, die Lügenpresse schreien? Du kannst doch denken. Mir sind nur Übergriffe von kriminellen Marokkanern und Tunesiern bekannt. Die laufen andauernd aus dem Ruder. Übrigens bin auch ich das Enkelkind von Flüchtlingen."

„Oh, das wusste ich nicht."

Felix staunt so sehr, also plaudere ich aus dem Nähkästchen: „Du weißt sehr wenig über mich. Zum Beispiel, dass ich mit meiner Familie aus der DDR in den Westen geflohen bin. Meine Mutter hat mir das erzählt. Damals beschimpfte man die Flüchtlinge als Pollacken, stell dir das vor, die eigenen Landsleute. Pollacken nannte man seinerzeit die Flüchtlinge."

„War das so?" Felix glotzt irritiert. „Woher soll ich das wissen? Du hast nie darüber gesprochen."

„Okay, das hätte ich tun können", stimme ich ihn milde. „Aber hast du mich jemals nach meiner Herkunft gefragt? Ich wüßte nicht. Du interessierst dich ja nicht für mich."

Mit dieser Aussage verschaffe ich meiner Wertschätzung bei Felix die Lufthoheit.

Dann erhebe ich mich und verstärke den Druck auf ihn, dabei untermauere ich meine Position: „Bleibst du so dumm und machst so weiter, dann war's das mit unserer Zusammenarbeit."

Danach spurte ich zur Toilette.

4

Es ist kurz nach vierzehn Uhr. Mich erreicht ein Anruf am Schreibtisch. Eine erwürgte Frau wurde im Aachener Wald gefunden.

„Fahren Sie zum Parkplatz hinter Schönforst", instruiert mich die Telefonistin unserer Polizeileitzentrale. „Die SPUSI ist unterwegs."

Felix sitzt mir gegenüber. Er spitzt seine Ohren, als er mich fragt: „Was ist? Die zweite Leiche?

„Sieht so aus", antworte ich wortkarg. „Auf geht's. Wir machen einen Ausflug zum Schönforst. Frische Luft tut gut."

Wir greifen uns die Jacken von den Sessellehnen und eilen zum Dienstwagen. Die Abteilung ist unterbesetzt, zwangsläufig übernehme ich mit Felix den Fall, obwohl uns der Mordfall Bauer an der Backe klebt. Wichtig ist die sofortige Bestandsaufnahme vor Ort, da persönliche Eindrücke erstaunliche Fingerzeige auf den Ablauf des Verbrechens servieren.

Mit der Erkenntnis biegen wir auf den Waldparkplatz ab und stoßen auf Jogger, Walker und Spaziergänger mit ihren Hunden, die den Parkplatz für ihre Aktivitäten nutzen, denn hier ist es wunderschön.

Ein Uniformierter nimmt Kontakt zu uns auf. Er schüttelt uns die Hand und fragt: „Sind Sie die Kripo?"

„Sonntag, und das ist mein Kollege Freitag", stelle ich uns vor. „Was geht hier ab und wo ist die Tote?"

„Ein Stück in den Wald hinein liegt sie. Die Stockschwinger dahinten haben die junge Frau gefunden", erklärt der Beamte und deutet auf ein altes, aber sportliches Ehepaar.

„Schön", antworte ich. „Gibt's sonst noch was?"

„Nein", antwortet der Beamte und schüttelt den Kopf. „Bisher jedenfalls nicht. Ihre Kollegen sind bei der Toten."

Ich wende mich an Felix. „Geh du zur Toten. Ich unterhalte mich mit den Alten."

Mein Partner begibt sich in den Wald, während ich mich zu dem Ehepaar trolle. Als ich vor den guterhalte-

69

nen und sympathischen Oldtimern stehe, reiche ich ihnen die Hand. „Kripo Aachen. Mein Name ist Sonntag. Wodurch haben sie die Tote gefunden?"

„Ach wissen Sie", antwortet der Mann. „Meine Frau hat eine schwache Blase. Sie verstehen?"

„Natürlich", gehe ich auf ihn ein. „Deshalb sind sie mit ihr ins Wäldchen geschlüpft und dort auf die tote Frau gestoßen."

„Ja. Genauso war's", staunt der Alte. „Mein Name ist Müller. Egon Müller, und meine Frau heißt Annegrete."

„Gut. Das reicht erst mal", entlasse ich das Ehepaar. „Geben Sie ihre Personalien dem Beamten, dann sind Sie entlassen. Halt, noch was. Was haben Sie am Tatort angefasst?"

„Nichts. Wir waren geschockt und sind sofort zurück zum Parkplatz gegangen", antwortet der Rentner. „Dann habe ich die Hundertzehn angerufen."

„Das war genau richtig, geradezu perfekt. Vielen Dank und noch einen schönen Tag. Wir melden wir uns bei Ihnen, sollten Fragen auftauchen."

Wenn ich alt bin, wünsche ich mir eine ähnlich harmonische Beziehung, denke ich. Vielleicht mit Felix? Die Vertrautheit des Rentnerehepaars hat großen Eindruck auf mich gemacht.

Ich zwänge mich durch die gaffende Menge zum Parkplatzrand. Von da gehe ich zu Felix und den Spurensicherungsleuten in den Wald. „Tag zusammen", begrüße ich die Kollegenschar. Dann richten sich meine Blicke auf den Partner. „Tja, Felix. Kann die Spurensicherung erfreuliches berichten?"

Und weiter frage ich meinen Partner. „Gibt es Angaben zur Person? Wer ist die Frau?"

„Nun mal langsam, Sara", nimmt mich Felix beiseite. „Erst einmal ist der Fundort nicht der Tatort. Die Leiche wurde hier abgelegt. Aber stell dir vor, ich habe in ihrer

Jackentasche eine kleine Geldbörse mit dem Namen und der Anschrift der Toten gefunden."

„Ein Raubmord war's demnach nicht", stelle ich drängelnd fest. „Wie heißt sie, sollte das im Portmonee ihr Name sein?"

„Sie heißt Lisa Färber. Ich lasse im Polizeicomputer nach ihr forschen und alles Wissenswerte abklopfen. Was sie auf dem Kerbholz hat, als Beispiel. Vielleicht war sie in ein Drogendelikt verwickelt. Gleich wissen wir mehr."

„Gut, Felix. Und die Todesursache und der Todeszeitpunkt?"

„Vor Mitternacht ist sie abgelegt worden", darin legt sich der Mediziner fest. „Nach ersten Erkenntnissen wurde sie nicht vergewaltigt, aber die Würgemerkmale sind unheimlich. Seit wann erwürgt der Täter mit einer Hand?"

„O ja, das ist ungewöhnlich", grübele ich laut. „Worauf lässt das schließen? Was meinst du?"

Mein Partner antwortet nicht. Stattdessen summt sein Handy, weshalb er sich abwendet. Also vernehme ich nur bruchstückhaft, was man ihm durchgibt.

„Aha", höre ich. „Lisa Färber ist nicht vorbestraft", murmelt Felix. „Oh, das ist interessant. Die Tote arbeitete im Immobilienbüro Bauer und Lebewirt? Ja? Na dann bis später im Büro."

Die Überraschung ist Felix deutlich anzusehen, als er mir kundtut: „Halt dich fest, Sara. Die Tote war Angestellte im Bauer Imperium. Demnach gehören die Todesfälle zusammen."

Auch ich bin perplex und überlege. Lisa Färber war Bauers Angestellte. Das lasse ich auf mich einwirken. Die Ungeheuerlichkeit erzeugt im Moment nur Sprachlosigkeit. Umso weniger passt der Syrer in die Mordkonstellation? Der und ein Doppelmord? Unmöglich.

Hassan Hamadi können wir uns abschminken. Wir haben im trüben Gewässer gefischt, daran führt kein Weg vorbei.

„So, Felix", sage ich zu meinem Partner. „Hamadi scheidet als Täter aus. Der ist kein Doppelmörder. Zäumen wir das Pferd neu auf. Eine flinke Abwicklung wäre zwar schön gewesen, aber auch zu einfach."

Doch Felix wird unwirsch: „Dann trennen wir die Mordfälle. So schnell bringst du mich nicht von Hamadi ab."

„Ich weiß ja, wer's sagt", antworte ich ihm, woraufhin mein Partner ungehalten reagiert: „Hör damit auf, Sara. Du wirst beleidigend."

Felix hat seine Frustgrenze erreicht, denn es läuft unrund zwischen uns beiden. Unsere persönliche Disharmonie stört die Ermittlungen. Daher entschuldige ich mich bei ihm und setze auf eine neue Fährte.

„Hör zu", spreche ich ihn betont vorsichtig an. „Wir forschen nach Betroffenen, denen Schlitzohr Bauer eine Schrottimmobilie angedreht hat. War einer davon haßerfüllt und hat Bauer bedroht? Eventuell sind Drohbriefe ins Büro geflattert und Lisa hatte den Schreiberling erkannt? Vielleicht musste sie deshalb sterben? Nur der Zusammenhang erklärt den Doppelmord. Kannst du damit was anfangen?"

„Das sind eine Menge ungelegter Eier", wirft Felix ein.

„O ja, das ist wie Ostern. Trotzdem begeben wir uns auf die Spur der Betrogenen, aber zuerst bringen wir das mit der Todesnachricht hinter uns und suchen Lisas Eltern auf."

*

Heinz, Elsbeth und Lisa Färber steht auf einem selbst-getöpferten Eingangsschild des Einfamilienhauses im Ortsteil Brand. Ich klingele zaghaft. Todesnachrichten überbringen war nie mein Ding.

Hastig wird die Tür aufgerissen.

„Ja", schleudert mir die Frau des Hauses entgegen. „Ist was mit Lisa?"

„Entschuldigen Sie die Störung."

Es ist Felix, der den Part des Überbringers übernimmt.

„Sind Sie Lisas Mutter?"

„Ja, die bin ich", erwidert die nervöse Frau. „Nun sagen Sie's schon. Wo ist Lisa?"

„Äh..., hm...., ja...., wir haben eine traurige Nachricht für Sie", redet Felix bedächtig weiter. „Dürfen wir rein-kommen?"

„Sicherlich", antwortet die Frau des Hauses nur kurz. „Aber was für eine Nachricht? Worum geht es?"

Felix windet sich, dabei sieht er hilfesuchend aus, doch dann reagiert er knochentrocken.

„Ihre Tochter ist tot."

„Tot? Wieso tot?"

Die Frau glotzt uns ungläubig an.

„Sie wurde erwürgt im Aachener Wald aufgefunden", fährt Felix fort. „Die näheren Umstände der Tat sind unbekannt."

Lisas Mutter fasst sich an den Kopf. Sie zerfleddert ihre perfekt sitzende Frisur und schluchzt heftig, dann wimmert sie: „Warum? Sie war noch so jung. Wer tut so was?"

Meine Frage klingt gedämpft. „Ist Ihr Mann im Haus? Und wenn nicht, wo können wir ihn erreichen?"

„Mein Mann sitzt im Büro", schluchzt die am Boden zerstörte Mutter, die Elsbeth heißt.

„Warten Sie, oder nein, kommen Sie mit ins Wohn-zimmer. Ich rufe ihn an."

Sie geht vor, und im Wohnzimmer angelangt, bietet sie uns die Sessel an. „Setzen Sie sich."

Die aufgelöste Frau geht zum Telefon und drückt ein paar Tasten. „Du, Heinz", spricht sie schluchzend und abgehackt. „Komm sofort nachhause. Warum? Das erfährst du dann."

Lisas Mutter wischt sich ihre Tränen mit einem Papiertaschentuch ab.

„Später, Heinz", sagt sie. „Etwas Schreckliches ist pas-siert."

Und bevor sie sich zu uns umdreht, drückt sie den Hörer zurück auf die Konsole, danach schaut sie ratlos, bis sie kaum hörbar sagt: „Heinz ist gleich da. Es ist nicht weit."

Während sich die Frau aufs Sofa setzt und weint, schaue ich mich im Wohnzimmer um und stelle fest: Die Leute beweisen Geschmack, denn mir gefällt, was ich sehe. Die sparsame Wohnzimmereinrichtung haben sie auf gemütlich getrimmt. Nicht gerade revolutionär sind die Einrichtungsgegenstände, doch zeitlos elegant. Mich umgibt, statt abschreckender Nüchternheit, so was wie Wohlfühlatmosphäre.

Und weiter denke ich: Lisa Färber ist behütet aufgewachsen. Das Mädel hat Glück gehabt. Es ist ein gutes Elternhaus. Ich habe in der Hinsicht allerhand Negativbeispiele erlebt. Aber wer reißt ein noch so junges und bildhübsches Ding aus dieser grundsoliden Umgebung und erwürgt es?

Der Vater kommt rein und stürzt zu seiner Frau. „Was ist passiert", fragt er erregt und nimmt sie in die Arme. „Ist was mit Lisa?"

Auffällig ist, dass auch bei ihm sofort die Sorge um die Tochter durchklingt. Sie war anscheinend nicht pflegeleicht. War sie sein Sorgenkind?

„Erwürgt hat man sie", schreit Frau Färber ihren Mann in ihrer Verzweiflung an. „Lisa kommt nicht wieder, hörst du. Nur weil du dich andauernd mit ihr gestritten hast."

Ach Gott, jetzt geht die Vorwurfstour los, denke ich. Der Mann scheint stur wie ein Maulesel zu sein. Doch mit Vorwürfen kommen wir nicht weiter. Also mische ich mich dazwischen, indem ich den Vater hinterfrage: „Hat ihre Tochter irgendwelche Probleme gemacht? Und wenn ja, welche und weshalb?"

„Kinder machen Probleme. Haben Sie Kinder? Lisa ist ein Einzelkind. Wir haben nur diese Tochter", brummt er.

„Davon gibt es viele", ergänze ich, denn seine Antwort ist mir zu perfide, daher stichele ich, schließlich suche ich nach dem Mordgrund.

„Ihre Tochter war im schwierigen Alter. Worin war sie auffällig geworden?"

„Und ob Lisa schwierig war", knurrt der Vater. „Das fing mit der Kleidung an."

Er schaut unsicher zu mir rüber, dann winkt er abfällig ab. „Wie eine Nutte hat sie sich angezogen, aber so sind junge Leute eben."

Erstaunt ziehe ich die Augenbrauen hoch.

„Das ist allerdings interessant." Ich bin verwundert, dennoch gebe ich mich nicht damit zufrieden. „Fällt Ihnen noch mehr ein? Wie war Ihr Verhältnis zu Lisa?"

„Was wollen Sie hören?"

Heinz ist verbittert. „Das wir sie verwöhnt haben? Ja klar, Lisa ging's viel zu gut. Sie tanzte uns auf der Nase herum."

„Okay, okay?" Ich lege die Stirn in Falten. „Aber deshalb wurde Ihre Tochter nicht erwürgt. Und warum fanden wir sie hinter Schönforst im Aachener Wald?"

„Da war sie nie."

Es war ein spontaner Ausbruch des Vaters. „Wer hat sie dahingeschleppt?"

„Das wüssten wir gern von Ihnen", mischt sich Felix ein. „Wissen Sie, wo sich Ihre Tochter sonst herumgetrieben hat? Sicher nicht am Fundort. Und mit wem hat sie die Abende verbracht? Gibt es einen Freund oder eine beste Freundin?"

„Ja,", bricht der ganze Schmerz aus dem Vater heraus. „Mit dem Nichtsnutz Peter Ferner war sie zusammen."

„Wieso Nichtsnutz?"

Ich bin durch den Ausdruck hellhörig geworden, was mir Lisas Vater anmerkt, daher bekomme ich als Antwort: „Der Kerl jobbt in Kneipen, anstatt sich ums Studium zu kümmern."

Der Vater trommelt sich wie ein Angeber auf die Brust. „Ich war da anders. Nicht so labil wie so ein Habenichts. Mit dem wäre unsere Lisa auf keinen grünen Zweig gekommen."

„Sicher nicht", nehme ich die Luft raus. „Das kann sie ja nun nicht mehr. Und die Freundin? Wie heißt sie und was macht sie?"

Diese Frage habe ich in bewährter Ermittlermanier gestellt, worauf der Vater knurrt: „Sie heißt Tanja Göring und ist mit Lisa zur Schule gegangen. Aber was Tanja jetzt macht, das weiß ich nicht. Lisa hat uns nichts mehr erzählt. Unser Kind war mehr bei ihr und dem Freund, als daheim."

„Du warst zu streng", zetert die Mutter. „Kein Wunder, dass sie sich entzogen hat."

„Ach hör doch auf, Elisabeth", stöhnt der Vater. „Ich wollte nur, dass sie nicht auf die schiefe Bahn gerät."

Wir werden von den beiden nicht viel erfahren, denke ich. Lisas Eltern bringen uns keinen Schritt weiter. Außerdem nerven mich die gegenseitigen Vorwürfe. Tatsache ist: Wie in vielen Familien hatte das Elternpaar den

Zugang zu ihrer Tochter eingebüßt. Lisa hatte sich abgenabelt.

Ich lasse mir die Adressen von Tanja und Peter zum Zweck der späteren Befragungen aushändigen, dann ver-abschieden wir uns.

*

Zuerst ein Hinweis, der die Stellung Bauers bei der Stadt betrifft. Sein Freund, der Polizeipräsident, hat eine hohe Belohnung für Hinweise zum Ergreifen des Täters ausgelobt. Jeder kann sich seinen eigenen Reim bilden, egal wie der ausfällt. Meine Arbeit beeinflusst diese Maßnahme nicht.

Dessen ungeachtet und getreu der Theorie, dass Angestellte mit Krankmeldung nicht auf den Mund gefallen sein müssen, sondern informationsfreudig sind, stehe ich mit Felix bei Lebewirts Sekretärin Agnes Wunder auf der Matte, trotz meines Widerwillens gegen die rechte Weltanschauung meines Partners.

Es ist einundzwanzig Uhr und ich habe mir wegen des anhaltend warmen Wetters einen Rock angezogen. Mit dem sehe ich brutal aufregend aus. Madonna würde vor Neid erblassen.

Wir klingeln. Eine geraume Zeitspanne vergeht. Es surrt, ein Rucken, die Tür springt auf.

Vor ihrer Wohnungstür wartet die Sekretärin. Die bittet uns hastig herein. Sie ist alleinstehend, jedenfalls deutet alles an der Einrichtung darauf hin. Trotz dick auf-getragener Schminke und salopper Kleidung wirkt sie irgendwie verbittert.

Aber die Gastgeberin ist freundlich und versenkt uns in ihre hochmoderne Ledergarnitur. Nicht billig. Ich tippe auf italienisches Design. Agnes schüttet uns

Wasser in die Gläser, dann nimmt sie den Gesprächsfaden auf.

„Bitte bringen Sie mich nicht in Schwierigkeiten", gurrt sie. „Ich sage alles, was ich weiß."

„Das hören wir gern, Frau Wunder."

„Wie wär's mit dem du?" Agnes strahlt uns an. „Ich heiße Agnes."

„Okay, Agnes", gehe ich auf sie ein. „Ich bin Sara und mein Kollege heißt Felix."

Sachte mit dem Kopf hin und herwippend, befrage ich sie nach der Firma: „Wie lief es vor Bauers Tod im Büro? Kam es gelegentlich zu Spannungen?"

„Spannungen? Dass ich nicht lache. Spannungen ist eine eher harmlose Umschreibung", gackert Agnes. Sie hat die Beine übereinander geschlagen, wobei sie viel Fleisch ihrer Oberschenkel offenbart.

„Es brodelte", fährt sie fort. „Von Tag zu Tag unerträglicher, fast hochexplosiv. Vor Wochen drosch Bauer mit einem Holzlineal auf Lebewirt ein."

Oha. Die überraschende Neuigkeit zergeht mir wie Vanilleeis auf der Zunge. Dadurch hampele ich zuversichtlich auf dem Polstersessel herum und bohre weiter: „Kannst du schildern, womit Lebewirt den Wutanfall auslöste?"

„Womit? Tja, womit", grübelt Agnes. „Früher waren sie ein Herz und eine Seele. Lebewirt hing andauernd mit der Frau des Toten zusammen."

„War da was, Agnes?"

„Man munkelt, Lebewirt habe ein Verhältnis mit der Vollbusigen, was ich nicht bestätigen kann", berichtet sie teilnahmslos, worauf ich nachhake: „Hatte Bauer ein Techtelmechtel?"

Agnes errötet. Fest drückt sie ihre Hände auf die Oberschenkel. Ihre Adern treten aus den Handrücken, als sie antwortet: „Ich, ja Ihr hört richtig, ich soll mit Bauer liiert sein. Aber das ist dummes Geschwätz. Ich ging mal mit ihm aus, und das war's. Genau wie Lebewirt hatte sich der Saukerl in Lisa Färber verguckt. Beide stehen auf junges Gemüse als Frischfleisch."

Mein Erstaunen übers Gehörte ist unübersehbar. Die Vorstellung, Agnes mit Bauer im Bett, bringt mich durcheinander. Als sich Felix räuspert, halte ich ihn mit leichtem Druck auf die Schultern zurück. Zu oft in der Vergangenheit hatte er sich nicht unter Kontrolle.

Statt seiner frage ich Agnes: „Dein Chef war fünfundvierzig?"

„Ja, genau mein Jahrgang."

„Nein, das glaube ich jetzt nicht", benutze ich ihr Aussehen als Kompliment. „Du wirkst wesentlich jünger."

„Vielen Dank", flötet Agnes. „Bauers Umtriebigkeit hat ihn schnell altern lassen", ergänzt sie.

„Und die Familie? Welche Bedeutung hatten ehelichen Verpflichtungen?"

„Derartiges existierte nicht. Ich sage euch, Bauers Ehe war ein Flop."

Ich denke über das Gehörte nach: Die Auflistung der Gewohnheiten des Mordopfers ist Agnes perfekt gelungen, aber wohinter verbirgt sich das Mordmotiv? Hinter den Ambitionen, mit denen er Gossen verdrängt hätte? Hinter dem Grundstücksverkauf? Oder ist doch eine Affäre das Ei des Columbus?

In meinem Kopf brummt es. Ich denke, es ist an der Zeit, Agnes reinen Wein einzuschenken. Vorsichtig verklickere ich ihr: „Eins weißt du noch nicht. Lisa Färber wurde erwürgt. Was fällt dir dazu ein?"

„Lisa Färber?"

Die Sekretärin hat sich erhoben und drückt die Hände aufgewühlt auf ihre Brust. „Oh mein Gott, die arme Lisa. Weshalb das kleine, hübsche Luder?"

„Wieso Luder?", fragt Felix.

Agnes setzt sich wieder. Ihre Hände zittern.

„Dazu sage ich nichts", weicht sie aus und ergänzt: „Kehren wir lieber zurück zum geldgeilen Bauer."

„Okay."

„Der hatte sich aus Jux und Tollerei für den Flüchtlingskram engagiert. Außerdem war der Hurenbock hinter jedem Rockzipfel her."

Die Ungereimtheiten in Hülle und Fülle nehmen nicht ab, denke ich. Ich trete auf der Stelle, daher erwähne ich eine Schwachstelle des Toten.

„Man sagt Bauer einen dubiosen Umgang mit Flüchtlingen nach. Was ist daran wahr?"

Agnes stockt der Atem. Fahrig fährt sie mit der Hand durch ihre Haare, danach erklärt sie uns: „Bauers Lieferungen an die Unterkünfte umgab ein seltsames Flair. Höchste Geheimstufe. Selbst mich blockte er bei geheimnisumwitterten Anrufen regelmäßig ab."

„Hatte Bauer die religiöse Ader der Moslems verletzt? Wäre das ein Mordmotiv?"

Ich huste mir den Rachen frei, denn ich hatte mich beim Trinken aus dem Wasserglas verschluckt, danach bin ich für ihre Antwort wieder aufnahmefähig.

„Ausschließen kann ich das nicht", sagt sie. „Total unverständlich war sein Verhalten bei Telefonaten in den Landtag. Er sagte, ich solle weghören. Warum? Ich habe keinen blassen Schimmer."

„Das spricht gegen Gossen", tippe ich zwangsläufig, worauf Agnes die Schultern hochzieht. „Mag sein, aber gegen den kenne ich nichts Greifbares."

Ich denke über den Abgeordneten nach. Der Mann ist ein Tintenfisch. Der umschlingt alles mit seinen Fangarmen, sobald es nach Gewinn riecht. Geld stinkt nicht, wäscht man es, damit kennt er sich aus, und als Deckung dient die Tinte.

Ja klar. Dieser Gossen hat Bauer mit seinen kräftigen Tintenfischarmen erwürgt, aber der ist glitschig und dadurch nicht zu fassen.

Nun gut, mit Gossen befinde ich mich in der Sackgasse, was Felix bemerkt. Vehement nimmt er den Kompagnon ins Visier.

„Ich unterstelle Lebewirt fragwürdige Praktiken. Wie ist er so, menschlich vor allen Dingen?"

Die Tippse zuckt mit den Schultern. Sie rückt sich den weit in den Schritt raufgerutschten Rock zurecht, dabei macht Felix die für ihn typischen Glubschaugen.

„Tja, schwer zu beantworten", sagt Agnes. „Nach außen präsentiert er sich als liebenswerter Mitmensch. Ihr kennt die HFNA, die Hilfsorganisation für notleidende Afrikaner?"

„Kennen wir."

„Das ist eine Gemeinschaftsproduktion Bauer-Lebewirt. Für die sammelten sie in Kulturkreisen und politischen Gremien. Fragt mich aber nicht, wo das Geld bleibt."

„Klingt ehrenwert. So ist Lebewirt hilfsbereit und engagiert", seufze ich anerkennend.

„Ach was. Lebewirt ist unmöglich", legt Agnes dessen Wesenszüge offen. „Ausgekocht ist der. Die vernünftige Flüchtlingsunterbringung lag dem nicht am Herzen, nur der Gewinn. Die Armut anderer auszunutzen und zu Penunzen zu machen, das ist sein Credo."

Und ich stelle eine weitere Frage, denn die bedeutet mir viel: „Wie lief das mit dem Einrichtungskrempel und dem Gewinn ab?"

„Sie kauften Wohncontainer, Zelte und Bettzeug billig auf und verscherbelten das Zeug für teures Geld an die Stadt. Und Asylanten haben sie wie Dreck behandelt, bis sich ehrenamtliche Helfer einschalteten."

„Und die Stadt? Nahm die das hin?"

„In der Verwaltung sitzen Trantüten. Die fühlen sich bereits bei der Organisation von Deutschkursen überlastet."

Agnes hat mir die Augen geöffnet. Ihr Urteil ist hart, aber hilfreich. Liegt sie richtig, dann verstehe ich, weshalb es mit der Integration nicht klappt.

Und Lebewirt als Gutmensch ist unglaubhaft. Neben Bauer sehe ich in ihm einen kriminellen Nutznießer der Flüchtlingswelle. Beide sind ebenso mies, wie die Mitglieder einer Schlepperbande.

Doch wieder zum Mord an Bauer, denn jetzt will ich's genau wissen, also rede ich nicht lange um den heißen Brei herum. „Für mich hat Lebewirt seinen Kompagnon erwürgt. Traust du ihm das zu? Hat er eine Hose oder Jacke mit Blutspritzern unauffällig entsorgt?"

„Eine Hose oder Jacke sagtest du?"

Agnes runzelt nachdenkend die Stirn. Die Sekretärin ist zwar krankgeschrieben, wovon man nichts merkt, doch bei der Jacke und Hose kann sie uns leider nicht weiterhelfen. „Nein", sagt sie. „Diesbezüglich ist mir nichts aufgefallen."

Urplötzlich fast sie sich an die Stirn und rasselt erregt herunter: „Aber ja, das ist wichtig. Ich bin nicht blind oder taub. Als Sekretärin bekommt man mit, was sich um einen herum tut."

„Erzähle", sporne ich sie an.

„Bei abendlichen Treffen im erlesenen Kreis gab es Sex."

„Wo? Im Büro?"

„Ja, ich bin mir sicher, es ging um Sexspiele. Wein, Weib und was weiß ich alles. Die Post ging ab. Du, Sara, solltest vorsichtig sein. Von deinem Knackarsch hat Bauer den Freunden allerhand vorgeschwärmt, seit er dir an den Busen ging. Das habe ich gehört. Über dich würden die Hurenböcke liebend gern herfallen."

82

„Ich bin tabu für derartige Abartigkeiten."

„Nun ja, das sagen alle."

Agnes wägt mit den Händen ab. „Du solltest die Sippschaft nicht auf die leichte Schulter nehmen. Es gibt Mittel, mit denen sie Frauen gefügig machen."

„Denkst du an Geld oder an Drogen?"

„Möglich wäre es. Aber ich habe die Verdächtigungen nicht ausgesprochen. Versteht Ihr? Ihr bringt mich in Teufels Küche, erfährt es Lebewirt."

„Versprochen, Agnes", streue ich Aspirin. „Dein Job ist außer Gefahr."

Das Medikament der Bayer AG wirkt, sodass sich die Unbedarfte beruhigt und ich mich in meine Gedankenwelt flüchte: Wäre es gut, wenn ich die Nachfolge der toten Lisa antreten würde? Für die Sexbesessenen bin ich der ideale Frischfleischnachschub, denke ich. Aber wie skrupellos gehen die Nestbeschmutzer vor? Mir ist unverständlich, warum das Mannsvolk an derart primitiver Befriedigung Spaß entwickelt.

Okay, okay, ich sollte mich an die eigene Nase fassen. Einer liebenden Frau den Mann auszuspannen ist auch nicht die feine Art.

Aber denke ich weiter in der Kategorie Frauenmissbrauch, dann kristallisiert sich Lebewirt als Mörder heraus. Gegen den Schmarotzer spricht Habgier, ebenso die leidige Eifersucht. Und wie sieht's mit Beweisen aus? Da wäre die blutjunge Lisa, doch die wurde durch den Tod ihrer Stimme beraubt. Aber wer gehört sonst noch zum Zirkel der sexuell Ausschweifenden?

Ich frage Agnes: „Kennst du Beteiligte an den Sexorgien?"

„Da kann ich nur Vermutungen anstellen", weicht sie aus. „Nenne ich Namen, wäre das spekulativ. Vermutlich meine Chefs, ein Landtagsabgeordneter, ein Architekt und der Polizeipräsident Vandenberg samt einem Bauunternehmer, aber alles ohne Gewähr."

„Nicht schlecht", schlucke ich und reibe mir die Augen. „Eine geballte Ladung Dynamit also."

„Ja, das ist wahr. Wie viele Frauen neben Lisa und der Freundin dabei waren, kann ich nicht sagen."

Kraftlos reiße ich mich vom Liebreiz unserer Gastgeberin los und erhebe mich. Mein linkes Knie ist von der ewigen Sitzerei eingerostet.

Ich lockere mein Fahrgestell und gehe zur Wohnzimmertür. „Danke für deine Offenheit", verabschiede ich mich. „Wir schneien nochmals rein, ergeben sich Ungereimtheiten."

„Klar", schnurrt Agnes. „Ich würde mich freuen, denn Ihr seid jederzeit willkommen. Ruft aber bitte vorher an. Die lieben Nachbarn."

Auf der Heimfahrt ins Büro nervt mich Felix mit der Bemerkung: „Auch Agnes hat ein Mordmotiv. Unerwiderte Liebe. Wie siehst du das?"

Garstig umspanne ich das Lenkrad fester und drücke aufs Gas.

„Das mit Agnes ist Mumpitz", übertöne ich das Fahrgeräusch. „Und weißt du warum? Ihr fehlt es an der Kraft, um Bauer zu erwürgen."

Diese Minimallogik überzeugt meinen Partner. Agnes entschwindet als Mordkandidatin aus der Fantasie des Kollegen. Und wer bleibt übrig?

In meinem Polizeigehirn stellt sich's folgendermaßen dar: Lebewirt belegt den TOP 1 Platz, denn dem sitzt durch die Alleinherrschaft im Büro das Hemd näher als der Rock. Auch das Busenwunder und Lisa passen in sein Beuteschema, doch bei Lisa ist ihm Bauer zuvorgekommen, oder er hat es versaut.

Daneben steht der Landtagsabgeordnete Gossen im Rampenlicht. Aber der Mord an Bauer war die Tat eines

Ausgerasteten und das passt nicht zum Profil des Abgeordneten. Der Landtagsabgeordnete Gossen und der Immobilienmensch Lebewirt stufe ich für die Mordtheorie als nicht unbeherrscht genug ein. Die passen nicht in das Schema?

Aber auch der Hass der Rechtsradikalen auf Bauer macht mir Kopfzerbrechen. Deren Gewaltbereitschaft hat deutlich zugenommen, außerdem überlegen die nicht lange beim Abfackeln. Und bei einem Mord?

Mittlerweile singt auch das braune Gesocks den Song der Studentenbewegung aus den siebziger Jahren: Advent, Advent, ein Kaufhaus brennt, das jedoch mit verändertem Text. Jetzt brüllen die Arschgeigen: Advent, Advent, ein Asylantenheim brennt. Aber das ändert nichts daran, dass Oberkommissar Kowalski auf der Stelle tritt.

Und schlussendlich die Flüchtlinge. Deren Wut auf Bauer und dessen Praktiken darf man nicht unterschätzen. Wegen dessen Schweinereien verachteten Sie ihn, ja das gesamte Flüchtlingsumfeld wünschte Bauer die Pest an den Hals. Treibt zu großer Hass zur Lynchjustiz?

Bisher ist kein Fall von Eigenjustiz eingetreten, doch ich werde mich im Flüchtlingsbereich umsehen. Leider erschwert der sich häufende Terror die Kontaktaufnahme, obwohl sich die Flüchtlinge von den Terroristen strikt abgrenzen. Sie sind vor den Henkern im Namen Allahs geflohen und verurteilen Massaker. Und wie stehen sie zu attraktiven Polizistinnen wie mich? Könnten sie auch bei mir eine befürchtete Abschiebung wittern? Es wäre in null Komma nichts schlecht um mich bestellt, mache ich verhängnisvolle Fehler.

Oh, oh, ich stecke bis zur Oberkante Unterlippe in einem Zwiespalt, schließlich hänge ich an meinem Leben. Dass Hamadi, vielleicht dieser Turan, oder einer aus der

Schar der Flüchtlinge, den Bauer ermordet hat, ist nicht auszuschließen. Täte ich das, wäre es unprofessionell. Warum nur sträube ich mich gegen die Täterschaft eines Flüchtlings?

Ziehe ich eine Zwischenbilanz, dann sind wir keinen Schritt weitergekommen. Die Ermittlungen laufen holprig. Dem Zufall sind Tür und Tor geöffnet. Nur eins ist Fakt: Eifersucht ist ein geläufiges Motiv. Lebewirt konkurrierte mit Bauer um Lisas Gunst, nebenbei hatte er sich in das Busenwunder verknallt. Dreist wollte er beide Schicksen für sich allein haben. Hat er Bauer deswegen aus dem Weg geräumt? Keine andere Theorie passt besser zu Bauers und Lisas Tod.

Und dann das Dilemma mit meinem Kollegen. Felix hat mich mit seiner braunen Ader geschockt. Wie ich mit ihm umgehe, das weiß ich nicht. Mein Vertrauen in ihn ist auf dem Tiefpunkt. Nicht umsonst fühle ich mich mit der Verantwortung alleingelassen. Also muss ich die Mordfälle möglichst schnell aufklären, und das allein mit meiner Intelligenz.

Manche Polizisten erzeugen in der Wahrnehmung ein strafrechtlich unrelevantes Achselzucken. So war's auch bei meinem Vater. Wär's nach ihm gegangen, hätte ich Politikwissenschaften studiert. Leider spukte mir der Wunsch, Kommissarin zu werden, unabänderlich durch mein Wolkenkuckucksheim. In Gedanken und an der Seite eines feschen Kommissars lehrte ich den Mördern das Fürchten. Und womit vergnüge ich mich jetzt? Mit dem braunen Sturkopf Felix Freitag.

Ich ging also, trotz der Hasstiraden meines Vaters auf Uniformierte, zur Polizeischule. Und daran ist unsere Vater-Tochter-Beziehung zerbrochen. Ich habe kein Kind mehr hat er oft betont, für einen überzeugten Friedensaktivisten wenig pazifistisch. Doch so langsam akzeptiert er meinen Status der erfolgreichen Hauptkommissarin, denn mein Start glich dem einer Cruise-Missile.

Hundert Meter vor meiner Haustür greife ich das Spiel der Alemannen gegen Viktoria Köln auf.

„Nur eine lapidare Frage", nehme ich Felix in die Zange. „Bleibt es bei der Stippvisite auf dem Tivoli?"

„Klar, mein Schatz", sülzt Felix, dabei grinst er mich amüsiert an. Und auch ich mache Felix schöne Augen, mit denen ich frage: „Was grinst du so?"

„Du bist süß", sagt Felix.

„Na, wenn's so ist, dann komm mit zu mir rauf."

Den Gesinnungsstreit blende ich aus, denn ich vertraue auf die Vernunft meines Partners. Vielleicht hat er mehr wünschenswerte Einsicht in sich gespeichert, als ich ihm zutraue, und ich kann ihn vor dem Eintritt in die AfD bewahren? Aber ist das eine Fehleinschätzung, dann war's das mit uns beiden.

Im Moment jedenfalls bin ich rattenscharf. Ich brenne auf einen Fick mit Felix, daher fühle ich mich wie der Gasgrill auf viel zu hoch eingestellter Flamme. Ihn verwegen anstrahlend schmiege ich mich in seine aufnahmebereiten Arme.

So kann mir Felix gar nicht wiederstehen und schmilzt regelrecht dahin. Seine linke Hand schiebt sich unter meinen Rock, dann weiter über meinen rechten Oberschenkel aufwärts, die andere Hand knetet meine Brüste. Mir wird siedend heiß, denn seine Hände sind überall. Ich drohe die Kontrolle über den Panda zu verlieren.

„Aye, aye, Captain", strahlt Felix. „Schenke mir deinen Traumkörper mit Haut und Haaren. Deine Titten machen mich fürchterlich geil."

5

Ein stürmischer Liebesorkan hat mich dahingerafft, danach bin ich erleichtert eingeschlafen, das ist mir seit Tagen nicht mehr gelungen. Doch mitten in der Nacht wache ich auf und starre in Richtung Uhr, dann den sich aufrichtenden Felix an.

„Es ist halb zwei", krächze ich heiser. „Um Gotteswillen, du willst aufstehen?"

„Ich muss."

„Bleib doch noch", nörgele ich gekünstelt.

Ich kuschele mich an den nackt neben mir Sitzenden, dabei streichelt der mir mit seinen Fingerkuppen über meine rosafarbenen, sich aufrichtenden Brustwarzen.

„Schmiege dich an mich", melde ich weiteren Liebesbedarf an. „Wenigstens ein Weilchen."

Aber Felix ignoriert mein Betteln und schwingt sich von der Matratze. „Ich muss nachhause."

Diese Klatsche eröffnet er mir hölzern. „Meine Frau macht Terz. Den familienfeindlichen Dienstplan nimmt sie mir nicht mehr ab. Bis nachher im Büro."

„Rutsch mir den Buckel runter", knalle ich ihm an den Kopf und verziehe mich komplett unter die Bettdecke, dort balle ich meine Fäuste.

Als mein Partner das Feld geräumt hat, unternehme ich einen aussichtslosen Einschlafversuch.

Am nächsten Morgen, der Herbst meint es immer noch gut, ziehe ich wegen der warmen Witterung wieder den kurzen, schicken Rock an, dann bin ich Punkt Acht im Büro. Ich unterdrücke meine Verärgerung über den abrupten Abgang des Kollegen, dementsprechend kühl und reserviert sitzen wir uns gegenüber.

Die Tür wird geöffnet und Ressortchef, Oberkommissar Alfred Kowalski, steht im Raum. Der beabsichtigt den Rücktritt des Polizeipräsidenten Vandenberg zu nutzen, um dessen Nachfolge anzutreten. Mit der Beförderung gedenkt er seine Schäfchen ins trockene zu bringen und macht bereits Nägel mit Köpfen.

Der Oberkommissar ist kein gutaussehender Mann. Er ist eher vergleichbar mit dem Ekel Alfred Tetzlaff aus der Fernsehserie „Ein Herz und eine Seele", nur ist Kowalski bedeutend größer. Aber er hat ähnlich ungehobelte Manieren. Bei der Kleidung liebt er es elegant. Täglich trägt er einen schwarzen Anzug mit Weste, die sich im Bierbauchbereich mächtig spannt. Und zum Spott jeder Beschreibung trägt er eine grüne Krawatte und ein rosafarbenes Hemd. Diese Entgleisung ist in der Politik groß in Mode.

Kowalski grüßt kurz und kommt zur Sache: „Sie bearbeiten die Fälle Bauer und Färber? Bin ich da richtig informiert?"

„Ja. Wir arbeiten dran", antworte ich abweisend, wobei ich denke: Das weißt du doch, du arroganter Arsch. Und einen blasen tue ich dir schon gar nicht. Da kannst du Gift drauf nehmen.

Kowalski wird direkt: „Ich erwarte Diskretion. Bauers Ansehen darf nicht in den Schmutz getreten werden. Berücksichtigen Sie das. Er war ein guter Freund."

„In Ordnung", seufzt mein Partner, worauf der Oberkommissar ergänzt: „Und was die anrüchige Lisa Färber betrifft, deren Tod bearbeiten Sie separat. Ich sehe da keinen Zusammenhang mit Bauers Tod."

„Ist das eine Anordnung des Polizeipräsidenten?"

„Nein, ich entscheide über die Abläufe", knurrt Kowalski

„Okay. Wir bemühen uns", antworte ich roh. „Aber dass Bauer selbstgefällig im Umgang mit Frauen war, wissen Sie natürlich. Der hat schon viele Frauen auf den Baum gejagt."

„Nun übertreiben Sie mal nicht", wiegelt Kowalski ab. „Bauer war ein strammer Mann. Eine Respektsperson. Nennen wir's so. Nun ja, vielleicht etwas unbeholfen im Umgang mit den Weibern, aber wer ist das nicht?"

Ich lache verächtlich.

„Frauen bitte", betone ich in aller Deutlichkeit. „Und das Wort „etwas" ist wohl fehl am Platz."

Doch Kowalski übergeht meinen Einwand. „Jedenfalls haben Sie mich verstanden, Frau Sonntag. Sie sind eine gute Beamtin. Ich verlasse mich auf Sie."

„Das können Sie, Herr Kowalski."

„Ach so, bevor ich's vergesse", meldet sich der Oberkommissar ins Gespräch zurück. „Ich habe gehört, Sie sind in Ihren Ermittlungen weit fortgeschritten und haben einen Verdächtigen. Ist das der Syrer mit dem Namen Hassan Hamadi?"

„Es sind vage Indizien, die ihn ins Blickfeld rücken, doch die sind inzwischen überholt", versuche ich die Bedeutung herunterzuspielen.

„Sehr gut, Frau Sonntag", ignoriert er meine Klarstellung, als habe er sie nicht vernommen. „Bleiben Sie an dem Syrer dran und machen Sie ihn mürbe."

Kowalski lächelt mich an, dabei sagt er zu Felix: „Herr Freitag. Verlassen Sie einen Moment den Raum."

Felix gehorcht und hat kaum die Tür hinter sich zugezogen, schon schmachtet der Oberbulle, als ob er mit einem Potenzmittel vollgestopft wäre. Mehr oder weniger aufdringlich macht er mir seit Monaten den Hof.

„Sie sehen heute übrigens hinreißend aus", gurrt das geile Meerschweinchen, dabei läuft ihm der Speichel wie ein Rinnsal aus seinem grässlichen Maul.

Kowalski nimmt meine linke Hand und streichelt sie. „Bin ich erst der Polizeipräsident Aachens, befördere ich Sie", sagt er süffisant. „Überlegen Sie sich's."

Sein Atem stinkt, wie bei anderen Aufeinandertreffen, brutal nach Alkohol. Nach einem ekelhaften Fusel. Der Mann ist Alkoholiker, nehme ich an.

„Und Hamadi ziehen Sie aus dem Verkehr", labert er ungeniert weiter. „Ich mag keine Flüchtlinge. Die Muselmanen soll der Teufel holen."

Ich lächele gequält und denke: Du bist ein Ferkelchen wie Bauer, da streichelt er mir frech über meine Brüste und kneift mir unanständig in den Arsch.

„Finger weg", knurre ich wie ein Kampfhund. „Die Früchte meines Leibes sind für andere Männer reserviert."

Für Hanswurste mache ich nicht die Beine breit, denke ich. Das soll er merken, und das ich meine Nase zu hoch trüge, das kann man mir wahrlich nicht nachsagen. Ich bin kein Kollegenschwein, eher der Kumpeltyp. Mit mir kann man Pferde stehlen, auch wenn mancher Mann dahinschmilzt, wackele ich mit dem Hintern. Trotz allem mag ich Anzüglichkeiten Marke Oberkommissar Kowalski nicht. Die nimmt sich nicht mal Felix heraus.

*

Es ist dreizehn Uhr. Wir gehen zum in schwarz und gelb gehaltenen Fußballtempel. Vom Präsidium ist es ein zehn Minuten Marsch. Als wir vor dem zu groß geratenen Tivoli stehen, sind wir erstaunt über die schwache Zuschauerzahl. Zehntausend Fans tummeln sich in der Mammutarena. Das Desinteresse hat viele Gründe.

So fristet der Verein das Dasein des Provinzclubs mit den üblichen Streitigkeiten. Die sind bei den *Alemannen* nicht auszumerzen, denn es geht ums liebe Geld.

Wir stellen uns in den Fanblock der Aachener und ich lausche in alle Richtungen. Der eine schwarzgelbe Fahne schwenkende Alemannenfan unterhält sich mit dem Nebenmann.

„Alle Leistungsträger sind verletzt, und die Jungprofis bringen nichts. Ach du heiliger Strohsack, das führt unweigerlich zum Abstieg."

Sofort brüllt er zu den sich aufwärmenden Spielern rüber: „Kämpfen! Macht sie platt!"

Und danach nuschelt er: „Ein gut informierter Freund hat seit Tagen gemunkelt, dass Bauer tief in die Kasse gegriffen habe. Darauf verwettet er sein letztes Hemd."

Woraufhin der Nebenmann flüstert: „Mit seiner eigennützigen Finanzpolitik als Aufsichtsrat hat er die *Alemannia* in die Scheiße geritten."

Und der Fahnenträger entgegnet, aber lauter: „Mag sein, aber nicht nur im Verein hat Bauer Kasse gemacht, nein, er hat die Stadt mit den Kosten für das Herrichten der Flüchtlingsheime in die Pleite gestürzt. Geplündert hat die Kanalratte unser Stadtsäckel."

„Richtig", betont der Nebenmann. „Bauer hat in die eigene Tasche gewirtschaftet. Aber den Toten soll man ja nichts Schlechtes nachsagen."

Sind die Fußballstrategen dröge Dumpfbacken? Da es in Fußballerkreisen genug davon gibt, ist es nicht auszuschließen, aber ihre Mutmaßungen klingen glaubwürdig und passen zum Allgemeinbild.

Ich stutze.

Bleich wende ich mich an Felix: „Schau zur Ehrentribüne. Sind das Kowalski und Domen? Kowalski sitzt neben dem Präsidenten der *Alemannen*. Und daneben

Morgenrot, der Architekt. Der bebaut das abgefackelte Grundstück."

Felix bestätigt mich: „Natürlich. Das ist die Dreifaltigkeit Aachens. Aber Freunde sind die nicht. Sieh nur, wie gehässig sie tuscheln. Gleich geraten sie sich in die Haa-re."

„He, Sara, diese Spur hattest du schon mal."

O ja, so kreativ wünsche ich mir den Kollegen immer. Auf einmal sprüht er vor Einfallsreichtum. So löst er jedes knifflige Kreuzworträtsel. Ist er clever, dann bin ich zufrieden mit ihm, trotz seiner braunen Gesinnung und der Trennungsunfähigkeit von seiner Frau. Doch den Zu-stand auszublenden ist schwer, denn beides hängt wie ein finsterer Schatten über uns.

Mit den Augen des Habichts schaue ich zur Promigruppe hinüber und sehe, wie Domen beim Morgenrot wütend an den Schulterpolstern rüttelt.

„Heiliges Blechle!"

Der Ausruf, den der schwäbische Kommissar Bienzle im Tatort zu sagen pflegt, ist mir spontan rausgerutscht. Er sagt auch: „Wie gern würde ich drüben Mäuschen spielen."

Der Stadionsprecher stellt die Gästespieler vor.

„Hans..., Arschloch, Walter..., Arschloch, Norbert..., Arschloch."

Er röhrt die Spielernamen in sein Mikro, doch deren Nachname geht im „Arschloch" Gebrüll der Fans unter, und das zehn mal. Sogar ein Hurenbock steht im Gästetor. Von da an sehe ich elf Kaiserstädter, zehn Arschlöcher und einen Hurenbock den Ball nachrennen.

Das Spiel ist zwanzig Minuten alt, als die gegnerische Fangemeinde brüllt: „Tor....! Tor....!"

„Voll Scheiße", stöhnt Felix. „Grottenschlecht spielen die *Alemannen*. Mit der Spielweise gewinnt die Gurkentruppe kein Spiel."

Und fachmännisch erläutert er mir den Spielablauf, als hätte er einen Laien neben sich: „Schau, die sind in der Deckung offen wie ein Scheunentor. Und vorne verlassen sie sich auf den lieben Gott."

„Hör auf, Felix", schnauze ich ihn an. „Ich habe Augen im Kopf. Außerdem ist das nicht mein erstes Fußballspiel."

Das Spiel endet 0:1.

Die Fans verabschieden die Belegschaft mit gellenden Pfiffen und der üblichen Randale. Die Nazis prügeln sich mit den Ultras. Es gibt Verletzte und die nicht gerade zimperlichen Kollegen haben alle Hände voll zu tun. Früher war Bauer für den Mob das Angriffsziel, neuerdings ist es Domen. Auch der hat Stadionverbote umgesetzt und Pyrotechnik verbannt.

Die Nazis skandieren: „Domen raus! Domen raus!"

*

Wieder zurück im Büro, setze ich mich an den Computer. Ich bin mir aber nicht sicher, was oder wen ich googeln soll. So diskutiere ich mit Felix über den frisch erworbenen Sachstand.

Ich äußere mich dahingehend: „Bauer verkehrte auf der Politikerebene. Er umgab sich gern mit dem Geldadel und Sportgrößen. Verbirgt sich im Dunstkreis der Politik oder des Fußballs der Täter? Unklar ist, wo sich Bauer in seiner Freizeit rumgetrieben hat."

„Eventuell in anrüchigen Kneipen", erwägt Felix, was freilich nicht der Weißheit letzter Schluss ist.

Und ich bin bei der Äußerung meines Vorhabens milde gestimmt: „Mag sein, mein Lieber. Ich nehme Kontakt zu Präsident Domen auf. Er ist eine der Schlüsselfiguren der Finanzaffäre und kennt mögliche Verquickungen."

„Das klingt gut."

„Ja schon, aber meines Wissens hat Bauer die Schweinerei mit dem Grundstück gedeichselt, zusammen mit dem aalglatten Morgenrot."

„Ich meine auch, Sara."

„Das verstärkt den Verdacht, dass der Mord mit dem Abfackeln und Grundstücksverkauf zu tun hat."

„Das ist nicht neu", grunzt mein Kollege.

„Natürlich nicht. Aber das Handgemenge zwischen Morgenrot und Domen auf dem Tivoli hat mich neu inspiriert. Ich werde den Architekten genauer durchleuchten."

Behänd gebe ich Morgenrot in den Computer ein, doch das Ergebnis ist mager. Neben belanglosen Bauvorhaben spuckt das Gerät immerhin aus, das der Architekt bei der Neubebauung des abgefackelten Grundstücks mit dem vermuteten Hotel absahnt.

Okay, das wussten wir. Aber da ist auch ein Register mit Vorstrafen wie Unterschlagung und Steuerhinterziehung vermerkt. Herrjemine, in den Computerdateien steckt viel Brisanz.

Ich setze mich aufrecht hin, um bei klarem Verstand zu bleiben, und frage meinen Partner: „Wem gehört das Grundstück jetzt und warum denke ich in dem Zusammenhang an Stefan Wiese?"

„Der Besitzer ist unbekannt. Der hält seinen Namen raus", sagt Felix. „Und den Aktivisten Wiese betreffend hast du Vorurteile, nur weil der Mann sich als Lautsprecher gegen Unterwanderung hervortut. Mein Gott, was hat er denn groß getan? Er hat halt den Brandanschlag wie die damalige Machtergreifung durch Hitler gefeiert."

„Hör auf, Felix", fauche ich ihn an. „Mein Hass auf Wiese ist berechtigt. Wir sollten die Möglichkeit prüfen, ob er sich Bauer aufs Korn genommen hatte und jetzt Morgenrot auf der Pike hat. Stuft er ihn, wegen eventu-eller Aktivitäten um die Flüchtlinge negativ ein, dann ist er ihm ein Dorn im Auge."

Felix kratzt sich mit einem Kugelschreiber am Hinterkopf, dabei reagiert er kleinlaut: „Du meinst, der Mord an Bauer könnte ein Racheakt des Aktivisten gewesen sein, weil seine Zusammenarbeit mit Bauer in die Brüche gegangen war und nun will er sich Morgenrot vorknöpfen?"

„Du sagst es."

„Aber warum soll Wiese die Nerven verloren haben? Warum hat er nur Bauer erledigt und nicht auch noch Morgenrot?"

„Vielleicht ist er der nächste Tote?"

Ich habe sehr gewagt spekuliert, weit entfernt von einer Schönwetterfront, weshalb ich seufze: „Lieber Gott, nur das nicht. Lass es nicht passieren."

Aufgeschreckt durch die Anschlagsmöglichkeit, denke ich an Bauers Leiche, daher sehe mir die Tatortfotos mit dem entstellten Toten noch einmal gründlich an, prompt bekomme ich bei der Menge an Blut eine Gänsehaut. Für mich wird klar: Der Mord an Bauer passt zu einem Durchgeknallten wie Wiese, daher werde ich mich intensiv mit der Hassthematik auseinandersetzen. Bei derartigen Themen benötige ich keinen Spannungsverstärker.

Und mich von den Bildern des Ermordeten gelöst, mache ich Dampf: „Architekt Morgenrot schwebt in Lebensgefahr, doch wir können den Mord verhindern? Unser Handeln ist Pflicht. Es ist allerhöchste Eisenbahn."

„Aber wie gehen wir vor?"

Ich habe die Frage meines ratlosen Partners registriert und antworte: „Wir reichen bei Kowalski den Antrag auf Personenschutz ein."

„Akzeptiert Kowalski den Antrag?", fragt Felix zurück. „Geht's mit dem Personenschutz schnell genug?"

Beim Schutz von Personen ziehe ich mit Felix am selben Strang, nichtsdestotrotz kommen Zweifel in mir auf. Auch Felix sieht das Durchführen mit gemischten Ge-fühlen: „Der Oberkommissar denkt oft ans Geld. Bewil-ligt er den Personenschutzantrag überhaupt?"

„Okay, der Oberbulle ist eine Knauserratte", äußere ich mich ähnlich. „Für Morgenrots Weiterleben hoffe ich, dass Kowalski den Aufwand akzeptiert. Übe Druck auf ihn aus. Jede Minute zählt."

„Mach du das. Der ist vernarrt in dich", erwidert mein Partner, was ich als schlechte Idee abtue: „Nein, Felix. Es ist besser, du machst das. Ich will mich nicht andauernd ekeln."

Mein Kollege nickt, so spekuliere ich den Sachstand wie hypnotisiert zu Ende: „Wiese treibt die Endlösung an. Das ist sein Denkmuster. Das Asylpack und deren Helfer, und das war Bauer für ihn, müssen weg. Denen bläst man das Lebenslicht aus. Zu einem Minderbemittelten wie Wiese passt die grässlich zugerichtete Leiche. Nur die erwürgte Lisa kann ich ihm nicht zuordnen. Sexuell ist Wiese nie auffällig geworden."

Danach erwähne ich die Variante mit dem Unternehmer: „Und sollte Wiese unschuldig sein, dann haben wir den Baulöwen. Den hatte man beim Verscherbeln des Grundstücks hintergangen. Deswegen hat er Bauer erledigt und nun hat er Morgenrot im Visier."

Felix räuspert sich: „Du hast Hassan Hamadi und Lebewirt vergessen. Auch diese Varianten sind heiß, denn an Domen als Mörder glaube ich nicht. Trotz konträrer Meinungen hat der Präsident seinen Freund niemals erschlagen, schon gar nicht erwürgt."

„Freund? Ich höre wohl schlecht. Glaubst du wirklich, Bauer und Domen waren Freunde?"

Das Telefon klingelt.

Als ich abhebe, werde in den Vernehmungsraum gebeten. Drei der Nazis hat man bei den Ausschreitungen festgenommen und ins Präsidium geschafft. Ich solle mir das Grobzeug mal genauer ansehen.

„Bis gleich", sage ich in die Muschel und fordere Felix auf, mich zu begleiten. „Komm, die Arbeit ruft."

Gemeinsam betreten wir das Verhörzimmer, schon erschrecke ich. Am Vernehmungstisch sitzen die widerlichsten Exemplare des harten Kerns der Rechtslastigen, umringt von den Leuten der Bereitschaftspolizei.

Der Anblick der geistigen Tiefflieger ist schwer zu ertragen. Bei mir erzeugen die ewig Gestrigen Brechreiz. Doch ehe mich die galoppierende Schwindsucht ereilt, mache ich kein großes Federlesens, sondern bleibe eiskalt.

Ich frage die Mistkerle: „Wie seid Ihr ins Stadion gelangt? Es existiert ein Hausverbot."

Ohne eine Spur von Angst habe ich die geistigen Tiefflieger angesprochen. Doch die Satansbrut klopft sich vor Lachen auf die Schenkel. Ein großspuriger Glatzkopf mault. „Die Ordner sind Memmen. Die machen sich vor Schiss in die Hose."

„So, so, die machen sich in die Hose", wiederhole ich den Blödsinn und wechsele zu dem ermordeten Bauer: „Wo befandet Ihr euch in der Mordnacht vom Dienstag auf den Mittwoch?"

Die Frage an die Nazibande habe ich mit gebremstem Schaum gestellt, danach spüre ich, wie mich deren Augen von den Haarwurzeln bis zu den Schuhen taxieren. Mit meinem kurzen, engen Rock sehe ich natürlich umwerfend aus.

„Na wo wohl, du Bullenbraut", feixt einer der Trottel. „In der Kommandozentrale."

„Aha, ein PEGIDA-Treffen im braunen Bunker", bemerke ich unirritiert. Ich habe mein erbarmungsloses
Lächeln aufgesetzt. „Hat sich das gesamte Rudel dort
getroffen und das mitten in der Nacht?"

„Zwanzig Stammgäste werden meine Anwesenheit bezeugen", grunzt das glatzköpfige Schwein, dann rülpst
er ungeniert. „Komm mal vorbei, du Fotze."

Das Ausstrahlen von Ruhe und Gelassenheit fällt mir
beim Umgang mit Abschaum sauschwer. Unweigerlich
stoße ich an Grenzen, denn das Prügelpack wird von
Monat zu Monat unerträglicher. Wie entwickle ich eine
wirksame Strategie, die den Schmutz an mir abprallen
lässt? Vor welcher Wortwahl hat ein Rechtsradikaler
Respekt? Ist das der richtige Tonfall, der jetzt folgt?

„Du blöde Küchenschabe", sagt dir die Fotze. „Einer
von euch Drecksäuen hat Bauer umgebracht."

Die braune Brut staunt über meine Wortwahl, um so
mehr, als ich fortfahre: „Von Halbaffen lasse ich mich
nicht provozieren."

Doch danach werde ich sachlich. „Sobald die Beweislage steht, schmücken schwedische Gardinen euer
Heim. Für Ratten wie euch die artgerechte Umgebung."

Ich drehe mich um und verlasse mit meinem Partner
den Raum. Die Luft mit derlei Kakerlaken teilen zu
müssen, gleicht einer Bestrafung für eine Polizistin.

Dass mich die Bande in naher Zukunft mit einer haari-
gen Aktion vor der Haustür heimsuchen wird, und das
in nicht allzu langer Zeit auf mich geschossen wird, ich
demnach in Lebensgefahr schweben werde, an derartige
Auswüchse hatte ich seinerzeit nicht in den kühnsten
Träumen gedacht.

*

Wir verbringen den Sonntag im Büro und beschäftigen uns mit Schriftkram. Zum Beispiel schreiben wir Protokolle und befassen uns mit diesem und jenem, da packt mich der Aktionismus, denn umgehend betritt Lisa Färber mein geistiges Spielfeld.

„Der Schlüssel zur Lösung ist diese Tanja", hebe ich gegenüber meinem Partner hervor. „Aber auch Lisas Freund sollten wie schleunigst durchleuchten."

„Tja, irgendeine Rolle spielt das Mädel", sagt Felix. „Agnes betitelte Lisa als Luder. Was ist dann Tanja? Ist die ähnlich wie Lisa drauf? Oder ist Freund Peter der Weißheit letzter Schluss?"

„Das mag alles sein, mein Lieber", sage ich verständig gestimmt. „Zu wem fahren wir zuerst? Zu Lisas Freund oder zu Tanja?"

„Wir nehmen uns Tanja vor", ist Felix begeistert. „Der Freund kann warten."

„Du bist unverbesserlich", zwicke ich Felix. „Beim Begriff Luder regt sich in dir der Mann."

Ich lache herzhaft über den sprachlosen Gesichtsausdruck meines Partners und frage ihn: „Hast du eine Anschrift?"

„Selbstverständlich", antwortet der. „Was würdest du wohl ohne mich machen?"

„Männer wie dich gibt's wie Sand am Meer", spotte ich und lächle, prompt habe ich meinen Partner in der Spur.

Tanja Göring bewohnt eine kleine Studentenbude im Pontviertel. In der lebhaften Gegend fühlen sich junge Leute pudelwohl, denn in der Feiermeile ist immer jede Menge Remmidemmi.

Als wir einen Parkplatz suchen ist nichts zu machen. Wir lassen den Dienstwagen verkehrswidrig in der Pontstraße vor ihrem Haus stehen, dann klingeln wir stürmisch. Nach einer kurzen Verweildauer summt es, denn die Tür wird aufgedrückt.

Wir steigen in den 3. Stock hinauf, wo die besagte Tanja in der Wohnungstür steht und mürrisch fragt: „Wer sind Sie und was wollen Sie? Ich kaufe nichts an der Tür."

„Das verstehe ich", antworte ich bestimmt. „Trotzdem müssen wir dringend mit Ihnen über Ihre tote Freundin reden. Wir sind von der Mordkommission Aachen."

Ich zeige Tanja meinen Ausweis, schon gewährt sie uns Einlass.

Tanja ist ein ähnlich hübsches Ding wie Lisa. Sie hat langes, blondes Haar und nicht enden wollende Beine. Als Modell wäre ihr ein sattes Einkommen sicher. Ihr Zimmer ist unaufgeräumt, eben eine Studentenbude. Die besteht aus einem Raum mit Bett, Küchenzeile und Sitzecke, die Utensilien wahllos bei IKEA gekauft und in bescheidenerer Qualität. Ähnlich habe ich während meiner Ausbildung gehaust.

Ich frage die Studentin: „Darf ich dich duzen, Tanja?",

Und die antwortet patzig: „Wenn's der Wahrheitsfindung dient."

Doch als sie mir in die besorgen Augen sieht, korrigiert sie sich und entschärft die Situation.

„Entschuldigen Sie mein Auftreten, aber ich bin durch Lisas Tod in schlechter Verfassung. Nein, sagen wir es konkret, ich habe Angst."

Felix kann sich gar nicht satt sehen an Tanjas Fahrgestell, trotzdem stellt er ihr die Frage, die mich am allerwenigsten interessiert: „Was studierst du?"

„Jura im 3. Semester", antwortet Tanja. „Da kenne ich mich ein bisschen mit Mordfällen aus."

Diese Antwort war das Signal für mich, das Regiepult wieder zu übernehmen: „Dann kannst du uns bei der Aufklärung helfen. Hatte Lisa ein gutes Verhältnis zu ih-rem Freund Peter? Oder stimmte eventuell in der Bezie-hung irgendwas nicht?"

„Stimmungsmäßig war das Verhältnis zwischen Lisa und Peter angespannt, was an Lisa lag. Der Syrer Turan hatte ihr den Kopf verdreht. Aber Lisa drückte sich vor der Entscheidung, wen sie will. Turan oder Peter."

Wie der Einschlag einer Rakete, ereilt mich die Einge-bung: „Oho, das Verhältnis zwischen Lisa und Turan ist ja ganz neu."

Und auch in Felix bricht ehrliches Erstaunen aus. „Schau an, der kleine Syrer. Damit ist er genauso ver-dächtig wie Hassan Hamadi."

Die Reaktion meines Partners ist irgendwie okay, des-halb werde ich ermittlungsrelevant: „O ja. Den Schla-winer nehmen wir später auseinander. Turan hatte von einer deutschen Freundin gesprochen, das stimmt. Aber hätte er angedeutet, dass es sich um Lisa handelt, dann hätten wir darauf reagiert."

Ich mache ein Häkchen im Kopf, dann wechsele ich zu den Abläufen im Immobilienbüro: „Für mich haben die Orgien an Lisas Arbeitsplatz mit ihrem Tod zu tun. Kannst du dir das vorstellen? Und warst du dabei, dann weißt du mehr darüber."

„Muss ich über die ekligen Abende sprechen?"

„Das wäre gut", drängele ich. „Wer daran teilgenom-men hat, darüber haben wir nur vage Mutmaßungen. Wir brauchen die Namen, ansonsten sind uns die Hände gebunden."

Tanja ist rot geworden.

Sie überlegt eine Weile, dann platzt ihre Teilnahme temperamentvoll aus ihr heraus: „Ja, ich war dabei. Sie kriegen es ja eh raus. Lisa und ich haben die Saftärsche wie die Weihnachtsgänse ausgenommen. Ein Studium finanziert sich ohne reiche Eltern nicht von allein."

„Ist ja nicht strafbar", beruhige ich Tanja. „Du kommst anscheinend damit klar."

„Komme ich nicht", protestiert sie.

In ihre Augen treten Tränen.

„Mit dem Ekel umzugehen ist schwer. Doch Lisa bekam nie genug. Immer mehr Asche musste es sein, weil sie mit dem Freund ein Lokal eröffnen wollte."

„Oje, das kostet. Aachen ist teuer", versteht sich Felix als ultimativer Aachenkenner.

„Ja eben", schluchzt Tanja. „Vielleicht ist Lisa leichtsinnig geworden und hat einen Alleingang versucht?"

„Und der wurde ihr zum Verhängnis", vollende ich den Satz. „Wem traust du den Mord zu?"

„Ach Gott. Was für eine Frage", reckt Tanja ihre Hände theatralisch in die Höhe. So verharrt sie, dann lässt sie die Arme sinken und erklärt uns den Sachverhalt: „Jeder Bonze ist widerlich. Mich schüttelt es, wenn ich an sie denke. Die alten Labersäcke ranzulassen, das war abartig. Wären die Pillen nicht gewesen, ich hätte abgedankt."

„Tut mir ehrlich leid", bekunde ich mein Mitgefühl. „Aber du hast aus freien Stücken mitgemacht."

„Natürlich, das ist ja das Schlimme."

Tanja reibt sich die Tränen aus den Augen. „Lange wäre das eh nicht mehr gut gegangen."

Neugierig beobachte ich meinen Partner. Der hat angespannt zugehört. Jede innere Regung Tanjas hat er in sich aufgesaugt. Für Felix als Mann ein Ereignis von Nachhaltigkeit. Was für abscheuliche Spielchen seine Gattung so treibt, das hinterläßt Spuren in ihm. Und die volle Dröhnung nur halbwegs verarbeitend, fordert Felix die Namen der Schmuddelbrüder, und das sehr direkt: „Wer war dabei? Sag's uns. Hab keine Scheu. Die Ratten werden dich in Ruhe lassen", bedrängt er die verunsicherte Tanja..

Und ich werbe zusätzlich um ihre Mithilfe: „Ja, Tanja. Vertraue uns.",

„Das geht nicht", schluchzt Tanja.

Aus Resignation lässt sie den Kopf in den Nacken fallen und seufzt: „Ich habe Angst. Die machen mich fertig, genau wie Lisa."

„Aber nein, Tanja, wir verfrachten dich aus der Schusslinie", bestärke ich sie, ihre Furcht abzulegen.

„Das könnt Ihr nicht", verweigert sich die junge Frau. „Die sind zu mächtig. Sage ich die Namen, dann wüsstet Ihr warum."

Dass es sich um ganz große Kaliber handeln muss, das wissen wir seit dem Gespräch mit Agnes, denke ich. Trotzdem setze ich auf den letzten Joker.

„Du willst doch, das der Mörder Lisas verurteilt wird. Mensch, hilf uns. Wir brauchen dich als Zeugin."

„Nein! Nein!"

Tanja hat das Nein so verzweifelt herausgeschrieen, als hinge ihr Leben daran. Sie demonstriert ehrliche Panik: „Ich fürchte mich vor der Bande."

„Sakrament!" Ich habe es um mehrere Oktaven zu laut. Gebrüllt. Dann mäßige ich mich: „War unser Polizeichef dabei? Auch der Drecksack gehört hinter Schloss und Riegel gebracht."

Doch die bedauernswerte Studentin zetert: „Hören Sie auf. Ich will leben. Verstehen Sie das nicht?"

„Oh doch, aber deine Angst ist unbegründet."

Ich nehme das zitternde Geschöpf in den Arm, doch Tanja reißt sich los.

„Gehen Sie", macht sie entgültig die Schotten dicht. „Mit meiner Furcht vor den Saukerlen muss ich allein klarkommen."

Tanja Göring schiebt uns energisch zur Tür.

Doch kurz danach, wir haben die Türschwelle nicht überschritten, sagt sie kleinlaut: „Sie hören von mir, sollte ich's mir anders überlegen."

*

Ratlos stehen wir auf der Straße vor Tanjas Haus. Die Sonne hat sich vom Himmel verabschiedet, stattdessen haben dunkle Wolken das Regiment übernommen.

Was machen wir nun, denke ich. Tanja ist die wichtigste Belastungszeugin, um die Aachener Prominenten bloßzustellen. Jetzt muss uns dieser verkrachte Student Peter Ferner, weiterhelfen. Hoffentlich ist er dazu bereit, denn auch er gehört zum Verdächtigenkreis. Der und neuerdings der Syrer Turan.

Ich hake mich bei Felix ein und befehle: „Und nun auf zu Lisas Freund."

Unterwegs reden wir über die Sachlage. Ich spekuliere: „Was hat Peter über Lisas Doppelleben gewußt? Hat er's geahnt? Wahrscheinlich nicht, denn das mit dem Nebengewerbe hat sie sicher für sich behalten."

„Mag sein, aber ich halte ihn nicht für naiv", kontert Felix, „deshalb packe ich ihn nicht mit Samthandschuhen an. So etwas merkt ein Mann. Sexeskapaden kann man nicht verheimlichen. Ist das okay?"

Ich bleibe besonnen und verarbeite seine nicht unlogische Meinung. „Okay, auch Peter kommt für die Morde an Bauer und dem an seiner Freundin in Frage", ist das Ergebnis. „Wo wohnt Ferner? Du hattest seine Adresse notiert."

Mein Partner wühlt in einer Jackentasche und befördert ein kleines Notizbuch hervor.

„Das haben wir gleich", murmelt er. „Ja, da steht es. Er wohnt in der Jakobstraße. Die ist nicht weit von hier."

Felix schaut zu den Wolken hinauf. „Gehen wir zu Fuß?"

„Klar", bestimme ich. „Bewegung tut gut. Nebenher schustern wir uns eine Taktik zurecht."

Fünf Minuten später haben wir's geschafft. Wir stehen vor einem unscheinbaren sechziger Jahre Haus. Felix drückt den Klingelknopf, auf dem Ferner steht.

Nichts rührt sich.

Durch die schmutzigen Türscheiben sehe ich, wie ein Schatten das Haus durch den Hinterausgang verlässt.

„Schnell, Felix. Der Kerl will türmen", treibe ich meinen Partner an. „Renn um den Häuserblock, vielleicht erwischt du ihn noch."

Felix ist eine Sportskanone. Er zündet den Turbo und verschwindet um die Ecke, während ich die Klingelknopfzeile malträtiere. Bei den ersten Summtönen werfe ich mich gegen die Tür.

„Werbung", rufe ich ins Treppenhaus, dann eile ich zum Hinterausgang und trete ins Freie.

Und siehe da, mein Partner zieht einen jungen Mann am Arm hinter sich her und kommt mir entgegen. Ich vermute, es ist Peter Ferner.

„Wer wird's denn so eilig haben", frotzele ich unverschämt.

Als beide vor mir stehen, frage ich ernst: „Bist du Lisas Freund? Ich darf doch du zu dir sagen?"

Der junge Mann nickt.

Er sieht gut aus mit seinem markanten Gesicht, denke ich. Die halblange Haarpracht trägt er wie der Stürmerstar Mario Gomez. In seinem dunkelblauen Pullover und der verwaschenen Jeans ähnelt er einem Juppi, gar nicht einem Studenten. Perfekt zu seinem Typ passen auch die Adidas Turnschuhe.

Ich bin noch dabei, mir den Gelegenheitsstudierenden zu verinnerlichen, da antwortet Peter Ferner: „Ja, ich war Lisas Freund. Ich war, denn meine Freundin ist tot. Aber das wissen Sie bereits."

„Das wissen wir", bestätige ich, um umgehend den Versuch des Überrumpelns zu starten: „Und du hast sie umgebracht."

Peter stottert: „Ich? Wieso ich?"

„Weil du krank vor Eifersucht warst", übernimmt mein Partner den Part des Angreifers.

„Nein. Warum sollte ich?"

Die nackte Verzweiflung bricht aus Peter heraus.

„Ich habe Lisa geliebt und sie mich. Wir gehörten zusammen."

„Sie war ein Miststück."

Felix drückt es knochenhart aus. „Nun erzähl nicht, du hast von ihren Eskapaden im Büro nichts mitbekommen?"

Peter schweigt.

„Du hast Günther Bauer in der Mordnacht abgepasst und umgebracht", quakt Felix. „Und deine Freundin hast du für ihre Eskapaden bestraft. So war's doch."

Peter verzieht keine Miene.

„Herrgott noch mal. Mit deinem Schweigen kommst du nicht durch", bellt Felix. „Ich kann auch härtere Seiten aufziehen. Wo warst du in der Mordnacht?"

„Im Pontgarten. In dem kellnere ich."

„Dann gibt's Zeugen", geht Felix ins Detail. „Wir werden das Lokal auf den Kopf stellen, verlass dich drauf."

Der junge Mann schaut mit ausdruckslosen Augen zu mir rüber, und ich gerate ins Grübeln: Hm, was halte ich von Peter? Ist er durch Lisas Doppelleben zum Mörder geworden? Ist er wegen soviel Hintertriebenheit aus den Fugen geraten? Hat der Schock wegen Lisas Entgleisung den Ausnahmezustand in ihm ausgelöst? Wie kommt er damit klar?

Nun mal langsam. Ist der Lümmel ein Mörder, dann ist er abgebrüht wie ein Drahtseilartist.

„Kann ich gehen?", fragt Peter, ohne dass sich seine Unschuldsmiene verändert hat.

Felix schaut mich unsicher an. Glaubt er nicht daran, dass wir ihn laufen lassen? Uns aber bleibt keine andere Wahl, denn ich erkenne keine Möglichkeit, Peter in unseren Fängen zu behalten. Im Moment besitzt er ein unwiderlegbares Alibi. Bekommt er's vom Lokal Pontgarten bestätigt, scheidet er aus dem Kreis der Verdächtigen aus.

„Dann geh", sage ich ungehalten. „Aber halte dich zur Verfügung."

Mein Herz klopft hinauf bis zum Hals, denn ich bin froh, den Studenten auf der Unschuldsseite zu wissen. Ist das verfrüht?

In diesem Zustand entlasse ich Peter, dem ich nachwerfe: „Die Messe ist nicht gelesen. Also überlege, was du zur Aufklärung der Morde beitragen kannst."

Peter Ferner geht ins Haus zurück, wonach wir auch nicht viel schlauer sind als vorher. Jedenfalls schaut mich Felix herausfordernd an, als er grüblerisch fragt: „Und was nun?"

„Was und nun", antworte ich gereizt. „Übergeben wir dem Kollegen Pelzer die Überprüfung des Alibis. Der kann auch was tun."

*

Am darauffolgenden Morgen habe ich frische Brötchen eingekauft und sitze zuhause am Frühstückstisch, dabei blättere ich in der abbonierten Tageszeitung.

„Zum Teufel mit der Sensationspresse", schimpfe ich beim Blick auf die Lokalseite.

Drei Fotos hat man veröffentlicht. Abgebildet sind der erwürgte Günther Bauer, ich als verantwortliche Hauptkommissarin, und der Syrer Hamadi, der den grauseligen Mord begangen haben soll.

Reuter hat nicht alle Tassen im Schrank, echauffiere ich mich über den Chefredakteur. Vehement hatte ich ihm versichert, dass es gegen Hamadi nur minimale Ver-dachtsmomente geben würde. Ihn als Mörder hinzu-stellen ist krass.

Ich rase mit dem Panda wie eine Verrückte ins Präsidium und lese Felix den Knaller zum Tathergang vor: *Die Mordkommission sieht in Hassan Hamadi den Täter. Nach Streitigkeiten zur Ratssitzung lauerte er Günther Bauer vor dessen Haus auf. Dort schlug er mit einem Gegenstand auf ihn ein und verletzte ihn schwer. Danach würgte er den Wehrlosen, bis sein Tod eintrat. Laut Information der Hauptkommissarin verhindert das Alibi des Syrers die Verhaftung. Notgedrungen befindet er sich auf freiem Fuß*"

Der Schreiberling ist außer Rand und Band, denke ich, denn ich verstehe die Welt nicht mehr. Woher hat er das mit dem Syrer? Von unserer Pressestelle? Aber warum kein Wort über Lisa Färbers Tod? Hat unser blöder Vor-gesetzter die Presse unzureichend informiert?

Ich rufe in der Lokalredaktion an, wo sich Reuter teilnahmslos meldet: „Was gibt's, Frau Sonntag?"

„Das wissen Sie genau", fluche ich wie ein Scheunendrescher. „Warum beteiligen Sie sich an den abstrusen Spekulationen gegen den Syrer? Ich erwarte Neutralität. Sie aber setzen mit ihren Verleumdungen eine Hetzkampagne in Gang."

Geharnischt lege ich den Hörer beiseite, schneide ein Brötchen in zwei Hälften und beschmiere die Eine mit

Margarine und Honig, dann betätige ich mich der kratz-
bürstigen Tonlage.

„Ihr Geschmiere ist das Papier nicht wert, auf dem es
gedruckt wurde. Nur mein Foto ist okay, alle Achtung.
Ich sehe ja ganz gut aus, aber Hamadi ähnelt einem
Meuchelmörder."

„So ist das mit der Pressefreiheit. Glauben Sie etwa,
dass der Syrer unschuldig ist?", gibt sich Reuter jovial,
worauf ich in den Apparat brülle: „Ha! Abfälliger kann
man Hamadi nicht aburteilen. Aber Hamadi ist unschuldig, ob Sie's glauben oder nicht, denn es hat einen
zweiten Mord gegeben."

„Einen zweiten Mord? Warum weiß ich nichts darüber?", fragt Reuter konsterniert.

„Wenden Sie sich an Ihren Informanten", knurre ich
und beende das Gespräch.

Ich klopfe mir die Hände an der Hose ab, als habe ich
mich am Hörer schmutzig gemacht und beende das
Frühstück. Dann fahre ich ins Büro und informiere meinen Partner über das Telephonat, wonach ich auf seine
Reaktion warte.

Als die ausbleibt, starre ich Felix mit hochrotem Kopf
an und blase die Backen auf. „Ich weiß, dass es zwecklos ist, Reuter zu beschimpfen. Der ist keinen Deut besser als andere Presseheinis."

Worauf mein Kollege eine wegwischende Handbewegung macht. Der Griffelschwinger ist bekloppt, soll die
Geste wohl bedeuten. Danach stimmt mich Felix mit einer angedeuteten Kusshand versöhnlich.

„Lass es gut sein, Sara", sagt er. „Die Pressefritzen
verdrehen nun mal die Tatsachen."

Seine Erklärung wirkt wie eine Beruhigungspille,
allerdings versetze ich ihm einen Nadelstich: „Da liegst
du richtig. Aber wann verbringen wir die versprochenen
Tage am Meer?"

„Sobald der Fall abgeschlossen ist."

Kurz und schmerzlos hat Felix mein Hoffnungsgefüge abgewürgt, weshalb ich spröde antworte: „Ja, ja, das höre ich seit Wochen. Ich will aber am Wochenende fahren. In der Dünenlandschaft finden wir Abstand."

Felix überlegt. Dann murmelt er, was nicht nach Übermut klingt. „Die Idee ist phänomenal, aber..."

Er stockt.

„Aber? Na sag's schon."

Er seufzt: „Aber meine Frau macht Ärger. Die ist ja nicht dumm und ahnt, das ich ein Techtelmechtel habe."

„Aha, Techtelmechtel nennst du unsere Liebe."

„Nein, Sara, so war das nicht gemeint. Das Wort ist mir so rausgerutscht."

„Vergiss es", mache ich auf verletzt. „Die Entschuldigung hat sooo'nen Bart. Du willst nicht mehr, gib es doch zu."

Woraufhin mein Partner lamentiert: „Du verstehst das falsch. Ich würde ja gern, doch....."

„Ach ne", unterbreche ich ihn. „Und warum wird es dann wieder nichts?"

Felix bleibt mir eine Antwort schuldig, deshalb donnere ich ihm vor den Schädel: „Weißt du was? Wir machen Schluss. Die Chemie zwischen uns stimmt längst nicht mehr. Außerdem bin ich mir für ein scheiß Leben in der Warteschleife zu schade."

6

Es ist inzwischen Anfang November und zwischen mir und Felix bleibt es schwierig, und der Sachstand in Bezug auf Turan hat sich nicht verändert. Wir treffen ihn einfach nie an. Wo steckt der junge Mann? Stimmt das mit dem Gefährder? Ist er gar ein Terrorist?

Turan hat unsere Schusseligkeit schamlos ausgenutzt, deshalb müssen wir uns schleunigst um ihn kümmern. Eine Ermittlungspanne will ich mir nicht vorwerfen lassen.

Und wie intensiv ist das Verhältnis zwischen Lebewirt und dem Busenwunder? Solange diese Frage unbeantwortet im Raum steht, müssen wir der Liebesarie Beachtung schenken.

Also sage ich zu Felix: „Schmeiß dich in deine Jacke, du Herzensbrecher. Wir fahren zum Lebewirt. Der Mann ist ein wandelndes Fragezeichen."

„Warum zu Lebewirt und nicht zu diesem Moslem?", fragt Felix irritiert.

„Weil der Dreck am Stecken hat", antworte ich sachlich. „Der hat uns eine Menge über Bauers Frau und die Vorgänge im Immobilienladen zu erzählen."

Zum Ortsteil Richterich ist es nicht weit. Wir brettern durch den Soerser Weg, dann benutzen wir die Berensberger Straße, und kommen so in die Region der Windräder. Im Vetschauer Weg halten wir vor der Hausnummer 4.

Das Haus des Immobilienmaklers hat ein Architekt mit einer langweiligen Fassade versehen. Stararchitekt Morgenrot hat das Objekt sicher nicht verbrochen.

Und erst die Bepflanzung des Vorgartens. Grässlicher geht es nicht, denn den entstellen sterile Friedhofsgewächse und die auf nullachtfünfzehn getrimmt. Rein gar nichts an der Umgebung passt zu einem Lebemann wie Lebewirt. Sein aufgemöbelter Benz steht vor der Garage. Dessen Anwesenheit beweist aber nicht, dass sich das Früchtchen bei der Ehefrau aufhält.

Durch einen Kälteeinbruch ist es arschkalt geworden. Nach wenigen Minuten bibbere ich und leiere herunter: „Ist der Schwerenöter bei einer Geliebten, was dann?"

Worauf mein Partner mit Bestimmtheit fragt: „Lebewirt wird zuhause sein. Wann gehen wir rein?"

Und Felix ist Hellseher, denn seine Vermutung bewahrheitet sich. Ich nehme sogar an, dass uns Lebewirt beobachtet hat, hinter einer Gardine mit der Goldkante versteckt.

Er stürmt aus der Haustür und reißt die Fahrertür auf.

„Was wollen Sie?", brüllt er drohend. „Verpissen Sie sich auf der Stelle!"

Felix und ich sind in civil, doch Lebewirt hat unsere Identität als Polizisten anhand der Berichterstattung mit meinem Foto erkannt, allerdings geht sein Respekt vor den Bullen gegen Null, denn wütend hämmert er mit der flachen Hand aufs Dach unseres Dienstfahrzeuges.

„Sie haben hier nichts verloren", donnert er. „Berücksichtigen Sie die Nachbarschaft."

Mit seinem Wutausbruch hat er uns alles andere als beeindruckt, deshalb widerspreche ich ihm: „Nun mal langsam. Wir suchen nach Mordhintergründen und jeder ist verdächtig. Auch Sie."

„Schert euch dahin, wo der Pfeffer wächst", beschwert sich der Kompagnon mit einer Unverschämtheit, weswegen ich ihn bedränge: „Zuerst sagen Sie mir, weshalb Sie Bauer loswerden mussten. Ging's um das kleine Luder? Machte er Schwierigkeiten wegen der Finanzen?"

Ich habe vogelwild mit vagen Vermutungen gebluffт, doch Leberwirt zischt: „Woher wisst Ihr das?"

Oha, so fühlt sich ein Achtungserfolg an, denn intelligent war seine Antwort nicht. Und um auf der Erfolgsgelle weiterzuschwimmen, gebe ich mich allwissend.

„Ach Gottchen", sage ich abfällig. „Das pfeifen ja bereits die Spatzen von den Dächern. Wo waren Sie übrigens in der Mordnacht?"

„Daheim natürlich. Bei mir ist alles im Lot. Und das mit den Geldschwierigkeiten ist saudummes Gerede."

Nicht nachlassen, denke ich, Lebewirt verliert gleich den Überblick. Alsdann wühle ich weiter in möglichen Motiven: „Dann entspringen Ihre Bankschulden meiner Phantasie?"

Lebewirt hält inne.

Er hat mit Beleidigungen gerechnet, nicht mit seinem Kontostand. So fragt er nach kurzem Zögern: „Hat die Bank den Blödsinn ausgeplaudert?"

Felix lacht, dabei rutscht ihm raus:„Auch wir Bullen haben Beziehungen", dabei bleibt er seelenruhig. „Sie, Lebewirt, brauchten eine Finanzspritze, und Bauer kam Ihnen auf die Schliche."

Die Gesichtszüge des Kompagnons entgleisen, was Felix in seinem Ansinnen bestätigt, den Verdächtigen aus den Angeln zu heben. Betulich setzt er nach: „Und was ist mit dem Verhältnis zu Frau Bauer? Hatte Ihr Spezi Sie bei wer weiß was ertappt?"

Das Täuschungsmanöver ist gelungen, denn Lebewirt rastet aus.

„Halt dein Schandmaul! Es ist höchste Zeit, dass dir jemand die Fresse poliert!"

Sein Tonfall passt so gar nicht zu einem Immobilienmenschen, und er will dem inzwischen aus dem Wagen gestiegenen Felix den Hals umdrehen, jedenfalls lassen die Drohgebärden eine Schlägerei vermuten. Man stelle sich vor, der angesehene Makler prügelt sich, und das mit Polizisten und vor den Nachbarn.

Bis, tja, bis Lebewirts Hausdrachen dem Treiben ein Ende setzt. Deren Zetern bremst den Wüterich aus. Die Frau hat sich weit aus dem Fenster gelehnt und fuchtelt mit den Armen. „Lassen Sie meinen Mann in Ruhe! Ich rufe die Bullen!"

Damit beendet die Furie das sich anbahnende Gerangel. Ab da gleicht das Gebaren Lebewirts einem verlogenen Pantoffelhelden, kaum dem eines edlen Ritters. Er beweist höllischen Respekt vor seiner Frau. Womit bringt die ihren Alten dermaßen unter ihre Fuchtel? Weiß sie mehr?

Der Kompagnon dreht ab, bleibt aber in der Eingangstür stehen. Und ich bin ebenfalls ausgestiegen und plärre zu ihm rüber: „Ja, ja, Lebewirt. Deine Attacke hat dich bloßgestellt. Mit ähnlichem Hass hast du Bauer entstellt."

„Ich..? Solch ein Schwachsinn."

„Deine Unbeherrschtheit hat dich verraten. Noch ein paar Beweise und ich werde dich Hopsnehmen. Bist du mit der Herausgabe der Klamotten einverstanden, die du in der Mordnacht getragen hast? Die Spurensicherung findet auch nach Wochen noch Beweismaterial."

„Nichts bekommt Ihr", donnert uns Lebewirt an die Birne.

Lebewirts gewaltbereites Verhaltensmuster macht den Hergang der Mordnacht transparent, denke ich. Er ist der Würger. Der bieder wirkende Geschäftsmann neigt zur Brutalität und ist eine Bestie, die seine Widersacher aufs übelste misshandelt? Treibt Lebewirt Sport und trägt dabei Adidas-Turnschuhe?

Das Leben des Kompagnons gehört bis unter jede Hautfalte abgetastet. Bei ihm besteht eine Menge Klärungsbedarf. Neben seinem Gewaltpotenzial macht ihn sein Finanzrahmen nervös. Warum ist sein Konto leer? Immobilien sind rar. Sie sind daher kostbar und bringen viel Geld. Weshalb Lebewirt so klamm ist, das sollten wir ans Licht befördern. Ich biete ein Königreich für das überführende Indiz.

Wir steigen in den Wagen. Den Vorgang begleiten schändliche Beschimpfungen des Drachens: „Lassen Sie die Finger von meinem Mann, Sie Flittchen?"

Was geht in der Frau vor? Ich habe ja schon allerhand erlebt, aber das ist der Gipfel. Denkt die tatsächlich, ich hätte es auf ihren grässlichen Mann abgesehen?

*

Genährt mit berechtigten Hoffnungen, brausen wir zurück ins heimische Polizeipräsidium, wo Weber von der Spurensicherung in unserem Dienstzimmer auf uns wartet.

Felix ist ungeduldig. „Das kann doch nicht wahr sein", raunt er. „Wo bleiben Ergebnisse?"

„Ich weiß nicht, was Ihr erwartet", mosert Weber. „Ergiebig ist die Tatortanalyse in und um Bauers Anwesen nicht."

Er wirkt desillusioniert. „Die Löcher können von den Krücken des Syrers stammen, aber das ist nicht beweisbar. Und am Fundort von Lisas Leiche wurde nur die Geldbörse mit ihrem Namen gefunden."

„Ach, Weber", stöhnt Felix. „Beglücke uns zur Abwechslung mal mit der Tatwaffe."

Weber schmunzelt und reibt sich mit Inbrunst die Hände, dann ergänzt er: „Ähnlich indiskutabel verhält sich's mit den Abdrücken der Schuhe. Von dem Typ sind Millionen im Umlauf. Aber neu ist etwas anderes, denn ich habe Fremdblut auf Bauers Leiche gefunden."

Jetzt strahlt Weber über alle Backen.

„Habt Ihr dem Syrer eine Blutprobe entnommen?", fragt er zuversichtlich, was Felix verneint: „Noch nicht."

„Dann tut das gefälligst und nehmt eine Speichelprobe", betont der Spurensicherer. „Mit seiner DNA entlarve ich den Syrer als Mörder."

„O Gott, wir Idioten."

Wütend auf mich und Felix, fasse ich mir an den Kopf.

Nun gut, das Versäumnis ist ärgerlich, aber es lässt sich nachholen, obwohl ich an Hamadis Unschuld glaube. Den großen Durchbruch bezweifele ich.

Weber beendet seinen Bericht: „Und der Tod Lisa Färbers trat zwischen sechzehn und achtzehn Uhr am Vortag des Auffindens ein. Hilft euch das?"

Und kaum hat Weber seine Frage beendet, wendet er sich ab. „Tut mir leid, Leute, mehr ist momentan nicht möglich. Das sind die nackten Tatsachen."

Ich bin verdutzt, doch dann fährt ein Strahlen über mein Gesicht.

„Sagtest du sechzehn bis achtzehn Uhr?", frage ich den Spurenleser, um sicher zu gehen. „Habe ich richtig gehört? Theoretisch steht jetzt sogar der tote Günther Bauer ohne Alibi da?"

Mit gemischten Gefühlen gehe ich zu Weber hinüber und klopfe ihm auf die Schulter.

„Okay, ich habe dich verstanden. Übrigens lieferst du hervorragende Arbeit ab", lobe ich ihn, da ist der bereits auf dem Sprung zur Tür.

Doch bevor er die hinter sich schließt, dreht er sich um.

„Draußen sitzt die Frau des Ermordeten. Ich schicke sie zu euch rein."

„Nein, warte. Ich hole sie rein. Bis später dann."

Die Spürnase ist gegangen und ich bespreche mich mit meinem Partner.

„Hast du's bemerkt? Sogar Bauer könnte Lisa umgebracht haben? Zeitlich wär's knapp, aber möglich."

Felix glotzt konsterniert, dann lacht er lauthals: „Ha, ha, ha", das ist völlig unmöglich. Bauer saß in der Ratssitzung."

„Hör auf zu lachen. Das ist nicht lustig. Während der Tatzeit war er mit Lisa im Büro. Erst nach achtzehn Uhr sichtete man ihn im Rathaus. Er hatte nach Büroschluss eine halbe Stunde, um Lisa zu erwürgen."

„Nein, Sara. An den Quatsch glaube ich nicht. Du hast aber auch die tollsten Ideen."

„Ja, habe ich."

Ich bin stolz auf meinen Ideenreichtum und sage, innerlich immer sicherer werdend. „Und nach der Sitzung hat er die tote Lisa im Schnellverfahren in das Waldstück geschafft. Aus Zeitgründen hat er sie nur abgelegt und nicht verscharrt."

„O Mann", stöhnt Felix. „Genauso gut ist demnach der junge Mann mit dem wackeligen Alibi ein Mörder. Peter Ferner hat den Tod seiner Lisa gerächt."

„Siehst du, Felix. So schnell wendet sich das Blatt. Das wirft deine Theorie mit Hamadi über den Haufen. Hier könnte es sich um Mord nach einer versuchten Verge-waltigung handeln, wahrscheinlich aus Rache, wenn's so war."

„Okay, darüber reden wir später", beendet Felix das Thema. „Ich bitte die Witwe herein."

Mein Partner geht hinaus, dann erscheint er mit Johanna Bauer im Türrahmen. In dem erspähe ich das Busenwunder der Mordnacht. Nervös tritt die Frau von einem Bein auf das andere und reibt sich nervös die Hände. Nur ungern hebt sie den Kopf, dabei blickt sie verlegen in die Runde. In Anbetracht des Reizklimas fällt meine Begutachtung drastisch aus.

Caramba.

Die Fregatte hat Brüste wie Wassermelonen, das sind anatomische Wunder. Sind die Wunschobjekte jedes Busengrabschers echt?

Trotz ihrer drallen Oberweite ähnelt die Witwe der Gabor. Sie ist wie die von schlankem Wuchs und legt Wert auf altmodische Eleganz. Auffällig ist die spitz geschwungene Cleopatranase. Mit der gleicht sie der Mischung aus einer Schranze und dem Luder aus einem Hausfrauenreport mit dem Titel: Unter der Schürze wird gehobelt.

Doch o je, diese alberne Lockenwicklerfrisur. Einfach hässlich und wenig erotisch. Das Lockenkunstwerk verhindert einen passablen Gesamteindruck.

Steht Felix auf den Frauentyp?

Mein Kollege macht nicht den Eindruck, denn das Ausbeulen der Hose bleibt aus, eher macht ihn ihr Rumdrucksen ungeduldig.

Sehnsüchtig auf ihre Aussage wartend, sagt er überhas-tet: „Nehmen Sie Platz, Frau Bauer. Und nun raus mit der Sprache."

Dann fragt er, ähnlich drängend: „Hat Herr Hamadi Ihren Gatten ermordet?"

„Na ja, ich glaube schon... ."

Die Witwe merkt, dass die Antwort nicht ausreicht war, weshalb sie ergänzt: „O ja, Hamadi gleicht dem Mann vor unserem Haus."

Sie taxiert mich unsicher, dann nickt sie bestätigend. „Es war zwar dunkel, aber Herr Hamadi ist der Mann der Tatnacht. Ich bin mir da sicher."

Für eine trauernde Witwe, deren geliebter Mann erwürgt wurde, bleibt sie gefasst, fast gleichgültig. Gerade deshalb gehe ich sie schonungslos an: „Sie sagten, es war dunkel. Woran erkannten Sie Hamadi? Irgendwas daran ist faul."

„Ich kenne Hamadi anhand des Zeitungsfotos", quasselt die Angesprochene, dann wiederholt sie sich: „Und genau der Mann war am Haus. Er hat meinen Mann erwürgt und sich mit einem klapprigen Fahrrad davongemacht."

Felix pult mit dem Zahnstocher in einer Zahnlücke.

Mit mäßigem Erfolg.

Er bricht das Holzutensil über und wirft es in den Papierkorb, dabei nuschelt er: „Sie bestätigen also, dass Hamadi mit dem Fahrrad verschwand. Das ist deutlich."

„Ja, genauso war's."

Ich mag die Frau nicht, aber von meiner Abneigung darf ich mich nicht beeinflussen lassen, daher gehen meine Gedanken ihrer Schilderung nach: Stand die Witwe am Fenster, warum mitten in der Nacht? Und eine Idee ekliger gedacht: Hat der Syrer bewusst auf Bauer gewartet, um mit dem Kontrahenten abzurechnen?

Quatsch. Hamadi ist nicht dumm und hinterlässt Spuren. Und zu denen gehört das Fahrrad. Es sei denn, der Mord geschah unbeabsichtigt. Dann war es eine Kurzschlusshandlung.

Felix schenkt der Witwe Glauben, obwohl die Aussage des Syrers gegen die der Witwe steht. Er stellt sich neben sie und brummt: „Nur keine Hecktick. Der Sachverhalt ist im Kasten."

Ich jedoch bleibe reserviert und durchbohre erst Felix und dann die Witwe mit strafenden Blicken. Fragwürdige Zeugen zu verunsichern, das gehört zu meinem Spezialgebiet, doch bei der Witwe Bauer pralle ich auf Granit, denn das Frauenzimmer schweigt.

Daher setze ich ihr symbolisch den Dolch an die Kehle. „Haben Sie ihre Aussage auswendig gelernt? Weshalb erinnern Sie sich erst jetzt an Hamadi?"

Die Angegriffene heult schrill auf: „Warum höre ich mir den Quark überhaupt an? Ich gebe doch nur zu Protokoll, was ich in der Tatnacht sah."

Aber auch meine Ruhe ist über dem Jordan. „Sie lenken vom wahren Täter ab", plärre ich um Nuancen lauter. „Wen decken Sie?"

Felix krümmt sich, als sei ihm übel. Meine Attacke geht ihm an die Nieren. Doch das hält mich nicht davon ab, die Gunst der Stunde zu nutzen und eine weitere Frage zu stellen.

„Wie war Ihre Ehe, Frau Bauer? Die unterschiedlichsten Kreise haben mir geflüstert, ihre Ehe war ein Scher-benhaufen. Sie soll... ."

„Hör auf, Sara", unterbricht mich Felix.

Er macht die Schotten dicht und maßregelt mich wie eine Schulgöre: „So springt man nicht mit einer Dame um."

Es ist zum Speien, denn erneut vermasselt mir mein Partner mit seiner Engstirnigkeit die Tour. Die Ermittlungen könnten erfolgreicher verlaufen, hätte er sich nicht auf Hamadi eingeschossen. Er ist zum wiederholten Male nicht auf der Höhe des Geschehens und begreift nicht mein Ziel, das da heißt: Die Witwe aus der Reserve locken. Sie zu Fehlern zwingen.

Und die läuft tatsächlich metallicrot an und mault mit Drohgebärden: „Ich beschwere mich beim Polizeipräsident. Hamadi ist der Mann der Tatnacht. Mit Mördern macht man kurzen Prozess. Zack, zack, Rübe ab!"

Worauf ich blöke: „Nichts mit Rübe ab. Raus mit der Wahrheit, Frau Bauer! Sie kennen die Fährte zum wahren Mörder."

„Sie spinnen doch."

„Welcher Pokerhai bezahlt Ihre Falschaussage?", lasse ich nicht von der Witwe ab. „Mit wie viel Barem versüßt man Ihnen den Lebensabend? Sicher mit mehr als Gottes Lohn."

„Ich bin unbestechlich", blubbert die Frau.

Dann springt sie auf und stürzt hinaus. Meinen Partner dagegen schmeißt es auf seinen Drehstuhl. Das Ding droht wegen des Aufpralls zu bersten. Grübelnd streicht er sich über den Bauchansatz, um sich danach am Ohr zu kratzen. Praktisch gönnt er sich eine Denkpause.

Ich motze abfällig: „Denkst du, oder ist es ein Stromausfall?"

Mein Kollege richtet sich schwerfällig auf. Kein Anblick von Glückseligkeit. Er wirkt schläfrig. Steckt ihm noch die Liebesnacht in den Knochen? Welche Konsequenzen zieht er aus dem Auftritt der Witwe?

Die Tür wird aufgerissen, und Pelzer stürmt herein.

„Ich habe Neuigkeiten", prahlt er. „Das Alibi Peter Ferners ist brüchig. Für seine Anwesenheit an den Tatzeiten der Morde legt im Pontgarten keiner die Hand ins Feuer."

Pelzer reibt sich nach Lob hechelnd die Hände. „Und weise wie ich bin, habe ich mir das Überwachungsvideo der Rathaustiefgarage angesehen. Und siehe da, das zeigt den gestikulierenden Hamadi mit Günther Bauer am Abend der Mordnacht. Jetzt staunt ihr. Leider ist das Blickfeld stark eingeschränkt."

„Haben beide die Tiefgarage mit Bauers Auto verlassen?", fragt Felix. Die Fleißarbeit des Kollegen ist Wasser auf seine Mühle.

„Ich weiß es nicht", antwortet Pelzer. „Wer wie die Garage verlassen hat, das gibt das Video nicht her."

Mein triumphierender Partner klappt den vor ihm platzierten Terminkalender zu und fordert mich auf: „So, Sara. Berücksichtige ich die Aussage der Witwe und addiere das Tiefgaragenvideo hinzu, dann gehört Hamadi in Untersuchungshaft genommen. Auch der Terrorverdacht ist nicht aus der Welt. Und dieser Turan ist uns noch einige Antworten schuldig. Siehst du's ein?"

„Selbstverständlich", gebe ich mich handzahm, denn Felix befindet sich im Verhaftungsrausch.

Dann nehme ich mir die Zeit, meinen Partner argwöhnisch zu betrachten, was mich klugschwätzerisch werden lässt: „Okay, Felix, du bist der Mann. Deine Worte sind mir Befehl. Aber auch Bauer kann die Lisa Färber umgebracht haben, denn der lebte zum Zeitpunkt ihrer Ermordung noch."

„Eins nach dem anderen", würgt mich Felix ab.

„Na dann. Besorgen wir das Blut des Syrers. Vielleicht ist das die Wende?"

Felix traut seinen Ohren nicht. „Endlich wirst du vernünftig", haucht er erfreut. „Die Würfel sind gefallen. Hamadi erlebt sein blaues Wunder."

Mir missfällt die dümmliche Reaktion meines Kollegen, obwohl er mit dem Terrorverdacht und Turans Rolle richtig liegen könnte. Aber dass ich vernünftig werden soll, ist schlichtweg frech. Außerdem beweist das Video gar nichts.

„Hör auf mich", rüttele ich an seinem Ego. „Hamadi als Würger ist nicht bewiesen. Der Quark, den uns die Witwe aufgetischt hat, war zu durchsichtig. Die hat uns nicht aus eigenem Antrieb aufgesucht."

„Das sehe ich anders", knurrt mein Partner. Er ist dem Gesülze der Witwe und Pelzers Zufallscoup erlegen.

Mit der Gabe der Einsicht ist Felix nicht übermäßig geseg-net.

Zwanzig Minuten später stürmen wir die Mansarde der Syrer. Diesmal haben wir vier Uniformierte dabei. Die brechen quasi die Tür auf und schwärmen aus, aber Hamadi ist allein, denn Turan ist ausgeflogen.

Hamadis heftiges Protestieren lässt meinen Partner kalt. „Durchsucht die Räume nach Sprengstoff und Waffen", fordert er von den Polizeibeamten. „Alles an verdächtigem Material wird mitgenommen. Wir misten den Saustall gründlich aus."

„Unterstehen Sie sich. Wer gibt Ihnen das Recht?"

„Wir sind das Recht", poltert Felix. „Und wo sind Turan und die Mitbewohner? Wenn man sie braucht, sind sie natürlich nicht da."

„Nein, das müssen sie auch nicht."

„Dann übermitteln Sie Ihrem Freund mit einer SMS, dass er unverzüglich im Polizeipräsidium vorstellig werden muss."

Hamadi macht das ihm Geheißene. Und Minuten danach ist der Gefährderverdacht durch Hamadis Auskunftswilligkeit zerstreut und die Terrorgefahr enthärtet. Ich liege mit meiner Wahrnehmung goldrichtig. Bei der Ausgangslage besteht kein Handlungsbedarf, Hamadi festzusetzen, doch mein Kollege sieht das anders und setzt sich über mein Urteil hinweg.

„Ein Arzt zapft Ihnen Blut ab und entnimmt eine Speichelprobe", bestimmt er. „Und morgen früh führen wir Sie dem Haftrichter vor. Dann entscheidet ein Herr Scheuer über die Fortsetzung Ihrer Haft."

Das war die Drecksarbeit, die Felix so mag. Das Lospoltern ist seine typische Art. Er ist ein Blutsauger, niederträchtig bis in die Fingerkuppen. Mit der Ratsstreiterei, dem Video und den Tatortspuren will er Hamadi den Mord anhängen, doch die Haftgründe sind eine Katastrophe.

So ist es nicht verwunderlich, dass der Syrer rebelliert: „Bei Allah, Sie haben nichts in Hand."

„Die Indizienkette beweist alles", zieht Felix die Nullnummer durch: „Nehmen wir die Augenzeugin. Die hat Sie in der Tatnacht gesehen. Geben Sie den Mord endlich zu."

Wegen der Fehler des Partners leide ich an Sodbrennen. Aber Felix ist in Kampflaune und fährt weitere Attacken, indem er Hamadi auffordert, die richtigen Schuhe der Tatnacht rauszurücken. Tut's Not würde er die Müllkippe in Warden durchwühlen. Und so weiter, und so fort. Immer die übliche Senfsoße, das gleichlautende Larifari. Hamadi dagegen spricht von einem Justizskandal und mir hängt das Geschwafel zum Hals raus.

Wir fahren ins Polizeipräsidium, wo Felix den Syrer beim Amtsarzt zur Ader lässt, doch die Blutauswertung und der Vergleich mit dem an der Leiche kann dauern.

Als Felix den Syrer in die Zelle abschieben will, bittet der mich flüsternd, fast flehend um Hilfe: „Können Sie seelenruhig zusehen, wie mich Ihr Kollege einlocht? Verhindern Sie's."

„Das würde ich ja gern, aber nach Aussage der Zeugin sind Sie der Mann vor ihrem Haus", weiche ich aus. „Tut mir leid. Mir sind die Hände gebunden."

Ich habe resigniert.

Und mein Kollege ist die Gefühlskälte in Person, denn aus Profilsucht ist ihm alles menschliche fremd. Mit Leuten von seiner Machart ist kein Blumentopf zu gewinnen. Und auf das Ekelpaket habe ich mich wissentlich eingelassen, ja ich bin in den Herzlosen verliebt.

Ach was, ich scheiße auf seine erotische Ausstrahlung, und ziehe die Reißleine, oder soll ich meine Liebesbeziehung zu dem Scheusal überdenken. Was will ich?

Das ist nicht so einfach, denn ich kann meine Gefühle nicht manipulieren?

Sei's drum.

Das Fiasko ist besiegelt. Der Syrer sitzt im Knast, wie ein Mäuschen in der Mausefalle. Die Lachnummer geht in die nächste Runde. Hätte ich den Horror erahnt, der sich zukünftig um meine Person zusammenbraut, hätte ich gelassener reagiert, so aber fühle ich mich im falschen Kosmos.

Als mir mein Kollege gegenüber sitzt, blitzen seine Augen vor Genugtuung. Er massiert sich selbstgefällig seine Nackenwirbel, dabei ermahne ich ihn: „Du bist auf dem besten Weg, dich lächerlich zu machen. Traust du der Witwe?"

„Weshalb nicht?"

Mein Partner unterbricht die Massage. „Sie klingt vertrauenswürdig."

„Ach was, die Schlange lügt", reagiere ich wie so oft mit Bauernschläue. „Ein Sexbanause hat sie bestochen. Finden wir raus, wer? Dafür bezahlt uns der Staat, nicht fürs Nichtstun."

Hohl Felix der Teufel, denn mit seiner Festnahme hat uns der größtmögliche Supergau ereilt, ähnlich Tschernobyl. Seine Vorgehensweise ist eine Blamage. Ich fühle mich wie ein Schiff vor Kap Horn, das in schwerer See zu kentern droht, wie ein Stück Treibholz, von den an den Strand klatschenden Wellen hin und her gespült.

*

Gut gelaunt öffnet Felix die Zellentür und begutachtet mit Freude den bemitleidenswerten Anblick Hamadis, dabei feixt er: „Na, Hamadi. Wie war die Nacht? Eine Henkersmalzeit mit gekochtem Ei?"

126

Der Syrer grantelt: „Ich scheiße auf ihr Essen. Und im übrigen, Herr Hamadi, oder habe ich Ihnen das Du angeboten? So, nun bringen mich zu diesem Haftrichter."

Ich warte im Vernehmungsraum und bin unruhig, als ich Scheuer durchs Fenster ins Gebäude eilen sehe. In seiner gepflegten Aufmachung schätze ich ihn auf Mitte vierzig. Er macht mit Aktenmappe und Hornbrille einen motivierten Eindruck.

Als Scheuer den Raum betritt, erkenne ich in ihm einen Mann, der nicht auf die Schönheit meines Körpers starrt, denn er kommt ohne Umschweife zur Sache. „Guten Morgen allesamt", grüßt er kurz angebunden. „Sie, Herr Hamadi, legen sicher ein Geständnis ab?"

„Ich denke nicht dran", antwortet der und deutet mit dem Zeigefinger auf Felix. „Die Pappnase ist übergeschnappt."

Staunend stiert Scheuer über den Rand seiner Brille.

„Nun mal langsam. Herr Freitag, was spricht gegen den Vorgeführten?" Er drängt zur Eile: „Aber bitte kurz und knapp, ich habe andere Termine."

War Felix über Nacht aktiv und hat eine Überraschung parat?

DNA und Blutvergleich stehen nicht zur Verfügung. Die Ergebnisse stehen noch aus. Wichtig für ihn wäre, er hätte den an der Jacke fehlenden Knopf parat, doch den kann er nicht aus dem Ärmel schütteln. Penetrant verweist er gegenüber dem Haftrichter auf Schuhspuren und die Abdrücke der Krücken, doch das sehr holprig. Mit Macht hebt er auf den Streit in der Ratssitzung und das Tiefgaragenvideo ab. Das Alibi Hamadis jedoch verschweigt er, stattdessen legt er besonderen Wert auf die Aussage der Witwe. Wird die Krähe der Sargnagel des Syrers?

Das Gesicht des Haftrichters verfinstert sich. Er zückt ein Taschentuch. Mit dem wienert er über die Brillengläser.

„Das ist alles, Herr Freitag?", fragt er mit widerwilligem Unterton. „Fanden Sie Blut, gar Hautpartikel des Beschuldigten am Tatort? Sind die Schuhe zu den Abdrücken rausgefiltert und ist der Eigentümer ermittelt? Das sind die Preisfragen."

Felix druckst herum: „Die DNA-Auswertung liegt leider noch nicht vor, auch nicht die Blutgruppenbestimmung. Und ähnlich verhält sich's mit den Hautresten. Da fehlen die Ergebnisse der Spurenleser. Auch zum Verbleib der Schuhe kann ich keine Angaben machen, denn Herr Hamadi mauert."

„Sie haben also nichts in den Klauen, außer der zweifelhaften Tatzeugin und ein wertloses Video mit dem Vorgeführten und dem Mordopfer drauf?"

Der Haftrichter kommt aus dem Staunen nicht raus, worauf Felix erwiderte: „Die Aussage der Witwe ist ein Manifest."

„Keineswegs, Meister Freitag. Und weshalb äußert sich die Zeugin so spät zur Tatnacht? Aus heiterem Himmel hat sie den Täter erkannt. Das finden Sie doch auch merkwürdig?"

Felix schielt demoralisiert zu Boden.

Danach nuschelt Scheuer. „Ihre Beweisführung ist dilettantisch. Daher vergessen Sie die Witwe. Die kann tausend Gründe haben, Herrn Hamadi zu belasten."

Und wegen der drängenden Zeit verabreicht er Felix mit einem niederschmetternden Resümee den Rest.

„Oje, Ihre Anklage besteht nur aus Vermutungen, denn ohne eine Blutübereinstimmung heben Sie Herrn Hamadi nicht aus den Angeln."

Der jubelt und unterstützt das Plädoyer, dabei kramt er hervor: „Und mein Freund?"

„Ja, Herr Hamadi?"

„Der ist meine Lebensversicherung. Mit Turan war ich zur Tatzeit zusammen. Außerdem bin ich schwach mit der Entzündung im Bein."

„O ja, Ich sehe es, Sie gehen auf Krücken. Ist's so schlimm?"

„Ach Gott", murrt Felix. „So ein Wehwehchen hat jeder mal. Und dieser Freund ist unglaubwürdig. Wichtig sind die Abdrücke der Krücken. Ein besseres Indiz kenne ich nicht als Beweis."

Ne, ne, lieber Felix, mache ich mir Gedanken. Deine Beweisführung ist Kacke. Was auch Hamadi so sieht, denn der kontert: „Zu den Abdrücken fehlt der Vergleich. Legen Sie Fotos vor, Herr Freitag, die meine Anwesenheit und die der Krücken am Tatort beweisen."

Strauchelt Felix?

Ich hatte meinen Partner gewarnt. Bei aller Liebe, aber die Vorwürfe muss er wohl oder übel über sich ergehen lassen. Damals kam er von der Sitte, das spricht nicht unbedingt für seine Fähigkeiten, trotz allem hatte er sich schnell zum Hauptkommissar der Kripo hochgearbeitet. Ein steiler Karriereweg ohne Fehl und Tadel.

Doch Felix hat seinen Zenit überschritten, denn er rudert hilflos mit den Armen und schachert: „Neunzigprozentig stammen die Abdrücke von ihren Krücken. Auch das Tatmotiv ist lupenrein. Hass, Rache, was will man mehr?"

„Beweisen, Herr Freitag, nicht rumspekulieren", betont der Haftrichter. „Ein Streit macht Herrn Hamadi nicht zum Mörder."

Worauf Felix wutentbrannt kläfft: „Es war ein Rachemord! Der Entlastungszeuge deckt Hamadi aus Freundschaft. Hamadi beging die Tat im Affekt."

Der Haftrichter neigt zu wenig Respekt. Der Wutausbruch meines Kollegen hat ihn nicht eingeschüchtert. Knallhart ohrfeigt er Felix: „Papperlapapp, von wegen Affekt. Erschlagen, okay, aber wer erwürgt im Affekt?"

„Mir ist da ein Fall bekannt...... ."

„Mir nicht", unterbricht ihn Scheuer. „Wie sieht's mit anderen Verdächtigen aus? Und was hat der Mord an der jungen Frau auf sich? Die war immerhin die Angestellte des Ermordeten."

Felix lässt den Kopf sinken und legt sein Gesicht in die Hände. Als er Sekunden später den Kopf wieder erhebt, stammelt er: „Der Mord an der Frau hat einen anderen Hintergrund und beim Fall Bauer schält sich kein anderer als verdächtig raus. Warum sollte ich unnötig Staub aufwirbeln?"

„Nein, Felix. Du bist auf dem Holzweg."

Undiplomatisch habe ich meine Ablehnung in den Ring geworfen, weshalb ich mich an die Solidarität mit Felix erinnere und mich ermahne: Nonchalance bewahren, rede ich mir ein. Ich darf Felix nicht in den Rücken fallen und meine Hand in die offene Wunde legen.

Doch mit der Zurückhaltung ist's nicht weit her. Die schwache Recherche meines Partners als Achillesferse hat mich wütend gemacht. Ich schwitze Blut und Wasser, denn mein Pulsschlag rast, daher ist auch mein Adrenalinspiegel immens erhöht.

„Himmel, Arsch und Zwirn!", fluche ich. „Verdächtig ist der Abgeordnete Gossen und Bauers Kompagnon, auch der Präsident der *Alemannen.*"

„Halt dich zurück", wird Felix unangenehm, doch ich schimpfe weiter: „O nein, dass muss raus. Alle haben astreine Motive. Bei einem Mord liegt die Tücke im De-tail. Und auch der Tod der jungen Frau ist noch ungeklärt."

Durch den Truppenaufmarsch an Verdächtigen greift Blockadestimmung um sich. Es ist mucksmäuschenstill im Raum, man würde die Stecknadel auf den Boden fallen hören. Doch die Stille beendet der Haftrichter.

„Lange Rede, kurzer Sinn", fährt er mit Felix Schlitten. „Machen Sie Ihre Hausaufgaben, Herr Freitag. Die Festnahme war eine Blamage für Ihre Innung."

Scheuer knallt seine Aktenmappe auf den Tisch.

„So nicht, Herr Hauptkommissar. Ich verlange Sorgfalt bei den Ermittlungen."

„Ja, Herr Scheuer", flüstert der zum Trauerkloß mutierte Felix. Und das Ja reicht Scheuer, denn er fällt ein für den Syrer erfreuliches Urteil: „Herr Hamadi bleibt auf freiem Fuß. Auf Wiedersehen allerseits."

Er nimmt die Brille von der Nase und schiebt sie ins Etui. Dann lächelt er uns Versammelten sachlich zu und schreitet etwas steif in den Hüften aus dem Raum, wobei Hamadi seine Feixtänze veranstaltet.

Felix rümpft missmutig die Nase. „Wer zuletzt lacht", grunzt er. „Ich bin hier der Platzhirsch."

7

Präsident Domen erwartet mich früh am Morgen in seiner Residenz. Ich hatte ihn durch ein aggressiv geführtes Telefonat am Vortag dermaßen unter Druck gesetzt, sodass er mir die Audienz gestattete.

Ich suche den Bauunternehmer ohne meinen Partner auf. Durch das Affentheater um Hamadi bin ich stinksauer auf ihn, zudem zweifle ich an seiner Neutralität gegenüber Domen, außerdem nervt mich seine voreilige Herangehensweise, seine Einfallslosigkeit und sein Ich-bin-der-Mann Gehabe. Er ist ein Egoist und denkt nur an sein Vorwärtskommen. Es ist blanker Wahnsinn, mit ihm eine Affäre begonnen zu haben. Solch ein Mann versteht nichts von der Liebe.

Durch den Temperatursturz über Nacht ist es kalt und trüb, es hat sogar leicht geschneit, trotzdem mache ich meinen frühmorgendlichen Dauerlauf über den Rentnerweg, bevor ich zum Ortsteil Ronheide aufbreche. Es herrscht Berufsverkehr, daher fahre ich verspätet vor der Villa des Unternehmers im noblen Südviertel vor. Der Tempel entspricht seiner Position als Präsident der *Alemannen*, gleichwohl dem Inhaber eines florierenden Bauunternehmens.

Glaubt man seinem Musterlebenslauf, dann war ihm nichts in den Schoß gefallen. Sein Reich hatte er mühsam aufgebaut. Inzwischen interpretiert er das Idealbild des Erfolgreichen. Er ist die Kultfigur der Sparte. Bei ihm geht die Creme de là Creme ein und aus, die oberen

Zehntausend. Besitzt solch ein Statussymbol die Befähigung zu diesem Beseitigungsmord?

Wegen dem gefallenen Schnee sehe ich rechts und links vor dem Eingangsportal mit weißem Zuckerguss überzogene Rasenstücke, wie ausgeschnitten. Entlang der herrschaftlichen Steintreppe stehen in Reihe und Glied angeordnete und mit Schneehauben versehene Buchsbaumbüsche. Es fehlt nur der weinrote Teppich, sonst gewänne man den Eindruck, man befinde sich vor einem kitschigen Königshaus.

Nervös wäre gelinde ausgedrückt, denn Domen ist einem Herzinfarkt nahe, doch das übertüncht er mit Arroganz, als er mich am Eingang empfängt. Aber wir sind nicht allein, denn ich erkenne im Hintergrund seinen Bodyguard. Der verbirgt seine Muskelberge unter einem Kampfanzug.

Seine Durchlaucht verkörpert den Typ geschniegelter Dressurreiter. Er hat sich in einen schwarzen Blazer gezwängt und trägt als Beinkleid eine graue, scharfkantige Bügelfaltenhose. Er strotzt vor butterweicher Aufgeblasenheit.

In dem Stil bittet er mich herein: „Habe ich die Ehre mit Frau Sara Sonntag?"

Im vor Gediegenheit strotzenden Wohnzimmer gibt Domen den perfekten Gastgeber. Zuvorkommend hängt er meine Jacke über einen Stuhl. Dann bietet er mir den Platz auf der Eichenholzpolstergarnitur an. Über der hängt ein Kunstdruck, neben dem eine Kuckucksuhr aus dem Schwarzwald. Ein lächerlicher Stilbruch.

Domen zieht den Blazer aus, wirft ihn über eine Sessellehne und ergreift die Initiative. „Was trinken Sie?", fragt er in sorgfältig ausgewählter Tonlage. Seine Stimme hat den Schmelz eines üppigen Sahneschnittchens.

Ich antworte reserviert: „Höchstens ein Glas Wasser, Herr Domen. Zu so früher Stunde vertrage ich keinen

Alkohol. Außerdem bin ich körperlich etwas neben der Spur. Wie halten Sie sich fit?"

„Mit Waldläufen."

„Allein?"

„Nun ja, mal mit dem, mal mit jenem."

„Dann besitzen Sie Laufschuhe?"

„Na klar. Sauteure Adidasrenner. Die Besten, die der Markt hergibt."

„Danke für die Anregung. Die greife ich gelegentlich auf."

Domen besitzt also Adidasschuhe, halte ich im Kopf schon mal fest. Jedenfalls ist der Bann gebrochen, denn die Liebe zum Joggen und mein Ablehnen eines guten Tropfens entlocken ihm ein künstliches Lächeln. Er schüttet mir Wasser ins Glas, sich gönnt er einen Likör, dann beginnt er zu labern: „Auch ich sollte weniger trinken. Aber Sie kennen ihn ja, den ewigen Stress."

Ich horche auf. Was setzt den Gottvater unter Stress? Dass Bauer einem Mord zum Opfer gefallen ist? Dass er als Präsident seines traditionsreichen Fußballvereins in einem Scherbenhaufen steht?

Mit Betroffenheit in der Stimme hake ich nach: „Ist's die Flaute Ihres Clubs, oder Bauers erzwungener Tod? Wahrscheinlich nimmt Sie beides zusammen mit, was ich verstehe."

Domen wischt sich die Schweißperlen vom geröteten Gesicht und stammelt: „Perverse Drohanrufe machen mich nervös, dabei trage ich nicht die Schuld an der Misere meines Vereins."

Aha, Domen wird bedroht, denke ich in logischen Bahnen. Aber das wundert mich nicht, denn die Fans machen ihn verantwortlich für den Niedergang des Traditionsclubs. Trotzdem setze ich eine verständnisvolle Miene auf. „Und wer, bitte, hat den Schuldenberg angehäuft und die Fähigkeiten Bauers überschätzt?"

Prompt rutscht Domen das Eingeständnis raus: „Der Aufsichtsrat hat Scheiße gebaut, der Architekt inbegriffen. Die Vorwürfe an Bauers Adresse gehen in Ordnung."

Oha. Die Situation gefällt mir. Der Präsident hat kein Blatt vor den Mund genommen und Bauer angegriffen. Ich werde das Eisen schmieden, solange es heiß ist, denke ich, folglich stochere ich im Nervenkostüm des Präsidenten herum: „Welche Scheiße meinen Sie? Das Bauer Sie bei der Grundstücksbebauung ausgebootet hat? Sie wissen schon, welches ich meine?"

Unschlüssig erhebt sich der Präsident. Er stakst unruhig auf und ab. Im fahlen, fast zu schönen Gesicht, rührt sich nur die Mundpartie. Nervös flattern seine Lippen, als er sich zu mir setzt, sich ein Likörglas bis zum Rand vollschüttet.

„Selbstverständlich", flucht er. „Ich habe enorm viel Aufwand in das anstehende Bauvorhaben investiert."

Der Präsident juckt sich am Ohrläppchen. Sekunden später untermauert er seine Anschuldigungen: „Bauers Vorgehensweise und die Morgenrots waren Abzocke. Die Kerle sind nur hinter der Knete her. Verstehen Sie mich?"

„Na gut. Barmherzige Samariter sind beide nicht", gestehe ich ihm zu, um danach konzentriert zu fragen: „Wo sind Ihre Flocken geblieben?"

Der Präsident stöhnt: „Das Geld sei futsch, behauptete Bauer. Ich könne ja mal einem nackten Mann in die Tasche greifen."

„O ja. Das ist übel", stöhne ich ebenfalls, sodass Domen seine Geldnot spezifiziert: „Meine Schuldenlast ist enorm. Sie schnürt mir den Hals zu."

„Das ist ja ungeheuerlich, richtig eklig", werfe ich ein.

Die Schweißdrüsen des Unternehmers fahren Sonderschichten. Er richtet sich auf und taumelt mit den

Händen in den Hüften um den Tisch. Doch nicht lange, dann plumpst er in einen Sessel.

„Bauer hat mich bei der Presse angeschwärzt. Ich hätte das Schmiergeldverfahren zu der Bebauung eingefädelt."

„Ist das wahr?"

Wie eine Speerspitze hat sich die Frage ins Fleisch des Präsidenten gebohrt, weshalb der verbittert schnauzt: „Nein und nochmals nein. Natürlich habe ich Bauers Ungeheuerlichkeit ins Land der Fabel verwiesen, aber nicht mit Gewalt."

Die Situation ist heikel geworden. Mir wird mulmig, also lenke ich Domen ab: „Sind Sie eigentlich verheiratet?"

„Gottlob nicht", winkt das Ekel ab. „Eine Ehefrau wäre nur ein Klotz am Bein und macht Ärger."

„Aha, Sie gehören zu den Frauenfeinden."

„Im Gegenteil", wehrt sich Domen und lässt seine Zunge über die Unterlippe gleiten.

„Ich liebe die Frauen. Ist mir nach einer, hole ich sie mir. Sie zum Beispiel würde ich nicht von der Bettkante stoßen."

„Nein. Nicht doch, Herr Domen."

„Bauer schwärmte von Ihren Vorzügen in den höchsten Tönen und ich stimme ihm zu", ergänzt der Lustmolch mit lüsternen Augen.

„Großer Gott, Sie mit Ihrem mickrigen Beamtengehalt", fährt er sein Finanzgeschütz auf und macht eine abwertende Handbewegung. „Wollen Sie kräftig dazuverdienen?"

„Ich komme aus", winke ich ab. „Ehrliche Arbeit währt am längsten."

„Wenn Sie meinen." Er grinst. „Aber mein Angebot steht. Betrachten Sie sich zum nächsten Treffen ins Immobilienbüro als eingeladen."

„Zum Lebewirt?"

„Zu wem sonst. Bauer kann wohl kaum teilnehmen", versucht der Baulöwe witzig zu sein. „Hand drauf. Sie kommen. Zieren Sie sich nicht. In einer Woche lasse ich Sie als Stargast abholen."

„Und wenn ich nicht komme? Was dann?"

Ich gehe auf das Spiel ein. „Und wer ist sonst so dabei?"

„Sie werden kommen, dafür sorge ich."

„Ist das eine Drohung?"

Der Tonfall des Baulöwen verändert sich.

„Meine Einladung lehnt man nicht ab. Zu allem anderen lassen Sie sich überraschen."

Dem Schmierlappen zuzuhören ist widerlich. Mit seinen Augen, die Strichen ähneln, taxiert er meine Figur. Was möchte er tun? Mich bumsen? In die ewigen Jagdgründe befördern wohl kaum.

Obwohl ich Polizistin bin, trage ich gern weit ausgeschnittene Pullis, die rücken meine festen und handlichen Möpse ins vollkommene Licht. Mit denen ziehe ich die Blicke des Mannsvolkes magisch an und wecke Begehrlichkeiten, dessen bin ich mir bewusst und dazu stehe ich auch.

Jetzt aber befinde ich mich im Engpass.

Mit der Gewissheit schäle ich mich aus dem Sessel und schlängele mich wie eine Flunder an Domen vorbei. Wegen des Berberteppichs bemerkt er es nicht. Er ist zu intensiv mit Sexualphantasien beschäftigt. So gelange ich ohne Widerstand zur Tür.

Und von der stichele ich störrisch: „Bei Lisa Färber haben Sie sich außer der Reihe bedient, mit bitterbösem Ausgang. Stimmt das? Und Bauers Tod war nicht Ihre Absicht, doch beim ihn zur Rede stellen kam es zum Crash. Oder hetzten Sie ihm Ihren Bodyguard auf den Hals? Der tut doch alles für Sie."

„Nichts habe ich, Sie Lügnerin."

„Trotz allem bedanke ich mich für das Gespräch", beweise ich meine Höflichkeit. „Ist Ihnen klar, das Ihre Ausführungen der Schlüssel zu meiner Entscheidung sind?"

„Raus!"

Domen hat voller Inbrunst geschrien, nun schont er seine Stimme, denn er krächzt: „Ihre Schwachheiten habe ich mir lange genug angehört. Die treibe ich Ihnen im Immobilienbüro aus."

„Sie lynchten Bauer, oder Ihr Wachhund."

„Bernd....!", kreischt Domen. „Wo steckst du?"

Die Luft wird dünn.

Durchs Fenster stiert Bernd mit blutunterlaufenen Augen ins Innere, einem Bullterrier gleichend. Er hat auf ein Zeichen seines Chefs gewartet, welches der ihm mit den folgenden Worten gibt.

„Bring Ihr Anstand bei!"

Mir wird siedend heiß. Ich bin zwar gut ausgebildet, aber auf die Bekanntschaft des Wachhundes lege ich wenig Wert, also mache ich einen Knicks in Richtung des Präsidenten und zische: „Eure Durchlaucht."

Wie vermeide ich ein Anecken mit dem Kleiderschrank? Was macht der in Eifel-Krimis erprobte Siggi Baumeister in einer ähnlichen Situation?

Ah, ja, natürlich.

Beherzt schlage ich die Wohnzimmertür hinter mir zu und schmeiße mich mit meiner Körpermasse gegen die Eingangstür.

Es kracht: „Rums....."

Die Tür springt auf und schmettert Bernd an die Stirn.

Der verdreht die Augen und sinkt wie vom Blitz gefällt in einen Buchsbaum, wobei Schnee auf sein Haupt rieselt.

Geschafft. Das war ultraknapp.

Ich lege einen Sturmlauf hin und lande wohlbehalten im Panda, wobei ich erleichtert ausschnaufe: „Ei, Ei, Ei."

Dann werfe ich den ersten Gang rein und lasse den Motor aufjaulen, schon schlingert meine Blechbüchse auf Schneematsch hinauf zur Hauptstraße.

*

Unterwegs zum Polizeirevier horche ich wieder auf mein Bauchgefühl: Was sagt mir das zum Verhalten des Präsidenten?

Domen verabscheute Bauer, aber auch mit dem Architekten Morgenrot hatte er sich überworfen. Das sind knallharte Fakten. Dazu war Bauer ein Ausbeuter, eine Raubhyäne. Er hatte Domen rücksichtslos über den Tisch gezogen. Und was war die Konsequenz? Bauer gehörte in die Erde verscharrt.

Durchschaue ich das Tatmotiv des Präsidenten, dann schwebt Morgenrot tatsächlich in Lebensgefahr. Aber traue ich dem geschniegelt daherkommenden Betrogenen zu, solche blutsaugenden Vampire wie Bauer und Morgenrot mit dem Tod zu bestrafen?

Meine Sensoren vibrieren bei der Vorstellung, Domen ist der Mörder. Der Spannungsgehalt ist mit Händen zu greifen. Das Kribbeln in meinen Fingerkuppen nimmt zu.

Vergammelt der Antrag auf Personenschutz für den Architekten auf Kowalskis Schreibtisch? Oder hat er ihn unterzeichnet und umsetzen lassen? Umgehend gilt es das zu überprüfen.

Das Mordroulette dreht sich rasant, denn die Verdachtslage bietet genug Männer mit Mordqualitäten. Den Spekulationen sind Tür und Tor geöffnet. Bessert

sich das durch Hamadis DNA-Auswertung und Blutanalyse? Das bleibt Zukunftsmusik.

Bis es soweit ist addiere ich die Erpressung mit dem
finanziellen Engpass, in dem Domen steckt, was ergibt
die Summe? Ich stoße immer wieder auf den
mitteilsamen Baulöwen Marke Dressman als Mörder.
Ja, ja, der Präsident ist ein Plappermaul. Liegt das am
Medienjob?

In halsbrecherischem Tempo presche ich auf glatter
Fahrbahn durch die Stadt, bis ein Sonntagsfahrer
meinen Elan durch das Versperren der Überholspur
bremst. Ich werde ungeduldig und trommele wie irre
aufs Lenkrad.

„Fahr, du Trantüte!"

An der Bastei mit Bleifuß vorbeigerast, ebenfalls am
Tivoli, parke ich Minuten später auf dem Hof des Poli-
zeipräsidiums. Und ich habe Dusel, denn Felix sitzt am
Schreibtisch. Er brütet über einem Aktenberg.

Und ihn mit einem kurzen Hallo begrüßt, sprudelt der
neue Sachverhalt wie ein prickelndes Mineralwasser aus
mir raus: „Ich habe den Mörder. Domen hat's getan,
möglicherweise auch sein Bodyguard. Du kennst diesen
Bernd?"

„Was soll das werden, Sara? Ein Ratequiz?"

Jetzt erst bemerke ich, wie sauer Felix auf mich ist,
denn der flucht: „Verdammte Scheiße. Weshalb warst
du allein beim Domen?"

„Ich hatte meine Gründe."

Selber Schuld, denke ich. Das Verrennen meines Partners in den Syrer als Täter ist kontraproduktiv. Ohne
Felix seine Quertreiberei hätte ich die Aufklärung viel
erfolgreicher vorangetrieben. Vielleicht hätte ich den
Fall gelöst, denn die Zeitphase kurz nach einem Mord
ist die Wichtigste zur Überführung des Übeltäters.

Ich setze mich elanvoll in Pose. Wegen der neuen Erkenntnisse ignoriere ich die Muffeligkeit meines Kollegen und konkretisiere: „Bauer und Domen verstanden sich nicht. Richtig?"

„Kann sein", kommt qualvoll über die Lippen meines angesäuerten Partners.

„Na dann", erkläre ich eifrig. „Gernegroß gegen Geldadel, alias Bauer gegen Domen. Der Politiker hat unter Mithilfe des Architekten den Baulöwen ausgetrickst. Und die Abzocke beider rächte der Präsident mit Bauers Tod. Radikal nenne ich das. Damen hat's getan. Er hat das todsiche Tatmotiv."

Felix schüttelt sich angewidert.

Ich aber rede unverblümt weiter: „Außerdem hat Bauer den Baulöwen wegen dessen Schmiergeldzahlungen erpresst. Der Betroffene gestand es mir soeben."

Krachend fällt ein Aktenordner zu Boden. Mein Partner hat ihn umgestoßen. Kolossal vergrätzt gleicht Felix der Figur in einem Polittriller, die gerade den Mord als Einleitung zu einem zähen Krimi begeht. Will er mir heimzahlen, dass ich ihn übergangen habe?

Was sonst, denn er tippt mir auf die Brust und beschwört mich: „Auch wenn du's nicht gern hörst, aber ich verehre Domen seit Jahren. Für den lege ich die Hand ins Feuer. Er ist ein sanfter Mensch."

„Auf einmal?"

„Schon immer."

„Und Bernd?"

„Den Kleiderschrank kenne ich flüchtig."

Geht es um Domen, lässt Felix die Verdunklungsrollos runter. Seine stockfinsteren Blicke fressen sich wie eine Heugabel in meinen Busen. Er sucht die Konfrontation, obwohl sie für ihn zum Spießrutenlauf führt. Ich kann dabei nur gewinnen. Warum will er Domen mit aller Macht aus den Mordermittlungen raushalten?

Das erfahre ich prompt, denn Felix jubelt mir unter: „Damit du's weißt. Domen hat unseren Chef vor Minuten angerufen und sich beschwert."

„Die Pfeffernase. Hat er das?"

Ergo blafft Felix wie ein Steuereintreiber: „Ich kann den Unmut des Präsidenten nachvollziehen. Auch Kowalski verlangt, dass du die Finger von Domen lässt. Tust du es nicht, hagelt es Ärger."

„Dann schütze den Oberspießer, aber ich sage dir, es ist ein Fehler", lenke ich ein. „Mein Instinkt sagt mir, er war's."

„Instinkt. Was ist das?", wiederholt Felix und lächelt. „Für mich klingt das geradezu nach Tierpark."

„Okay, dann eben nach meiner Intuition."

Wenn möglich versuche ich Meinungsverschiedenheiten mit Kollegen zu vermeiden, was nicht immer gelingt. Die Gabe der Konfliktvermeidung wurde mir nicht in die Wiege gelegt.

Zum Thema Domen geht der Affront mit Felix in eine Zwischenphase, denn der stichelt, und das mit verzerrten Mundwinkeln: „Und ich sage dir noch was. Ich lasse nicht zu, dass du einen Unschuldigen beschmutzt. Dein Verhalten ist charakterlos."

„Der Mörder ist charakterlos. Ich nicht."

„Der Präsident ist kein Schwein", schmollt Felix. „Außerdem haben wir Hamadi oder Lebewirt als Mörder. Einer von beiden ist der Täter."

Was soll ich meinem Kollegen darauf antworten? Dass beide Morde zusammengehören und ich Hamadi für unschuldig halte. Das habe ich oft genug beteuert. Auf Peter Ferner triff das nicht zu, denn sein Alibi ist geplatzt. Und wie ich zu Domen und dem Abgeordneten Gossen stehe, auch das ist kein Geheimnis. Außerdem ist der Verdacht gegen Lebewirt brandaktuell. Aber mit meinem Partner als Hemmschuh verlaufen die Ermittlungen im Schneckentempo.

Ich halte zwar meinen Blick gesenkt, doch bald, resolut geworden, speie ich Feuer. „Weißt du was, Felix?" Ich überlege, denn ich suche die richtigen Worte, um ihn nicht zu kränken, dann schlage ich vor: „Ich bin den Krach mit dir Leid. Machen wir einen Deal."

„Und der wäre?"

„Für dich ist Hamadi tabu, und ich übersehe Domen vorerst als Mörder. Wie findest du das?"

„Das mit Domen ist in Ordnung. Aber Hamadi bleibt mein Trumpf As."

„Ach, Felix", knurre ich unwillig. „Darüber sprechen wir, sobald du wieder aufnahmefähig im Kopf bist. Momentan steckt dein Verstand im Schwanz. Wann bekommen wir den Blutabgleich mit den Blutspritzern? Solange wir den nicht in Händen halten, ist Hamadi für mich unschuldig."

Mein Partner schaut mich ernst an, wie der vom Kontrolleur ertappte Schwarzfahrer, dann antwortet er freudlos: „Mein Gott, schlafen tun die nicht. So richtig verstehe ich jedoch nicht, warum das so lange dauert, aber ich stehe mit der Gerichtsmedizin in Kontakt."

„Und wie verhält sich's mit dem Personenschutz für Morgenrot?", bleibe ich hartnäckig wie ein Moskito an Felix dran. „Hat ihn Kowalski veranlasst?"

Felix donnert seine Faust auf den Tisch. „Herrgott noch mal", krakelt er „Tu du doch auch mal was. Ich bin nicht dein billiger Handlanger."

Oh, oh. Im Präsidium herrscht verdammt dicke Luft.

8

Es ist ja nicht so, als liefe es bei der Kriminalpolizei wie am Schnürchen, schon gar nicht mit einem Oberkommissar Kowalski am Ruder. Der hat nur seine Beförderung zum Polizeichef vor Augen und tut nichts für das Gelingen der Mordaufklärung, wozu das Auffinden von Lisas Mörder gehört. Steckt hinter seiner Zurückhaltung System?

Auch mein Partner ist nicht mehr der liebenswerte Chaot aus leidenschaftlichen Zeiten. Liegt es an der Abnutzungsgefahr, die in unserer Beziehung steckt? Immer öfter stelle ich meine Gefühle für den Rechtslastigen in Frage. Allerdings sind meine Schwankungen in Liebesfragen legendär.

Trotz der Ellenbogenmentalität des Partners bleibt es bei der Zusammenarbeit. Schweren Herzens haben wir uns auf den Minimallevel geeinigt, der vorsieht, dass ich mich um die Mehrzahl an Verdächtigen kümmere und Hamadi der Mordkandidat meines Partners bleibt, zu-mindest bis zum Blutabgleich.

Felix beschäftigt nur das Alibi des Syrers, denn während meines Besuches bei Domen hat er Erkundigungen über seinen Hauptverdächtigen eingeholt. Machen die Nachforschungen überhaupt Sinn? Inzwischen kennen wir Hamadi wie unsere Westentaschen.

Widerwillig habe ich mich mit Felix zum Haus, in dem die Syrer wohnen, begeben und es dämmert bereits, da lahmt uns Hamadi auf Krücken entgegen. Wo kommt er her? Hatte er gearbeitet?

Und Hamadi steht uns kaum gegenüber, da schnarrt mein Kollege: „Wir müssen Sie sprechen. Gehen wir in Ihre Mansarde rauf."

Ich bleibe diskret im Hintergrund, als Felix dem Syrer zaghaft die Hand schüttelt.

„Was wollen Sie noch?", fragt Hamadi. „Bei mir ist nur Spucke und Blut zu holen."

Worauf Felix knurrt: „Bitte lassen Sie die Kirche im Dorf. Ich erfülle meine Pflicht."

Den Syrer durchbohren verachtende Blicke vorbeieilender Passanten, die sich bei seinem Gruß schlagartig abwenden.

„Da sehen Sie's. Das richten Ihre Schuldzuweisungen an", schnauzt der Syrer. „Ihre Hetzjagd treibt mich in die Enge."

Als ich mir ungeduldig die Cordjacke zurechtrücke, zischt Felix den Syrer an: „Nun gehen Sie schon vor. Wir wollen kein Moos ansetzen."

„Immer mit der Ruhe. Nur nicht die Kontenance verlieren", faucht Hamadi zurück. „Beruhigt es Sie, dass ich Sie ebenso wenig mag?"

Felix glotzt verdutzt. Die klärende Äußerung hat ihn verunsichert. Und ich vermeide es, meinen Partner anzusehen, lieber grinse ich wohlgefällig in mich hinein.

Hamadi geht an uns vorbei. Er öffnet die Haustür und stakst die Stufen hinauf, wir hinterher. Und in der Wohnung angekommen, ruft Hamadi nach den Mitbewohnern: „Turan, Ergen, Mustafa. Kommt bitte", aber nur der vermisste Turan erscheint im Raum.

Wir setzen uns, dabei stützt sich Hamadi schwerfällig auf und Felix spricht Turan an: „Herr Turan. Da sind Sie ja endlich. Sind Sie als Flüchtling anerkannt?"

Turan zuckt schwach mit den Wimpern, dann schreitet er auf und ab. Schließlich bleibt er wie angewurzelt stehen..

„Also ja", fährt Felix fort. „Zu Ihrer Beziehung mit Lisa Färber kommen wir gleich. Und nun zu Ihrem Freund. Bezeugen Sie immer noch, dass Sie mit ihm bis kurz vor elf in einer Kneipe saßen? Sind Sie sich der Bedeutung Ihrer Aussage bewusst?"

Turan errötet und macht nickende Kopfbewegungen, doch die gehen im Gewusel meines Partners unter.

„Mit derlei Lügen decken Sie den Mörder", behauptet Felix. „Wir haben in der besagten Kneipe nachgefragt, aber leider erinnert sich der Wirt nicht an Sie."

Jetzt reicht es Hamadi, denn der wird resolut: „Wir hockten bis kurz vor elf an Theke und ich habe vor unserem Abgang extra auf die Uhr gesehen."

„So es gewesen", unterstützt ihn Turan. „Vorher war mein Freund mit Bauer in Tiefgarage und hat Rad geholt."

Felix lacht verächtlich, dabei reibt er sich mit einer Hand den Bauch. „Sie mal einer an. Das halten wir so fest", motzt er. „Sie sind mit Herrn Bauer in seinem Wagen weggefahren. Und nach dem Video der Tiefgarage haben sie heftig gestritten, und später haben Sie ihn erwürgt."

Das war alles andere als korrekt, wühlt mein Kleinhirn. Wir kennen die Kneipe gar nicht. Und das mit dem gemeinsamen Wegfahren war eine Lüge. So geht das nicht, Felix. Immer schön ehrlich bleiben.

Bestürzt über meinen Kollegen nehme ich ihm das Heft aus der Hand, was der zulässt. Schnörkellos frage ich Hamadi: „Ihr Freund behauptete, Sie kamen gegen halb zwölf mit ihm nachhause. Wie weit ist's von der Kneipe bis zur Wohnung?"

„Mit dem Fahrrad fünf Minuten."

„So, so, fünf Minuten?"

„Ja, das kann man sagen", merkt Hamadi an. „Gehen Sie etwa davon aus, dass ich mein Rad aus der Tiefgarage geholt habe und zum Bauer geradelt bin? Dort habe ich gewartet, um ihn zu erwürgen und dann nachhause zu fahren? Und das alles in einer halben Stunde? Das ist rein rechnerisch unmöglich."

„Warum?", knurre ich. „Ein guter Radfahrer schafft das."

„Niemals. Schon gar nicht mit meinem schrottreifen Rad und meinem Bein", ereifert sich Hamadi. „Stoppen Sie die Zeit."

„Das tun wir", platzt es aus Felix heraus, denn ihn plagt ein Schädeltrauma. „Das alles ist Seemannsgarn", fährt er fort. „Sie fuhren zu Bauers Haus und vollzogen Ihre Lynchjustiz. Und Ihr Freund deckt das. Er macht absichtlich falsche Zeitangaben, denn bei den Syrern stecken alle unter einer Decke."

Die Wortwahl meines Partners hatte Warnschussqualität, weshalb Hamadi mächtig in Rage gerät: „Na hören Sie mal! Kein Polizist stempelt mich zu einem Mörder ab."

Er röhrte das Wort „Mörder" in der Lautstärke eines Mähdreschers, was ganz und gar nicht gut ist für unser aller Ohrmuscheln, deshalb schauen wir wie paralysiert und es entsteht eine Phase des Durchatmens.

Doch die bleibt kurz, denn danach gurrt Felix: „Bitte mäßigen Sie sich, Herr Hamadi. Und nun weiter. Zähle ich zwei und zwei zusammen, dann ist die Leugnerei zwecklos. Bei einem Geständnis bekommen Sie mildernde Umstände."

„Das können Sie vergessen."

Und Felix ergänzt: „Nehmen Sie Drogen?"

„Ich war nie bekifft", kontert Hamadi. „Schenken Sie sich die Drogen. Man sollte Sie in die Wüste schicken. Ihre Vorgehensweise ist stümperhaft. Arbeiten Sie andauernd so lahmarschig?"

Worauf Felix nach Luft schnappt und dann bebt. „Ihre Schandtat verdient nun wahrlich keinen Geniebonus."

Aber leider ist das nicht das Ende des Wortgefechts, denn die Prozedur geht weiter. Hamadi vergleicht meinen Kollegen mit einem Schaffner im Bummelzug, wobei er erwähnt: „Weshalb haben Sie Bauers Umfeld nicht gründlich durchforstet?"

Dann bittet er uns, dessen Familienleben ernst zunehmen, de facto die Rolle der Immobilienfirma, die er Puff und Geldwäschebetrieb nennt.

Hamadi spielt den Poltergeist, anstatt seine Situation realistisch einzuschätzen, doch die Vorwürfe erzeugen Druck.

Und sich dessen sicher, verdächtigt er weiter: „Bauer war ein Mafioso. Der hatte Dreck am Stecken, auch wegen des kaputten Grundstücks und so weiter. Und der Architekt hat Schmiergeld gezahlt."

„Bauer und Morgenrot haben Verdienste", protestiert Felix, wogegen Hamadi behauptet: „Auch die erliegen Versuchungen. Hinter der Wahrheit verbirgt sich das Tatmotiv. Doch Sie machen es sich leicht, weil ich Ihnen bestens ins beschissene Konzept passe."

„Alles spricht gegen Sie", orakelt Felix.

„Quatsch. Nichts spricht gegen mich. Übrigens will ich Freunde in Berlin besuchen. Haben Sie was dagegen?"

„Nichts da, ja. Immer den Ball flach halten", grunzt Felix in der Ausdrucksweise eines Sportreporters.

Rien ne va plus. Nichts geht mehr. Felix hat sein Pulver verschossen, deshalb springe ich in die Bresche und bedränge Hamadi: „Nur Sie tragen einen runden Gegenstand bei sich mit Ihren Krücken. Damit schlug der Täter auf Bauer ein, nicht mit einer professionellen Waffe."

„Kalter Kaffee, Frau Sonntag."

„Sie waren mit dem Rad und den Krücken am Tatort. Herrje, Sie Esel hatten nicht an den aufgeweichten Boden gedacht. Wehe, wehe, die Abdrücke stammen von einer Krücke."

Das klingt zwar ganz gut, ist aber nicht neu. Besonders ernst meine ich meine Verdächtigungen auch nicht, trotzdem denke ich an den fehlenden Knopf. Puh. Hat ihn die Spurensicherung übersehen?

„Und dann zu ihrem Zeugen", vollende ich meine Attacke. „Der ist nichts wert. Dessen Glaubwürdigkeit ist leicht zu untergraben, denn die Erfahrung lehrt, dass Leichtgläubigkeit leicht ins Auge geht."

Felix zuliebe habe ich die Anschuldigungen auf den Tisch geknallt. Und da liegen sie, sperrangelweit offen wie ein Scheunentor. Aber auch die Ausgangstür steht offen.

Und in der steht mein Partner und trompetet: „Die Wahrheit quetsche ich aus Ihnen raus. Das versichere ich, so wahr ich Felix Freitag heiße. Bald bricht das verlogene Kartenhaus zusammen."

„Sie Witzbold", johlt Hamadi. „Ein Mord auf Krücken ist lachhaft. Wundern Sie sich nicht, wenn alle Welt über Sie lacht."

Ich eile meinem Mitstreiter hinterher und ergreife seinen Arm. „Mensch, Felix. Gib nach. Du hast dich zu einseitig auf Hamadi festgelegt."

„Was heißt einseitig", wiegelt Felix ab. „Sein Streit mit Bauer ist die einfachste Erklärung des Tathergangs. Der erfordert nur ein Minimum an Logik. Dazu ist der Syrer ein Mörder, der seine Krücke als Tatwerkzeug benutzt hat. Ja, gab's die Mordversion schon mal?"

„Eigentlich unmöglich, Felix."

„Richtig", bejaht mein Partner. „Ein derartiger Mord ist noch jungfräulich.."

Ich kräusele die Stirn und schaue Felix an. Das Wort jungfräulich gefällt ihm, jede Wette. Daher bin ich megaschlecht gelaunt, als ich knurre: „Aber ich bleibe dabei. Du hast Vorurteile gegenüber Ausländern, deshalb bleibt Hamadi dein Kandidat."

„Natürlich", belehrt mich Felix. „Dem Lügnerpack kann man nicht trauen. Ich sollte mir diesen Hamadi separat vorknöpfen."

„Untersteh dich", protestiere ich. „Mach keinen Alleingang."

„Ich will doch nur das Alibi kippen", beschwört mich mein Partner und ich antworte: „Das glaubst du ja selbst nicht. Du willst deinem Hass auf den Syrer freien Lauf lassen."

Bei der Ehre meiner Großmutter, brodelt es in mir. Nur keine Zwietracht säen. Damit ist uns nicht gedient. Nur gemeinsam sind wir stark.

Ich wäge die Lage ab und verweise auf andere Mordgründe: „Jetzt alles auf Hochdeutsch, mein Kamerad. Wäre Lisa nicht ermordet worden, dann könnte der Mord an Bauer von langer Hand geplant sein. So aber war's keine vorsätzliche, gar heimtückische Tat. Auch das Verbrechen als letzten Ausweg scheidet aus und somit auch Hamadi als Täter. Diese Theorie muss in deinen Kopf."

„Du denkst da eher an einen der Geldsäcke?"

„Ja. Endlich kapierst du's. Gossen beispielsweise hat mit Bauers Tod seinen Skalp gerettet. Außerdem ist für den Landtagsabgeordneten das LKA zuständig."

„Könnte sein, Sara."

Ich bin zur Hochform aufgelaufen, denn es klickt in mir. Es ist wie ein Klingeln in meinem Denkapparat. „Gossen ist baupolitischer Sprecher seiner Fraktion im Düsseldorfer Landtag. Und woran denke ich bei seiner Reputation?"

„An das Verscherbeln des Grundstücks", macht Felix beim Spekulieren mit.

„Klar", knurre ich stolz. „Woran sonst? Das liegt auf der Hand."

Und hellwach geworden, fragt mich mein Partner: „Mach weiter. Wen verdächtigst du?"

„Das Dreigestirn Gossen, Bauer und Morgenrot als Geldbeschaffer und Verwalter, wobei Bauer die Lorbeeren erntete."

„Nicht nur Lorbeeren", erkennt Felix das überzeugende Negativpotenzial. „Wenn ich da an das Schmiergeld denke."

In mir sind die Würfel gefallen. „Gossen hat massenhaft Zuschüsse nach Aachen geholt, doch Bauer und Morgenrot haben nicht nur den Bauunternehmer, sondern auch den Abgeordneten ausgebootet. Da kann ich sein Ausrasten nachvollziehen. Aber warum wurde Lisa erwürgt? War das Mädel ein bedauernswerter Betriebsunfall?"

„Wenn ja, dann war das unedel", schnauft Felix.

„Und ob. Aber wieder zurück zum Gossen. Da dem Abgeordneten sein Ausbooten widerstrebte, griff er zum brutalsten Mittel und beseitigte Bauer. Eigentlich eine unstrittige Kiste, aber passt das Erwürgen zu ihm? Und jetzt vergreift er sich wahrscheinlich am Architekten Morgenrot."

„Oh, Sara", keucht Felix. „Wehe, wehe, Kowalski hat den Personenschutz verpennt."

„Das hat der Oberbulle bestimmt. Der ist in Gedanken nur bei seiner Beförderung", äußere ich mich wenig zuversichtlich, dann krame ich die sinnbildliche Brechstange raus: „Kowalski muss man in den Schwitzkasten nehmen, aber bei mir versteht das der Schmierlappen falsch."

Ich versinke in meine Gedanken und fahre mir mit den Fingern durch meine lockige Mähne, dabei taucht ein mich wenig begeisterndes Bild auf, denn ich hasse es, mich von dem widerlichen Oberkommissar angrabschen zu lassen. Der Mann ist ein abscheuliches Brechmittel und nimmt bei mir die unterste Stufe auf der Messscala von erstrebenswerten Männern ein.

Doch dann schüttele ich und weise die absurde Vorstellung des Personenschutzverschlafens weit von mir. Was nicht sein darf, ist auch nicht geschehen. Also wechsele ich auf die Politikebene mit Bauer und dem Abgeordneten Gossen zurück.

Auf der fühle ich mich besser aufgehoben, weshalb ich ohne Umschweife feststelle: „Bauer war ein Schwein. Das wissen wir. Und Gossen ist ein ähnliches Kaliber. Der hat sich unsere Dummheit zunutze gemacht und sich tierisch gefreut, weil wir den Syrer Hassan Hamadi zum Hauptverdächtigen auserkoren haben. Und du hilfst ihm weiter dabei, seine Freude zu steigern."

„Okay, okay, manchmal bin ich eine Schnarchnase", stottert Felix. „Und du bist so klug. Nicht nur deine körperlichen Gaben sind unübertroffen", schmachtet er und startet eine seiner zweifelhaften Charmeoffensiven, bei der als Endprodukt herauskommt: „Sind wir wieder ein Team?"

„Willst du?"

„Klar will ich."

Felix macht sogar seine unwiderstehlichen Glubschaugen, die mich willenlos machen sollen. Was hat er auf dem Herzen?

„Sei mir bitte nicht böse", grummelt er. „Ich habe Stefan Wiese ins Präsidium bestellt. Über den wissen wir nur den Computerkram."

„Das reicht mir", werde ich etwas ungehalten. „Viel mehr muss man auch gar nicht über den Blasebalg wissen."

Mein Partner stützt seine Fäuste in die Hüften. Dann bläst er mir seinen heißen Atem ins Gesicht und zischt: „Ich mache, was ich für richtig halte. Wer sagt, dass ich immer nach deiner Pfeife Tanzen muss? O nein, das sehe ich ganz anders, denn mich interessiert der Kerl nun mal."

„Nun gut", spiele ich das Machtspielchen lässig herunter. „Ich schaue mir Wiese mal genauer an. Wann kommt der Rechtsradikale?"

„Wenn er pünktlich ist in knapp einer Stunde. Und das sollte er."

Die Gesichtszüge meines Partners entspannen sich bei seinen scheuchenden Bewegungen. „Ich esse noch eine Kleinigkeit, sagt er locker und reibt sich über seine Bauchpartie. „Dann sehen wir ja, was der Knabe auf der Pfanne hat."

Felix hält inne:

„Oh, Scheiße", schnauft er tief durch. „Wir haben Turan vergessen. Den in die Zange zu nehmen müssen wir schnellstens nachholen."

9

Die Welt beherbergt Menschen, die latschen in jedes Fettnäpfchen. Stefan Wiese ist solch ein ausgeprägtes Exemplar der Gattung. Besser kann man den Berufsprotestler nicht umschreiben.

Wiese ist 39 Jahre. Er lebt in einer gescheiterten Ehe am Kaiserplatz. Als Arbeitsloser blickt er stundenlang durch sein Fenster auf die Drogenszene. Auch dagegen hatte der Rechtslastige eine Bürgerinitiative ins Leben gerufen, doch die hat sich erledigt. Durch die neue Einkaufsgalerie sind die Junkies vertrieben worden. Sie sorgt für saubere Verhältnisse.

Warum er Bürgerinitiativen angehört, das weiß Wiese selbst nicht so genau, aber eins weiß er: Er ist gut im Überschütten seiner Umgebung mit Wahnsinnsparolen. Doch das führt zur Anhäufung von Abmahnungen und Verweisen, bis hin zu Verleumdungsklagen.

Um noch weiterreichenden Anfeindungen zu entgehen, hat er sich ein neues Credo zugelegt: Zukünftig will er sein Maul nicht mehr so weit aufreißen. Hat Wiese eine Paranoia?

Meine Seelenwanderung führt mich zur mysteriösen Rolle des Aktivisten im Morddrama. Bei der ominösen Ratssitzung hatte er sich zwar nicht in den Fordergrund gespielt, aber auch dem Dauernörgler könnten nach den Streitereien mehrere Sicherungen durchgeknallt sein.

Und tatsächlich.

Stefan Wiese wartet auf uns an der Anmeldung.

Wir nehmen ihn mit zu uns ins Büro, wo sich Wiese auf einen Stuhl knallt und ihn Felix mit der Frage nach dem Alibi überfällt. „Sie waren bei der letzten Ratssitzung anwesend. Wohin gingen Sie danach?"

„Ins Hauptquartier", antwortet Wiese. „Das ist eine Kneipe bei mir um die Ecke."

„Sofort, oder erst später? Und dort kennt man Sie?"

„Und ob", lacht Wiese. „In dem Lokal bin ich Stammgast, fragen Sie die Wirtin. Bei meiner Ollen zuhause werde ich kirre."

Mist, ich habe es geahnt. Der Kerl ist mit dem Kneipenaufenthalt fein raus. Bestätigt die Wirtin die Anwesenheit, ist er kein Mordkandidat.

„Sie wissen ja, dass wir ihre Aussage überprüfen."

Felix hat das Aussichtslose unternommen, Wiese zu überrumpeln, doch der höhnt: „Tun Sie das und grüßen Sie Traudel von mir. Denken Sie ja nicht, Sie könnten mir den Mord an Bauer anhängen."

Wiese gähnt.

Danach erwähnt er gelangweilt: „Meinen Sie denn, ich versaue mir wegen Bauer mein Leben. Der Schmarotzer schmort zurecht in der Hölle, aber dafür hat wer auch immer gesorgt."

„Tja, das war's schon", resigniert Felix, worauf Wiese mit Erstaunen registriert. „Na, so was", antwortet er und steht auf. „So kurz und schmerzlos. Den Weg hätten Sie mir sparen können."

„Ach so", hakt Felix nach.

Inzwischen hat er sich hinter seinen Schreibtisch gesetzt. „Da wäre noch was. Wann trifft sich Ihre jetzige Initiative?"

„Morgen Abend ab 20 Uhr bei mir, und Sie sind herzlich eingeladen", quakt der Vorgeladene. „Erfahrene Mitstreiter können wir gebrauchen."

Wiese ist mit einem schallenden Gelächter gegangen, und ich stelle ernüchtert fest: „Das mit Wiese war brotlose Kunst, denn die Verdachtsmomente gegen den Protestprofi sind Quatsch. Er ist ein notorischer Querulant, aber mit dem Mord hat er nichts zu tun."

„Bist du dir sicher?"

„Ja", sage ich bestimmt. „Wiese ist zwar äußerst unsympathisch, aber er ist nicht dumm. Um Bauer zu erwürgen ist der zu clever. Aber was sollte deine Frage nach den Treffen?"

„Ach, nur so", antwortet Felix.

Um von sich abzulenken, ändert er seine Sitzhaltung, um bei klarem Verstand zu bleiben. „Aber ich bin viel cleverer als Wiese", klönt er und zwickt mich. „Und nun rate mal warum?"

Mit Verblüffung blicke ich meinem Partner tief in die Augen. „Du machst mich sprachlos", reagiere ich schulterzuckend. „Welches Attentat geistert dir durch den Kopf?"

Mein Partner schaut mich an, als blicke er durch einen Nacktscanner. Mich überkommt ein schwummriges Gefühl. Zieht er mich in Gedanken splitternackt aus?

Er säuselt: „Ich hege den Wunsch, mit zu dir zu fahren."

„Ach was. So aus heiterem Himmel?"

„Sag ja, Sara. Machen wir uns einen netten Abend und trinken ein Gläschen Wein wegen der Beendigung unseres Disputs."

„Okay, Felix", willige ich ein. „Gegen einen guten Tropfen ist nichts einzuwenden. Aber mehr als ein geruhsamer Fernsehabend läuft nicht."

*

Ein Unheil kommt selten allein, kommentiert eine mit-telalterliche Weisheit. Aber mir und Felix blüht das Grauen, als wir mit stattlichen Erwartungen in die Oppenhoffallee einbiegen. Ich parke meinen Panda in der Nähe meiner Haustür, dann steigen wir mit Freude auf unser Abendvergnügen aus, doch die Freude wird uns vergällt.

Ich beschäftige mich gerade mit dem Türschloss, als mich drei schmierige Burschen daran hindern. Es handelt sich um die Nazischweine aus dem Vernehmungsraum.

Im innerlichen Konflikt zwischen Angst und Abscheu frage ich: „Was wollt Ihr von mir?"

„Wir von dir?", mault der Glatzkopf, anscheinend der Anführer. „Ha, du willst was von uns."

„Okay", lenkte ich ein. „Reden wir über die Hintergründe des Mordes am verhassten Bauer."

Die Rechtsradikalen lachen. „Mit dir Fotze?", blubbert die Glatze. „Wegen Bauer nervst du uns mit schwedischen Gardinen?"

„So ist es. Denn dahinter landet ihr, wenn ihr nicht sofort verschwindet", mache ich klar Schiff.

Es ist nur ein halbherziger Dialogversuch, noch dazu erfolglos, und das wegen der nachgeschobenen Frage: „Ich erinnere mich noch an eure Pöbeleien gegen Bauer. Habt Ihr ihn ausgeschaltet? Ja oder nein?"

Das Zucken mit den Schultern der Glatze ist echt. Er faucht unbeherrscht: „Was geht's dich an, du Fotze? Kümmere dich um deine befickten Kanaken!"

Brutal zerrt der Springerstiefeltyp am Innenfutter meiner Jacke und presst mich an den Türrahmen, als sei ich leicht wie ein Schwamm. Alsdann nimmt mich die Kakerlake in den Schwitzkasten und drückt mir die Luft ab. Bei der kräftemäßigen Überlegenheit der Nazibande be-komme ich es mit der Angst zu tun, denn meine Mutter hat mich nicht als Heldin auf die Welt gebracht.

Mit letzter Kraft versuche ich einen Ruck zur Seite, doch der Ausfallversuch misslingt, was am Catchergriff der Glatze liegt. Als ich röchle, versetzt er mir einen Schlag in den Unterleib.

„Mensch, Fotze, du hast ja Schiss", pöbelt die Glatze. „Hauchst du die Bullentussi an, bekommt sie die Fallsucht."

Derweil hat sich Felix den Angriffen zweier nicht minder missratener Nazis zu erwehren, wobei ihm vorübergehend die Spucke wegbleibt, dermaßen krümmt er sich unter den Schlägen der Nazischergen.

Und ich kotze wegen meines Brechreizes fast auf die Gehwegplatten, stattdessen lalle ich Gesprächsbedarf: „Was zum Teufel spricht gegen harmlose Fragen?"

„Scheiß Quatscherei", kläfft der Glatzkopf. „Die Abreibung habt Ihr euch gefragt. Sie zeigt euch, was wir mit Schnüffelbullen anstellen."

Jetzt wird es brenzlig, denn die Glatze untermauert seine Abneigung mit imposanten Schlägen an meine Halsschlagader, wovon ich zusammensacke und als lebloser Sack auf dem Bürgersteig kauere. Doch der Glatzkopf reißt mich an den Achseln empor und quetscht mich bru-tal gegen die Türklinke.

Totenstille.

Nur mein Stöhnen stört den gespenstischen Rahmen. Die Zeit um mich herum bleibt stehen...

Wie lange?

Ich weiß es nicht, denn......

„Verschwindet!"

„Geht zur Hölle!"

Allmächtiger im Himmel. Die Stimmen kenne ich.

Das Blöken beschleunigt mein Aufatmen, denn unerwartet erscheinen Hamadi und Turan als Erzengel auf der Bildfläche. Hamadi packt die Glatze hinterrücks und drischt mit einer Krücken auf ihn ein, wobei Turan mit seinen stämmigen Beinen nach zwei weiteren Arschlöchern tritt.

Und in der Tat sehen wir Land, denn die Glatze macht einen Rückzieher, keinen Fallrückzieher. Der Raufbold verpisst sich mit einem unwiderstehlichen Spurt auf den mit Bäumen und Gras verschönten Alleemittelstreifen. Das nicht gerade verwöhnte Tivoli-Publikum hätte seine Sprinteinlage bestaunt.

Seine Leistung entlockt meinem Mund ein Lachen.

Oh, oh, die Schmerzen. Mein Kopf fühlt sich wie in einen Wattebausch gefüllt an. Mein Aufrappeln sieht erbärmlich aus, denn meine Beine quittieren den Dienst, als hätte man mir eine Narkosespritze verpasst.

Aber Felix, Hamadi und Turan brauchen keine Hilfe. Die prügeln die Rechtsradikalen furchteinflößend an die Wand, wobei Felix brüllt. „Wer von euch beförderte Bauer in die Hölle?"

„Wir waren's nicht", jault einer der Schwachköpfe. „Am Mordabend saßen wir im Kino."

War das so?

Mein Kollege glotzt erstaunt, doch er setzt nach: „Und der Glatzkopf? Was trieb der in besagter Nacht?"

„Wir saßen zusammen im Kino. Ehrlich", winselt der Schmächtige, dabei schielt er treudoof.

Möglich wär's, doch die Antwort befriedigt weder mich, noch meinen Kollegen. „Red nicht dumm", murrt Felix. „Ihr habt Bauer vor seinem Haus aufgelauert."

„Nein, wir waren im Kino", stottert der Schmächtige, daher das Schreien meines Partners: „Verdammte Hacke! Einer von euch hat Bauer erwürgt!"

„Ach was. Ich weiß nicht mal, wo Bauer wohnt", sagt der Nazi und macht eine wegwerfende Handbewegung. „Wie soll ich ihn da erwürgt haben?"

Ich überlege angestrengt: Stimmen die Ausflüchte? Unmöglich ist der Kinobesuch nicht. Zumindest klingt er glaubhaft, obwohl ich die Arschgesichter wegen ihrer vermurksten Weltanschauung hasse.

Ich ziehe mich zitternd am Türrahmen hoch, doch ich bekomme mit, wie Felix den Eingeschüchterten befragt: „Der Kinoabend ist ein ausgebuffter Trick. Wie heißt der Film?"

Der Schmächtige überlegt.

„Irgend ein Schinken war's. Einer flog über das Kuckucksnest, oder so ähnlich", stammelt er, worüber Felix aus dem Häuschen gerät: „Du flunkerst. Dummschwätzer gehen nicht in anspruchsvolle Filme."

Doch der Angegriffene begehrt auf: „Ich lüge nicht. Ich bin ein Jack Nicholson Fan."

Aha, er ist Fan meines Lieblingsschauspielers, arbeitet es in mir. Daran glaube, wer will. Die Säcke gehen mir so was gegen die Hutschnur, ebenso das Laufwunder, welches vom Mittelstreifen provoziert. Dennoch fällt mein Protest sanft aus: „Ich verehre Jack Nicholson sogar. Verstehst du? Das nur nebenbei. Wie war euer Verhältnis zu Bauer? Habt ihr euch gut mit ihm verstanden?"

„Nein, nicht sonderlich gut", wispert der Schmächtige. „Wegen der Stadionverbote waren wir sauer. Bauer und Morgenrot waren unsere Feindbilder, und Domen natürlich. Wir wollten den alten Tivoli behalten, doch die Drecksäcke haben die *Alemannen* mit dem Neubau in die Scheiße geritten."

Wohl wahr, da ist was dran. Das alte Tivolistadion hatte Atmosphäre, gebe ich meinen Gedanken Freigang: Aber ging's nach mir, würden die Arschlöcher nie mehr eine Fußballarena betreten, denn das Gehirn eines Nazis ist im dicken Zeh angesiedelt, obwohl die mit dem Stadionneubau nicht mal falsch liegen. Aber es sind oft die

Dummen, die Morde begehen. Weshalb dann nicht ein unterbelichteter Hitleranbeter?

Raffiniert war die Morddurchführung nicht. Eher naiv und ohne Spitzfindigkeit. Es fehlte die Duftmarke des Außergewöhnlichen. Immerhin hat der Mörder mit dem Zeitpunkt der Tat von sich abgelenkt und die Syrer in Bedrängnis gebracht. Steckt Kalkül hinter der Zeitwahl? Traue ich diese Abgezocktheit einem Rechtsradikalen zu?

Das nicht, nichtsdestotrotz bedränge ich die Nazis: „Mit der Prügelorgie soeben habt ihr ein todsicheres Tatmotiv abgeliefert."

„Wieso?", fragt der Schmächtige.

„Das fragst du noch?"

Mein Spott ist erniedrigend: „Gehirnlose gibt's. Trotzdem verlasse ich mich auf eure Angaben. Wehe, der Kinobesuch war erlogen."

„Warum sollten wir lügen?"

Ich rolle vielsagend mit den Pupillen. „Wüsste ich's, wäre ich Lottomillionär. Es zählt nur die Wahrheit."

„Bei meiner Seele, ich kann...... ."

„Lass deine Seele aus dem Spiel. Wahrscheinlich besteht sie aus einem Hakenkreuz", scherze ich gequält.

„Zum Schluss beantwortet mir die letzte Frage. Hat Domen Bauer erwürgt?"

„Ach wo. Niemals. Nicht das Weichei", hadert der Eingeschüchterte.

Verflixte Scheiße, das wollte ich nicht hören. Ich hatte eine den Präsidenten belastende Antwort erwartet, die in etwa so, dass die Nazibrut den Baulöwen als abgebrühten Schlächter hinstellt, doch mein Wunsch war Vater des Gedankens. Also stelle ich die letzte Frage: „Kennt ihr Lisa Färber?"

„Lisa Färber?"

Der Nazi kratzt sich am kahlen Haaransatz. „Wer ist die Fotze?"

„Okay, dann nicht."

Ich bin enttäuscht, ebenso Felix, denn der schubst den Blöden so derb, dass der stolpert und dann hinfällt: „Mach dich vom Acker, du Wichser", grunzt er. „Und macht in Zukunft einen Bogen um die Kommissarin."

Dann brüllt er zum Alleestreifen hinüber: „Das gilt auch für dich da drüben. Glaube man nicht, dass einer von euch ungeschoren davonkommt. Das Ganze hat ein Nachspiel für euch. Ein Prozess wegen Nötigung und Angriff auf Polizisten ist euch sicher. Morgen früh meldet ihr euch im Präsidium. Kommt ihr nicht, lassen wir euch abholen. Eure Personalien sind bekannt."

Während ich Felix in die aufnahmebereiten Arme sinke, fragt der: „Glaubst du den Nazis?"

„Wie man's nimmt", antworte ich. „Unterschätzen sollten wir die braune Brut nicht, andererseits halte ich die Landeier für untaugliche Schläger."

Und weiter befragt mich Felix: „Der Schmächtige behauptete, Domen sei ein Waschlappen. Hilft dir die Beurteilung?"

„Keine Ahnung", stöhne ich, denn ich bin ausgelaugt und will mich hinlegen. „Bitte bring mich in die Wohnung hinauf"

Ich bedanke mich bei Hamadi und Turan, dabei umarme ich die zwei sogar. Danach schleppe ich mich mit Hilfe des Partners die Stufen ins dritte Stockwerk. Und oben in meiner Etage angekommen, näsele ich: „Unser Liebesspiel verschieben wir besser. In dem Zustand wäre es eine Tortur für mich."

Wir betreten mein Wohnrefugium und ich lege mich aufs Sofa. Felix knetet fachmännisch meine Arme. Das tut gut.

„Danke, mein Lebensretter", hauche ich und drücke sanft seine Hände. „Ohne dich und die Syrer hätten die Raufbolde eine Frikadelle aus mir gemacht."

„Jetzt übertreibst du."

„Nein, Felix, dein Auftritt war phantastisch. Hast du übrigens Shaw gelesen?"

„Warum? Sollte ich?"

„Nun gut, also nicht", finde ich mich damit ab. „Aber glaube ich an seine Weissagungen, dann war das Auftauchen der Syrer eine Fügung des Schicksals."

„So ein Quatsch", lästert mein Kollege. „Ich kenne den Mann nicht. Wie heißt der noch mal?"

„Shaw."

„Wer ist das und wo lebt der? Etwa im Land der Pharaonen? Stehst du neuerdings auf Moslems?"

Wegen seines Nichtwissens und der Dreistigkeit glotze ich meinen Partner böse an. „Du bist widerlich."

Felix blickt betreten zu Boden, dabei nuschelt er: „Ich weiß. Entschuldige." Doch die billige Ausrede reicht mir nicht. „Geh heim zu Frau und Kindern", fordere ich angeödet. „Dass Auftauchen deiner Angetrauten kann ich momentan am wenigsten gebrauchen."

Das Kapitel Nazis ist erledigt. Die Schwachköpfe sind aus der Schusslinie. Das einer von denen Lisa umgebracht hat stand eh nicht zur Debatte. Wäre einer der Mörder, dann besäße er das Schauspieltalent eines Jack Nicholson.

Doch die Schlägerei mit den Nazis war harmlos gegen das, was mir Tage später widerfahren wird, denn dann geht's mir ekelhaft an den Kragen.

10

Zwei Tage Auszeit habe ich mir gegönnt. Nun bin ich einigermaßen auf dem Damm und stürze mich mit Inbrunst auf die Arbeit.

Bei der macht mich das Labor beschwingt, denn Hamadi scheidet nach DNA-Abgleich und Blutgruppenbestimmung aus dem Kreis der Verdächtigen aus, oder sagen wir's mal so, er ist relativ unverdächtig. Sein Blut und die Fasern seiner Klamotten waren nicht auf den Kleidungsstücken und am Körper der Leiche, demnach lag ich mit meiner Einschätzung richtig. Den Tatbestand habe ich zumindest schwarz auf weiß.

Allerdings ist Turan nicht aus dem Schneider. Hatte er Lisa durchschaut und er war vor Eifersucht rasend geworden, was ich für möglich halte, dann kann er Bauer und Lisa erwürgt haben. Für sehr wahrscheinlich halte ich diese Variante jedoch nicht. Tja, da schimmert meine Gefühlsduselei für die Flüchtlinge wieder durch.

Die Schläger waren tatsächlich im Präsidium erschienen. Denen hatte sich mein Partner angenommen. Im Stadionbereich waren sie oft als Widerholungstäter in Erscheinung getreten, sie sind keine Unbekannten, aber Reue oder gar Einsicht haben sie nicht erkennen lassen, so läuft es laut Felix auf Bewährungsstrafen hinaus. Er hat eine Anklageschrift verfasst und die Staatsanwaltschaft eingeschaltet. Soll die sich mit den Nichtsnutzen herumschlagen.

Durch das Aussortieren Hamadis aus dem Verdächtigenkreis ist es mir gut gelungen, mich so peu à peu der Aufklärung der schwierigen Mordfälle anzunähern, die nötige Klarheit zur Überführung des Mörders vermisse ich allerdings noch. Nichtsdestotrotz kommt leichte Katerstimmung in mir auf. Mir ist unbehaglich, denn hinter meinem Rücken öffnet sich ein Abgrund, und der äußert sich durch Zurückhaltung. Seit meiner Abwesenheit liegt eine Wolke des Misstrauens über dem Kollegium. Hat das mit Kowalski zu tun? Was hat der Chef mit der Mordkommission angestellt?

Den nach seiner Beförderung dürstenden könnte man als graue Maus einstufen, wären da nicht seine listigen und argwöhnisch aufblitzenden Augen.

Mein Partner ist in meinen Genesungstagen bei der Mordaufklärung nicht groß weitergekommen, so stehe ich als verantwortliche Hauptkommissarin weiterhin im Regen. Ich besitze kein Beweismaterial, das weitere Blutabnahmen rechtfertigt. Zur Ader lassen kann ich weder Gossen noch Lebewirt, auch nicht Morgenrot und Domen, ganz zu schweigen von seinem Bodyguard. Deren Anwälte würden mich in der Luft zerreißen.

Jedenfalls gedenke ich es ruhig anzugehen, als Tanja Göring unerwartet in unserem Arbeitszimmer im Präsidium auftaucht.

„Ich möchte Sie allein sprechen und außerhalb der Polizeistation", sagt sie zu mir, wobei sie misstrauisch aus den Augenwinkeln zu den Kollegen rüberschaut. „Das Präsidium hat Augen und Ohren", flüstert sie mir ins Ohr und macht damit ein Fass auf. Dann schimpft sie leise: „Hier muss es einen Maulwurf geben, der dem Prominenten als Informant dient. Die sind über alles auf dem Laufenden."

„Na gut. Reden wir draußen darüber", willige ich ein und gehe mit ihr auf den Parkplatz, wo wir zu Fuß ein paar Runden drehen.

Sie hätte teilweise umgedacht, erklärt mir Tanja. Aber weiterhin wolle sie die Namen der Sexsüchtigen nicht nennen, obwohl sie sich an Äußerungen ihrer Freundin erinnert hätte. Daraus wäre hervorgegangen, dass Lisa die spätpubertierenden Geldsäcke erpresst, oder es zumindest versucht hat. Das sollte ich wissen. Doch ich solle ihre Vermutungen für mich behalten. Solange jedenfalls, bis ich Lisas Mörder dingfest gemacht hätte. Ob ich jetzt verstehen könne, warum sie die Mistkerle nicht nennen wolle?

Das war's dann auch, denn flugs verabschiedet sich Tanja. Sie steigt in ihren runtergewirtschafteten Golf und knattert davon.

Von Tanjas überraschendem Auftritt fühle ich mich überrannt. Ist an ihren Anschuldigungen was dran, dann hat Sie meinen Ermittlungshorizont in neue Bahnen gelenkt. Und wie bewerte ich die Information? Reicht Erpressung oder der Versuch als Tatmotiv für Lisas Ermordung aus? Gibt es tatsächlich den Maulwurf im Präsidium? Aber wer könnte das sein?

In Gedanken schlendere ich ins Präsidium zurück und platziere mich meinem mit fragenden Augen gegenüber sitzenden Partner gegenüber.

„Was wollte sie?", fragt der umgehend.

„Oh Felix", antworte ich, mich sträubend. „Das ist starker Tobak, den lasse ich erst mal sacken. Gib mir etwas Zeit, ja?"

Felix will bereits aufbrausen, da klingelt zu meiner Ret-tung mein Telefon. Gott sei Dank, denke ich. Was besseres als dieser Anruf konnte gar nicht passieren. Ich bin kein bisschen verärgert und angle mir den Hörer.

„Wer ist dran?"

Eine samtweiche Frauenstimme murmelt: „Sehen Sie sich Bauers Nachbarn genauer an, einen Gottwald. Und Bauers Sohn."

„Wer sind Sie?"

„Das tut nichts zur Sache", summt die ängstliche Stimme, weswegen ich verdattert reagiere: „Was ist mit Bauers Sohn und dem Nachbarn?"

„Gottwald und Bauers Schlampe verbindet angeblich eine Liebesaffäre", säuselt die zaghafte Stimme. „Denen soll der knorrige Ehemann im Weg gewesen sein, außerdem hat Bauer seine Familie regelmäßig verprügelt, immer dann, kam er besoffen nachhause."

„Was...?"

Ich bin unkontrolliert aufgesprungen. „Warum erzählen Sie das erst jetzt?"

„Ich hasse Ärger", antwortet die Stimme, „aber Sie sollten die Tatsachen berücksichtigen."

„Tüt, tüt, tüt, tüt."

Die Leitung ist tot.

Verflixt. Ein Erdbeben erschüttert mein Glaubensfundament. Habe ich einen Sprung in der Schüssel? Krebsrot stehe ich mit dem Hörer in der Hand vor meinem Schreibtisch. Was war das nun wieder? Wem gehört die säuselnde Frauenstimme? Hat eine nicht auszuschlie-ßende Familientragödie das Tötungsdelikt an Bauer aus-gelöst? Hat der Nachbar den Mord verübt, gar Bauers Sohn, womöglich die Witwe selbst?

Nein, es war unmöglich eine Frau. Keine Frau bringt es fertig, einen Mann dermaßen zuzurichten, wie wir Bauer vorgefunden haben. Seine Gesichtspartie war von barbarischen Schlägen entstellt worden. Also wurde Bauer von einem Mann ermordet, aber rätselhaft bleibt das Tatmotiv.

Und weiterhin kann ich Lisa Färber dem Todeskarussell nicht zuordnen, auch nicht den Verdächtigungsgrad

Peter Ferners. Den hatte ich mir von daheim per Telefon zur Brust genommen, wobei er mir gestanden hatte, dass er an Lisas Todestag vor ihrem Arbeitsplatz gewartet hatte. Sie sei aber nicht rausgekommen. Warum? Das wüsste er nicht. Und auf die Frage, was er unternommen hätte, hat er geflucht: „Nichts, verdammt noch mal. Ich bin zur Arbeit gegangen und habe meine Freundin nicht inflagranti mit Bauer erwischt.

Auch mit Lisas Eltern hatte ich telefoniert. Ich wollte verhindern, dass sie alle Nase lang ins Büro kommen. Aber gesagt habe ich ihnen nicht, dass ihre Tochter ein verdorbenes Miststück war. Lisa den Eltern madig zu machen, das brachte ich nicht übers Herz.

Und brennend hatte mich interessiert: Verbringt Gottwald mit dem Busenwunder wollüstige Liebesnächte? Steht der auf viel Holz vor der Hütte?

Eigentlich ist Lebewirt der Hauptverdächtige für mich. Der Makler belegt die Poleposition. Aber auch Gossen, Domen und seinen Gorilla habe ich dick im Notizbuch angestrichen. Und nun der mysteriöse, anonyme Anruf. Hilft der mir aus der Patsche, oder führt er mich auf einen Irrweg?

Ich erläutere dem Partner die Story der sanften Fee: „Die hat mir tatsächlich eine Liebelei untergejubelt. Nicht der Briefträger, denkste, der Nachbar vögelt Bauers Flittchen. Gottwald heißt der Mann."

Prompt befragt Felix den Computer, dann antwortet er gelangweilt: „Mm, Gottwald ist ein unscheinbarer Frührentner. Das Anwesen neben dem der Familie Bauer hat er vor Jahren von den Eltern geerbt, die hatten sich mit Schlaftabletten umgebracht."

„Warum?"

„Ich habe keinen blassen Schimmer, denn mehr gibt der Computer nicht her."

„Aber jetzt weißt du zumindest, dass Bauer seine Frau und den Sohn verprügelte", antworte ich halsstarrig.

Felix saugt enorme Mengen an Luft durch die Nasenlöcher auf. Das klingt, als leide er an stark verstopften Nebenhöhlen. Dementsprechend reagiert er: „Das sind nur Gerüchte. Den Schwachsinn ignorieren wir. Wo kommen wir hin, gehen wir jedem Geschwafel nach."

„Und wenn's so war?"

„Du meine Güte", blubbert mein Partner. „Liest du keine Statistiken? Schläge in Familien sind an der Tagesordnung. Deswegen war Bauer kein Prügelknabe."

Mein Kollege nuschelt weitere Belanglosigkeiten, so ziehe ich alle Register: „Bauer soff gern mehrere Gläser Bier mit den dazugehörigen Schnäpschen, leider viel zu viele, das ist Gassenjargon. Und dann, im Suff, wurde er gewalttätig."

„Gewalttätig? Wenn ich das höre", knurrt Felix. „Bauer rutschte mal die Hand aus."

Mein Partner nimmt meine Sufftheorie gelangweilt hin. Er bleibt störrisch. Das Auf-die-neue-Fährte locken hat versagt. Eigentlich schade. Also setze ich auf die teu-erste Lösung, und das ist beim Monopolyspiel die Schlossallee.

„Gottwald hasste Bauer, weil der seine angebetete Johanna misshandelt hat", merke ich abermals an. „Das könnte als Motiv reichen."

„Das heißt gar nichts", murmelt mein Partner.

Danach sabbelt er unverständliches Zeug. Höre ich den Namen Lebewirt raus?

Ich habe mich nicht verhört, denn Felix wechselt das Themenfeld: „Übrigens schließt Lebewirts untadeliger Leumund ihn als Mörder kategorisch aus. Es gibt nirgendwo brauchbare Hinweise auf Mordabsichten. Er gilt als besonnen."

„Lebewirt und besonnen", meutere ich. „Du hast ihn doch erlebt. Hat er ein Alibi?"

„Weiß ich nicht. Das rauszubekommen übernahm ein Kollege. Demnach vergessen wir Lebewirt als Täter. Unbegreiflich bleibt nur seine Schuldenlast, aber die ist heutzutage nicht ungewöhnlich."

Was ist los mit meinem Partner? Wie unbeteiligt, ja gleichgültig er Lebewirts Schuldenlast hinnimmt? Und überhaupt führt er sich destruktiv auf.

Ich weise ihn harsch zurecht: „Die Ermittlungen erfolgten zu spät. Lebewirt hatte alle Zeit der Welt um von sich abzulenken. Vielleicht ist der Kollege auf dem Auge Lebewirt blind?"

Und obwohl ich mich mächtig wundere, frage ich Felix: „Was kam beim Klugschwätzer Gossen raus? Setzte der für seine Unschuldsbekundungen einen Ghostwriter ein?"

„Gossen ist überdurchschnittlich intelligent", erklärt mir mein Partner. „Der Abgeordnete weiß, gerät er durch Bauer in die Negativschlagzeilen, ist er erledigt. Gossen hat einen Teufel getan, das zu fördern."

„Auch wahr. Aber Gossen bleibt ein Kandidat", knurre ich gereizt.

Da faucht Felix, das hat wenig mit dem Singsang eines Wüstenrotberaters zu tun: „Was sollen wir machen? Ewa den Landtag filzen? In allen Aufsichtsgremien herum-schnüffeln? Gossen sitzt in jedem Aufsichtsrat, in dem er viel Geld scheffeln kann."

„Warum soll uns das abschrecken?"

„Quatsch!", tobt mein Partner wie ein Walross. „Der Abgeordnete ist ein ausgeschlafener Haudegen. Es hat wenig Zweck, seine Mitarbeiter in Beugehaft zu nehmen oder in dessen Büros Wanzen einzubauen."

„Dann nehmen wir uns deinen Freund Domen mit dem Babyface vor", beschwöre ich Felix. „Der genießt keine Immunität."

Felix reagiert bockig. „Domen ist kein Thema", brüllt er. „Für den verbürge ich mich."

Und ich komme mir vor, als hätte ich Schaum auf der Mundpartie, als ich mich beschwere: „Mensch, Felix, ich scheiße auf deine Anhimmelei. Nur durch die kommt der Blasebalg glimpflich davon. Wehe, Domen war's, dann siehst du alt aus."

Es zieht ein Rauschen durch den Raum, denn orkanartig hat Felix die Luft durch seine Lungenflügel geblasen, und genauso blafft er: „Komm du mir nie wieder mit Albernheiten, wie Domen, Gottwald, Bauers Sohn, und so als Verdächtige."

„Und warum nicht", gebe ich ihm Kontra. „Alle Aufgezählten sind verdächtig, solange der Mörder unbehelligt rumvögelt."

„Das kannst du dem Präsidenten nicht unterstellen", verteidigt ihn mein Partner. „Er ist auch als Teilnehmer von Sexspielchen sauber."

„Der ist pervers."

„Na und? Und wenn er das ist. Das er Bauer eins verpasst hat, kann ich gut verstehen."

„Pass auf, was du sagst", artikuliere ich mein Befremden. „Sprich das nie wieder aus. Hörst du? So was darfst du nicht mal denken."

Doch Felix setzt das I-Tüpfelchen drauf: „Würdest du hinnehmen, dass dich eine Zecke aussaugt, oder wie eine Weihnachtsgans ausgenommen wirst? Ich kann mich in Domen hineinversetzen."

„Verbohrtheit macht dumm", ohrfeige ich Felix mit den Worten des Haftrichters: „Was sagte Scheuer so schön? Machen Sie ihre Arbeit gründlich. Erinnerst du dich?"

Mein Partner ist schockiert.

Bis auf Scheuer hatte es keiner gewagt, ihn ungestraft auf den Arm zu nehmen. „Darüber sprechen wir noch", lässt er bitterböse verlauten.

Und ich erinnere mich an unsere Abmachung, die lautete Domen zu schonen, weshalb ich einlenke: „So, meinst du. Dann installieren wir eine Fangschaltung beim Abgeordneten."

Mein Kollege schnäuzt sich. Seine Gesichtszüge vollziehen einen gefährlichen Abfahrtslauf. Danach würgt er müde heraus: „Nein, Sara. Ich muss mich doch sehr wundern. Zumindest ich hänge an der Karriere."

Allmächtiger Tattergreis im Himmel. Wie soll ich an deine Existenz glauben? Begib dich hinunter auf mein Terrain und belohne mich mit einem meinem Niveau angepassten Mitarbeiter. Aber warum sollte er, ich gehe ja nicht mal zur Kirche.

Jedenfalls habe ich meine Bescherung. Die neuen Verdachtsmomente versprechen keine Befreiung, da sich Felix sperrt. Aber wie komme ich ohne seine Hilfe an Gottwald und die mancherlei verheimlichende Witwe ran? Es gilt meinen Verstand neu zu justieren und ein Gespür für den Wahrheitsgehalt zweifelhafter Liebesaffären zu finden.

*

Lasse ich die Ermittlungsergebnisse vor meine Augen Revuepassieren, schneide ich durchwachsen ab, doch die Lokalpresse treibt ihren Schabernack mit mir. Die Berichterstattung ist gespickt mit feindlichen Anspielungen an meine Person. Die Artikel sprühen vor Häme. Keinen Pluspunkt kann ich verbuchen. Die Redaktionen kreiden mir unverzeihliche Fehler bei der Beweisführung an.

Und weiterhin fordert Reuter das Geständnis Hamadis, als gäbe es den Mord an Lisa Färber nicht. Der zählt nicht für den Schmierfinken, ebenso wenig der DNA-Abgleich und die Blutanalyse. Beide sind nicht in den Fokus der Presse durchgesickert. Übt Kowalski Druck auf Reuter aus? Steckt die sexuell abartige Klicke hinter der nicht erfolgten Berichterstattung über Lisa Färbers Ermordung?

Und wie bewährt sich meine Beziehung zu Felix?

Bei der Gefühllosigkeit meines Partners trocknen meine Knospen aus, anstatt dass er meine Brüste geschmeidig hält und sie bewundert. Zwischen uns hat sich ein Graben aufgetan und der ist kein Grund zur Euphorie, denn mein Bindungswunsch entflammt tagtäglich als Höllenfeuer.

Und weil die Stahlbetonkonstruktion der Liebe bricht, wenn die Statik nicht stimmt, hat er seine Zärtlichkeiten eingefroren. Einfach so, als wäre ich Luft. Grund sei seine Frau. Sie hat Lunte gerochen. Und tatsächlich holt sie ihn neuerdings vom Präsidium ab.

Ich lasse Felix meinen Unmut spüren, als ich ihm kleinlaut erläutere: „So geht das nicht. Du hast mir versprochen, mit mir ans Meer zu fahren. Wann fahren wir, wann?"

„Herrgott noch mal", windet er sich. „Meine Kinder erwarten ihren Vater zuhause. Das kann ich nicht ignorieren."

„Auf ein mal?"

Ich bin nicht der vielzitierte deutsche Panzer, aber mein Immunsystem ist intakt. Deshalb schüttele ich den Ärger ab und frotzele: „Na gut, Felix. Werde glücklich mit deinen Süßen. Das war's mit uns. Dein Verhalten ist dermaßen frauenfeindlich und ich begünstige es auch noch."

„Nein, Sara. Das darfst du nicht sagen", nörgelt Felix, sodass ich bestimmend ergänze: „Das darf ich sehr wohl. Wie soll ich unsere Fickeinlagen mit meinem Gewissen vereinbaren? Ich könnte deiner Frau nicht unter die Augen treten."

Fällt bei Felix der Groschen?

Natürlich nicht. Meine Rechtfertigungen machen ihn grantig: „Das interessiert mich nicht", mault er. „Sobald sich meine Frau beruhigt, fahren wir ans Meer."

„Okay, schließen wir einen Burgfrieden unter der Bedingung, dass du den Personenschutz für Morgenrot überprüfst. Den hat Kowalski hoffentlich angeordnet?"

„O Mann."

Felix zuckt entschuldigend mit den Schultern.

„Daran habe ich nicht mehr gedacht. Ich werde gleich nachhaken. Und was machst du?"

„Ich kümmere mich um Bauers Sohn. Die Info mit den Prügelorgien lässt mich nicht ruhen."

Das Lisa Erpressungsversuche unternommen hatte und den Maulwurf im Präsidium habe ich Felix verschwiegen, denn ich bin unschlüssig, ob ich an die Ungeheuerlichkeit glauben kann.

*

Frei nach dem Motto: *Die Guten ins Töpfchen, die Schlechten ins Kröpfchen*, nehme ich mir Bauers Sohn zur Brust. Eine Kontaktaufnahme zu ihm könnte mich weiterbringen, rede ich mir ein. Die Burschen in seinem Alter sind gesprächig.

Meist hält sich Gerhard beim Kickerspielen im Jugendheim auf, hatte mir der Leiter des Jugendamtes auf Anfrage erklärt. Dort findet ein Turnier statt. Gerhard nähme dran teil.

Vor dem Eingang warte ich auf Gerhard, und der kommt. Ich habe mir gegen die Kälte eine dicke Daunenjacke angezogen. Mit der auf dem Leib mustere ich ihn ausgiebig, dabei denke ich, kein bißchen irritiert: Gerhard gleicht äußerlich ganz dem Vater. Er ist ihm optisch wie aus dem Gesicht geschnitten, dazu ist er mit seiner kräftigen Statur ausgestattet. Der Apfel fällt nicht weit vom Stamm. Aber gegensätzlich zum Vater verrät Gerhards Körperhaltung Unsicherheit. Er geht geduckt, ohne das Fortüne des erfolgreichen Vaters.

Gerhard erkennt mich von weitem. Als er auf einer Höhe mit mir ist, spricht er mich an: „Sie sind die hübsche Kommissarin, nicht war?"

„Hey, Gerhard. Ja, die bin ich und danke für das Kompliment. Darf ich dich was fragen?"

Ich habe die lockere Anrede gewählt, worauf Gerhard die rechte Hand aus den Hosentaschen zieht und sie mir reicht, dabei zeigt er ein offenes Lächeln.

„Logisch", sagt er mich anstrahlend. „Aber nur kurz bitte, ich bin verabredet."

Habe ich mich in Gerhard getäuscht?

Vor mir steht nicht der oberflächliche Sonnyboy. Im Gegenteil. Gerhards Außendarstellung ist homogen und seine Aussprache vertraulich. Er wirkt in Jeans und mit der abgewetzten Lammfelljacke ausgesprochen nett. Sein Haupthaar trägt er über die Schultern herabhängend, das Vorderhaar lässig hinter die Ohren gesteckt. Sein gewinnender Augenaufschlag kommt bei mir an, sicher auch bei den Mädels. Ärgerlich an ihm ist nur der skrupellose Erzeuger.

Ich werde offen zu ihm sein, beschließe ich.

„Sag mal, Gerhard. Was ist dran an dem Gerede? Hat dich dein Vater gelegentlich verdroschen?"

„Logisch, das ist kein Geheimnis. Das weiß jeder im Freundeskreis. Meiner Mutter erging es übrigens noch viel schlimmer."

„Und? Ließ sie's sich gefallen?"

„Was sollte sie machen", erklärt er emotionslos. „Die Bekannten der Familie unternahmen nichts. Jeder hatte Schiss vor meinem Vater, außer Jochen, äh, Herr Gottwald. Nur der stellte ihn zur Rede."

Ich werfe ein: „Weshalb hast du dich nicht gewehrt?"

„Unmöglich bei meinem Alten."

„Hättest du dich an das Jugendamt gewandt, dann wäre denen ein Ausweg eingefallen. Dein Vater gehörte zur Vernunft gebracht."

„Ans Jugendamt? Ach du Schreck. Das hätte mir der Alte nie verziehen", antwortet Gerhard. „Zuletzt traute er sich auch nicht mehr an mich rann, so bezog meine Mutter logischerweise die Prügel. Leider konnte ich ihr nicht helfen."

„War dein Vater oft besoffen?"

„Oft?"

Gerhard hat die Frage nach den häufigen Saufexessen wiederholt. „Ja logisch", schnaubt er dann. „Fast jeden Tag. Der elende Saufsack kam selten nüchtern heim."

„Und Gottwald? Unternahm der was?"

„Logisch. Er hat's versucht. Aber ins Haus kam er ja nicht. Was sollte er machen?"

„Was meinst du, Gerhard. Hat Gottwald deinen Vater in der Nacht abgefangen?"

„Kann sein. Ich jedenfalls bekam nichts davon mit."

Ist Gerhards Ahnungslosigkeit nachvollziehbar? Eine Schlägerei mit Todesfolge macht eine Menge Lärm. Das bekommt die ganze Nachbarschaft mit. Drückt er sich vor einer belastenden Aussage, trotz der Schläge?

Ist das so, dann wird er seinen Vater nicht belasten, denke ich. Mit der Vermutung setze ich die Befragung fort: „Darf ich indiskret werden?"

„Logisch. Von mir aus."

„Deine Mutter und Gottwald. Ist da was?"

Gerhard hat eine Vorliebe für das Wort „logisch".

Es ist eine Sprachmacke, denn mit der Einleitung räuspert er sich: „Na logisch. Jochen mag meine Mutter, und die findet ihn nach meinen Beobachtungen auch sympathisch."

„Nur sympathisch?"

„Mehr ist da nicht. Oh, Scheiße, ich habe nicht viel Zeit. Meine Freunde warten."

Bauers Sohn hockt in den Startlöchern, als ich ihn an den Schultern zurückhalte. Meine Frage klingt beherzt: „Noch eins, Junge. Wie nah stehen sich deine Mutter und Lebewirt? Ist's mehr als Sympathie?"

Der Gefragte schüttelt den Kopf.

„Ne, ne, das glaube ich nicht. Andererseits gingen mir deren Albernheiten ganz schön auf den Sack. Doch die gönnte ich meiner Mutter. Zu mir war Lebewirt wie ein Onkel."

„War?", frage ich dazwischen.

„Logisch", erwidert Gerhard. „Meine Mutter und ich sehen Lebewirt nur noch selten."

Aha, denke ich, am Männerverschleiß der Vollbusigen ist was dran. Der ist imposant und augenscheinlich ist Gottwald momentan ihr Favorit. Der anonyme Anruf traf den Nagel auf den Kopf. Die Frau hat mir reinen Wein eingeschenkt.

Meine Frage klingt sarkastisch: „Deine Mutter ist demnach ein Turteltäubchen?"

„Logisch", kräht der Mitteilsame. „Das finde ich auch voll korrekt. Oha, ich muss weiter. Tschüss, Frau Sonntag."

In Windeseile hastet Gerhard zum Jugendheim, währenddessen ich ihm hinterher rufe: „Viel Glück!"

Doch das hört Gerhard nicht mehr, denn er ist bereits in der Eingangstür verschwunden.

Der Junge hat eine schlimme Lebensphase hinter sich, erkenne ich nachdenklich. Wegen seiner von Prügel für sich und seine Mutter geprägten Kindheit hat er seinen Rabenvater gehasst. Aber verhält sich so ein Sohn, der seinen Vater erwürgt hat?

Objektiv gedacht, warum nicht.

Der Tod des Vaters hat ist eine Wohltat und macht Gerhards Befreiungsdrang nachvollziehbar, obwohl ich Mord als Problemlösung ablehne. Auf ihn fällt kein Verdacht, war ihm bewußt. Weshalb dem Peiniger nicht den Garaus machen? Verhält er sich clever, reicht Bestürzung über den Tod des Ollen demonstrieren.

Nun ja, Bestürzung ist mir an Gerhard nicht aufgefallen.

Gedanklich husche ich in die Rolle Gottwalds: Sind dem in grenzenloser Erregung, wegen der befürchteten Schläge seiner Angebeteten, mehrere Halteseile aus den Ankern gesprungen? Er liebt Johanna Bauer. Und noch verquerer gedacht, hat Johanna sogar den Tod ihres Mannes von ihrem Liebhaber verlangt?

O Mann, bin ich hirnverbrannt? Realistisch betrachtet habe ich mit Gossen, Lebewirt, Domen, oder den Wachhund genug Strolche im Fangnetz, klammere ich die zwei Syrer bewußt aus. Und bei der Mordaffäre Lisa Färber hievt mich der Liebessumpf im Gehege des Bauer Clans weiß Gott nicht die Erfolgsleiter nach oben.

Als ich Felix von der zum Himmel schreienden Intrige berichte, will der die Sauerei nicht wahrhaben, denn er sagt uninteressiert: „Seit wann bist du sentimental? Das Familienkomplott entspringt deiner Fantasie, also mach nicht die Pferde scheu."

Die Antenne zu meinem Partner ist abgebrochen. Sein Unterbewusstsein leidet an einer Realitätslähmung. Er will partout nicht akzeptieren, dass es bei Gottwald und Bauers Sohn unter der Oberfläche brodelt.

11

Ich Nimmersatt bin den Drahtseilakt mit dem Abgeordneten Gossen leid. Also treffe ich mich mit einem Sachbearbeiter der regierenden SPD-Landtagsfraktion, dessen Ressort ist die Bauwirtschaft, um ihn über die Machenschaften des Abgeordneten auszufragen. Dazu setzen wir uns mit einer großen Kanne Kaffee in unsere Polizeikantine.

Der SPD-Mann bestätigt mir: Gossen war selten im Plenum präsent. Der mauschelte überall herum, nur wo er hingehörte, da sah man ihn nie. Das war gängige Praxis. Bei seiner Geltungssucht brauchte er Unmengen an Mammon. Getuschelt wird, der Abgeordnete hat einen lukrativen Deal in bare Münze umgesetzt.

Mein Gehirn reflektiert: Die Grundstückskacke, das ist die Ferkelei im Suppentopf.

Und auf die beziehe ich meine Fragen: „Ging's um einen Grundstücksverkauf? Wann lief der Deal?"

„Ja wann?"

Der Sachbearbeiter überlegt lange, dann rutschen ihm nur Floskeln heraus. Die zum Beispiel, dass Schiebereien im Verborgenen gedeihen und das des Volkes Meinung bekannt sei. Extreme Auswüchse würden seit zwei Jahren vermehrt auftreten.

Aha, schießt es mir in den Kopf, gemeinhin geht es um die Schmiergeldschiene und direkt oder indirekt um die Grundstücksmauschelei.

Ich fühle mich innerlich sicherer und setze die Befragung in Richtung des weiteren Werdegangs des Abgeordneten fort. „Ist an den Gerüchten was dran, dass Bauer die Nachfolge Gossens antreten sollte, Bauer quasi für Gossen den lukrativen Aufsichtsratsposten im Ressort Bauwirtschaft übernehmen würde?"

Der Sachbearbeiter nickt.

Er schiebt sich näher an mich heran und flüstert mir ins Ohr: „Nach meinen Informationen war das eine von oben beschlossene Abmachung."

„Na klar", zische ich. „Gossen beließ Bauer im Glauben, er ebne ihm fruchtbaren Boden, stattdessen heuerte er den Mörder an. So könnte es gewesen sein. Traust du Gossen Kontakte zur Halbwelt zu? Verkehrt er in einschlägigen Kaschemmen?"

„Schon möglich", bestätigt der Sachbearbeiter, doch prompt macht er einen Rückzieher: „Aber auch irgendwie unwahrscheinlich."

Jetzt wirkt der SPD-Mann angespannt. Er wechselt die Sitzhaltung, als er erläutert: „Der Umgang mit den Halbseidenen hätte den Ruf des Abgeordneten ruiniert. Außerdem, wo stecken die in Düsseldorf?"

„Kriminelle Elemente gibt's überall."

„Ich kenne keine, außerdem weiß ich es nicht", zweifelt mein Gesprächspartner. „Gossen ist zwar mit jedem Baudreck der westlichen Hemisphäre besudelt, aber ein Harakiri-Typ ist er nicht."

Okay, das hat Hand und Fuß, stelle ich innerlich fest, deshalb hinterfrage ich das Auftreten des Abgeordneten: „Der Lebemann verkörpert gern den Mann von Welt. Trifft das zu?"

Damit kennt sich mein Gegenüber aus, denn er erörtert: „O ja, den stellt er gern dar, aber er ist kein Edelmann. Gossen liebt Champagner und aufgetakelte Frauen, halt alles um dem herum, was man süßes Leben nennt."

„Das ist auch mein Eindruck", sage ich bestimmt. „Ich zähle Gossen zu der Clique in Aachen, die sich Sexspielen verschrieben hat. Dadurch scheint eine junge Frau zu Tode gekommen zu sein, die ihn erpresst haben könnte."

„Aha, solche Eskapaden passen zu ihm."

Der SPD-Mann lacht.

Dann erweitert er seine Ausführungen: „Gossen hat Bauer nicht umgebracht. O nein, das glaube ich nicht. Eher hätte er ihn geschäftsfördernd gezwungen, auf seine Nachfolge zu verzichten. Geschmiert hätte er ihn. Und das trifft auch auf diese ermordete Lisa Färber zu, von der ich gehört habe."

„Also ist Gossen für Sie kein Mörder", schiebe ich mit Ungeduld dazwischen. „Und Sie schließen auch seine Beteiligung an einer Bluttat aus. Dann zu Morgenrot. Ist Ihnen der Name in irgendeinem Zusammenhang in den Fokus gekommen?"

„Nun ja", druckst mein Gegenüber. „Konkret habe ich über den Abgeordneten als Mörder nicht nachgedacht. Nur so viel, in die Seele eines Politikers schaut man nicht rein. Und den Namen Morgenrot? Warten Sie mal, da war was?"

Er überlegt angestrengt.

„Ja, jetzt fällt es mir ein. Ich erinnere mich an eine Bauvergabe."

„Sie meinen den Tivolineubau?"

„Ja, richtig. In den Tivolineubau sind große Zuschüsse geflossen. Und danach in die Grundstücksgeschichte der abgefackelten Flüchtlingsunterbringung. Außerdem steht Morgenrot wegen Veruntreuungen in Duisburg mit einem Bein im Gefängnis."

Ich kann seinen Bericht im großen und ganzen nachvollziehen, und bestätige das: „Stimmt, das habe ich im Internet gelesen. In Duisburg sehen sie den Architekten als eine Seuche.."

„So ist es", ergänzt der SPD-Mann.

„Sorry, Frau Kommissarin. Ich muss weg. Momentan habe ich viel um die Ohren."

Allerhand an Wissenswertem eingesackt, verabschiede ich mich von dem Sachbearbeiter mit dem emotionalen Gefühl, Gossen zukünftig als Auftraggeber, demnach als Anstifter des Mordes an Bauer zu behandeln. Kriminelle Energie dafür besitzt er zur Genüge. Bilden Gossen und Morgenrot gar ein Team?

Was ist demnach zu tun?

Bloß nicht wie ein Kaninchen vor der Schlange verharren, doch Gossen hat einen undurchdringlichen Sperrgürtel um sich errichtet. Immunität hat auch Schattenseiten. Und Felix wird sich hüten, einen Antrag zu unterstützen, der die Immunität des Abgeordneten aufhebt.

*

Widerliche Umstände machen unliebsame Taten erforderlich. Mit dieser Weisheit im Gepäck schicke ich mich an, die Witwe mit einem Besuch zu überraschen. Oft hat man die Schickse in Lebewirts Begleitung im Wurmtal gesichtet. Das habe ich inzwischen herausgefunden. Während ihr Saufsack im Rathaus saß, vergnügte sie sich mit dem Juniorpartner. Dreist, nicht war? Allerdings ist das mehrere Monate her.

Mein Wissen quält mich, deshalb drücke ich mir aus dem Leib: „Willst du wissen, was ich vorhabe, Felix? Ich mache der verschlagenen Witwe Feuer unterm Hintern. Ohne mit den Wimpern zu zucken ließ sie den Syrer in die Zelle wandern."

„Wenn du meinst", schachert Felix. „Ich hole meine Jacke von der Garderobe und fahre mit."

Wir hecheln nach einem Erfolgserlebnis, als wir vor dem Wohnsitz des Toten aus dem Dienstwagen steigen. Erstmalig begutachte ich den Schauplatz des heimtückischen Mordes bei Tageslicht. Im eigenen Haus wurde Bauer erwürgt, und hinter Buchsbaumbüschen hatte sich der Mörder versteckt, wo er die Löcher verursacht hat. Womit?

Trotz der Dunkelheit will die Witwe Hamadi erkannt haben. Streng genommen hat Frau Bauer gelogen, denn ihre Aussage ist durch den Blutabgleich widerlegt.

Ich schelle, dann warten wir.

Keine Reaktion. Nichts rührt sich. Um meine Unruhe zu unterdrücken, rühre ich mit dem Schuh im Kies der Randdrainage. Ein Schatten in der Verglasung der Tür taucht auf. Gerhard öffnete uns vorsichtig und stiert uns aus dem Hausflur heraus an.

Er fragt: „Sie, Frau Sonntag? Weshalb kommen Sie zu uns? Neulich habe ich mich ausführlich mit Ihnen unterhalten."

Im Hintergrund rumort es. Seine Mutter kommt die Treppenstufen vom Obergeschoss heruntergehüpft und mischt abwehrenden Beton. Mit ihren bebenden Brüsten hat sie sich hinter Gerhard gestellt. „Du Spinner", zischt sie. „Was hast du der Kommissarin erzählt?"

Ihr Junge ist in dem jugendlichen Alter, in dem man sich den Mund nur ungern verbieten lässt, schon gar nicht von der Mutter.

Und das demonstriert Gerhard: „Na ja, dass Lebewirt fast wie ein Onkel war und du dich mit Jochen, äh, Herrn Gottwald, blendend verstehst. Und dass uns der Papa andauernd verdroschen hat."

„Was geht's die Polizei an? Einen Scheißdreck", faucht die aus den Fugen geratene Witwe. „Halt die Klappe. Das habe ich dir oft genug gesagt."

Gerhard fühlt sich zu Unrecht unterbrochen. So jedenfalls taxiert er seine Mutter. Seine Blicke zeugen von Frust. Spricht aus denen Ehrlichkeit? Verdächtige ich Gerhard aus Ablehnung gegenüber dem Vater? Oder andersherum gedacht: Ist seine Hilfsbereitschaft ein berechnendes Ablenkungsmanöver?

Ich überlege kurz: Die harte Nuss Gerhard hebe ich mir für später auf. Daher tue ich so, als würde ich mich über ihn freuen.

„Danke, Gerhard."

Doch danach verliert sich meine Freundlichkeit, denn ich gifte die Rabenmutter an: „Die Aufrichtigkeit ihres Sohnes ist lobenswert, was leider nicht auf Sie zutrifft. Wer hat Sie bestochen? Wie bringen Sie das Schwarzgeld unters Volk?"

„Hören Sie auf."

„Irgendeinen Bekannten decken Sie, daher bezichtigen Sie Hamadi des Mordes. Spucken Sie aus, für wen Sie das tun? Für Ihren Spezi Lebewirt? Oder für den Nachbarn?"

Die gescholtene Witwe umklammert ihr Junges, ähnlich der Bärenmutter. „Du sagst nichts mehr", brummt sie. „Die Polizei hat hier nichts verloren. Verschwinden Sie."

„Aber Mutter", heult das missverstandene Junge. „Frau Sonntag ist im Recht. Soll der Syrer den Kopf für einen Mord hinhalten, den ein anderer begangen hat?"

Die schnodderige Mutter schnauft verächtlich, ihren Sohn rüde abkanzelnd: „Quatsch nicht dumm, du Tölpel. Der Syrer war's."

„Er war's nicht, Frau Bauer."

„Punktum, er war's. Ich bleibe dabei."

In meinen Gehirnströmen fuhrwerkt es: Gerhards Vertrauenswürdigkeit ist beeindruckend. Aber ist sie echt? Wahrscheinlich weiß er, wer das Würgespektakel veranstaltet hat, ebenso weiß es seine Mutter. Diese Vermutung ist nicht aus der Welt zu diskutieren. Aber wenn Gerhard den Mord nicht selbst verübt hat, wer hatte die Verbindung zur Klientel der Berufskiller hergestellt? Wer hat den Killer angeheuert. Und warum musste Lisa sterben?

Arm ist die Witwe nicht.

Ihr Mann hat ihr außer dem Haus noch weitere Immobilien vererbt, trotz allem gehört eine gehörige Portion Unverfrorenheit dazu, die Beseitigung des Ehemannes und Vaters zu planen. Die passt besser in das Schema des Schlawiners Lebewirt oder zum geldgierigen Politiker.

Ich kann und will nicht ausschließen, dass sich das Morddrama wissentlich vor den Augen der gebeutelten Familienmitglieder abgespielt hat. Doch vor unser aller Augen demonstriert die Witwe den verzweifelten Versuch: Wie schütze ich mein Kind?

Felix hat sich zurückgehalten, doch das Maß ist voll, daher seine ablehnenden Laute: „Nicht so großspurig,

Frau Bauer. Warum setzen Sie sich unnötig in die Nesseln?"

„O Gott", faucht die Witwe ihn an. „Mischen Sie sich auch noch ein, Sie Wichtigtuer."

Das war saudumm, denn damit hat Sie den ihr vorher wohlgesonnen Felix gegen sich aufgebracht, denn der blafft: „Ich wäre an Ihrer Stelle vorsichtig. Ihr Sex mit Lebewirt belebt bald den gesamten Klatsch Aachens. Dafür wird die Mund zu Mundpropaganda sorgen. Man hat Sie oft beim Liebesgeflüster beobachtet."

„Mutti", brüllt Gerhard. „Du und Lebewirt?"

Er trommelte wild auf den Rücken seiner Mutter. Tut er nur so unbedarft, oder hat er tatsächlich nichts davon gewusst?

Der Busen der Witwe schwillt an. Offenbar hat sich das halbe Dreiländereck in ihre verwegenen Rundungen verguckt. Lebewirt und der Nachbar auf jeden Fall. Auch der Architekt Morgenrot? Und wer sonst noch?

Die Witwe erwidert ungehalten: „Mein Gott. Immer die Uraltgeschichte. Mit Lebewirt habe ich längst Schluss gemacht. Das Schwein hat mich ausgenutzt, wie dein Vater."

Tief betroffen wendet sich Gerhard ab und hastet durch den Hausflur in den Garten, weswegen die Witwe wie eine Giftnatter zischt: „Machen Sie die Fliege, Frau Sonntag. Sie auch, Sie.., Sie... . Nur mein Sohn ist mir geblieben."

Das Verhalten der Witwe appelliert an meinen weichen Kern. Sie aktiviert mein Mitgefühl, obwohl ich sie nicht verstehen kann. Mein Gehirn arbeitet wie im Fieberrausch: Gerhard ist ihr wichtig. Trotz des herben Umgangstons hängt sie wie eine Klette an ihrem Sohn. Und der liebt seine Mutter abgöttisch, somit hat er den Familienfrieden mit dem Tod des Vaters herbeigeführt. Er bereitete der Prügelei ein Ende.

Allerdings behalte ich den Gedanken für mich, stattdessen kontere ich satt: „Klären Sie Ihren Sohn über die Mordhintergründe auf. Ihm steht die Wahrheit zu, Frau Bauer."

„Wozu?"

„Ja, entschuldigen Sie bitte. Wissen Sie's wirklich nicht? Lüften Sie das Geheimnis um den Tod Ihres Mannes. War's nicht Gerhard, wer dann?"

Die Witwe hechelt nach Luft. „So ein Quatsch", murrt sie. „Mein Sohn bringt niemanden um. Dieser Hamadi ist der Würger. Warum treiben Sie einen Keil zwischen mich und meinen Sohn?"

Ich schlage aus Unverständnis die Hände über dem Kopf zusammen und belehre die Witwe: „Der Tote hat Ihr Leben verpfuscht und für ihn suchten Sie zu seinen Lebzeiten Ersatz. Dagegen ist nichts einzuwenden. Sie aber haben ein Lügengeflecht aufgebaut. Machen Sie klar Schiff und nennen Sie uns den Mörder."

„Eher dreht sich mein Günther im Grab um."

Die Witwe dreht ab, bleibt aber hinter der halboffenen Haustür stehen. Derweil bequemen wir uns, Frau Bauers Grundstück zu verlassen.

Als ich bereits mehrere Meter vom Haus entfernt bin, schaue ich vielsagend zum Anwesen des Rentners rüber, dabei treffe ich eine Feststellung, die vernichtend in den Ohren der mithörenden Natter klingen muß.

„Du, Felix", flüstere ich laut genug. „Ungewollt hat die Skandalwitwe mit den Teileingeständnissen ein vertretbares Motiv geliefert."

„Wie meinst du das?"

Ich ergänze: „Ihr ist es gelungen, den Täterkreis auf zwei Personen einzuengen. Die Eifersüchtelei spricht gegen Lebewirt. Lisa hatte Bauer und ihm den Kopf verdreht, doch die beiden zappeln lassen."

„Klingt nicht schlecht. Und Frau Bauer gab ihm den Laufpass. Wer ist der Zweite?"

„Der Nachbar", wusele ich weiter. „Der befreite seine Angebetete vom Tyrannen."

„Humbug. Nichts wissen Sie", zischelt die Viper.

Die hatte durch die nur angelehnte Tür zugehört und nach der Bemerkung Tyrannen aufgerissen. Wild rudert sie mit den Händen. Doch da ich mich in Schweigen hülle, verschwindet sie, indem sie die Tür hinter sich zu-schmeißt.

Die Haustür fällt mit Karacho ins Schloss. Das ist schmerzhaft für unsere Trommelfelle. Mit dröhnenden Ohren setzen wir uns ins Auto und fahren in Richtung Präsidium. Unweit des Büros spreche ich Felix an: „Auf den letzten Kilometern habe ich alle relevanten Fakten ausgewogen."

„Und? Mit welchem Ergebnis?"

Ich überlege kurz, dann erkläre ich meine Version.

„Den Fall gewissenhaft rekonstruiert, hat Bauer seinen Mörder gekannt. Bei einem Fremden hätte er den Tatort fluchtartig verlassen."

„Dem kann ich folgen", brummt Felix. „Gottwald und Gerhard könnten heiße Anwärter sein, würde nicht das Motiv im Zusammenhang mit Lisa fehlen. Und du hast vergessen, das Bauer besoffen war."

„In Ordnung", akzeptiere ich den Einwand. „Jedenfalls spricht der Umstand für die Unschuld des Präsidenten. Der Feigling hätte sich niemals an Bauer rangewagt."

„Na also."

Meinem Partner steht die Freude ins Gesicht geschrieben. „Und du meinst....?"

„Im Hauptansatz bleibt Lebewirt die enge Wahl. Dessen Motiv ist nicht von Pappe", stelle ich Felix zufrieden. „An wen denkst du?"

Mein Kollege zuckt mit den Schultern, als er erklärt: „Irgendwie kann ich mich nicht von den Syrern lösen., zum Beispiel von diesem Turan. Aber immerhin hast du den Präsidenten von deiner Liste gestrichen."

Es ist der einzige Beitrag meines Partners. Mehr kann er nicht in die Mordaufklärung einbringen. Und was ist mit mir? Habe ich Domen aus Gefälligkeit zu Felix mit dem Feigenblatt der Unschuld versehen?

*

Ein weiterer Tag plätschert erfolglos dahin, doch dann ist Handlungseifer angesagt. Mit kleiner Besetzung stellen wir die Bude Lebewirts auf den Kopf, was immer wir damit bezwecken, dabei betätigt sich seine Frau Elli als unbezahlbare Informantin.

Die keift wie eine wildgewordene Vogelscheuche während der Hausdurchsuchung: „Tu was, Torsten! Ruf deinen Freund Becker an."

Doch ihr Großkotz faucht vorwurfsvoll: „Kusch, Elli. Nimm den Mund nicht zu voll." Danach legt er sich den Zeigefinger auf die Lippen und bittet seine Elli um Zurückhaltung: „Halte dein Maul!"

Ich befreie mich vom Staunen über Ellis Äußerung bezüglich Becker und stelle Elli die ernüchternden Fragen: „Wieso den Kollegen Becker? Kennt Ihr Mann ihn so gut? War Becker denn oft bei Ihnen?"

Die sprudelnde Elli ist unbedarft, denn sie bleibt übereifrig: „Lass mich doch reden, Torsten. Wozu ist er dein Freund?"

„Ja. Und?", knurrt Felix.

Elli quasselt kontinuierlich weiter: „Stundenlang saßen Becker und mein Mann im Hobbykeller. Bei ihrem Gequatsche über Frauen lief ohrenbetäubende Marschmusik. Wo haben sie die Blechmusik bloß aufgetrieben?

Beide haben's faustdick hinter den Ohren. Stimmt doch Torsten? Wie war das mit Frau Bauer?"

Lebewirt ringt um Fassung. „Hören Sie nicht hin, Frau Kommissarin. Meine Frau plagen Hirngespinste. Sie labert dummes Zeug."

„Hauptkommissarin, Herr Lebewirt."

„Dann eben Hauptkommissarin."

Ehre, wem Ehre gebührt, denke ich, denn ich bin stolz auf meinen Rang, was Elli im Moment wenig interessiert. Die ist außer sich und tobt: „Dummes Zeug? Dir werde ich's zeigen, mein lieber Mann. Na, Torsten? Willst du erleben, was ein Hirngespinst ist?"

„Lass das, Elli."

„Nichts lasse ich. Tatsache ist, Frau Hauptkommissarin, dass mich mein Mann mit Bauers Schlampe betrogen hat. Ich habe die Anspielungen Ihres Kollegen zu zweideutigen Treffen belauscht."

„Du redest mich um Kopf und Kragen", keucht Lebewirt, wogegen Felix nicht keucht, sondern mit der Zunge schnalzt, als er die Fehlerquote des Kollegen Becker rigoros aufdeckt: „Becker hatte den Auftrag, Lebewirt nachzuschnüffeln, nicht mit ihm Nazilieder zu trällern. Was Sie da sagen ist sehr interessant, Frau Lebewirt. Mir gegenüber hat Becker nichts davon erwähnt. Wie oft war er im Keller? Drei mal?"

Elli nickt.

„Äußerst interessant", wiederholt sich Felix.

Er zückt sein Handy und wählt die Nummer des Reviers.

Nach einer Weile knurrt er trocken: „Becker? Mach dich sofort auf die Socken."

„Wohin? Das fragst du? In Lebewirts Haus natürlich."

Felix hat das Handy weggesteckt.

Er stemmt seine Fäuste in die Hüftgegend. Auf weitere Infos bedacht, fragt er gezielt: „Wo war Ihr Mann in der Mordnacht?"

„Äh, ja, wo warst du, Torsten? Wo warst du?"

Elli kratzt sich am Ohrläppchen, dabei entsteht eine ellenlange Pause. Ahnt sie, was sie angerichtet hat? Ihr Gehirn arbeitet wie das bei an Fieber Erkrankten. Zwanghaft versucht sie ihre Ehe zu retten.

„Doch, doch, Herr Kommissar", kommt als Ergebnis des Überlegens heraus. „Er war bei mir. So war's doch, Torsten?"

Lebewirt nickt zustimmend, sagt aber kein Wort.

Wir beteiligen uns an der Suchaktion, so vergehen zehn Minuten, bis Becker aus dem Auto steigt. Er streicht sein Lederblouson glatt, es ist dass schäbige, welches er oft trägt, und stapft ins Haus. Dann steht er aschfahl vor uns, wobei er kleinlaut fragt: „Was ist?"

„Du hast mich angelogen", murrt Felix. „Während deiner Abwesenheit hast du seelenruhig beim Lebewirt im Keller gesessen."

„Nur manchmal, aber.... ."

„Nur manchmal? So, so."

Artistisch zieht Felix seine rechte Augenbraue hoch. Das passt so gar nicht zur strengen Feststellung: „Was hast du dir dabei gedacht? Du solltest Lebewirt bespitzeln, stattdessen hast du deiner Nazileidenschaft gefrönt. Und ich Idiot dachte, du wärst ein Topmann."

Felix wartet auf eine Reaktion.

Als die ausbleibt, holt er zum Rundumschlag aus.

„Was das bedeutet, das ahnst du hoffentlich. Ich schalte die Dienstaufsichtsstelle ein. Nimm Urlaub und lass dich versetzen. Es ist das Beste für alle Beteiligten."

„Ich wollte den Syrern doch nur den Strom abdrehen", heuchelt Becker, doch mein Partner schnaubt: „Du hast mit dem möglichen Mörder gemeinsame Sache gemacht und der hat durch dein zutun seine Spuren verwischt."

„Welche Spuren?"

„Mensch Becker, ein scheußlicheres Vergehen gibt's nicht in unserem Berufszweig."

Lebewirt fällt etwas aus der Hand. Ist es ein Kugelschreiber? Er hebt das Ding auf, derweil trällert die betrogene Elli: „Um Himmel Willen, Herr Becker. Ihre Versetzung war nicht meine Absicht. Und das nur, weil Torsten seine Seitensprünge nicht lässt und nicht von der Spielsucht loskommt. Verdammt noch mal, Torsten, du hast unsere Ehe kaputt gemacht."

„Was höre ich da, Herr Lebewirt", raune ich. „Spielsucht? Sie spielen? Pokern Sie zuhause, oder gehen Sie ins Spielkasino?"

„Beides, aber nur gelegentlich."

„Ja, wunderbar", triumphiert mein Kollege. „Erklärt das Ihre enorme Schuldenlast."

„Ich und Schulden? Da ist nichts dran."

„Ach wissen Sie", spekuliert mein Partner. „Auch ich spiele leidenschaftlich gern, aber im Gegensatz zu Ihnen bevorzuge ich Doppelkopf."

„Schön für Sie", knurrt Lebewirt.

Das Knurren des Spielsüchtigen sollte einschüchternd klingen, aber mich beeindruckt es nicht, denn ich habe ihn fest im Griff. „Mit wessen Geld spielen Sie?", pokere ich. „Nach Bankauskünften besitzen Sie keinen müden Euro?"

„Wie das?", keift Elli. „Kein Geld auf der Bank? Wir sind pleite?"

„Nur vorübergehend."

Woraufhin Elli plärrt: „Du hast uns ruiniert. Ich reiche die Scheidung ein. Mein Erbe verspielst du nicht."

Lebewirt hat es satt. Ihm reicht das Kontingent an Erniedrigungen. „Schwachsinn", meutert er. „Ich rufe den

Anwalt an. Der paukt mich raus. Sie, Frau Hauptkommissarin, beeinflussen meine Frau nicht weiter."

Ich schüttele mich angewidert, gebe mich aber sanft. „Der Anruf hat Zeit. Vorerst erspare ich Ihnen die Haft, aber mögliche Haftgründe prüfe ich genau."

Erhobenen Hauptes stolziere ich mit Felix aus dem Haus, sichtlich zufrieden mit dem Auftritt.

12

Stehen die Mordaufklärungen dicht vor der Aufklärung? Ohne Lisas Tod wär's so sicher wie die Bank von England. Drei Kandidaten stehen in der engen Wahl: Der Frührentner und der unschuldig dreinschauende Gerhard, andererseits erwäge ich den spielsüchtigen Kompagnon als überführt. Lebewirts Geständnis ist nur eine Frage der Ganovenehre.

Meine Mordvorwürfe gegen Domen und den Abgeordneten sind unbegründet. Denen gegenüber muss ich Abbitte tun. Hat meine Abneigung, wegen ihrer abartigen Triebe, den Mordverdacht hochstilisiert? Anderseits sind gerade von ihrem Trieb gesteuerte Männer mögliche Täter, weshalb sonst wurde Lisa Färber ein Mordopfer? Zufall war's nicht.

Und vergessen darf ich nicht den Syrer Turan. Auch gegen den spricht einiges. Demnach ist keiner der Aspiranten über den Berg, so kann vom nahenden Ende der Ermittlungen keine Rede sein.

Felix hat Hummeln im Hintern. Als weiterreichende Aufklärungskomponente veranlasst er, nach Lebewirts Wohnung, jetzt dessen alleiniges Immobilienbüro mit dem Eisbrecher durchpflügen zu lassen. Raum für wirkungsvolle Methoden lässt seine eingeschränkte Fantasie nicht zu. Würde er Polizeipräsident in Aachen, müsste man Angst um seine vier Wände haben. Dann litte die Domstadt unter dem fragwürdigen Ruhm, ein Tummel-platz für Razzien zu sein.

Zur Verstärkung unserer Abteilung hat man uns aus oberster Instanz den Nachfolger Beckers aufs Auge gedrückt, einen Herbert Schneider. Hochtrabend wurde er vom Altpolizeipräsident persönlich eingeführt. Er käme vom LKA aus Düsseldorf, aber geboren wurde er in Aachen und all das Trallala. Doch die Hintergründe der Versetzung hatte er uns verschwiegen.

Tja, wer steckt hinter der Aktion?

Agnes Wunder öffnet die Tür, worauf mein Partner mit dem beglaubigten Durchsuchungsdokument wedelt, da-bei grinst er wie ein Honigkuchenpferd.

„Bürodurchsuchung", mault er. Alles Wichtige für die Ermittlungsarbeit ist beschlagnahmt."

Lebewirt tritt hinzu und protestiert: „Bitte nicht mein Büro, Herr Hauptkommissar. Sie behindern meine Arbeit."

Wütend wendet er sich an Agnes: „Frau Wunder. Benachrichtigen Sie meinen Anwalt. Schleunigst soll der Mann herkommen, aber dalli."

Agnes gehorcht, woraufhin meinem Partner der Schalk im Nacken sitzt. Schadenfroh klopft er sich auf die Schenkel.

„Warum die Umstände? Ein Mann wie Sie verbirgt doch nichts", kalauert er. „Außerdem erfüllen wir nur unsere Staatspflicht. Bleiben Sie vernünftig."

„Ich werde mich über Sie beschweren, Herr Kommissar. Mein Einfluss reicht bis in höchste Polizeiämter", quakt Lebewirt, dabei drohen ihm die Gesichtsadern zu platzen.

„Bei wem? Beim Becker?" Felix schmunzelt. „Der hat sowieso noch ein Hühnchen mit Ihnen zu rupfen. Hocherfreut über seinen Abgang ist er nicht."

Das Geplänkel erreicht seinen Höhepunkt, denn Lebewirt stellt sich Felix drohend in den Weg. „Bis hierhin und nicht weiter", donnert er. „Den Namen Ihres Vorgesetzten?"

Worauf Felix scherzt: „Welchen, Herr Lebewirt? Den des Polizeipräsidenten oder des Innenministers?"

Im gleichen Rahmen stellt Felix seinen neuen Becker vor: „So, Herr Lebewirt. Das ist Herr Schneider, mein neuer Kollege und Nachfolger Ihres Blasmusikfans. Mit ihm wird das nichts mit dem Blut und verbrannte Erde Feste feiern."

Danach wendet er sich an die Beamten: „Und nun ran, Leute. Er klatscht kräftig in die Hände. „Packt alles ein, was nicht niet- und nagelfest ist."

Das von der Spurensicherung benötigte Büroinventar wird aus den Räumen in den Polizeitransporter verladen, wobei ein in frivolen Rottönen ausgestatteter Trakt des Maklerladens zum Vorschein kommt. Der dient den vergnüglichen Stunden der Männerklicke, denn er ist ausgestattet mit altmodischen Plüschsofas und allerlei Sexspielzeug. Hat Lisa auf einem der Sofas ihr noch junges Leben ausgehaucht?

Ich schaue mich supergründlich um und untersuche das Sündenbabel. Enttäuscht stelle ich fest: Sollte das Er-würgen in den Räumlichkeiten über die Bühne gegangen sein, dann hat Lisas Todeskampf keine Spuren hinterlassen. Der Mörder hat sie beseitigt und zwingend ist das Schmuddelgehege als Tatort nur bedingt. In welchem Zusammenhang stehen Lisa Färber und Günther Bauer bei den Todesursachen? Gibt es die Zusammenhänge für die Ermittlungen überhaupt? Das Motiv ist die große Preisfrage, die es zu lösen gilt.

Der Anwalt fährt vor.

Und kaum hat er das Büro betreten, stürmt Lebewirt polternd auf ihn zu und zupft ihn am Revers.

Herzerweichend klagt er: „Na endlich. Schau dir die Bescherung an. Geht das mit rechten Dingen zu? Ich bin ein unbescholtener Bürger, der pünktlich seine Steuern zahlt, und das nicht zu knapp."

Der Anwalt schiebt Lebewirt beiseite.

Ihn nicht weiter beachtend, wendet er sich an meinen Partner und wirft sich lautstark in Pose.

„Altenheim", schnarrt er. „Sind Sie der für die Durchsuchung verantwortlich?"

„Nein. Das ist meine Kollegin Sara Sonntag. Mein Name ist Felix Freitag", erwidert mein mir ans Herz gewachsener Partner, weswegen der Anwalt erwähnt: „Wir kennen uns. Erinnern Sie sich an die Ermittlungen im Fall Heiser?"

„Ja, richtig", bestätigt Felix. „Und der Ordnung halber, werfen Sie bitte einen Blick auf die Unterlagen."

Felix reicht Altenheim die Formulare.

„Sie werden feststellen, dass die Aktion legal ist."

Der Anwalt blättert in den Papieren, sehr ausführlich, dann reicht er sie achselzuckend meinem Kollegen zurück, dabei schüttelt er anhaltend den Kopf.

Anschließend verabreicht er Lebewirt eine kalte Dusche: „Tja, Torsten. Ich erkenne keinen Pferdefuß. Hast du mich auch bis aufs I-Tüpfelchen über deine wirtschaftlichen Verhältnisse aufgeklärt?"

„Habe ich, Rudolf. Was soll der Quark?"

„Hm. So, so, mein Guter. Über deine Bankschulden in schwindelerregender Höhe wusste selbst ich nicht Bescheid."

„Scheiße, Rudolf! Wofür bezahle ich dich", zetert Lebewirt. „Hau mich raus. Ich brauche die Akten."

Vom Wichtigkeitsgrad seines Aktenberges besessen, kämpft der Immobilienhai wie ein Löwe. Sind die Unterlagen von so großer Bedeutung? Verschleiern sie geheime Steuertransaktionen? Pustet der Papierkram die Nebelschwaden um den Mord an Bauer weg?

Das bleibt Theorie.

Allzu große Hoffnungen mache ich mir nicht. Jedenfalls wendet sich Altenheim an Felix. Mit den Frauen hat er's wohl nicht so, da er mich ignoriert.

Stattdessen ermahnt er meinen Partner: „Sie behalten die Aktenordner nur wenige Tage. Nicht war, Herr Freitag?"

„Das entscheiden wir nach Akteneinsicht", resümiert der Kollege. „Enthält der Kram Beweismaterial, wird es beschlagnahmt."

„Na gut. Nun zu dir, Torsten", schnauft der mickrige Anwalt. Er gleicht einer Promenadenmischung, mehr Spitz als Bulldogge, von der Dogge hat er das abartige Sabbeln. Mit der feuchten Aussprache weist er Lebewirt zurecht: „Du hast nichts zu befürchten. Ein paar Tage wirst du ohne den Ordnerscheiß auskommen."

Doch der Betroffene poltert: „Nein, Rudolf. Dein sogenannter Scheiß ist überlebenswichtig."

Und Felix höhnt strahlend: „Aha, ich habe ins Schwarze getroffen. Sie, Lebewirt, haben uns zu lange hinter die Fichte geführt. Hier, in ihrem Sündenpfuhl, wurde Lisa das Lebenslicht ausgeblasen. Waren Sie's? Erleichtern Sie ihr Gewissen."

„Jetzt gehen Sie zu weit", schnauzt Altenheim. „Torstens Finanzen und die Tote sind ja wohl verschiedene Stiefel."

„Wissen Sie das so genau?"

Felix grinst vielsagend.

„Das Eine schließt das Andere nicht aus. Mein Harndrang sagt mir, Ihr Freund ist dran. Er kann schon mal seine Zahnbürste einpacken."

*

Nach der Durchsuchung von Lebewirts Büro konzentriere ich mich vorrangig auf den Mord an Bauer. Habe ich Glück, dann passt Lisa irgendwie ins Gesamtbild.

Ich informiere Felix darüber, dass ich bei einer Liebesnacht des Paares Bauer und Gottwald bis in deren Lotterbett herumschnüffeln werde, da ich abends leider viel allein bin. Gemeinhin bekomme ich dafür keinen Durchsuchungsbeschluss, das ist mir bewusst. Daher denke ich mir, dass ich brisante Fakten auskundschaften kann. Mein Felix ist aus eigenen Betterfahrungen eins der Paradebeispiele für Indiskretion.

Welch ein Blödsinn, einer Hauptkommissarin unwürdig. Ein Muster ohne Wert und wenig erfolgsversssprechend. Eigentlich sollte ich mich für den unprofessionellen Unsinn schämen. Aber nicht nur der Tunichtgut Felix ist stur und eigensinnig.

Trotzdem, auf den Beischlafquatsch kann nur eine unbefriedigte Frau kommen. Kein Wunder, dass sich mein Partner schlapp lacht, als er das hört.

Noch seine Lachsalve im Ohr, mache ich mit dem Rad auf Quellenerkundung. Die Nacht ist rabenschwarz, als das Fahrrad im beabsichtigten Wohnviertel ausrollt. Ich sehe die Hand nicht vor Augen. Der Mond versteckt sich hinter den Wolke am Nachthimmel und die Sterne tun es ihm nach.

In die Parallelstraße zur Maria Theresia Allee eingebogen, wo der Frührentner ein Haus neben dem Anwesen der Familie Bauer besitzt, stockt mir der Atem. So einfach ist das gar nicht. Wie in Gottes Namen erreiche ich die Gartenseite ihrer Grundstücke?

Ich verstecke das Rad hinter einer Hecke und trabe mit der Taschenlampe in der Hand zum Ende der Querstraße. Und von dort, oberhalb des letzten Hauses, erreiche ich ein Waldstück. An dessen Rand pirsche ich mich zur beabsichtigten Häuserzeile vor.

Als Kind hatte ich jeden Karl May Schinken gelesen. Mich erinnert das Mischwaldaufkommen an das wilde Kurdistan, denn dass Laufen wird schwierig, weil mich Buschwerk zwischen Birken und Knüppeleichen behindert, Ginster nehme ich an. Den Schwierigkeitsgrad hatte ich so stadtnah nicht erwartet. Ich höre ein Tier rufen. Ein Uhu? Irgendwas raschelt im Unterholz. Ich falle vor Schreck zweimal empfindlich auf die Fresse.

Endlich liegen die Gebäude vor mir. Sie wirken im gelben Schein einer Bogenlampe wie große Fäuste, aus denen der Kamin als warnender Zeigefinger herausragt. Die Häuser über eine Wiese erreicht, überquere ich noch einen Gartenzaun, dann bin ich bei den Garagen. Die liegen zwischen den Gebäuden, eine Kombination Bauer und Gottwald. Ich verschanze mich hinter einer Wassertonne, denn die bietet mir Sichtschutz.

Innerlich ärgere ich mich: Ich schleiche hier orientierungslos wie Robinson auf seiner Südseeinsel herum. Was verspreche ich mir von der Robinsonade?

Niemals lege ich die Hände in den Schoß. Mit der Losung lebe ich seit Jahren. Ich muss rausbekommen, wer mir auf der Nase herumtanzt? Lebewirt als Hauptverdächtiger könnte eine Momentaufnahme sein. Genauso verdächtig sind Gossen und Domen, eventuell Bauers Sohn Gerhard, oder der undurchsichtige Rentner?

Nach zwanzig Minuten erlischt das Licht in Gottwalds Haus. Sekunden später huscht er zum Haus der Witwe rüber. Sich nach allen Seiten absichernd, öffnet er mit einem Schlüssel die Haustür. So, so, der Liebeskranke besitzt einen Schlüssel, schießt mir als Mordindiz in die Birne.

Mir schmerzen von der unbequemen Sitzhaltung die Beine. Und trotz der kalten Temperatur fühle ich mich wie in einem Tauchanzug in der Sahara. Rührt daher die unverhoffte Eingebung, die mich wie eine unerwartete Krankheit ereilt? Ist es der von Shaw prophezeite Wink des Schicksals?

Die Spurensucher haben das Haus des Frührentners nicht in ihr Programm einbezogen. Nur Bauers Haus hat man auf den Kopf gestellt. Wie gründlich? Keine Ahnung. Womöglich verbirgt sich in Gottwalds Garage die Tatwaffe und damit der Schlüssel zur Lösung?

Die Tür zur Garage ist nur angelehnt, welcher Leichtsinn. Die Rolladen am Haupthaus hat die Witwe runtergelassen. Damit verwehrt sie mir Blicke in ihr Schlafzimmer. Äußerst schade. Ich hätte eine Menge gegeben, den Beischlaf Gewohnheiten der Knackärsche beizuwohnen.

Ich schlüpfe durch die quietschende Garagentür, knipse die Taschenlampe an und sehe Gartengeräte säuberlich in Reihe und Glied an der Wand aufgereiht. Ein Gartenschlauch hängt über dem Rasenmäher. Der steht blitzblankgewienert neben den Gummistiefeln. Und in der hintersten Ecke ist der Werkzeugschrank postiert. Den inspizierte ich, indem ich darin wühle.

Ist meine Taschenlampe zu hell? Sieht man den Licht-kegel im Haus? Ich stoße auf eine dick ausgebeulte Plastiktüte, die ich ausschütte. Mir purzeln alte Dünge-mittelschachteln, Putzlumpen und ein Paar Turnschuhe vor die Füße.

Ich hebe die Schuhe auf und mustere sie.

Doch was ist das?

Urplötzlich geht das Licht an.

Wer hat es angeknipst?

Verflixt noch mal! Die Taschenlampe fällt mir vom Zusammenzucken aus der Hand.

Es scheppert, sie ist kaputt. Kein anderer als Gottwald versperrt mir den Weg zur Tür.

„Sie, Frau Sonntag?", schnaubt der Rentner.

Und ich stammele verdattert: „Ja..., ich."

„Was suchen Sie?"

Die Turnschuhe hochhaltend, blicke ich den Ruhe-ständler verächtlich an.

„Was ich suche, das sehen Sie ja", antworte ich frech. „Die gesuchten Objekte habe ich gefunden."

„Ach so, Sie meinen die Turnschuhe", sagt mein Ge-genüber. „Das sind Gerhards Schuhe."

„Gerhards Schuhe?", kommt mir aus Verblüffung über die Lippen. „Buchstabieren Sie das bitte."

Worauf der Rentner wahrscheinlich rätselt: Was hat die Hauptkommissarin mit dem Buchstabieren gemeint?

Es vergehen Sekunden und Gottwald hat das Lösen des Rätsels verschoben, denn der brüllt: „Her damit!"

„Ne, ne, Gottwald. Die nehme ich mit. Es ist Gerhards Pech, wenn er die Schwäche besitzt, nichts wegwerfen zu können. Unsere Spürnasen werden sich brennend für die Schuhe interessieren."

Poltern im Hintergrund.

„Rücken Sie die Schuhe raus!"

Es war ein Donnerhall.

Mir purzeln die Turnschuhe auf den Boden, denn mein hitziges Wortgefecht mit Gottwald hat eine Frauenstimme unterbrochen.

Bauers Spinatwachtel lehnt mürrisch in der Tür. Ihre Mammutbrüste beben, ihre Augen flackern, als sie wie die Schwachsinnige tobt: „Was Sie hier machen ist Hausfriedensbruch!"

Damit hat sie recht, trotz allem antworte ich unverzagt: „Das ist bei Gefahr in Verzug legitim."

Das war eine Notlüge. Durch nichts zu rechtfertigen, so ist Vorsicht geboten, doch ich lasse mir keine Spur von Unsicherheit anmerken.

Ich hebe die Turnschuhe auf und mustere sie intensiv, dabei spüre ich die Bedrohung in Form einer Apokalypse.

Doch die Angst davor verdränge ich und sage trocken: „Ich nehme die Schuhe mit. Dagegen ist doch hoffentlich nichts einzuwenden?"

„O doch. Das werden wir ja sehen!"

Gottwald hat die schrille Ablehnung ausgestoßen. Er angelt sich den Spaten von der Wand, dessen glänzende Klinge wirft im Lichtkegel der Lampe einen unruhigen Schatten auf den Boden. Er bedroht mich mit dem Teil, dabei pendelt der Spaten von rechts nach links.

Steht mir ein Mörder gegenüber? Bin ich dem Rentner ausgeliefert? Was hat Gottwald so früh zum Rentner gemacht? Meinem Eindruck nach ist er fit.

Und fit wie ein Turnschuh ist er auf jeden Fall, oh ja. Mein fahler Gesichtsausdruck animiert Gottwald zu einem Ausfallschritt. Ähnlich einem Samurai drückt er mir die Klinge an den Hals.

„Noch Einwände?", zischt er wie eine Kreuzotter.

Meine Wahrnehmung warnt mich vor dem Rentner. Der ist unberechenbar. Spiele ich die Besiegte und gebe mich geschlagen? Vielleicht stimmt es ihn gnädig, denn er hält die Trümpfe in der Hand.

„Okay. Du hast gewonnen", schwätze ich und täusche Resignation vor, wobei mich der Frührentner mit der ausdruckslosen Mimik eines Finanzbeamten anstarrt. Liege ich goldrichtig mit meiner Taktik? Denkt der Rentner tatsächlich, ich habe aufgegeben?

Unerwartet für ihn ducke ich mich weg. Ich versuche geistesgegenwärtig mit den Schuhen in den Händen die Tür zu erreichen.

Rums.

Ich krache der Länge nach auf den Boden und verliere die Schuhe. Zu meinem Pech hatte mir die hinterhältige Witwe ein Bein gestellt.

Bin ich erledigt?

Meine Ungeschicklichkeit nutzt Gottwald. Blitzschnell schiebt er sich nach einem Satz mit seinem drahtigen Körper über mich. Seine verzerrte Grimasse versetzt mich in lähmende Erstarrung.

„Wie ein Stück Torf steche ich dich ab, du Mistvieh", grölt der Brutale.

Angstschweiß, Nervenflattern. Ich bin noch jung und habe kein Testament gemacht. Hackt mir das Schwein mit dem Spaten die Rübe ab?

Das wäre sicher so gekommen, wenn nicht... ?

Tja, auch für eine Polizistin gibt es einen Schutzengel, aber nicht wie die Figur einer bekannten Versicherung. O nein, er erscheint in der Person von Felix, denn der geht reaktionsschnell dazwischen und reißt dem Wüterich bei seinem Spagat den Spaten aus den Händen. Niemand hatte sein Kommen bemerkt, nicht mal die blöde Schachtel.

„Na, na, Gottwald. So was Böses tun wir doch nicht", faucht Felix wie ein Sturm der Windstärke zwölf. „Deine Art treibt mir die Wut in die Backen. Mit dem

Spaten auf meine Kollegin loszugehen. Pfui Teufel. Und Sie Ringelnatter schauen seelenruhig zu."

Ich bin wieder auf den Beinen und bändige meine wirr runterhängenden Locken. In meiner Jeans klafft ein win-kelartiger Riss. Doch bevor wir uns davonmachen, tät-schele ich Gottwald als Warnung die Wange.

„Na? Immer noch unschuldig?"

Und zur Klapperschlange Bauer sage ich knapp: „Wir sehen uns, Sie Aas. Spätestens vor Gericht."

Der Witwe ragen die Augäpfel aus den Augenhöhlen. Mit den Froschaugen sieht sie hässlich aus. Der für sie unerwartete und ungünstige Ausgang hat die Gewitter-ziege gelähmt.

Doch was war das eben? Streng genommen war's eine Mordattacke, ein tätlicher Angriff auf eine Beamtin der Polizei. Gottwald und die Witwe gehören verhaftet, denn die wollten mir ans Leder. Anderseits habe ich Hausfriedensbruch begangen. Mein Einsatz war illegal. Über den sollte ich den Mantel der Verschwiegenheit ausbreiten.

Die Natter tut unbedarft und richtet ihrem Liebhaber das Jackett, dann blafft sie: „Verschwinden Sie schleu-nigst, denn wir haben nichts zu verbergen. Stimmt doch, Jochen?"

Kopfschüttelnd wende ich mich ab. Die Unvernunft der Witwe und des Rentners ist unbegreiflich. „Ja, ja, es gibt Leute, das glaubst du nicht", schnalze ich abfällig. Und meinem Lebensretter nicke ich dankbar zu. „Übri-gens hast du mir zum zweiten Mal den Arsch gerettet."

Felix schnappt sich sein Fahrrad. Und ohne Federlesen staksen wir in die dunkle Nacht hinaus. Nach einer Minute erreichen wir die Querstraße. Ich zerre mein Rad aus der Hecke, dabei trifft mich eine bittere Erkenntnis, wie der Pieks beim Zahnarzt.

„Scheiße", fluche ich. „Wir haben die Turnschuhe vergessen."

Und als sei es Gedankenübertragung, lehnt Felix sein Rad in die Hecke, danach preschen wir wieselflink, wie zwei untrainierte Polizisten so rennen, zum vergessenen Korpus Delicti zurück.

Der stichwütige Nachbar ist ins Haus verschwunden und die Witwe räumt auf. Sie lächelt vielsagend und ich weiß warum. Die Schuhe haben sich in Luft aufgelöst und der Spaten hängt am angestammten Platz.

„Geben Sie mir die Turnschuhe", herrsche ich Sie an, worauf die gleichgültig grinst. „Herr je, immer die blöden Turnschuhe. Die sind unwichtig. Ging's nach mir, dann hätte ich sie längst weggeschmissen."

Die Schlange lügt. Jedes Wort ist eine gottverdammte Lüge, denke ich bei allem, was mir heilig ist. Ich hatte durch die gesuchten Laufschuhe wichtige Beweisstücke der Tatnacht in der Hand.

Mit dem Wissen im Hinterkopf sage ich zur Witwe, noch leicht außer Atem: „Dreimal darf ich raten. Ihr Jochen hat die Schuhe mitgenommen."

„Und wenn schon.

„Ha, ha, ha." Ich ernte ein verstimmtes Lachen.

Und noch hämischer als ihr Lachen klingt ihre Aussage: „Der Auftritt des guten Jochen war Imponiergehabe. Wir mögen es nun mal nicht, vergreift man sich an unseren Sachen. Verstehen Sie ihn nicht?"

„Nein, Frau Bauer", schmettere ich ihr entgegen. „Sein Aktionismus ging knapp am Totschlag vorbei. Da sollen die Schuhe unwichtig sein? Und wenn das so ist, dann rücken Sie die Treter doch raus."

„An Sie, Frau Sonntag?"

Die Witwe bringt ihre Brüste in Abwehrstellung. „Sie Hyäne bekommen die Schuhe ganz bestimmt nicht", tönt die Krähe, dabei strahlt sie die negative Sympathie aus, wie bei den Anfängen unserer Bekanntschaft, denn sie schiebt nach: „Eher reiße ich mir das Herz aus dem Leib, dass das mal klar ist."

Okay, was die Treter betrifft ist nichts zu machen. Aber die Beweismittelsuche geht auch ohne die Turnschuhe der Marke Adidas weiter. Ich nehme den Verlust auf meine Kappe.

13

Die Liebe ist ein Boogie-Woogie der Hormone. Mit dem musikalischen Zitat Henry Millers im Kopf brechen wir zur Nordsee auf. Das Wunder Hollandfahrt hat Felix zur Wirklichkeit werden lassen und seine Frau mit einem Seminar in der Walachei vollgequasselt, zudem stehen uns zwei freie Tage zu.

Die Dunkelheit bricht herein, als wir mit seinem Campingbus über den Antwerpener Ring tuckern, vertieft in ein Gespräch über Bauer. Mir geht es um Lisa Färber und den Mordzeitpunkt. Je mehr ich darüber nachdenke, je mehr erscheint der tote Lustmolch im Blickfeld meiner Gedanken.

„Wenn Bauer mit Lisa allein im Büro war, traue ich ihm ein Strafexempel oder einen sexuellen Übergriff zu", erkläre ich Felix, was sich in mir tut. „Aus Zeitknappheit hat er Lisa nicht vergraben, sondern oberflächlich im Wald verscharrt."

„Okay, Sara. Aber wie beweist du das? Der Mann ist mausetot."

„Ja, das wird schwer", sehe ich es ähnlich, danach siedele ich den Mord auf der Politikebene an.

„Ein Schlitzohr wie Bauer bietet massive Angriffsflächen", fachsimpele ich. „Gossen hat Hand an Bauer gelegt, oder er hat die Schmutzarbeit einem Handlanger überlassen. Seine Glaubwürdigkeit ist indiskutabel."

„Natürlich", sagt Felix. „Politiker gehören zur Satansbrut. Außerdem gehört er für mich zur Sexklicke. Er hat Lisa gekannt und wurde von ihr erpresst."

Unser Ausflug steht unter einem guten Stern, denke ich. Im Großen und Ganzen sind wir uns einig. Und das auch, als ich in Richtung familiäre Zwistigkeiten spekuliere.

„Bei der Familie Bauer hing oft der Haussegen schief. Der Hausherr warf gern schmachtende Blicke auf Frauenärsche. Und dann seine Wutausbrüche mit Prügelorgien. Welche Ehe hält das aus? Bauer war ein Schwein mit menschenverachtendem Eigensinn."

Peu a' peu erreichen wir den Abzweig Bergen op Zoom, dort schalte ich das Autoradio ein, und finde eine Wettervorhersage.

„Wolkenloser Himmel über Holland. Die Temperaturen bewegen sich um die Achtzehngradmarke. Und nun das Beste der siebziger Jahre", plärrt der Rundfunksprecher, bevor die Gruppe Steppenwolf mit dem Superhit „Born To Be Wild" tempogeladen loslegt.

„Ja, Sara, ja, ja!"

Angefacht vom Gitarrensolo stampft Felix den Rhythmus. Schließlich schwirrt uns Deep Purpels „Highway Star" um die Ohren.

„Oh Mann, das ist der phantastischste Rock aller Zeiten", jauchze ich hysterisch. Trotz meines jungen Alters stehe ich auf Oldies.

Gegen Mitternacht trudeln wir in Middelburg ein. Keine Laterne erleuchtet die Straßen. Die Stadt hüllt sich in pechschwarze Finsternis. So gottverlassen habe ich das Nest noch nie erlebt.

Uns zieht es ins Hotel. In dem setzen wir uns im Parterre-Lokal an einen Tisch, wohin uns der Barkeeper die Bierchen bringt, die wir in null Komma nichts austrinken. „Bitte, trink mit mir noch ein Schlückchen", bestellt Felix zwei weitere Biere. Da hat er sich längst in Erregung geschaukelt.

Ich erfühle die Ausbuchtung seiner Hose. Und da die sich ständig vergrößert, fordert er ein Schäferstündchen. „Bezauberndes Vögelchen", gurrt er wie ein balzendes Taubenmännchen. „Ich ficke dich, bis dir mein Sperma aus den Ohren quillt."

Was ist in uns gefahren? Treibt uns die tagelange Enthaltsamkeit zu den Beischlafbedürfnissen an?

Nach dem Frühstück fahren wir nach Domburg. Dort stellen wir den Campingbus auf den Parkplatz mit Zugang zum Meer. Am Wasser krempele ich die Jeans hoch, dann waten wir durch die Brandung.

Abends im Bus köpften wir ein Fläschchen Wein. Uns entgeht nicht, dass neben unserem Gefährt ein anderer Campingbus angehalten hat. Aus dem springt ein Pärchen und klopft an unsere Seitentür.

Das Paar zu uns reingebeten, entwickelt sich eine lebhafte Plauderei, dabei bin ich nicht mit Blindheit gestraft, denn umgehend registriere ich die Bewunderung meines Partners für die reizende Frau. Felix fallen fast seine geilen Glubschaugen aus dem Kopf. Ähnlich einem geisteskranken Auerhahn balzt er: „Du siehst irre gut aus, Frida."

Die Stimmung bekommt riskante Züge. „Erzähl bitte weiter", fordert Frida weitere Lobhudeleien. „Findest du wirklich, dass ich gut aussehe?"

Entsetzt töne ich dazwischen: „Störe ich euer Liebesgeflüster? Okay, ich kann mich jederzeit verdrücken."

„Sei kein Spielverderber", giftet Felix.

Nichtsdestotrotz flirtet er auf Teufel komm raus, worauf ich unheilschwanger murre: „So geht euch halt an die Wäsche."

Das Lustspiel erhält den absurden Anstrich, denn Fridas Partner ist ein Waschlappen. Der glotzt treudoof und schweigt. Und das auch noch, als Frida mit ihrem Kichern dem Faß die Krone aufsetzt.

„Nicht so stürmisch, Felix."

Tief gekränkt stakse ich in die Dünen. Ist es Eifersucht? Das Gefühl kratzt an meinem Frauenstolz, weswegen ich fluche: „Geh zum Teufel! Ich brauche dich nicht."

Vom Strandrestaurant beobachte ich die Lichter der Schiffe. Der Flop geht ans Eingemachte. Ich grübele un-entwegt: Wo schlafe ich in der beschissenen Nacht?

Auf keinen Fall im Campingbus. Wo sonst? Was erwartet mich am Bus, hole ich den Schlafsack und übernachte hier auf der Terrasse?

Doch da... .

Was ist das?

Mich hat ein ungewöhnliches Geräusch alarmiert. Es ähnelt dem Schlurfen durch den weichen Sand. Ich blicke lauschend auf und sehe einen sich auf mich zu bewegenden Schatten... .

Wer ist das?

Weglaufen nützt nichts.

Ich bin weiß Gott keine ängstliche Natur, aber Bauer war's ebenso wenig und der wurde umgebracht. So vergeht gerade mal ein Wimpernschlag, da steht Felix vor mir. „He, Sara. Wo bleibst du? Ich warte auf dich", schwafelt er frech. Trotz des schwachen Mondlichts erkenne ich sein lichterlohgerötetes Gesicht. Hat er Frida nach allen Regeln der Liebeskunst vernascht?

Als ich mich erhebe, polemisiert Felix: „Ich brauche dich. Warum hast du mich alleingelassen?"

Mich laust der Affe. Meinen Part hatte Frida übernommen, weswegen ich meutere: „O weh. Du machst es dir verdammt leicht."

Doch meine Wut verraucht schnell, denn ich bin gegen die dominante Stimme meines Partners wehrlos. Der kann ich nicht ausweichen. Und das umso weniger, als mich Felix gegen die Terrassenwand schiebt und meine Jeans mit ruhigen Händen an den Beinen herab auf die Knöchel streift. Was hat er vor? Nachdem meinem Slip das Schicksal der Jeans ereilt hat, geht er langsam vor mir auf die Knie.

Völlig durch den Wind kommen wir Minuten später zum Bus und legen uns in die Schlafkoje, aber mein Einschlafversuch misslingt. Zu mächtig glüht das Erlebte nach. Was haben Frida und Felix getrieben? Die Frage gräbt sich in meine Seelenwände ein, wie ein Presslufthammer in eine Teerdecke.

Liegt es an der kurzen Nacht? Ich fühle mich nach dem Aufwachen wie gerädert. Nach mir kriecht Felix verkatert aus dem Bus und starrt auf den von dem Paar verlassenen Platz. Sofort beginnt die Ungewißheit in mir zu brodeln. Mit der stochere ich im Früchtemüsli, auch der Kaffee schmeckt fad. Das grenzenlose Gefühl der Eifersucht greift in mir um sich.

„Ich hasse deine Eskapaden! Mach, dass du Land ge-
winnst", tobe ich wie ein Sturm im Reagensglas, doch
der Zusammengestauchte stiert mit glasigen Augen
durch mich hindurch, als sei ich eine Wand aus Glas.

Alsbald äußert sich mein Wanken in der Körperhaltung. Ich zupfe Flusen von meinen Socken, die Beine
angewinkelt auf dem Schoß. Nach längerem Zaudern
krame ich die Verständigungsschiene raus, denn stelle
Felix die Frage: „Was hat diese Frida, was ich nicht habe?"

Doch der schweigt, ergo ergänze ich: „Bereinigen wir
den beschissenen Abend mit einer Aussprache, dabei
machen wir's wie Pech und Schwefel. Auch die halten
zusammen."

Der Angesprochene zieht schachernd seine buschigen
Augenbrauen hoch und schmollt: „Dann stell dein vor-
wurfsvolles Gesicht ab."

Alles weitere verläuft nach vorhersehbarem Muster.
Felix bekommt Oberwasser.

Großkotzig erwähnt er: „Was willst du eigentlich? Es
war doch nichts. Nur wegen dem Wein war ich neben
der Spur."

War's so?

Ist unsere Liebe den Versuch wert, den Albtraum ab-
zuhaken?

Ich hege berechtigte Zweifel mit unsichtbaren
Splittern unter der Haut. Und die verstärken sich, als
Felix mit seiner Frau telefoniert. „Ja, mein Schatz",
höre ich. Und, „heute am Abend bin ich wieder da."

Dann nehmen die Ohrfeigen für mich überhand, denn
es folgt folgendes Gesülze: „Du und die Kinder, ihr
bekommt einen dicken Kuss von mir."

Muss ich mir diese Niederträchtigkeiten anhören? Ja,
wer bin ich denn?

Mit Bedacht kläre ich den Sachverhalt: „Mein lieber Mann, wie kann man nur so ahnungslos in der Liebe sein", spotte ich gehässig. „Es wäre besser, du würdest ab und zu die Schnauze halten."

*

Regenwolken bedecken während der Heimfahrt den Himmel. Schweigend sitze ich neben Felix, der das Gegenteil von dem Geschöpf ist, welches mich früher über den grünen Klee gelobt hatte. Reserviert leiert er sein Pflichtprogramm runter. Er verlagert unsere Beziehung in die entsetzliche Epoche der Eiszeit. Die erwärmende Zeit des Zusammenseins hat ausgedient.

Alle Worte tausendmal gesagt, alle Fragen tausendmal gefragt, alle Gefühle tausendmal gefühlt, tief gefroren - tiefgekühlt, Eiszeit, mit mir beginnt die Eiszeit, im Labyrinth der Eiszeit, minus neunzig Grad. Ideal

Archaisch hat Felix die Trennungszeremonie eingeläutet, wohlwissend, dass sie mir das geschundene Rückrat bricht. Mein Herz rast wie eine Dampfturbine, denn ich spüre überdeutlich, dass ich mehr Liebe für Felix empfinde, als ich mir aus Trotz bisher eingestand.

Da erreicht mich eine Nachricht als SMS.

„Das glaube ich jetzt nicht", brabbele ich vor mich hin und streiche mir mit den Händen durch die Locken, sodass Felix fragt: „Was ist denn?"

Er beäugt mich interessiert.

„Es geht um Lebewirt", kläre ich ihn auf. „Schneider hat anscheinend Neuigkeiten. Jedenfalls sollen wir unverzüglich unseren Dienst antreten."

„Sofort?"

„Ja, sofort."

„Was ist auf einmal am Lebewirt so wichtig? Hat er ein Geständnis abgelegt?"

„Ich weiß es nicht. Das erfahren wir von Schneider im Präsidium. Der hat während unserer Abwesenheit das Kommando übernommen."

O Mann, o Mann, überlege ich, der Schneider macht's spannend. Womit wird die Wichtigkeit zusammenhängen? War der Makler in die Praktiken zur Durchsetzung des Grundstücksgeschäftes verwickelt? Er ist spielsüchtig. Hat er Erpressung eingesetzt, um sich einen Platz an den Spieltischen zu sichern?

Nach drei Stunden erreichen wir das Polizeipräsidium. Und die üblichen Redefloskeln ausgetauscht, überschüttet uns Schneider mit wahnwitzigen Ermittlungsergebnissen.

Geschwätzig erklärt er uns: „Mittlerweile wissen wir, dass Lebewirt ein stadtbekannter Spieler ist. Ich kenne inzwischen alle Spielhöllen Aachens und Umgebung. In sämtlichen Spelunken ist Lebewirt eine feste Größe, ins-besondere im Spielkasino. Jetzt stellt sich die Frage, woher nimmt er die Knete?"

„Ja woher", werfe ich ungeduldig dazwischen. „Sicher steckt der Zaster, der für die HFA-Organisation gedacht ist, dahinter."

„Mm."

„Schneller, Schneider. Ist es so?"

„Ruhig, ruhig. Lassen Sie mich ausreden.",

Schneider erhebt sich lärmend. Und auch ich bin gegen das nutzlose Herumsitzen und grunze abermals: „Wie hat sich Lebewirt die Moneten verschafft? Sagen Sie's schon. Druckt er Falschgeld?"

Schneider schabt sich mit den Fingernägeln über seine Bartstoppeln, dann legt er los: „Ich bekam durch Recherchen heraus, dass die HFA ein Konto für *Burkina Faso* eingerichtet hat. So gut, so schön. Aber von dem Konto wird nur ein Bruchteil an Hilfsmaßnahmen abgedeckt. Es müssten Hunderttausende in Brunnenanlagen fließen, doch nichts da. Nur läppische Beträge landeten im Hilfsfond. Da mal zehntausend Euro, eine ähnliche Summe dort. Der überwiegende Geldbatzen wandert auf eine Bank in Luxemburg."

„Die Schweine", fauche ich aufgebracht.

„Ja, natürlich, aber jetzt kommt der Clou. Das Konto der Bank in Luxemburg ist leer."

„Leer?"

„Ja. Ratzeputz leer", bestätigt Schneider. „Leider vertraute mir der Bankdirektor keine Einzelheiten an. Das liegt am Bankgeheimnis, Ihr versteht?"

„Wie das? Es geht um Mord?"

„Da machst du nichts, entschuldigt sich Schneider. „In Geldangelegenheiten bleiben die Bänker hart."

„Das ist schade."

„So ist es. Daher klapperte einer unserer Männer mit dem Foto Lebewirts die Tankstellen auf mehreren Strecken nach Luxemburg ab."

„Sehr gut", lobe ich die Aktion.

„Und er wurde fündig. An einer Tanke erkannte man Lebewirt. Der tankt dort regelmäßig. Ist Ihnen klar, dass er das Konto leergeräumt hat?"

„Sowieso", bejahe ich seine Frage, dann ergänze ich die möglichen Zusammenhänge: „Aber Bauer ist listig. Der hat das selbstverständlich spitz bekommen."

„Na ja", näselt Schneider. „Unwahrscheinlich ist das nicht. Und wenn's so war, hat Leberwirt ein bärenstarkes Tatmotiv. Doch beweisen die Betrügereien die Morde? Lisa schwebt wahrscheinlich durch den Himmel, und Bauer schmort in der Hölle, von denen erfahren wir nichts mehr."

„Und von Bauers Zimtzicke?"

Meine Frage klang zwar gereizt, doch sie war eher harmloser Natur. Genauso die folgende Frage: „Gibt die Schnalle endlich aufhellende Tatsachen preis?"

„Auch die habe ich in die Zange genommen, doch das Biest schweigt verbissen", mault Schneider. „Ich nehme an, Lebewirt schmiert sie."

„Aber wovon?"

Ich bin eine Abenteurerin, die nie aufgibt, daher fordere ich von Schneider: „Drehen Sie Lebewirt durch die Mangel. Quetschen Sie alles aus ihm raus."

„Das wäre einen Versuch wert", antwortet der, etwas gehemmt. „Und womit nagele ich ihn fest? Der Makler redet sich mit obskuren Besuchen in Luxemburg raus. Mit Freunden wird er unsere Theorie als ad absurdum führen."

„Mag sein", brumme ich. Und Felix erwähnt: „Außerdem packt uns Scheuer an den Hammelbeinen. Der unterschreibt die Haftbefehle. Das mit den Hausaufgaben bringt er. Auch die Presse wartet auf Ausrutscher unsererseits. Ne, ne, dass ist nicht so einfach."

Ich drücke Felix eine Hand fest auf die Schulter. „Also müssen die Witwe und Gottwald auspacken. Das Luder ist der Schlüssel zur Aufklärung."

„Ja, das sagtest du."

„Oder Elli?"

„Meinetwegen. Auch Elli schließen wir in unsere Über-legungen mit ein."

Felix fährt sich mit der Zunge über die Unterlippe. Worauf hat er Appetit? Vielleicht auf mich?

Doch der Traum wird zerstört, so schnell, wie er aufgetaucht war, denn Felix würdigt er mich keines Blickes und verabschiedet sich: „So, das war's. Ich muss zu meiner Frau, die wartet mit dem Essen. Hättest du bloß die Schuhe mitgebracht."

Felix trabt schnurstracks zur Tür und hat bereits die Klinke in der Hand, als ich erwähne: „Mama mia, wo du die Schuhe erwähnt hast. Irgendwas an denen ist merk-würdig. Die Witwe hat tatsächlich behauptet, die seien bedeutungslos."

„Welche Schuhe?", fragt Schneider.

Der hatte zuletzt nur noch zugehört, doch nun sieht er mich ahnungslos an.

„Klären Sie mich auf", seufzt er, sodass ich ergänze: „Bei meinem Alleingang in Gottwals Garage sind mir Turnschuhe in die Hände gefallen."

„Welcher Alleingang?"

„Okay, die Aktion war illegal. Aber der Rentner sagte, es handele sich um Gerhards Schuhe. Wer blickt da noch durch?"

Jetzt glotzt Schneider empört. „Sind Sie verrückt geworden? Ich will damit nichts zu tun haben."

„Haben Sie auch nicht", trete ich seiner Bestürzung mit Entschlossenheit entgegen. „Die Verantwortung dafür trage allein ich."

Na also, das bin ich los, denke ich. Ich verschränke gedankenverloren die Arme vor der Brust, dabei stiere ich aus dem Fenster. Draußen biegen sich die Bäume im orkanartigen Wind. Es ziehen dichte und dunkle Regenwolken vorbei.

Dann versetzt mich einer meiner Gedankenblitze in Eu-phorie, welchen ich stolz ausspreche: „Vielleicht dreht sich's bei Bauers Tod um ein klug eingefädeltes Kom-plott?"

„Nun gut", lenkt Schneider ein. „Sie meinen, der Lebewirt, die Witwe und Gottwald haben gemeinsame Sache gemacht?"

„Warum nicht", bekräftige ich meinen Einwurf. „Darüber haben wir bisher nie nachgedacht."

Schneider schüttelt sich bei dem Gedanken. „Diese Möglichkeit ist mir nicht im Traum eingefallen."

Und ich setze den Schlusspunkt: „Unbestritten ist doch, dass alle drei Bauer loswerden wollten. Aber wer hat das Werk vollendet und wie passt die getötete Lisa in diese Variante?"

14

Mein Ideenreichtum ist unerschöpflich, doch einer meiner Geistesblitze ist brisant. Er ist ethisch äußerst fragwürdig, deshalb fühle ich mich unwohl in meiner Haut. Aber Gottwald aus der Reserve zu locken wäre ein Riesenschritt zur Aufklärung, weshalb ich ihn ins Präsidium bestellt habe. Felix findet, ich würde mit der Finte die Grenze der Vertretbarkeit überschreiten.

Jedenfalls beruht meine Idee darauf, die Witwe gegen Gottwald auszuspielen. Ich erhoffe mir eine verräterische Unachtsamkeit des Frührentners.

Ich bin in aller Herrgottsfrühe aufgestanden und auch der Rentner ist Frühaufsteher. So kommt es, dass mir Gottwald schon kurz nach acht im Vernehmungsraum gegenübersitzt, Felix steht dicht hinter mir. Kollege Schneider glänzt durch Abwesenheit.

Gottwald knabbert an den Fingernägeln, dabei gleicht er der Schlaftablette, die wie das Pharmaprodukt Behäbigkeit ausstrahlt. Trägt er sein aufgewecktes Verhalten bewusst zur Schau?

Er hat seine Beine übereinander geschlagen und lässt sie hin und herwippen, dabei saugt er nervös an einer Zigarette ohne Filter, die hinterlässt Qualmschnörkel in der Luft. Im Normalfall verbitte ich mir das Rauchen, doch bei Gottwald mache ich eine Ausnahme. Mein Wohlwollen soll die Dramaturgie beflügeln.

Mit der Pose der Unbekümmertheit frage ich freundlich: „Sie, Herr Gottwald, waren in besagter Mordnacht in Ihrem Haus. Stimmt das?"

„Ja, Frau Sonntag. Ich war daheim."

„Das ist gut. Halten wir das fest", sage ich mit korrekter Grundhaltung. „Welche Besonderheit ist Ihnen in der Nacht aufgefallen? Sicher Herr Hamadi. Ist er der Mann, der Ihren Nachbarn über die Wupper verfrachtet hat?"

„Ach wissen Sie, Frau Kommissarin", antwortet der Gefragte. Er nuschelt unverständlich, zuckt andauernd mit den Achseln, und schaut mir mit betretenen Augen ins Gesicht. „Ich bin nicht mehr der Jüngste, aber einiges bekomme ich noch mit."

Wegen seiner Attacke mit dem Spaten unterdrücke ich meinen Mitleidsdrang, denn seinem Blick auszuweichen würde ihn misstrauisch machen, was schädlich wäre.

Gottwald fährt unbeirrt fort: „Als mich Johanna durch ihr Klingeln aus dem Schlaf gerissen hatte, da war der Mörder natürlich schon weg, aber sie hat einen Syrer erkannt. Sie ist sich hundertprozentig sicher und ich glaube ihr das."

„So, so, schon weg. Sehr schade", brumme ich ausdruckslos, wogegen Felix erfreut schnauzt: „Was soll der Schmarren? Hamadi war mit Freunden unterwegs. Ihre Johanna lügt."

„Nein, nein, Johanna ist keine Lügnerin", echauffiert sich der verliebte Rentner. „Ich weiß zwar nicht, woran Johanna den Syrer erkannt hat, aber wenn sie es sagt, dann ist es wahr."

Alles läuft nach Plan, so wie zwischen Felix und mir abgesprochen. Mein Partner kann seine Zurückhaltung aufgeben. Die gewünschte Weichenstellung ist erreicht. Wie in Lehrgängen erprobt, übernimmt mein Partner den undankbaren Part.

Er erhebt seine kratzige Stimme: „Na, na, Herr Gottwald. Dann hören Sie sicher nicht gern, was uns Ihre Herzallerliebste vor kurzem eingestand."

„Was hat Sie gestanden?", fragt der Rentner, dabei ähnelt er mit seinen spitzen Ohren einem vom Aussterben bedrohten Jaguar.

Na bitte, es ist soweit. Der Vorhang zur Bühne hat sich geöffnet. Wie in einem Monumentalschinken hole ich die Keule raus und betone mit samtweichem Augenaufschlag: „Dass Sie in der Mordnacht vor dem Haus standen und betroffen an einer Zigarette saugten, als Ihre Johanna die Tür öffnete."

Herr im Himmel, verzeih mir, denke ich. Meine Lüge war mehr als frech. Ich habe hoch gereizt. Derart dreist, das sich davon die Balken verbiegen.

„Ich... , vor dem Haus", zürnt der Ratlose. „Niemals. Sie hat mich zehn Minuten nach dem Mord an ihrem Mann geweckt. Ich habe nichts mitbekommen."

Jetzt gleiche ich einem Spielautomaten, der einen Gewinn ausspuckt. Klackernd rattere ich das Täuschungsmanöver runter: „Dazu seien Sie wie ein Raubtier hinter ihr her gewesen sein, weswegen der Silikonbusen Sie verabscheut."

„Was...? Ich ein Raubtier."

Dem Witwenanbeter treten Tränen in die Augen.

„Ja, ja", wiederhole ich. „Wie ein Raubtier."

Gottwald krümmt sich. „Aber nein. So was sagt meine Johanna nicht. Sie liebt mich nämlich."

„Ach Gott, Sie von der Liebe Geblendeter bilden sich die Erwiderung ein", stochere ich im Elend des Armseligen. „Ihre Holde hat Sie in die Pfanne gehauen."

„Hören Sie auf. Ich will das nicht hören."

„Das müssen Sie sich schon anhören", setze ich erbarmungslos nach.

„Rutschen Sie mir den Buckel runter", klagt der Rentner. „Sie lügen doch."

„Nein, Herr Gottwald. Nach der Aussage Ihrer Johanna haben Sie Bauer abgepasst. Sie wollten das Weib für sich gewinnen. Ihr Motiv ist einleuchtender als das des Herrn Hamadi."

Mit meiner vorgetäuschten Engelsgeduld ist's vorbei.

„Pfui Teufel", schimpfe ich. „Sie lassen den Syrer tagelang als Mörder rumlaufen, sodass der fast verreckt. Das ist nicht die feine Art."

Temperamentvoll bin ich aufgesprungen. Meine Herzschlagfrequenz hat sich verdoppelt. Mein Truppenaufmarsch im Kopf nimmt bedrohliche Ausmaße an. Ist unsere Vernehmung noch das verabredete Spiel? Ist meine Wut noch Schauspielerei, oder bin ich längst zum Ernst übergewechselt?

Ich knurre widerlich: „Eine Ratte wie Sie sollte man zu Hundefutter verarbeiten."

Und was macht Felix?

Der legt ein Beispiel seiner Schauspielkunst ab. Es ist unglaublich, wie sicher er seinen Part spielt, denn um dem Rentner beizuspringen, zerrt er an meinem Jackett. Er drückt mich auf meinen Stuhl, dann geht er zu dem in die Enge getriebenen rüber. Sein Bauch bebt, als habe er die Flöhe säckeweise verschluckt.

„Die Kommissarin übertreibt mal wieder", betont er. „Aber nun weiter im Text. Sie sagen, Sie haben Bauer nicht umgebracht. Und dass Ihre Geliebte den Mörder gesehen hat, glauben Sie ihr, und ich sehe es genauso. Aber nun zu dem anderen Mord. Was wissen Sie über Lisa Färber?"

„Wer ist das? Ich kenne sie nicht", stöhnt der Rentner.

„Aha, Sie kennen Lisa Färber nicht. Obwohl sie für den Mann Ihrer Geliebten gearbeitet hat", knurrt Felix. „Und darauf beharren Sie?"

„Selbstverständlich", wimmert der in seine Einzelteile zerfallene Rentner. „Ich hatte nichts mit ihr zu tun."

„Okay, das war's erst mal", wird Felix sanft. „Aber Sie bleiben bis auf weiteres in Aachen."

Mein Partner presst Gottwald die Hände auf die Schultern, dabei schnauft er gelehrig: „Im Moment ersparen wir Ihnen die Haft. Auch für Sie gilt, gestehen Sie und wir garantieren Ihnen mildernde Umstände."

Der Zermürbte gibt die Löffel ab. Leichenblass starrt er mich und danach Felix an, entgegengesetzt einer intellektuellen Lichtgestalt. Sein Gesamteindruck spricht Bände. Seine Option heißt Schweigen. In seinen weit aufgerissenen Augen erkenne ich Furcht, die paart sich mit großer Endtäuschung. Es schimmert Verzweiflung durch. Sein Vertrauen in die heißgeliebte Johanna hat schweren Schaden genommen. Wie geht er damit um? Stellt er sie zur Rede? Begeht er den Fehler und vergreift sich an ihr?

Ich habe mein Pokerface in die Papierablage gelegt und reiche dem Rentner die Hand. „Nicht wundern, stehen meine Kollegen vor der Tür um Sie abzuholen", gebe ich ihm mit auf den Weg. „Fahren Sie heim, Herr Gottwald. Auf Wiedersehen."

Der Frührentner sagt kein Wort und schleicht geduckt zur Ausgangstür. Zuvor fingert er eine filterlose Zigarette aus der Schachtel, schiebt sie zittrig in den Mund und steckt sie sich an. Dann schließt er die Tür leise hinter sich. Wir haben einen gebrochenen Mann in die Freiheit entlassen.

Grabesstille. Es verstreichen Minuten, in denen bringe ich nicht den Ansatz eines Wortes über die Lippen.

Daher ist es Felix vorbehalten, sich zu räuspern: „Alle Achtung, Kollegin. Das war beste Polizeischule. Hätte Gottwald einen Anwalt an der Seite gehabt, hätte der dich ausgebremst und dir die Leviten gelesen."

„Wofür hältst du mich? Im Beisein von Anwälten mache ich Verdächtige nicht derart fertig", antworte ich. „Aber so langsam müssen wir uns ja mal den Arsch aufreißen."

Nichtsdestotrotz beschäftigt mich der Auftritt des liebestollen Nachbarn: Ist er unschuldig, dann fühlt er sich auf einem sinkenden Schiff, das von Mäusen und Ratten verlassen ist. Er verdient eine faire Untersuchung seiner Rolle in der Mordnacht, sollte er den Nebenpart gespielt haben. Dass er in die Hauptdarstellerrolle der Komödie geschlüpft war, daran zu glauben fällt schwer.

Innerlich im unklaren, spreche ich Felix an: „Nun wieder zum Ernst der Lage. Ist der Vorgeladene ein Mörder?"

Felix pfeift die Luft schwallartig aus der Lunge, dabei gafft er Löcher in die Decke. Anschließend sinkt er schwerfällig in seinen Drehstuhl.

„Mit tut das arme Schwein leid", stöhnt er gequält. „Anderseits hat Gottwald kein Alibi, dagegen ein hochprozentiges Tatmotiv. Ich halte den Sesselpupser für den Mörder."

„Was?"

Ich tue so, als hätte ich mich verhört. „Das Befreiungsmotiv vom Despoten reicht dir?"

„Warum nicht? Er hat sich in eine diebische Elster verliebt und das Federvieh hat ihn kaputtgemacht. Das entstellte Gesicht Bauers war die Tat eines vor Liebe Rasenden."

„Auch du bist dabei, mich fertig zu machen."

Ich habe meine Entäuschung über unseren Liebesknatsch in die Waagschale geworfen, worauf mich Felix widerlegt: „Der Vergleich hinkt. Die Zimtzicke ist ein anderes Kaliber. Sie ist raffgierig und menschenverachtend, ich nicht. Zu gern würde ich dem Luder was anhängen."

„Du übertreibst", widerspreche ich. „Bleibe bei den Fakten. Immerhin ist die Witwe eine es gut meinende Mutter."

Weshalb verteidige ich die Witwe? Warum erhebe ich die Krähe in den Stand der Heiligen? Diese Fragen verfolgen mich, bis mir Felix auf die Nerven geht, was zum Trauerspiel unserer verhunzten Affäre passt.

„Ja, ja, auch ich liebe meine Kinder."

Mein Innenleben vollführt keinen Trampolinsprung, da mein Partner in Familiengefilden schwelgt. Ich gehe ihm so was vom am Arsch vorbei. Nur wenn ihm sein Mannessaft aus den Nasenlöchern läuft, erinnert er sich an meine Bettqualitäten. So degradiert er mich zur Edelnutte, aber bin ich das? Statt einer Wenigkeit hätte er eine Emanze verdient.

Niedergeschlagen wische ich den Gedankengang weg, denn Felix wuselt weiter: „Was heißt hier Fakten? Das Miststück hat den Nachbarn zum Hampelmann gemacht. Grundsätzlich ist mir scheißegal, ob er's war, oder ein anderer. Die Hauptsache ist, der Fall landet in der Asservatenkammer."

Ist die vom Verschleiß geprägte Tatdiagnose die Lösung zur Mordaufklärung?

Wohl kaum. Der Theorie mit Gottwald als Mörder fehlt das Salz in der Suppe, außerdem berücksichtigt sie nicht Lisas Tod. Gottwald ist zwar liebestoll, noch dazu der Mann, der mir das Ende in der Urne angedroht hatte, aber ein Mörder ist er nicht.

„Nein, Felix", mucke ich auf. „Gottwald landet nicht als Mörder in der Kartei. Der ist leicht unterbelichtet, aber nicht kaltschnäuzig. Meinen Segen hast du nicht."

„Brauche ich den?"

„Natürlich", ermahne ich ihn. „Verärgere nicht deine Wohltäterin. Momentan übertrifft deine Impertinenz leider alle bisherigen Dummheiten."

„Also gut, Sara", resigniert mein Partner. „Sei bitte nicht gleich so schroff und spitze die Ohren. Ich mache dir ein Friedensangebot. Du bleibst der Boss. Ist das klar? Früher haben wir perfekt zusammengearbeitet."

„Ja, meistens", gebe ich zu. „Aber diesmal lässt du den Falschen ein Leben lang im Kerker vermodern."

„Was soll's." Felix zeigt kein Mitleid. „Der Unglückliche ist eh fertig. Der steckt tief in der Scheiße und das durch deine Falle."

„Jetzt wirst du unfair. Hör auf damit", meutere ich. „Mit meinem Trick scherzt man nicht. Sei vernünftig und behalte das Schummeln für dich."

„Das ist kein Spaß", bekräftigt Felix. „Wenn ich deine Vorgehensweise im Präsidium verbreite, bist du verbrannt. Das muss ich doch sagen dürfen."

Mache ich mir ein falsches Bild von meiner Lage?

Mit unserer Liebe scheint es vorbei zu sein, aber muss mein Fehlverhalten zum Kleinkrieg zwischen mir und Felix ausarten? Strebt mein Partner nach höherem? Bemüht er sich hinter meinem Rücken um die freiwerdende Stelle als Leiter der Kripo, die Kowalski räumt? Traue ich Felix zu, dass er mich für seine Karriere aufs

Kreuz legt? Lande ich als hilflose Schildkröte rücklings auf dem Panzer?

Weiß Gott nicht. Mit Felix werde ich im Handumdrehen fertig. Der ist mir geistig nicht gewachsen, deshalb kritisiere ich ihn: „Gib endlich Ruhe und hake deine Karrieregelüste ab."

„Das hat nichts mit Karrieredrang zu tun", erbost sich Felix. „Es geht um mehr Asche und die brauchen wir alle. Was hast du dagegen einzuwenden?"

„Ich werde dir nicht als Sprungbrett dienen. Finden wir lieber den wahren Mörder. Der Präsident und sein Leibwächter gehen mir nicht aus der Birne."

„Ach was. Leg eine andere Platte auf", unkt Felix. „Auf dem Ohr Domen bin ich taub. Der Rentner war's. Warum sträubst du dich?"

Tja, weshalb hadere ich, anstatt mich über ein Ende der Ermittlungen zu freuen? Hat Gottwald den Frauenhasser erwürgt, wären wir auf einen Schlag aus dem Jammertal raus. Na ja, nicht ganz. Trotz allem bliebe der Mord an Lisa übrig.

Ich seufze: „Du schneidest dich ins eigene Fleisch, versuchst du Gottwald zum Täter zu machen. Denke an das Austricksen. Mitgeholfen, mitgehangen."

Die Augen meines Kollegen verdunkeln sich, doch er schweigt. Für mich ist Gottwald ein in tausend Stücke gerissener Bettvorleger, nicht der Mörder.

15

Ich habe gerade meine Nachttoilette beendet und den Fernseher ausgeschaltet, da schrillt mein Telefon. Muffig gehe ich zur Konsole und blaffe in den Hörer: „Was ist denn nun schon wieder?"

Es ist die Telefonzentrale des Präsidiums und ich habe Bereitschaft, da muss ich durch.

„Fahren Sie in die Bismarckstraße 76 zu einem Herrn Morgenrot. Auf den wurde geschossen. Der Notarzt ist informiert", rattert die Besetzung der Zentrale monoton herunter.

„Morgenrot? Der Architekt", frage ich irritiert. Ich bin völlig von den Socken.

„Von einem Architekten weiß ich nichts, aber neben der Spurensicherung ist Ihr Kollege Freitag unterwegs."

Im Eilzugtempo habe ich meine Katzenwäsche abgewickelt und mich in mein liebgewonnenes Outfit geschmissen. Bis zum Tatort in der Bismarckstraße ist es nicht weit. Er liegt an einer parallel verlaufenden Straße zur Oppenhoffallee, in der ich wohne.

Wie eine Irre renne ich auf meinen sportlichen Beinen durchs Viertel, das heißt durch die Hasslerstrasse, und erreiche nach zwei Minuten die Bismarckstraße mit der Hausnummer 76. Es ist der Ort des Attentats.

Der Notarztwagen steht neben dem Krankenwagen vor der Tür und blockiert die Straße. Selbstverständlich ist mein lieber Kollege schon da und in Aktion. Hat er was mit der Telefonistin? Ist sie gar sein aktuelles Betthupferl?

Felix hat drei Nachbarn des Architekten um sich geschart, und ich geselle mich hinzu, dabei höre ich deren Tatablaufversionen, oder das, was sie sich zusammenreimen. Insofern brauche ich nicht allzu viel Phantasie, um mir den Hergang der Schussattacke bildlich vorstellen zu können. Demnach wurde der Architekt unmittelbar vor der Haustür angeschossen.

Morgenrot ist Junggeselle. Der Architekt besitzt Büroräume samt einer Wohnung in der Parterreetage des Her-renhauses, und möglicherweise hat der Schütze gegenüber im Park der Burg Frankenberg hinter einem Baumstamm versteckt auf Morgenrot gewartet. Von da hatte er die beste Sicht, um sein Attentat in die Tat umsetzen zu können. Nun ja, für den Anfang sind's eine Menge an Infos. Alles weitere fällt in den Spurensicherungsbereich.

Wie der Kriminalist in einer gleichlautenden Serie im Fernsehen sehe ich mich am Tatort um, mit stierenden und durchdringenden Blicken. Trotz allem bemerke ich keine Ungewöhnlichkeiten. Der Fernsehheld findet im Handumdrehen ein klitzekleines Indiz. Das fliegt ihm aus heiterem Himmel zu. Mich dagegen meidet die Vorhersehung. Bin ich zu naiv für hellseherische Verheißungen?

Stattdessen gehe ich zum Krankenwagen, steige ein und erlebe mit, wie der Notarzt um das Leben des Architekten ringt. Der Arzt blickt kurz auf und ich zeige ihm meinen Dienstausweis.

„Sonntag", stelle ich mich vor. „Wie sieht's aus? Wie schwer ist die Verletzung des Angeschossenen?"

Ohne mich groß wahrzunehmen, reibt sich der Notarzt die Nase, dann schaut er mich entmutigend an.

„Es steht schlecht um ihn, sehr schlecht", antwortet er. „Bei dem Lungendurchschuss hilft nur beten."

Mit ehrlicher Anteilnahme halte ich mir die Hände vors Gesicht. Danach frage ich: „Kommt er eventuell doch durch?"

„Kaum", antwortet der Notarzt. „Aber man hat ja schon Pferde kotzen sehen."

Bestürzt steige ich aus dem Krankenwagen, und mein Partner hat nichts anderes zu tun, als mich anzumachen: „Du siehst gut aus", sülzt er. „Ich vermisse dich."

„Ach, Felix. Mir ist nicht nach deinen Sprüchen."

Ich weise ihn ganz Feministin ab. In den letzten Tagen widert mich mein Kollege an. „Schenke dir dein kindisches Gewäsch und werde erwachsen", knurre ich. „Das mit uns ist vorbei. Du hast nichts, aber auch gar nichts, daraus gemacht."

Ich will mich von meinem Partner abwenden, da hält er mich an den Schultern fest. „Darüber reden wir noch", sagt er. „Aber zuerst klären wir die Morde auf."

„Freilich", antworte ich keck. „Gottwald war's wahrhaftig nicht. Welche Motivation hat der Rentner, um den Architekten zu erschießen?"

„Okay, Sara. Mir fällt keine ein. Dafür rückt dieser Ste-fan Wiese in den Brennpunkt. Für den Aktivisten war der Architekt ein rotes Tuch."

„Wenn du's so sehen willst, dann ja, nur passt Lisa Färber ganz und gar nicht auf Wieses Krawallschema. Aber wo ist der Personenschützer?", frage ich eindringlich.

„Na ja", druckst Felix. „Das ist so."

„Was ist so?"

„Es wurde keiner her beordert", gibt Felix zu.

„Die Sauerei ist nicht zu fassen", schimpfe ich. „Du und Schneider, ihr solltet euch für die Umsetzung ein-

setzen. Mit wem von euch muss ich ein ernstes Wört-
chen reden?"

„Nicht mit Schneider, der kann nichts dafür", verteidigt ihn Felix. „Kowalski hat auf stur geschaltet. Das
mit dem Personenschutz sei Quatsch, hat er gesagt."

„Ja, ja, für den Oberkommissar ist jeder Tote Quatsch,
solange es nicht dein Freund Domen ist. Kowalski gehört eine Dienstaufsichtsbeschwerde angehängt."

Felix bäumt sich auf. „Bist du verrückt? An Kowalski
verbrennst du dir die Finger."

Ich schaue zum Krankenwagen rüber, denn von dem
kommt der Notarzt auf uns zu.

„Exodus", sagt er trocken. „Der Architekt hat mit dem
Tod gerungen, aber er hat den Kampf verloren. Er war
nicht zu retten."

„Hat er das Bewusstsein wiedererlangt?"

Ich habe das gefragt, weil Sterbende oft einen wichti-
gen Hinweis geben, der zum Täter führt, oder an den
man sich klammern kann.

„Leider nicht", vernichtet der Notarzt den Hoffnungs-
schimmer. „Er hat nichts mehr gesagt, was Ihnen wei-
terhilft. Wir bringen ihn in die Gerichtsmedizin."

Er geht zurück, steigt ins Krankentransportfahrzeug
und fährt mit dem Toten davon, wobei wir zwei Haupt-
kommissare und unser kompletter Tross dem rot und
weiß lackierten Fahrzeug betroffen hinterher schauen.

„So, jetzt ist es amtlich", stelle ich fest. „Mit dem Tod
Morgenrots haben wir den dritten Mord. Nimm du hier
die Zeugenaussagen auf, ich fahre ins Präsidium."

*

Im Sauseschritt eile ich zu meinem Panda vor meiner
Wohnung und rausche ruckizucki ins Präsidium. Das
Neue, erreichbar in zehn Minuten auf der Trierer Straße

229

stadtauswärts an der Autobahnzufahrt Aachen-Brand, befindet sich noch im Rohbau.

Kollege Schneider erwartet mich. Der ist aufgedreht wie ein Blechspielzeug, sodass ich gar nicht zum Luftholen komme. Wie ein hysterischer Besucher, der ein Rockkonzert stürmt, fällt er über mich her.

„Beim Gottwald stimmt was nicht. Die Witwe hat angerufen, denn der macht seine Tür nicht mal für die Streifenbeamten auf."

„Auf geht's", treibt er mich an, sodass ich mir die Cordjacke um die Hüften binde und mit Schneider zum Dienstfahrzeug haste. Mit Blaulicht rasen wir über den buckeligen Asphalt durch die Innenstadt. In den vernachlässigten Straßen hat die Straßenmeisterei eine Menge Arbeit zu verrichten, so belanglos denke ich.

Die Fahrt hat mich kräftig durchgeschüttelt. Geplättet kommen wir zu den wartenden Beamten, die mit der Witwe Bauer und Gerhard diskutieren. „Der Hausbesitzer rührt sich nicht", erklärt der uns hilflos anschauende Uniformierte.

„Das wissen wir", staucht ihn Schneider zusammen.

Alsdann brüllt er in die Richtung der unschlüssigen Horde: „Brecht die Tür auf!"

Die Uniformierten reagieren nicht wie gewünscht, also grunzt Schneider: „Ist das denn so schwer? Muss ich denn hier alles selber machen?"

Woraufhin die Witwe keift: „Sie versündigen sich, Herr Kommissar."

Sie stellt sich dem die Lufthoheit demonstrierenden mit ausgebreiteten Armen und bebenden Brüsten in den Weg.

Aber Schneider ignoriert sie. Er drückt sie einfach beiseite und schwafelt mehr beiläufig: „Ich vergehe mich nicht an Ihnen. Das Türaufbrechen ist keine Sünde, sondern meine Pflicht."

Dann hampelt er zum Kofferraum des Streifenwagens und sucht nach der Axt. Als er sie gefunden hat, drückt er sie einem kraftstrotzenden Beamten in die Pranken und befielt: „Schlag das Schloss kaputt."

Und der schlägt zu.

Kratsch, kratsch, und nochmals kratsch.

Das krachende Geräusch des Schlagens mit der Axt auf die Haustür ist ohrenbetäubend. Bald splittert die kostspielige Holzanfertigung um das Schloss herum in tausend Stücke. Der Schaden ist immens.

Schneider stürmt durch die aufgesprungene Tür über den Flur ins Wohnzimmer, und ich hinter ihm her. Um uns herum schwärmen die Beamten aus, in den Keller und ins Obergeschoss, dabei zetert die Witwe: „Oh, oh, das wird teuer."

Die Oase des Frührentners, mit großgeblümter Polstergarnitur eingerichtet, wird von abscheulichem Nippes beherrscht. An einer Wand hängen ein Landschaftsgemälde und ein Heiligenportrait, an einer anderen das obligatorische Hirschgeweih. Es ist der geschmacklose Schrott der siebziger Jahre. Den hatte der Erbe von den toten Eltern übernommen und seither keinen Euro in die Einrichtung investiert. Nur der Fernseher ist brandneu. Wie hat es die von Reichtum verwöhnte Witwe Bauer in der Schundwohnung ausgehalten? Das Hab und Gut des Rentners ist langweilig und altmodisch.

Ratlos stiere ich in Schneiders Augen. „Sind Sie sicher, dass Gottwald im Haus ist?"

Schneider stammelt gereizt: „Außer Spesen nichts gewesen. Ha, ha, ein kleiner Scherz."

Danach ergänzt er, von seiner Meinung voll überzeugt: „Gottwald haut nicht über die Stränge? Irgendwo im Haus steckt der Kerl."

Er hat seine Überzeugung kaum beendet, prompt brüllt einer der Beamten aus dem oberen Stockwerk: „Frau Sonntag. Schnell. Kommen Sie auf den Dachboden."

Schneider übersieht mich, denn der rammt mich fast auf die Holzdielen, als er ungeschickt an mir vorbeitobt und die Stufen hinaufstolpert, dabei kreischt er: „Dicht hinter mir bleiben!"

Wir sind auf dem Dachboden angelangt, da verschlägt es uns die Sprache. Wie auf den PVC-Belag genagelt schauen wir zum First hinauf. Nur das Atmen der zahlreich Anwesenden stört die Stille... .

„Nein.., nein..., nein...", wimmert die hinzugestoßene Witwe. Die blöde Schachtel zerrt an meiner Jacke und krakeelt: „Sein Tod ist Ihre Schuld, Sie miese Verleumderin!"

Am Dachfirst baumelt der Gesuchte an einem hässlich borstigen Strick. Die Zunge hängt ihm abstoßend aus dem Maul. Sein Gesicht mit den starren Augen, hat eine bläuliche Färbung angenommen. Unter ihm liegt ein umgekippter Stuhl. Aber was ist an einem Hemdknopf im Bauchbereich befestigt? An einer dünnen Schnur hängt ein Briefkuvert und das wedelt der Luftzug hin und her.

Schneider fängt sich rasch. Liebt er derartige Standartsituationen, den ruhenden Ball?

Er dreht sich um und blickt eindringend einen Untergebenen an. Zu dem sagt er, sehr dünn: „Schneiden Sie den Mann ab und geben Sie mir den Brief."

Johanna Bauer vergießt dicke Krokodilstränen und dem Sohn Gerhard fließen Sturzbäche aus den Augen. Sie verkörpern, mit dem am Strick Hängenden, eine verschworene Einheit gegen das die Familie prügelnde Oberhaupt. Dieser Zusammenhalt ist eine erschütternde Dokumentation der Nächstenliebe

Mir wird warm ums Herz beim Anblick der Trauernden, doch im Kontrast zu meinem Herzschmerz bleibt Schneider ein Eisblock. Der zieht ungerührt den Brief aus dem Kuvert.

Es raschelt.

Er überfliegt das Geschriebene, wobei sich seine Gesichtszüge aufhellen. Kurz und knapp, ohne ein Zeichen der Anteilnahme, sagt er: „Lesen Sie, Frau Sonntag."

Schneider reicht mir das Schriftstück.

Ich sauge den gekrakelten Text auf und gebe das Blatt zurück. Aber was für eine Nachricht hat uns der am Strick Baumelnde hinterlassen?

Im Brief, an seine geliebte Johanna gerichtet, steht in abgehackten Sätzen: *Liebe Johanna! Mein Leben ist sinnlos. Du erwiderst meine Liebe nicht. Irrtümlich nahm ich an, nur dein Mann stünde zwischen uns. Doch nun ist er tot und es ist nicht an dem. Mir bleibt nur der Abschied. Dein dich liebender Jochen.*

Ich schlucke entsetzlich an meinem Kloß im Hals.

Hat der Rentner mit dem Selbstmord endlich die Mühl-steine der Ungewißheit beseitigt? Steht in dem Brief das ersehnte Mordeingeständnis?

Schneider bewertet den Wisch als Beweisstück mit Unterschrift. Mit Gottwald als Täter ist für ihn der Fall Bauer abgeschlossen. Eine zum Frührentner passende Tatbeschreibung aus dem Kopf gedrückt, den Stempel erledigt draufgeschmettert und ab in den Aktenschrank. Dermaßen unkompliziert könnte eine Mordermittlung enden.

Die herbei telefonierte Spurensicherung verstaut den Toten in eine Zinkwanne. Als sie ihren Utensilienkram eingepackt haben und abgerückt sind, begebe ich mich mit Schneider auf die Heimfahrt, und der setzt mich vor meiner Haustür ab. Ich steige aus und frage durch die offene Tür ins Wageninnere: „Anscheinend sitzt Ihnen

das Hemd näher als der Rock, sonst würden Sie das Ge-
krakel Gottwalds nicht als Mordeingeständnis werten.
Der Mann ist kein Mörder."

Die vorschnelle Mordanalyse Schneiders hat mich verärgert. Und um mein Unbehagen zu unterstreichen,
wechsle ich zum streitbaren Polemiker über und kritisiere den Mitarbeiter. „Wegen meiner Zweifel muss ich
kein Prophet sein, denn Gottwald drückt sich in seinem
Abschiedsbrief äußerst vage aus."

„Quatsch", mauert Schneider. „Die Dramaturgie ist
perfekt. Berufen Sie eine Pressekonferenz ein, denn die
Öffentlichkeit verdient den Namen des Mörders."

„Okay. Vielleicht greife ich den Vorschlag auf, aber
erst, wenn der Mord an Lisa Färber ins Gesamtpaket
passt", bleibe ich ruhig. „Daher nochmals zurück zu den
Fakten."

„Muss das sein?"

Schneider gähnt.

„Und ob, denn wir haben jetzt vier Tote. Lisa Färber,
Günther Bauer und Morgenrot, dazu der Erhängte",
zähle ich auf. „Und Sie klammern sich an den billigen
Fetzen Papier mit vermeintlichen Andeutungen."

„Wieso vier Tote?"

Die Ahnungslosigkeit Schneiders überrascht mich. Ist
die gestelzt? Weiß er tatsächlich nichts vom Tod Morgenrots?

Ich bringe Schneider auf den eingeforderten Stand.

„Der Architekt wurde vor zwei Stunden erschossen."

„Was?", reagiert er bestürzt. „Warum erfahre ich das
erst jetzt?"

„Und das hat unser Oberkommissar verbockt. Sie sehen also, der Selbstmörder hat nicht mit Morgenrot abgerechnet. Ich erkenne keinen plausiblen Grund."

„Ach Gottchen, einen Grund gibt es immer", knobelt
Schneider. „Der Rentner erschießt Morgenrot. Dann eilt

er unbemerkt in seine vier Wände zurück. Doch da er den Mord nicht verkraftet, wählt er den Freitod."

„Und womit hat er geschossen?"

„An eine Waffe kommt heutzutage jeder. Und wie wär's damit: Morgenrot bumst das Vollblutweib, dann wäre Eifersucht das Motiv? Mit dem liegt man nie falsch."

*

Manchmal bin ich verrückt, auf keinen Fall aber eine Duckmäuserin. Ein unerschrockener Draufgänger ist die in etwa zutreffende Umschreibung für meine berufliche Befähigung. So gesehen ist mein Versuch, die Presse in die Mordaufklärung einbinden, keine Heldentat und ich verdiene keinen Glorienschein.

Telefonisch wende ich mich an die Lokalredaktion und löse mein Versprechen gegenüber Anja Sondermann ein., sie über Morgenrots Tod und den Suizid Gottwalds zu unterrichten. Ich erkläre ihr die Indizienlage, unter anderem an dem Beispiel, dass das Kaliber der Waffe, die zum Erschießen Morgenrots genutzt wurde, bisher nicht ermittelt sei. Vielmehr könnte ich leider nicht bekannt geben. Meine List mit dem Liebesentzug, auf die der Rentner hereingefallen war, verschweige ich. Wegen der schäme ich mich in Grund und Boden.

Doch dann kommen wir zum wunden Punkt, denn ich weiß nicht so recht, wo und wie ich, auf die Verdächtigen bezogen, ansetzen soll. „Zuerst einmal entschuldige ich mich vielmals." Das ist so meine Art der Abbitte. „Hiermit hole ich den zurückgehaltenen Würgetod an Lisa Färber nach. Das Versäumnis hat Kowalski verbockt. Mit Kritik wende dich bitte an ihn."

„Warum macht das der Saftsack?", schimpft die Lokalreporterin.

„Das weiß nur er", muss ich mich nicht rechtfertigen. „Und hiermit erfährst du taufrisch vom Tod Morgenrots und dem Selbstmord des Rentners Gottwald. Das bin ich dir schuldig."

„Wie schrecklich", stöhnt Anja. „Und alle vier Todesfälle sind amtlich?"

„Ja selbstverständlich. Aber pass auf. Ich werde ein Paket Dynamit auspacken. Durch das Erschießen des Architekten haben wir eine verschlimmerte Situation. Schwing dich an den Computer und roll in deiner Kolumne die Morde neu auf. Tippe, die Kripo ist dem wahren Mörder auf den Fersen."

„Und du schnappst ihn?"

„Natürlich. Aber nur dann, spenden die Prominenten freiwillig ihr Blut, erst damit wäre ihr Unschuldsbeweis erbracht."

„Was soll ich? Und wer sind die erwähnten Promis? Meinst du damit etwa Lebewirt, Gossen und Domen? Du spinnst."

„Nein, nein, ich bin bei klarem Verstand", überhöre ich ihren ablehnenden Einwand.

„So, nun unter uns Frauen. Deine Veröffentlichungen über deren Sexeskapaden und Schmiergeldvergehen werden Meilensteine zur Aufklärung der Morde sein. Es ist die Pflicht der freien Presse, die Hand in die Wunde zu legen."

„Das sind ungelegte Eier, nichts als Kalauer", stöhnt Anja. „Der macht dein Anliegen nicht glaubwürdig", ernüchtert sie mich.

„Und wie war das mit Hamadi?"

Ich atme laut aus. „Den Wehrlosen habt ihr in den Dreck gezerrt. Nach dem jetzigen Sachstand ist eine Entschuldigung fällig."

„Beruhige dich", beschwichtigt mich Anja.

„Komme ich deinem Wunsch nach und biete dir das Spektrum, Unbescholtene in Misskredit zu bringen, kostet es mich den Job. Gossen und Domen schießen mich eiskalt ab. Dann kann ich mich als Müllmännchen bewerben."

Ich lache über die Reporterin in Müllmännchenuniform, bleibe aber hartnäckig: „Es geht um einen Pieks und etwas Blut. Und druckt ihr meine Kampfansage, erreicht euer Blatt rekordverdächtige Verkaufszahlen. Gegen diese Auswirkungen sind sogar Großkotze chancenlos."

„Nichts da", protestiert Anja.

Und ich ziehe meine Register: „Aber ja. Glaubst du denn, dass beim Abfackeln und dem damit verbundenen Grundstücksverkauf alles mit rechten Dingen zugegangen ist?"

„Wohl kaum", antwortet Anja.

„Dann bring das Schmiergeldzahlen mit der Schlagzeile: Skandal um das Grundstück des Asylwohnheims. Wurden Bauer und Morgenrot wegen der Weiterveräußerung und die anderweitige Nutzung der Parzelle ermordet? Schreibe, bei der Bauvergabe wurden Millionenbeträge veruntreut. Das ist kein Bagatellschaden bei der Menge an Knete."

„Nicht schlecht", lobt Anja. „Der Aufreißer lässt einem das Blut gefrieren."

„Und garniere deine Kolumne damit, dass Lisa Färber wahrscheinlich bei Sexspielen ermordet wurde?"

„Vorsicht", zischt Anja. „Mit dem Sexkram schießen wir über das Ziel hinaus."

„O nein. Mein Ziel ist klar umrissen", ergänze ich und spiele mit den Muskeln. „Und dass heißt lückenlose Aufklärung."

Doch danach werde ich sachlich: „Und ergänze das Ganze mit dem Hinweis, dass ich der Flüchtlingshilfsorganisation rate, eine Korruptionsklage einzureichen. Die wird belegen, dass die Grundstücksmillionen in falsche Taschen wanderten."

„O je, o je. Wir erleiden Schiffbruch."

Anjas Stimmlage hat sich verändert, irgendwie klingt sie nach geschwollenen Mandeln. Ihre Ausdrucksweise ist jetzt rau und kratzig, man könnte sagen männlich. Ist es ein gutes Zeichen? Gerät sie ins Wanken? Schwindet ihr Widerstand?

„Wir gehen nicht unter", erhöhe ich den Druck. „Die Presse lebt von Sensationsstorys. Schreibe: Hauptkommissarin Sara Sonntag setzt Himmel und Hölle in Bewegung, um Recht und Gesetz zum Sieg zu verhelfen."

„Ich weiß nicht?"

„Mein Gott, es ist doch nur ein kleiner Aderlass", lasse ich nicht nach. „Immerhin befreit die Blutabgabe vom nagenden Verdacht, ein Mörder zu sein. Gerechtigkeit steht hoch im Kurs."

„Gut, Sara. Ich versuche es."

„Und wie kriegst du Reuter rum?"

„Den geilen Bock?"

Anja lacht trocken. Dann befeuchtet sie mit der Zunge ihre Unterlippe, wobei sie schnurrt: „Lass mich das mal machen. Gib Männern ein Zückerchen, schon fressen sie dir aus der Hand."

*

Und in der Tat, welch eine Sensation. Das Prachtexemplar Anja hat mich erhört. Am nächsten Morgen erscheint die Zeitung mit der Schlagzeile: *Drei angesehene Bürger unter Mordverdacht?*

Hauptkommissarin Sara Sonntag erhebt Vorwürfe gegen den Landtagsabgeordneten Erich Gossen, gegen Torsten Lebewirt, und den Präsidenten der Alemannen,

Walter Domen! Sie liefert Beweise für Manipulationen in Millionenhöhe und Verstrickungen in abartige Sexualorgien .

In ihrem Artikel hält sich Anja größtenteils an die Marschrichtung. Zu der gehört die Wichtigkeit der Blutabnahme und damit der Blutanalyse. Ich habe meine Zielsetzung erreicht, denn in das Puzzle ist Bewegung geraten. Warum die Tathintergründe im Verborgenen blühen lassen?

Zum x-ten mal denke ich über drei Verdächtige nach. Zum Beispiel über den Aktivisten Stefan Wiese. Den habe ich verschont, obwohl er sich mit Morgenrot so manches Scharmützel geliefert hatte. Er ist für mich ein aufgeblasener Wichtigtuer ohne Ernsthaftigkeit.

Und dann sinniere ich über den Syrer Turan. Als gläubiger Moslem ist weiterhin in der Mordwahlurne. Der Heißsporn könnte ein Kandidat für eine Verhaftung sein. Aus Glaubensgründen muss Turan jede Frau dominieren, wodurch er schnell die Kontrolle verliert. Als ihn Lisa abserviert hatte, und ihm schwante, was für ein unzüchtiges Leben sie geführt hatte, war das für Bauer und Lisa das Todesurteil.

Und andersherum gedacht ist Turan unschuldig, sobald ihm die Liebesbeziehung zu Lisa gleichgültig war, denn dann hatte er seine persönliche Niederlage durch das Abservieren verdaut und dadurch kein Motiv. Doch hatte er das?

Ohne besseres Wissen gehe ich im Moment von seiner Unschuld aus, obwohl seine mögliche Gefährderrolle einen Schatten auf ihn wirft.

Hamadi dagegen hat Morgenrot betreffend ein Mordmotiv. Deren Streiterei spricht eine deutliche Sprache. Woher aber hatte er die Waffe, um den Architekten zu erschießen? Einem Terrornetzwerk rechne ich ihn nicht zu. Wir hatten seine Wohnung gefilzt und keinerlei

Hinweise gefunden, also wäre seine Attacke ein Ding der Unwahrscheinlichkeit.

Demnach handelt sich's tatsächlich um verschiedene Täter, wofür das Würgespektakel und das Erschießen sprechen.

Oh Herr der Geister, ist das unheimlich. Und ich als Kommissarin mittendrin im Schlamassel. Derartig verzwickte Mordfälle kenne ich nur aus dem Abendprogramm im Fernseher.

Wie verschaffe ich mir die lückenlose Klarheit über Turan? Ich sollte einen Kollegen beauftragen, sein Alibi zu überprüfen. Dass Turan mit Hamadi zusammen war, gilt für den späten Abend, nicht für den Nachmittag am Vortag. Und an dem wurde Lisa erwürgt.

Mein Chef Kowalski lebt leider hinter dem Mond. Ihn würde es freuen, wäre entweder Hamadi oder Turan der Mörder. Er als außerirdisch Veranlagter ist nur am Kopf eines Syrers interessiert. Das die Syrer unschuldig sein könnten, das ist Kowalski piepegal. Für mich als ermittelnde Beamtin sind seine Wunschvorstellungen reiner Humbug, doch ein Syrer als Mörder lässt sich lukrativ verkaufen. Die Leser und Wähler mit rechter Gesinnung hecheln danach. Ich sehe in Hamadi und Turan ganz normale Flüchtlinge, keine Terroristen oder gar Mörder.

Nun gut, ich belasse es dabei.

Jedenfalls herrscht Aufbruchstimmung im Morddezernat, denn Kowalski gründet eine Arbeitsgruppe. Drei Tote rechtfertigen eine Sonderkommission. Und obwohl der Oberkommissar auf mich steht, übergeht er mich. Ist der Sexbesessene sauer auf mich, weil ich ihm eine Fleischbeschau verweigere und ihn nicht ranlasse?

Jedenfalls vertraut der Oberkommissar meinem Kollegen Felix Freitag die Leitung der SOKO an. Wir, also Felix, der dynamische Schneider, dazu der gewissenhaft arbeitende Dieter Pelzer und ich, das ist keine überdimensionale Besetzung, trotzdem sollen wir gehörig Dampf machen. Kowalski erwartet Ergebnisse. Er will über jeden Schritt informiert werden, denn in trockenen Tüchern ist seine Wahl zum Polizeipräsidenten ohne Erfolgsmeldung noch nicht. Allerdings besteht er darauf, dass die mit ihm befreundete Sippschaft mit Samthandschuhen angefaßt gehört, womit er Domen und Gossen meint.

Als ob das so einfach wäre.

Für Kowalski bietet sich höchstens die Notlösung Lebewirt als vertretbar an. Er wäre das schwächste Glied in der Kette, und dadurch eine Alternative. Warum hält er so wenig von ihm? Mich nimmt Kowalski nach der Gründungszeremonie beiseite.

„Na, wo drückt der Schuh, Frau Sonntag?"

Er rückt mir ganz nah auf die Pelle. „Sie wissen, wie sehr ich Sie schätze, dennoch musste ich Sie zurückstufen", erklärt er mit der Überheblichkeit des Wichtigtuers. „Ihr Alleingang mit dem Pressespektakel hat mich entsetzt. Was haben Sie sich dabei gedacht?"

„Nun ja, dass ich Domen und Gossen aufscheuche", bleibe ich ehrlich, sodass Kowalski schimpft: „Meine Freunde scheucht man nicht auf. Merken Sie sich das, Frau Sonntag. Anscheinend ist Ihnen nicht klar, was Sie mit Ihrer Frechheit bewirken." Dann spielt er meinen Einwand mit einer Redewendung herunter: „Sie machen aus Mücken dicke Elefanten."

Doch sein Gelaber beeindruckt mich nicht, ich erhöhe sogar meine Schlagzahl: „Ich schmeiße Ihre Freunde aus dem Sattel, denn einer der Halunken ist ein Mörder, leider weiß ich nicht wer."

„Weil's keiner von denen ist", erregt sich der Oberkommissar. „Meine Bekannten sind sauber."

„Was nicht bewiesen ist", grummele ich zickig, worauf Kowalski mit einer Überdosis an Wut im Bauch zürnt: „Außerdem haben Sie Presseaktionen mit mir abzuspre-chen. Wie oft soll ich Ihnen das noch sagen?"

Ich mache einen energischen Schritt auf Kowalski zu und bringe ihn damit aus dem Konzept. „Das tun Sie andauernd", sage ich rotzfrech.

„Nicht frech werden", macht der den Laden dicht, zu ihm passend wird er in seinem Freundeskreis von allen Bomber genannt. Dann unternimmt er einen letzten Ein-schüchterungsversuch: „Das eins für allemal klar ist, meine Freunde werden Ihnen ihr Blut verweigern, denn Sie kommen für die Morde nicht in Frage. Berücksich-tigen Sie das."

„Und warum?"

„Das ist so. Schluss und aus."

„Ach so. So weit geht der Schutz Ihre Freunde? Nein, da mache ich nicht mit."

„Brauche ich eine Dienstaufsichtsbeschwerde? Ja, die können Sie haben", droht Kowalski. „Nein, so was aber auch. Solch eine hübsche Frau und so störrisch. Ich denke, Sie haben mich verstanden."

*

Die SOKO ist einsatzbereit und mein Partner verteilt die Aufgaben. Schneider übernimmt den Landtagsabge-ordneten und den Immobilienhai Lebewirt, Pelzer soll Turans Alibi und damit auch das Hamadis auseinander pflücken, und ich kümmere mich um Domen und seinen Bodyguard.

Mein Partner ist nicht glücklich mit der Aufteilung. Würde Kowalski sie kennen, wäre Felix die ungeliebte Verantwortung los. Doch da das nicht so ist, wird Felix sich der Witwe und deren Umfeld annehmen, womit er sich die leichteste Aufgabe herausgepickt hat. Dazu gehört auch der Aktivist Wiese.

Bevor ich mich an die Arbeit mache, fahre ich mit Pelzer bei mir an der Wohnung vorbei. Ich will mich frisch machen, denn wir haben etliche Stunden in der stickigen Luft des Präsidiums gebrütet.

Ich bewohne eine wunderschöne Altbauwohnung, leider gemietet. Für einen Kauf reicht meine Gage nicht. Aber auch ohne Besitzurkunde beneidet mich mein Bekanntenkreis um das Stück Wohnqualität, auch wegen der tollen Lage, an der Allee mit stattlichen Bäumen, in einem der beliebtesten Viertel Aachens.

Als ich mich ins Bad begebe und mich wasche, denke ich über den Kollegen Pelzer nach. Wie geil der auf meine Brüste und auf meinen süßen Arsch starrt? Wäre er eine Variante zu Felix als Liebhaber? Wie alt wird er sein?

Innerlich sage ich zu mir: Unterlass den Quark. Ebenso wie Felix ist Pelzer verheiratet. Mit dem komme ich vom Regen in die Traufe. Ich brauche einen Mann in meinem Alter, der mir den Mond und die Sterne vom Himmel holt. Aber sind solche Träumerei von einem Märchenprinzen in einer frauenfeindlichen Welt überhaupt erlaubt?

Ich habe ein sündhaft teures Duftwässerchen aufgelegt, dementsprechend aufgeregt schnuppert Pelzer wie ein Kaninchen an mir herum. Und es wird geradezu penetrant, als wir meine Wohnung verlassen und eng nebeneinander die Treppenstufen abwärts schreiten, bis wir das Haus verlassen haben.

Auf dem Gehsteig halte ich inne und bewundere die Allee, obwohl die Bäume die Blätter längst abgeworfen haben. Ich liebe meine Stadt im Herbst und fühle mich in meinem Wohnviertel gutaufgehoben. Sensationell ist das typische Bild, das die Allee mit den abgefallenen

Blättern bietet. Mit dem Laub auf dem Rasen kann auch diese Jahreszeit reizvoll sein.

Was ist das für ein Mann, der sich eingemummelt hinter einem Alleebaum zu verbergen versucht? Vor dem Wohnhaus meiner Wahl hat mich eine von irgendwoher bekannte Gestalt wachgerüttelt. Aber welche Bedeutung hat das längliche Paket in seiner Reichweite? Was ist drin?

Unmittelbar hinter ihm, auf der Gegenfahrbahn und im Halteverbot, steht ein schwarzer BMW mit laufendem Motor. Gehört das Monstrum ihm?

Mich erschrecken die eiskalten und ultragiftigen Blicke des Mannes.

Wer steckt in dieser sportlichen Gestalt? Ist er der x-beliebige Wartende, der sich übers Wegschnappen eines Parkplatzes ärgert? Nein. Kein Normalsterblicher glotzt so penetrant.

Ich rufe ihm zu: „Warten Sie auf mich?"

Das Schreckgespenst rührt sich nicht.

Sekunden verstreichen.....

O Gott, denke ich. Es ist so weit. Ich habe den Bogen überspannt. Das schwarzgewandete Ungetüm wird der Killer sein, der auf eine Unachtsamkeit meinerseits wartet. In dem Paket befindet sich eine Knarre. Gleich wird mein Körper vom Kugelhagel eines von wem auch immer Beauftragten in Stücke gerissen. Was bringt ihn davon ab? Ich gehöre aus dem Blickfeld des Schützen. Oder kann ich ihn einschüchtern.....?

Als ich akrobatisch hinter meinem Panda in Deckung springe, schnappt sich der Todesboote die paketartige Hülle. Mit der schleudert er sich in seine Karre und deren Motor heult brutal auf. Mit einem Affenzahn röhrt er durch die Allee zur Theaterstraße davon.

Der Kollege Pelzer macht erstaunte Augen. „Was sollte das denn werden", fragt er sensibilisiert.

Ich bin total aufgekratzt und schaue Pelzer an, denn in Anbetracht der Umstände wird meine Angst quick-lebendig. Die suggeriert mir: Dass eben war ein Vor-spiel auf Schlimmes. Aber wem werde ich zu gefähr-lich?

Für den Mörder ist mein Abgang beschlossene Sache. Der Mann ist skrupellos. Er hat meine Abschiedsgala im Terminkalender angestrichen. Das stinkt gewaltig zum Himmel, schlimmer als ein Haufen Hundescheiße.

Warum hat er sein Vollstreckungsgerät nicht aus-gepackt und abgedrückt? Was kam ihm in die Quere? War's mein Kollege Pelzer? In meinen Erinnerungen arbeitet es unentwegt: Irgendwann hatte ich ein unlieb-sames Treffen mit dem Vermummten, nur wann?

16

Die Ungeduld ist wie ein Hemd aus einem Meer an Brennnesseln, beklagt ein polnisches Sprichwort. Wie wahr, wie wahr, denn ich beiße mit meinen Verdächti-gungen auf Granit. Domen ist von einer Sorte Stahlbe-ton, die nur unter widrigen Verhältnissen bröckelt, und sein Bodyguard ähnelt dem Luftschutzbunker aus dem zweiten Weltkrieg.

Bei der Lagebesprechung im Präsidium brennt mir die Ungeduld sprichwörtlich unter der Haut, als Schneider so zäh wie Hartgummi zu Lebewirt Stellung bezieht.

Er berichtet: „Ich wollte Lebewirt vorsorglich in Gewahrsam nehmen."

Und nach Atem ringend, es hört sich wie das Gurgeln des mit Abflussfrei von der Verstopfung befreiten Abflussrohres an, schmeißt sich Felix in seinen Bürosessel und ergänzt: „Lebewirt wäre womöglich auf dumme Gedanken gekommen und verduftet. Doch wegen unzureichendem Beweismaterial hat mich der Haftrichter abgeschmettert."

Felix nickt. „Das kenne ich."

„Aber stellt euch vor, auf einmal bestreitet er gewisse Unregelmäßigkeiten, wie er's nennt, nicht mal."

„Die widerliche Sau", entfährt es mir gallig.

„Leberwirt meint zu den Spendengeldern, den Leuten säße das Geld eben zu locker in den Taschen. Wenn die Schwachköpfe so dumm wären und treudoof spenden, was könne er dafür."

„Für ihn sind das Peanuts", würge ich heraus. „Drückte er sich so aus?"

„Sein Handeln wäre eine Art Kavaliersdelikt gewesen, sagte er. Zwar sei die Spendenaktion nicht astrein, aber nicht sonderlich kriminell. Außerdem müsse man ihm Mutwillen erst mal nachweisen, und Bauer hatte bei der Spendenmanipulation die Verantwortung übernommen, das sei unumstritten."

„Aha, auf den toten Bauer abwälzen haben wir gern", schäumt Felix. „Dann hast du's dem Lebewirt aber ordentlich gegeben."

„Ja, schon", rechtfertigt sich Schneider, „doch Scheuer verbat sich harte Methoden."

„Ja, ja, so war's auch bei mir", nörgelt Felix.

„Aber jetzt kommt's", geht Schneider ganz aus sich raus. „Er, Leberwirt, habe mit den Morden nicht das Geringste zu tun, behauptete der Schmierlappen steif und fest. Das könne er beschwören, bei allem was ihm heilig sei. Er gäbe uns darauf Brief und Siegel."

„Und?", werfe ich ein. „Haben Sie's geglaubt?"

„Na, ja. Nicht wirklich. Aber trotz stundenlanger Verhöre verschanzte sich Lebewirt hinter seiner Schutzbehauptung. Er sei kein Mörder, höchstens ein kleiner Fischer, der im trüben gefischt habe."

„Das hat er gemeint?"

„Ja, wenn ich's euch sage. Verdammt noch mal, bei Lebewirt drehen wir uns in einer Endlosspirale."

„So ist es", bestätigt Felix.

„Die Toten würden aus den Gräbern hopsen, hätten sie Lebewirts Aussage gehört."

Ich klappe mein Notizheft zu und stehe auf, dann gehe ich aufreizend um den Tisch herum, dabei genieße ich das Taxieren meiner Figur.

Die versammelten Mitstreiter bewegen sich in der Phase des Nachdenkens, bis Schneider uns daraus befreit und ergänzt: „Zuletzt machte mich Lebewirts Hartnäckigkeit stutzig. Sein Anwalt jubelte mir Zeugen unter, die brachten ihn als labil, aber gutmütig rüber. Er sei kein Mörder. Bei seinen Vergehen handele es sich um eine Identitätskrise, und ich denke, da ist was dran."

Nach Schneiders Überzeugung ist Lebewirt raus aus dem Russisch Roulette, und das entspricht auch meiner Meinung.

Schneider, der nach mir auf und ab gegangen war, setzt sich wieder, dann übergibt er die Berichterstattung an Felix: „Mach du weiter, Kollege", sagt er etwas zu dick aufgetragen.

Und Felix haspelt los: „Tja, da wären wir bei Hamadi. Dem kann man partout nichts nachweisen. Dass er in der Tiefgarage mit Bauer gesprochen hat, das gibt er zu. Mehr aber auch nicht. Und was diesen Turan betrifft, da ist Pelzer fündig geworden."

„Berichte selbst, Kollege Pelzer."

„Okay."

Pelzer steht auf und strafft sich. „Tja, dieser Turan hat für die Zeit am Nachmittag bis zum Abend kein Alibi. Erst ab zehn hat er sich mit Hamadi in der Kneipe getroffen. Und das er in Lisa Färber verknallt war, ist keine Neuigkeit. Bei Turan müsste man ein Exempel statuieren."

„Ein Exempel? Was denn für eins?"

Schneider hat die Frage gestellt.

„Hintertrieben, behaupte ich mal", haucht der mitteilsame Pelzer. „Spielen wir Turan einen Videomitschnitt vor, der Lisa Färber bei billigen Sexspielchen zeigt. Ich wette, der bricht zusammen und gesteht alles."

„Wie stellst du dir das vor?"

Ich bin entsetzt. „Wer soll Lisa Färber spielen und wer einen Perversen?"

Auch Schneider rätselt. Jedenfalls klingt seine Zwischenfrage wenig optimistisch. „In so was fühle ich mich überfordert. Aber wenn's möglich wäre, fände ich es nicht schlecht."

„Überlasst das mir", retourniert Pelzer. „Eine der Lisa ähnelnde Zuckerschnecke und den dazu passenden Wichser treibe ich auf", ergänzt er. „Es muss ja kein oscarverdächtiges Meisterwerk werden."

„Gut, Pelzer. Du kümmerst dich um die Einzelheiten", befielt Felix. „Ich bin tierisch gespannt auf die sexistische Ausgeburt. Und was jetzt?"

Alle wenden sich mit fragenden Augen mir zu und schauen wie gebannt auf mich. „Du, Sara, hast noch gar nichts gesagt. Wie ist der Sachstand beim Baulöwen. Hast du was Neues?"

Mit der Anrede hat mich Felix in Zugzwang gebracht, denn die versammelte Mannschaft hängt an meinen Lippen. Doch anstatt mich über Domen auszulassen, übergebe ich das Wort an Pelzer, denn das ist besser, als selbst über die Schussattacke zu berichten.

Pelzers Bericht über unser gemeinsames Erlebnis vor meiner Haustür klingt neutral, nicht sonderlich fesselnd, trotzdem geht er an die Nieren. In den Augen der meisten Kollegen sehe ich Betroffenheit. Ist die Reaktion dem Attentat angemessen?

Auf keinen Fall. Ich bin richtig angefressen. Die Wirkung war zu zwiespältig. Und zu guter Letzt mosert Felix, was wie ein altersschwacher Kühlschrank klingt: „Na ja, macht bitte nicht zu viel Wind. Es ist ja noch mal gut gegangen. Könnte es sein, dass ihr euch den Kerl einbildet? Wer schießt auf eine Hauptkommissarin?"

Hat Felix ein schlechtes Gewissen, weil wir nicht mehr das sich gegenseitig stützende und beschützende Traumpaar sind?

Ich werde deutlich: „Wer auf mich schießt, fragst du? Na wer wohl? Natürlich ein Freund unseres Chefs. Das ist sonnenklar. Unter anderem kommt dein Idol Domen in die enge Wahl."

„Zügele dich, Sara."

Felix schaut mich bedrohlich an, doch den weise ich in die Schranken: „Ich denke nicht dran. Ich bin Kowalski und Domen unbequem, daran führt kein Weg vorbei. Vielleicht ist der ominöse Mann mit dem Paket ein bestellter Killer?"

„Na, ja", murmelt Felix, aber das Murmeln lasse ich nicht unbeantwortet im Raum stehen: „Doch, doch. Kowalski und Domen haben die Hoffnung aufgegeben, das ich meine Verdächtigungen einstelle. Die sehen in mir Problempotenzial. Deshalb muss ich aufpassen, denn die Ferkel fackeln nicht lange."

„Solltest du, Sara."

Die Bemerkung meines, ich nenne ihn mal Ex-Partner, klang kurz angebunden, nicht nach Besorgnis.

Aber das ist jetzt nun mal so, denke ich. Wer nicht will, der hat, und wer nicht isst, ist satt. Ich habe von Felix sowieso die Nase voll. Ich biedere mich ihm nicht an, noch werde ich ihm in den Hintern kriechen.

Felix hat mich abgehakt und wendet sich der Gruppe zu, dabei bringt das Thema auf Bauers Früchtchen. „Ich habe mit der Witwe gesprochen", erwähnt er. Die tat empört, als ich sie auf den Schlüssel ansprach, der sich im Besitz ihres Nachbarn befindet."

„Das glaube ich", schmunzelt Schneider. „Die Frau hat Haare auf den Zähnen."

„Und stellt euch vor, die sagte kaltschnäuzig: Mein Schlüssel, sein Schlüssel. Woher soll ich wissen, woher Gottwald den Schlüssel hat?"

„Nun ja. Da war an sich nichts Verräterisches dran."

„Daran nicht. Aber auf meine Frage, ob das ihr Mann wusste, gab sie sich eine Blöße.

„Ich war ja meistens alleine. Manchmal braucht man einen Mann im Haus."

„Wie dem auch sei. Was folgerst du daraus?", frage ich den sich auf Top-Niveau bewegenden Schneider, sodass die Quasselstrippe prahlt: „Ich habe Sie hingebogen, denn Sie leugnete nicht mehr, sich auf den Frührentner eingelassen zu haben, aber seit längerem sei ein Anderer ihre erste Wahl."

„Was?" Ich bekomme den Mund vor Staunen nicht mehr zu. „Ein Anderer? Und wer?"

„Der Architekt Morgenrot war ihr Herzbube. Aber sie wüsste nicht, was das mit dem Mord an ihrem Mann zu tun hätte?"

„Scheiße, die Zicke weicht aus."

Es war ein respektabler Fluch meinerseits. „Die hat inzwischen drei Männer unter die Erde gebracht."

„Exakt", strahlt Felix.

„Danach machte ich die Witwe auf das Tatmotiv aufmerksam. Ich wies darauf hin, dass sich eine der Prinzenrollen den Weg an ihren Busen freigekämpft haben könnte, doch das Weib brach in schallendes Gelächter aus. „Besonders der impotente Morgenrot, hat sie gegackert."

„Sie lügt andauernd", erwidert der gute Schneider.

„Das meine ich auch", bestätigt ihn Felix. „Morgenrot ist kein Durchschnittstyp. Der hat's faustdick hinter den Ohren. Aber wurde er wegen der Schickse erschossen? Ist deren Verhältnis das einleuchtendste Motiv?

Gott o Gott, ist das verworren."

Unser Gesprächsleiter versucht sich zu lockern und ergänzt: „Und hinzu kommt, das die Witwe dabei blieb, weder Morgenrot noch ihr Nachbar, genauso wenig Lebewirt, keiner von den Ex-Liebhabern hätte das Lebenslicht ihres Mannes ausgelöscht. Die Kanaille hat Nerven wie Drahtseile."

Felix hustet.

Es hört sich wie dass Rasseln eines Kettenhemdes an, dadurch die Unterbrechung. Und mich quält ebenfalls ein Kratzen im Hals.

Ich spüle den Frosch in der Kehle mit einem Glas Wasser runter und provoziere Felix: „Da die Schlange nichts preisgibt, nehme ich Domen ins Gebet. Ich stelle ihm eine Falle."

„Nein", kontert Felix. „Der Baulöwe ist tabu. Ich und unser Chef, wir wollen es so. Und ich lege mich nicht mit dem zukünftigen Polizeipräsidenten an. Außerdem ist der Männerverschleiß der Witwe unwichtig und hat mit Domen rein gar nichts zu tun."

Ich versuche zu widersprechen: „Das vielleicht nicht, aber....."

Doch Felix macht dicht. „Um noch mal auf deine Falle einzugehen. Käme es raus, wären wir alle erledigt."

„Ach du lieber Gott", fahre ich hoch. „Bei Gottwald, und so weiter, hast du kräftig mitgeflunkert."

„Ich flunkere nie", rechtfertigt sich Felix, dann grunzt er verhalten: „Nun ja, wie man's nimmt. Der anonyme Anrufer aus der Nachbarschaft hat mich angestiftet. Ansonsten müssen die Mordfälle vom Tisch. Sie gefährden nicht nur Kowalskis Werdegang. Und die Presse tut das Ihrige hinzu. Die lässt kein gutes Haar an uns."

„Herrje", poltere ich. „Domen gehört das Handwerk gelegt, und dem Abgeordneten Gossen. Beide gehören zu den Sexterroristen, das ist klar. Ich betrachte es als Werk der Einflussreichen, dass man Lisa Färber umgebracht hat."

„Einspruch, Sara."

„Lass mich ausreden", ignoriere ich Felix. „Dein Domen hat die Macht und die Klunker, wie der dümmste Bauer die dicksten Kartoffeln. Der denkt, er kann sich alles erlauben. Aber der Lackaffe hat sich verrechnet."

„Einspruch", brummt Felix abermals. „Das Thema Do-men ist durch. Er ist ein Ehrenmann. Bist du etwa neidisch?"

„Was? Ich?"

Ich lache höhnisch. „Niemals auf einen Mann mit Lederslippern der Marke Gucci."

„Dann akzeptiere, dass er der Betrogene ist. Dem ist nur seine Villa geblieben, doch die ist ein paar schlappe Milliönchen wert, aber die ist mit einer Hypothek belastet."

„Ach Gott, plötzlich ist Domen ein armer Mann", spotte ich. „Immerzu lenkst du ab, belaste ich den Bauunternehmer."

„Den tastest du nicht an", entmachtet mich Felix.

Rigoros hat Felix seine ihm zugesprochene Macht demonstriert, dennoch bekommt meine Aussage Pfiff, weil ich kombiniere: „Besonders mit dem Baulöwen machen die drei Morde Sinn. Der vereint Mord und Totschlag, und zwar wegen der Auswüchse im Sex-Bereich und des Schmiergeldes.

Doch nicht genug damit, nehme ich den Oberkommissar aufs Korn. „Und Kowalski könnte in die Intrige eingeweiht sein. Bei ihm laufen die Fäden zusammen."

Ich trinke einen weiteren Schluck Wasser aus dem Glas, dann beende ich mein Referat: „Bekannt ist, dass sich Kowalski eher selbst umbringt, als Domen an die Karre zu pinkeln. Der Baulöwe ist der Garant für seine bevorstehende Beförderung. Ist Domen als Mörder so absurd?"

Das war ein herzerfrischender Beitrag, aber warum stellt sich Felix so penetrant vor Domen? Was verfolgt er damit für ein Ziel? Oder präsentiert sich der stolze Herzensbrecher plötzlich als Memme.

Ich verstehe Felix nicht, entsprechend hartnäckig kritisiere ich ihn: „Und du bist uneinsichtig. Für mich bleibt es dabei, Domen ist mein Mann, egal was du sagst. Mit deinem Einverständnis locke ich ihn in einen Hinterhalt, den er nicht vermutet."

„Nein, Sara!" Und wieder war's der Befehlston eines Admirals. „Machst du das, kündige ich unsere Zusammenarbeit auf. Die Ergebnisse deiner Hinterhalte kenne ich. Ich sage nur Gottwald."

„Okay", gebe ich klein bei. „Da bleibt mir wohl nur übrig, ja und amen zu sagen. Aber ich lasse mir schon was einfallen. Was wissen wir übrigens über Gossen? Gibt es zum Landtagsfreak Neuigkeiten?"

„Wie denn?" Schneider hat die ganze Zeit nur zugehört, aber jetzt ist er empört. „Sie haben tagelang keinen Fortschritt vermerkt und ich soll innerhalb von Stunden dessen Umtriebe auftischen."

„Entschuldigen Sie, Herr Schneider."

Da er neben mir sitzt, klopfe ich ihm aufmunternd auf die Schulter, dann kehre ich zum Baulöwen zurück.

„Meine Freundin Claudia hat Domens Villa vom Fenster im Blick. Nach deren Originalton hat sich Kowalski beim Domen zum Klinkenputzer entwickelt. Deren Treffen ähneln Kneipenbesuchen. Und der Wachhund ist immer anwesend."

Das von mir erwartete „Hallo" bleibt aus, trotzdem hat mein Einwand Aufklärungscharakter, doch ich werde enttäuscht. Stattdessen versucht mich Felix einzulullen: „Das sind Freundschaftsbesuche. Die bedeuten nichts."

„So oft", protestiere ich, worauf Felix mit Gleichgültigkeit reagiert: „Warum nicht?"

„Hör auf, du Tölpel." Ich fühle mich unverstanden und schimpfe: Sonst bist du nicht so gutgläubig. Auch wir sind Freunde und sehen uns nur beruflich."

„Das sollten wir schleunigst ändern."

War das Ändern meinem Partner rausgerutscht, oder steckt mehr dahinter? Er lächelt mich mit lustgeschwängerten Phantasien an, trotz der Anwesenheit der Kollegen Pelzer und Schneider, doch ich beachte ihn nicht. Just in dem Moment erinnere ich mich an Tanja Görings Äußerung, die behauptet hatte, im Präsidium gäbe es einen Maulwurf.

Also stehe ich bedächtig auf, dann nehme ich mit gefalteten Händen die Predigerhaltung ein: „So, Leute, jetzt wird es bitterernst."

Ich schaue kritisch in die Runde, denn mir ist nicht wohl bei der Sache. „Meine Informationen besagen, es soll unter uns einen Maulwurf geben. Wer das ist, werdet Ihr fragen? Leider konnte ich zur Person nichts in Er-fahrung bringen."

„Na höre mal. Wer behauptet das?"

Felix ist entsetzt.

„Tanja Göring", werfe ich in den Raum und breche meine Diskretion. „Aber das bleibt geheim. Das Mädel lebt in panischer Angst."

Pelzer räuspert sich und erklärt: „Ich kann mir das beim besten Willen nicht vorstellen. Ein Maulwurf hier im Präsidium? Manche Indiskretion hätte ich höchstens Becker zugetraut, aber der ist weg."

Ich blicke Schneider an. „Und was sagen Sie, Herr Schneider?"

Er schweigt.

War's pure Absicht, dass Schneider in unsere Abteilung eingeschleust wurde? Ich denke über ihn nach: Schneider wäre der perfekte Informant. Keiner weiß was über ihn. Er ist für uns ein unbeschriebenes Blatt. Oder ist Kowalski mit seinem Bruderschaftsgehabe zu Domen und Gossen der Maulwurf? Sei's wie es ist, die Arbeit muss weitergehen.

Trotzdem frage ich noch einmal in die Runde: „Und die anderen?"

„Da sich niemand meldet, gehe ich davon aus, dass alle Anwesenden sauber sind, daher erwarte ich kein Ge-ständnis."

So, das muss reichen, denke ich. Ich will die Irritationen nicht auf die Spitze treiben. Mit dem Ziel setze ich die Unterhaltung über die Treffen in der Villa des Baulöwen wieder in Gang, dabei erinnere ich mich an die Todesgefahr, in der ich mich befinde.

Diese Gefahr förmlich riechend, sage ich schwülstig: „Ich denke, Domen und Kowalski beratschlagen das Wie meines Todes. Was meint Ihr? Soll ich eine kugelsichere Weste anlegen?"

Die Pause ist beklemmend, sodass Schneider ratlos zu mir rüberblickt, wobei ich mich frage: Ist er in wissensrelevante Abläufe eingeweiht?

Anscheinend ist Schneider ein ehrlicher Polizist, denn er lächelt, als er mich fragt: „Hat Domen bemerkt, dass deine Claudia den Luchs spielt?"

Oho, Herr Schneider. Er hat meine Gehirnstränge überrascht. Seit wann duzen wir uns? Ich kann mich nicht daran erinnern, ihm das Du angeboten zu haben. Dennoch klingt meine Antwort nichtssagend: „Claudia hat erwähnt, der Präsident mimt den Ahnungslosen. Und sein Kleiderschrank ist kein Einstein, doch der ahnt, was sie macht."

„Dann soll sie sich warm anziehen, und du auch, Sara", sagt Schneider und duzt mich weiter.

Mir der Loyalität der Mitarbeiter nicht sicher sein zu können, das überfordert mich. Meine Augen funkeln und ich schimpfe in katastrophaler Phonzahl, wie die beim Stehlen erwischte Elster: „Heilige Jungfrau Maria! Im Anwesen Domens brodelt die Unheilssoße. An dessen Schärfe soll ich mir die Zunge verbrühen."

„Ach Gott, haue nicht so wild auf den Putz."

Das war Felix, der verlegen an den Fingernägeln gekaut hatte, doch nun spottet er: „Einbildung ist auch eine Bildung. Mensch, Sara, du bist hysterisch. Domen und Kowalski als Mordkomplott. Da lachen ja die Hühner."

„Ja, Felix, lach du ruhig", erwidere ich aufgebracht. „Edelmänner sind die nicht."

Ich weiß ja selbst, dass mein Komplott hypothetisch klingt. Irgendwie unrealistisch, mit nichts zu belegen.

Aber die Macke hat sich in mir eingenistet und versetzt mich in Furcht. Ich zünde mir mit Zittern und Zagen einen Sargnagel an, was ich nur tue, wenn ich hypernervös bin. Ein paar Glimmstängel habe ich für solche Fälle in der Schublade.

Und mit dem Stängel im Mundwinkel, spekuliere ich wortreich: „Lasse ich Lisa außer acht, ist der Baulöwe die Idealbesetzung für das Ausschalten Bauers und Morgenrots. Die Schlaumeier haben ihn übertölpelt. Das Erschießen traue ich ihm daher zu, aber mit dem Erwürgen habe ich so mein Problem?"

„Und noch was, Sara", lässt sich Pelzer vernehmen. „Ich habe zufällig auf den Parkplatz des Polizeipräsidiums hinausgeschaut. Und nun rate mal, wen ich gesehen habe?"

Mein Kopf schießt überrascht in die Höhe, und ich werde rappelig vor Neugierde. „Na wen? Raus damit. War's Lebewirt? Die Witwe Bauer?"

„Ach wo", antwortet Pelzer. „Gentleman Gossen hatte es mächtig eilig und versuchte unerkannt zu bleiben, mit seinem Hut mit breiter Krempe ganz tief ins Gesicht ge-drückt. Was macht der Landtagsabgeordnete bei der Kripo?"

Mit Klärungsbedarf wende ich mich Schneider zu, doch der schaut uninteressiert. So spreche ich meine Vermutung offen aus: „Der war bei Kowalski."

Woraufhin auch Pelzer mit seinen Vermutungen nicht unter der Decke bleibt: „Was kungeln die aus? Etwa die Wahl zum Polizeipräsidenten? Oder beratschlagen sie, was aus dir wird?"

Ich sehe betreten zu Boden und nehme mir Zeit, doch auch dadurch kann ich mir keinen Reim drauf machen. Aber das Gespräch muss weitergehen, daher lasse ich durchblicken: „Ob Gossen weiß, dass ich ihn über einen Sachbearbeiter unter die Lupe nahm? Das würde seine

Kontaktaufnahme zur Kripo erklären. Wahrscheinlich will er rauskriegen, ob mich Oberkommissar Kowalski in die Spur bekommt?"

„O je", stöhnt der mir immer netter vorkommende Pelzer. „Die Hetzjagd auf dich ist in vollem Gange."

Und ich unterstütze sein Stöhnen: „O ja, das ist sie. Aber wer bläst zum *Halali*?"

Und da mir Felix die kalte Schulter zeigt und zu meiner beklemmenden Situation schweigt, bewege ich mich am Rand eines Nervenkollapses.

17

Es ist neun Uhr abends.

Nachdem ich am Eingang hinter dem Haus geklingelt habe, warte ich als Zielscheibe vor Claudias Haustür, dabei bestaune ich bei schummrigem Licht den Garten. Der und der schmale Weg werden durch eine schwache Funzel an der Hauswand erhellt. Ein Schatten mit der Statur des Preisboxers gleitet um die Ecke.

Wer ist das?

Dicht an die Haustür gepresst, stelle ich das Atmen ein.

Die Gestalt nähert sich... .

Ich reagiere innerlich leicht panisch. Legt mir die unbekannte Person eine Schlinge um den Hals? Sticht sie mich ab?

Da ich privat unbewaffnet bin, nervt mich der Soundtrack zum Film: Spiel mir das Lied vom Tod.

Als sich die Hülle des Killers bis auf einen Meter genähert hat, hüpfe ich auf den Weg und schlage brutal auf ihn ein.... .

O nein... .

Das ist doch.... ?

„Bist du verrückt!", flucht die Stimme der eher kleinwüchsigen Gestalt, die gehört meinem Kollegen Pelzer.

„Entschuldige", murmle ich erleichtert. „Im Düsteren gleicht sogar die Maus einem Elefanten. Was machst du hier?"

Dieter Pelzer legt seine Abwehrhaltung ab. „Ich mache mir Sorgen um dich."

Dann fragt er mich mit der gebotenen Einfühlsamkeit in der Stimme: „Immer noch Angst? Du siehst kaputt aus. Schlaucht dich das Wissen um einen Anschlag so sehr?"

Und obwohl es das tut, wiegele ich lächelnd ab: „Halb so wild, aber angenehme Tage stelle ich mir anders vor. Ich sehe in jedem Herumtreiber einen Killer."

Pelzer durchschaut mein Angstgeflecht.

„Lass dich ins Zeugenschutzprogramm aufnehmen", rät er mir mit ernstgemeintem Augenaufschlag. „Für Verfolgte wie dich wurde es eingerichtet."

„Meinst du mich?"

Pelzer hat sie nicht alle.

„Ich bin Polizistin und bearbeite Mordfälle."

Als Claudia uns die Tür geöffnet hat, nehme ich Pelzer mit in ihre Wohnung. In der schiebt uns meine Freundin in die Küche.

„Portwein habe ich nicht im Haus, dafür mehrere Flaschen Frascati im Keller", erklärt sie in ihrer liebenswürdigen Art. „Einen guten Tropfen werdet ihr sicher nicht verschmähen."

In Gedanken bei dem Vorhaben, mich stilvoll zu besaufen, hauche ich Zustimmung: „Oh ja. Damit spüle ich meine Furcht vor einem Attentat hinunter."

Der Anfang für den trinkfreudigen Abend ist gemacht, mit dem Kollegen Pelzer als Positivfaktor. Je mehr Wein wir trinken, um so besser gefällt mir seine Anwesenheit. Pelzers aufmerksame Art verbindet uns. Ich bin zwar nicht verknallt in ihn, aber ich fühle mich bei ihm behütet. Wir sind quasi Verbündete, zum einen im Job, zum anderen in der Liebe zum Frascati.

Claudia holt drei weitere Flaschen des Rebensaftes und entkorkt sie, dann trinken wir das Zeug wie Wasser. Ich kuschele mich auf der Eckbank an Pelzer, wobei unser Schmusen die wohlige Nähe erzeugt.

„Prost", gurre ich und verdrehe verführerisch die Augen, dann gebe ich ihm einen leidenschaftlichen Klaps. „Warum wird mir erst jetzt bewusst, wie gut mir deine Nähe bekommt?"

„Bisher hattest du nie Augen für mich", seufzt Pelzer.

Die Gläser klirren beim Anstoßen.

„Mensch, du zuckersüße Maus", sabbelt er. „Das du in meinen Armen liegst, verwirrt mich."

„Schön für mich, du Draufgänger."

Wir legen uns mächtig ins Zeug und trinken Glas auf Glas. Vier Flaschen sind keine Kleinigkeit. Doch die putzen wir schonungslos weg. Die Angst ist chancenlos gegen Pelzers Albernheiten. Wie gut wir uns verstehen bestimmt den Schabernack.

Pelzer betet mich an: „Gelobt seien die Früchte deines Leibes", was nur einem Besoffenen einfallen kann.

Weit nach Mitternacht gedenke ich aufzubrechen. Shit. Ich schwanke bedenklich beim Aufstehen, dazu verhindert es Claudia, reich an Gesten.

„Du bist unverbesserlich", schimpft sie. „In dem Zustand gehst du nicht als Zielscheibe durch Aachen. Ihr schlaft bei mir."

„Wir sind granatenvoll", labere ich, doch Claudia wird bestimmend: „Sei kein Idiot und nimm mein Angebot an."

Längst habe ich den ominösen Punkt überschritten, an dem ich mich zurückhalten kann. Ich genieße die wiedergewonnene Freiheit mit vollen Zügen. Weiß ich noch, welchen Gaul ich reite?

Wohl kaum, denn meine Irrealität schiebe ich auf den besoffenen Kopf. Ich habe Felix ausgeblendet und gebe mich draufgängerisch. „Um Himmelswillen", schäkere ich und grinse Pelzer an. „Du holst dir einen Dampfkessel ins Bett."

„Und ich bin ein reißender Wolf", ulkt der Kollege.

Die Atmosphäre ist angenehm aufgeheizt, also sträube ich mich nicht gegen die Liebesnacht. Felix wird's nichts ausmachen.

Mit derlei Hintergedanken willige ich ein: „Okay, Claudia, wir bleiben. In welchem Bett dürfen wir's treiben?"

„In welchem?"

Meine Freundin lacht.

„Ich besitze nur das französische Bett."

Claudia verzieht sich auf ein Sofa im Wohnzimmer, während es zwischen Pelzer und mir vor Erotik knistert. Der fährt mir mit den Händen durchs Haar und flachst: „Du siehst reizend aus mit den zerzausten Haaren. So romantisch und doch wild und ungezügelt. Du ähnelst der, wie heißt sie noch gleich?"

Ich verfrachte Pelzer auf die Bettkante. Von der beobachtet er, wie ich mich wie die Schlangen enthäute. Die Jeanshose fällt, auch mein weit ausgeschnittener Pulli, worunter ich aparte Reize verstecke. Ich entledige mich des Unterhemdchens und spiele aufreizend mit den Rändern des Höschens. Dann tasten sich meine warmen Hände unter den Gummizug. Und den Fetzen Stoff gelüftet, schiebe ich ihn über meinen Wattebausch abwärts.

Kichernd stehe ich nackt vor Pelzer.

„Zieh dich aus", befehle ich. „Befriedige deine Latte in der Hose."

Ich bin schlank, meilenweit entfernt von rubens'scher Fülle. Meine geilen Titten ragen wie Eiszapfen aus meiner knackigen Figur. In Trance entledigt sich Pelzer seiner Klamotten, dabei spüre ich einen Schweißfilm zwischen seinen Schultern. Dann nicken wir uns voller Zustimmend zu und schlüpfen ins Bett.

Meine Hände erfühlen sich den Weg über seinen Nacken abwärts bis zur Taille. An den Hüften legen sie eine Rast ein. Dann tasten sich meine Finger bis zu der Stelle, an der sie Halt finden, genau dort, wo seine Haut erblüht.

Pelzer flüstert enthemmt: „Lass mich spüren, dass du mich brauchst."

Er befördert mich in einen Rausch der Sinne. Unsere Leiber winden sich im Einklang der Begierde.

„Verwöhne mich", seufze ich ekstatisch. „O ja, so ist es schön. Viel zu lange hatte ich keinen Mann im Bett."

*

Ich höre die Kirchturmuhr schlagen. Eins.., zwei... Was, neun mal?

Hastig katapultiere ich mich aus dem Liebesnest, dabei küsst mich Pelzer auf die Stirn. Knappe drei Stunden haben wir geschlafen und mir ist mulmig.

Ich mache mir die Zähne frisch und dusche, dann scheuche ich den Kollegen aus dem Bett: „Steh auf. Die Pflicht ruft."

Auf dem Weg ins Präsidium beschäftigt mich der Liebesakt. Ich hatte von sexuellen Eskapaden geträumt, natürlich nicht mit Pelzer. Den hatte ich mir schöngesoffen, sonst wäre der Ausrutscher nicht passiert. Hoffentlich erwartet er sich nicht zu viel davon?

Die Feuersbrunst, die uns überrollt hatte, war schön, aber das darf Felix nie erfahren, obwohl der Macho selbst fremdgeht. Wehe, eine Frau tut es ihm gleich. Für ihn ist das indiskutabel. Nicht umsonst hat er ein Heimchen am Herd geheiratet. Aber warum mache ich mir seinetwegen Gedanken? Felix ist Vergangenheit.

Pelzer und ich fahren getrennt ins Präsidium, jeder mit seinem Wagen. Unterwegs halte ich mit dem Panda an einem Kiosk, an dem kaufe ich trotz meines Abbos die Tageszeitung.

Hol mich der Teufel. Bin ich total bekloppt? Durch Morgenrots Tod hat Reuter den Mord an Günther Bauer hochgespült. Der Rasputin stellt mit Boshaftigkeit die aufgewärmte, vor allem aber spekulative Frage auf der Kommunalseite: *Schläft die Kripo?*

Der Artikel beginnt harmlos, dann fällt der Redakteur beleidigender über mich, meine Kollegen und unsere Arbeit her. Er läßt jegliches Augenmaß und Toleranz vermissen, denn unter der Überschrift steht: *Zwei angesehene Bürger Aachens mußten sterben. Aber wo bleibt die heißersehnte Spur zum Mörder?*

Er ergeht sich in Allgemeinplätzen und Plattitüden, denn in einem hammerharten Hetzartikel heißt es: *Wann schreitet Oberkommissar Kowalski ein? Machte die Hauptkommissarin Sara Sonntag eklatante Fehler bei den Ermittlungen? Vernachlässigte sie gar die Spurensuche?*

Der Aasgeier bezichtigt mich der Unfähigkeit, weil er schreibt: *Drei unterschiedliche Morde. Das Erwürgen Lisa Färbers und Günther Bauers, und nun der Todesschuss auf Olaf Morgenrot, aber was hören wir von der Mordkommission? Rein gar nichts. Die Kommissarin hat den Beruf verfehlt.*

Und noch auf der selben Seite geschieht das Unfassbare. Reuter lässt den zum Verdächtigenkreis zählenden Gossen in einem Interviewbeitrag zu Wort kommen.

Mit faschistoiden Angriffen fordert der profilsüchtige Abgeordnete den Kopf Hamadis, indem er die öffentliche Meinung zu stimulieren versucht. *Die Indizienkette gegen den Syrer reicht für die Mordanklage. Politisch vertraten Bauer und Morgenrot den Rechtsstaat, deshalb waren sie dem Syrer im Weg, sie aber zu ermorden war Terrorismus. Aber im besagten Rechtsstaat muss die Polizei in die Lage sein, einen Mörder der gerechten Strafe zuzuführen.*

Mein Gott, was für ein Sprücheklopfer. Nichts als bekloppter Kalauer, denke ich angesäuert. Parteigefärbte Stimmungsmache ohne Hintergrund. Mit nichts zu hinterlegen. Ja, dermaßen schmutzig ist die Politik. Lenkt der Abgeordnete bewusst von eigenen Verquickungen zu den Mordfällen ab?

Die Legastheniker des rechtslastigen Mobs geben sich in Leserbriefen zu erkennen. Der dreckige Flüchtling gehört auf den elektrischen Stuhl, oder aufgeknüpft, schreiben stadtbekannte NPD-Mitglieder. Sie liegen mit der Forderung nach der Todesstrafe auf der Linie des Abgeordneten.

Auch für den Presseheini Reuter bleibt Hamadi der wichtigste Mosaikstein im Mordskandal. Das schwere

Teil des Puzzles, dass allerhand abverlangt. Es ist eine miserable Ausgangsposition für den nach dem Posten des Polizeipräsidenten hechelnden Oberkommissar.

Zumindest jedem, der in vernünftigen Bahnen denkt, fällt auf, dass Hassan Hamadi das Objekt skrupelloser Spekulanten ist. Doch die Wahrheit will dem Griffelschwinger Reuter nicht unter die Gehirnrinde. Was verbindet ihn mit dem Abgeordneten? Haben sie gemeinsame Interessen?

Das ist zu vermuten. Anscheinend haben sie das gleiche Parteibuch. Hoffentlich hat mein rechtslastiger Kollege Felix die Kurve gekriegt?

Ich nehme die Pressehetze verkniffen zur Kenntnis und frage mich: Wie lange hält sich der Oberkommissar in seiner Position, trotz der prekären Lage? Ist er überhaupt daran interessiert, den wahren Mörder an die Gerichtsbarkeit auszuliefern, wie man's von einem Bullen erwartet? Aber, und das ist viel wichtiger, was blüht mir, liegt der Killer mit einem Gewehr mit Zielfernrohr auf der Lauer? In Kriminalromanen wird der in Auftrag gegebene Mord mit einem Schuss ins Herz oder in die Stirn erledigt. Droht mir ähnliches Ungemach?

Jawohl, der Kandidat hat hundert Punkte. In düsteren Gedanken wälze ich mich nach einem Blattschuss am Boden. Blut spritzt aus der klaffenden Wunde. Drohe ich zu verbluten?

18

Es gibt nichts Gutes, außer man tut es, schrieb Erich Kästner, worin ich ihm Recht gebe. Ich schwebe zwar in Lebensgefahr, trotz allem werde ich das Gute herausfor-dern und meine Aufklärungsversuche zügig vorantreiben. Unglücklicherweise treten die auf der Stelle.

Hinter Gossen und Domen stehen dicke Fragezeichen, aber wer von den Mordaspiranten will mich auf den Friedhof verfrachten? Wer dreht an der Spirale des Todes? Wer lädt zum Leichenschmaus?

Während einer weiteren konspirativen Sitzung wirft Felix mir vor: „Du denkst an nichts anderes, als an deine Sicherheit."

Ich fasse mir an die Stirn, denn die Äußerung hat die Wirkung eines Genickschusses und kitzelt meinen Protest hervor: „Sag's doch offen raus. Du meinst also, ich drehe nur Däumchen?"

„Mensch, Sara. Sei nicht gleich eingeschnappt", antwortet Felix, woraufhin ich frage: „Pelzer hat das Gemauschel zwischen Kowalski und Gossen beobachtet. Was denkst du darüber? Für mich geht's über die Routinearbeit des Oberkommissars hinaus."

Ich erwähne den abwesenden Schneider: „Und worin unterscheiden sich Schneider und Becker? Könnte Kollege Schneider der Maulwurf sein?"

„Hochgepuscht wird der", antwortet Felix, „doch klug ist er. Er befleißigt sich der Rhetorik eines Intellektuellen. Die Zentralstelle in Köln hat ihn unserer Abteilung zukommandiert und zwar als Dienstanweisung mit dem Gütestempel der Landesregierung."

Ich erstarre in meinem Erstaunen.

„Du meinst, Schneiders Abkommandieren wurde von ganz oben veranlasst? Und das ohne Kowalskis Wissen? Dahinter könnte der Abgeordnete stecken."

„So ist es", stimmt mir Felix in der Sache zu. „Ich verhalte mich zu Schneider korrekt. Von mir erfährt er die notwendigen Details, also das, was er wissen will."

„Dann ist Schneider der Maulwurf und Gossen weiß unseren Ermittlungsstand", bemühe ich meine kriminalistische Logik. „Er kennt unsere Arbeitsschritte."

„Wird Gossen von Schneider informiert, dann ja."

Gedanklich durchleuchte ich die Machtbefugnis des Abgeordneten. Zu dem Thema sage ich zu Felix: „Gossen ähnelt einer Gleichung mit mehreren Unbekannten. Welche Rolle hat er Schneider im Ermittlungszentrum der Mordkommission zuerkannt, und mit welcher Zielsetzung? Woher nehme ich das kriminalistische Gespür, um einem Mann von der Couleur des Abgeordneten in einen Geständigen zu verwandeln?

Nach dem inneren Tauziehen mit dem Abgeordneten beherrscht der Baulöwe meine gedanklichen Untiefen, prompt verfinstert sich mein Gesicht.

„Die Muskelspiele des Präsidenten nehmen Formen an", wende ich mich kritisch an Felix. „Der Halsabschneider rückt, wegen seiner Nichtberücksichtigung bei der Grundstücksbebauungsvergabe, immer mehr in den Mittelpunkt."

Doch Felix will das nicht hören, so tut er brüskiert: „Quatsch nicht dumm. Domen steht nur für dich im Mit-telpunkt."

Sein Einwand kam wie aus der Pistole geschossen, weshalb ich ergänze: „Und du bist geistig beschränkt, sonst würdest du aus Domen keinen Heiligen machen. Und das Todesurteil gegen mich solltest du ernster nehmen."

Und kaum ist das Ernstnehmen verklungen, betritt Kowalski unser Dienstzimmer. Der grüßt kurz, dann macht er eine überholte Rechnung auf: „Für mich ist der Fall abgeschlossen", quakt er wie ein Laubfrosch.

Danach posaunt er als Befehl heraus: „Lebewirt ist der Mörder. Servieren Sie ihn mir auf dem Präsentierteller. Marsch, Herr Freitag. Machen Sie hin. Ein bisschen Mehraufwand kann ich ja wohl erwarten."

Was ist das nun wieder? Weshalb geht Kowalski auf Lebewirt los? Ich poltere ungehemmt: „Bedaure, Herr Oberkommissar. Ich kann Ihnen nicht folgen. Was stört Sie an dem mittelmäßigen Ganoven? Der war's nicht."

„Er ist ein Mörder", schneidet mir Kowalski das Wort ab. „Nach meiner Überprüfung der Motive macht Lebewirt bei Lisa Färber, bei Olaf Morgenrot und Günther Bauer eine schlechte Figur."

„Mein Gott. Woher nehmen Sie den Murks?"

Der Oberkommissar hebt den Zeigefinger und droht mir, was mich sprachlos macht.

Dann schwafelt er ganz offen über seine Wünsche: „Das mit Lebewirts Verhaftung ist kein Quatsch. Ich bin Ihnen eben Schritte voraus. Dalli, dalli, ich erwarte Vollzug. Sie haben sich in allen drei Fällen nicht mit Ruhm bekleckert."

Der Bomber dreht sich um und stakst böse vor sich hin murmelnd hinaus, somit entgehen ihm die verblüfften Blicke all derer, die an den Mordfällen arbeiten.

Die Tür ist ins Schloss gefallen. Da erst schimpfe ich, aber vorsichtig und ziemlich verhalten, als könnte mich Kowalski hören. „Der Kerl macht mich rasend. Sein Auftritt war unnötig wie ein Kropf."

Danach versinke ich in düstere Gedanken: Wie nur konnte Kowalski auf den Blödsinn hereinfallen, dass Lebewirt die Verkaufskraft, den Architekten und Bauer in den Himmel, beziehungsweise die Hölle, befördert hat? War's so, dann stünde Lebewirt mit dem Teufel im Bunde.

Ja, ja, die Früchte für Erfolg hängen für mich als Kommissarin oft hoch. Zu hoch?

Nichtsdestotrotz wird mir immer klarer: Kowalskis Problematik steckt in dem Abhängigkeitsverhältnis, unbedingt liefern zu müssen. Sein Beförderungswunsch ist eklatant. Da passt es ins Bild, dass er sich über seine Beziehung zu Gossen Verschwiegenheit auferlegt hat.

*

Der Mordbube sitzt mit seinem Vertrauten zusammen. Drehen beide jetzt entgültig durch? Machen sie dem Ruf alle Ehre, zum letzten Abschaum zu gehören? Ganz allgemein bescheinigt man einem Mörder ein brutales Ego. Und ähnlich stellt sich der Mord an Günther Bauer auch dar, denn mit dem abartigen Hergang unterstreicht der Mordbube seine immense Grausamkeit.

Der Mörder erklärte seinem Vertrauten mit Mordlust in den Augen: „Über einen zuverlässigen Mittelsmann habe ich mir ein hervorragendes Kleinkalibergewehr besorgt, eins mit Zielfernrohr. Das Ding, mit dem ich den Architekten abgeknallt habe, taugte nichts."

„Morgenrot zu erschießen war bekloppt", kanzelt der Vertraute den Todesschützen ab. „Wie bei Bauer hatte ich an einen Denkzettel gedacht."

„Unsinn, ein Denkzettel. So wie dich die Säue behandelt haben, hatten sie den Tod verdient. Aber diese Lisa habe ich nicht abgemurkst", verteidigt sich der Mordbube. „Ich war auch nah dran, die Kommissarin zu liquidieren, doch die war in Begleitung. Aber nächstes Mal liegt sie im Dreck."

„Schmier dir das nächste Mal aufs Brot", quakt der Vertraute.

Er versetzt dem Mordlüsternen einen Stoß. „Zuerst will ich, dass du die Bullentussi fürs nächste Sexgelage ins Immobilienbüro schaffst."

„Die Kommissarin? Spinnst du?"

„Natürlich die Kommissarin. Aber von wem hast du die Knarre? Von einem Seelenverkäufer oder gar aus dem Rotlicht-Milieu?"

„Keine Angst", beruhigt der Mörder. „Die Quelle ist wasserdicht. Mit dem Schießprügel schieße ich dir einen Cent aus einhundert Metern aus der Hand. Ich habe ihn ausprobiert und für gut befunden."

„Herrgott noch mal, ich fasse es nicht."

Der Vertraute fuchtelt mit den Armen und meckert: „Du Miniatur Bogart ballerst wie irre in der Gegend rum? Mein Gott, wir befinden uns nicht auf dem Balkan, noch im Westjordanland. Geh gleich zur Kripo und stell dich."

„Nun beruhige dich", stottert der Mörder. „Du strotzt ja mal wieder vor Humorlosigkeit. Für wann soll ich die Schickse vorladen? Erledigen kann ich sie anschließend immer noch."

„Wann, ja wann", grübelt der Vertraute. „Und ob und wann du sie erledigst, das bestimme ich."

„Lass mich doch." Der Mordbube spielt den Beleidigten. „Das Weib reizt mich eben. Habt ihr sie richtig rangenommen, dann ist sie mit dem Leben fertig und so gut wie wehrlos."

„Und das gefällt dir? Großer Gott, bist du pervers. Ich weiß ja, du hast was gegen Frauen. Aber der Knackarsch ist Polizistin, die legt man nicht so einfach um."

„Ich schon."

Der Mörder reibt sich die Hände. „Also sag mir Bescheid, wann ich die Kanaille abholen soll."

Der Vertraute überlegt.

Dann wird er patzig: „Ich denke, das Spektakel geht am morgigen Abend über die Bühne. Bis dahin habe ich die Ferkelchen zusammengetrommelt, und dann macht die Bullentussi die Beine breit."

„Teuflisch, teuflisch."

„Bereite alles vor, danach erledigst du sie, denn die sitzt mir zu gefährlich im Nacken. Machst du's gut, bekommt ihr Tod den anderen Touch."

„Was meinst du mit anderen Touch?"

Der Mordbube macht große Augen.

„Du lancierst den Mord in die braune Ecke", erklärt der Vertraute, von seinem Plan überzeugt.

Der Mörder rätselt, dabei hat er sich die Hände an die Stirn gelegt, doch dann sticht ihn der Hafer. „Und du meinst, die Bullen trauen den Mord an der Schnecke einem Nazi zu?"

„Na klar, weil er zu den Nazis passt", blafft der Vertraute. „Ist das so schwer zu verstehen? Du stellst den Tod als Racheakt hin. Bekennerbrief und so."

„Oh, das ist gut. Aber nur wegen ihrem Engagement in Sachen Stadionverbot soll ich sie umlegen? Das reicht nicht."

„Kein Problem. Die dumme Tusse hat sich auch anderweitig mit Nazis angelegt, daher passt der Mord auf die rechtsradikale Schiene", beschwört der Vertraute den Mörder. „Mach dir keine unnötigen Gedanken und niete den hübschen Feger um, das reicht. Aber wenn möglich vor deren Haus der Kommissarin und nicht vor dem Immobilienbüro."

Der Mörder denkt nach, dabei nuschelte er: „Okay, das verstehe ich. Ich knalle sie also vor ihrem Hauseingang ab. Da kenne ich mich inzwischen aus. Alles klar?"

Der Vertraute nickt.

„Nur einen mustergültigen Schuß, dann sonnen wir uns in deiner Ferkelei."

„Geil."

Das Grinsen des Mordbuben hat das Urgewaltige. Er erhebt sich, zieht sich die Jacke über und stapft zur Tür. Zuvor mault er: „Schnappen mich die Bullen, dann werden sie mich lynchen."

Doch der Vertraute beruhigt ihn: „Du wirst nicht geschnappt. Das verspreche ich dir. Aber nimm die alte Knarre, denn ein Zusammenhang mit Morgenrots Tod wird dadurch wahrscheinlich. Todsicher denken dann die Bullen, das einer der Nazis den Architekten und die Sonntag abgeknallt hat."

„Alle Achtung. Du Teufel denkst wahrlich an alles."

Der Mörder atmet tief aus. „Okay, ich nehme das alte Drecksding. Und habe ich die Tante zum Durchbumsen abgeliefert, lege ich mich vor ihrer Wohnung auf die Lauer. Und dann bum, aus und vorbei. Bullen rücken wieder nach."

*

Mit den Gefühlen verhält es sich wie mit dem lieben Gott. Weder auf das Gefühl, noch auf den Herrgott kann man sich verlassen. Gefühle kommen und gehen. Auch meine?

Genauso ist es, denn es ist wieder zum Beischlaf mit Felix gekommen. Ohne nachzudenken habe ich gegen alle Regeln der Vernunft verstoßen, und mich ihm willenlos hingegeben. Bin ich ihm hörig? Felix hatte mich auf Knien angefleht, da wurde ich schwach und habe ihn in der Mittagspause mit zu mir genommen. Und es war toll. Der Liebestolle war wie eine Kampfdrohne in mich eingedrungen. Er kann furchtbar geil sein. Bei

Sexualpraktiken stehe ich auf Machotypen, obwohl mir deren Nachteile bewusst sind.

Ein schlechtes Gewissen habe ich allerdings. Und das wegen Pelzer. Die Nacht mit ihm hätte ich vermeiden müssen, denn der schaut mich nach der Liebelei im Suff mit schmachtenden Augen. Doch ich gehe ihm aus verständlichen Gründen kein Futter und mache einen Bogen um ihn.

Es ist neunzehn Uhr. Es klingelt an meiner Wohnungstür. Ich wollte mich gerade etwas ausruhen, stattdessen trotte ich zur Tür, die ich schläfrig öffne. Ein kräftiger Mann drückt mich mit sanfter Gewalt in meine Diele zurück.

„Keinen Laut, Frau Kommissarin", schnarrt der Eindringling. „Befolgen sie meine Befehle, dann passiert Ihnen nichts. Erinnern Sie sich an die Einladung?"

Sakrament, zuckt es in meinen Gehirnsträngen. Die Einladung habe ich vergessen. Ja natürlich, die war ernster Natur. Domen schickt seinen Bodyguard, um mich ins Maklerbüro zu einer der Sexpartys zu bringen. Das war nicht nur locker dahergesagt. Aber gehe ich nicht mit, was macht der Eindringling mit mir?

Ich frage den Gorilla: „Und wenn ich ablehne?"

„Das sollten Sie nicht mal denken."

Der Mann ist mir als Bodyguard in guter Erinnerung geblieben, und genau der brummt: „Zwingen Sie mich nicht, Ihnen weh zu tun."

Wie rührend, denke ich. Er will mir nicht wehtun, mir, einer guten Polizistin. Aber weise ich ihn ab, wie will die Mordserie aufklären? Jetzt bietet sich die Möglichkeit, die verkorkste Sippschaft in Augenschein zu nehmen. Diese hochbrisante Chance lasse ich nicht aus, obwohl drei Ermordete das Gefahrenpotenzial verdeutlichen, in das ich hineinschliddere.

„Sie haben mich überzeugt", haspele ich mein Einverständnis. „Ich ziehe mich kurz um. Selbstverständlich will ich auf der Party gut aussehen."

„Das tun Sie auch so", macht mir der Kleiderschrank ein Kompliment, welches ich wahrlich nicht von ihm erwartet hatte.

Der Muskelprotz wartet gentlemanlike im Flur und nach zehn Minuten verlassen wir gemeinsam die Wohnung, wonach ich in die Karosse des Baulöwen steige. Ich fühle mich sicher und gut vorbereitet. Die Höhle des Löwen kann mich nicht abschrecken. Soll ich Felix anrufen?

Ich fingere nach dem Handy, schon schnauzt mich der Leibwächter an: „Keine Telefonate. Ihnen wird nichts geschehen. Ich bringe Sie auf eine Party, mehr nicht."

Was soll's, denke ich. Mit schlüpfrigen Althengsten werde ich spielend fertig. Nur keine Panik. Ich habe schlimmere Abgründe gemeistert, doch wohl ist mir nicht. Bin ich die einzige Frau im Gehege, die neu ist? Womöglich hat sich Tanja Göring breitschlagen lassen, oder noch andere Frauen?

An Tanjas Anwesenheit will ich nicht glauben, aber wer weiß?

Die Limousine hält vor dem Immobilienbüro in der Theaterstraße. Bernd springt raus, eilt um den Wagen herum und öffnet mir die Tür. „Madam", säuselt er im Stil eines Kofferkulis. Ich steige aus und gehe mit dem Hünen ins Haus.

Nachdem wir das etwas sterile Eingangsportal durchschritten haben, stehen sie in Reihe und Glied nebeneinander aufgereiht vor mir, die Herren der Aachener Prominenz. Sie bilden mir zu Ehren ein Spalier. Es sind Leute, die meinen, sie könnten sich alles rausnehmen. Diese Bagage schöpft den Rahm ab. Sie ist moralisch versaut, dazu rücksichtslos und ohne Gewissen. In ihren

Kreisen kennt man keine Schranken. Den Herrschenden gehört die Welt, das ist ihre Hymne.

Der Abgeordnete Erich Gossen ist einer von ihnen, und Walter Domen natürlich, dazu Richard Lebewirt und Polizeipräsident Lothar Vandenberg. Und, leck mich am Arsch, dabei ist auch Chefredakteur Reuter, dann zwei Männer, bei denen mir die Namen entfallen sind. Die Clique, der mit dem Sex jonglierenden, ist groß. Morgenrot und Günther Bauer hatten zu ihren Lebzeiten selbstverständlich dazugehört.

Die alte Kaiserstadt liegt in einer Grenzregion mit einer Grauzone. Hinter der versteckt sich die höchste Verbre-chensrate in NRW. Als Polizistin wäre ich besser am Bodensee beheimatet. Der liegt auch an der Grenze, aber die ist vergleichsweise unschuldig. Ist Langeweile der vertretbare Grund, um dem Sexismus zu verfallen?

Okay, in Aachen herrscht Tristesse. Gute Kulturveranstaltungen und Musikkonzerte bietet die Stadt höchstens phasenweise. Für Süchtige auf Amüsements ist die Stadt uninteressant. Manche behaupten, in Aachen sei der Hund begraben. Ein weiteres Manko ist das Fehlen einer geeigneten Halle für den Spitzensport. Dafür wird das friedliche Miteinander ganz großgeschrieben. Diese Ra-rität ist von großer Qualität und schätzenswert.

Das behauptet zumindest die Politik, doch hier und heute ist von der Politikklientel nur der Landtagsabgeordnete anwesend.

Für die ergraute Altherrenriege begrüßt mich der den Gastgeber spielende Domen: „Guten Abend, Frau Sonntag", schleimt er. „Schön, dass Sie's einrichten konnten."

Du Schleimbeutel, denke ich. Tu nicht so scheinheilig, denn dein Herkules hat's möglich gemacht. Wer weiß, was der mit mir gemacht hätte, wenn ich die Einladung abgeschlagen hätte?

Der vor der Pensionierung stehende, aber noch rüstige Polizeipräsident, kommt mit zwei Gläsern Champagner in den Händen auf mich zu. Er reicht mir eins, dabei deutet er eine Kusshand an. „Endlich lerne ich Sie mal persönlich kennen. Ich habe sehr viel Positives über Sie vernommen."

Denkt er an mein äußeres Erscheinungsbild, oder an meine imposante Aufklärungsquote in Mordfällen? An beides, nehme ich an, denn im Präsidium sorgt mein makelloses Fahrgestell für anhaltenden Gesprächsstoff. Das wird dem gern den Edelmann Verkörpernden nicht entgangen sein.

Danach ist es wieder Domen, der das Gespräch an sich reißt. „Na, habe ich zu viel versprochen?", prostet er der Altherrenmannschaft zu. Er strahlt, als seien das Osterfest und Weihnachten auf ein Wochenende gefallen. „Ist das Sonntagskind die versprochene Granate?"

„O ja", äußert sich der Abgeordnete voll des Lobes.

„Endlich gelangt Glanz in die bescheidene Hütte. Sie, Frau Sonntag, stechen das junge Gemüse um Längen aus. Mit Ihnen kann man richtig was anfangen. Sie machen sicher allerlei mit?"

Ich lächle undefinierbar und hebe mein Glas. „Trinken wir ein Gläschen." Ich nippe am Champagnerglas, dann lache ich aufreizend. „Das lockert den Rahmen."

„Das ist sehr gut, Frau Sonntag", sülzt Gossen, „oder dürfen wir Sara zu Ihnen sagen?"

„Tun Sie sich keinen Zwang an", willige ich ein. „Du bist demnach Arthur Gossen, seines Zeichens Abgeordneter im Landtag." Ich habe mir den einzigen Politiker rausgepickt.

„Ja, merkt man das? Ich bin der gesellige Arthur und das ist unser Dressman Walter", sagt Gossen und zeigt auf Domen. „Wir sind geschäftlich manchmal verquer, aber in Sachen Frauen sind wir uns einig."

„Wir kennen uns. Hallo Walter."

„Und ich bin Lothar, dein Oberboss, und den Hausherren, Richard Lebewirt, kennst du wahrscheinlich."

„O ja. Nicht wahr, Richard?"

Vertraut zwinkere ich ihm zu. „Wir kennen uns hervorragend. Grüße bitte deine Frau Elli von mir. Weiß sie, was du so treibst?"

Lebewirt bekommt eine rote Birne, worüber sich die anderen aus Schadenfreude kaputtlachen wollen.

„Du bist echt lustig, Sara", tut sich wieder der Abgeordnete hervor. „Ist Sie nicht lustig?"

Er legt einen Arm um mich. „Gehen wir in die Nebenräume. Da ist's gemütlicher."

„Einen Augenblick noch."

Ich schüttele den Arm des Abgeordneten ab und halte die geile Männerklicke zurück. „Ein paar Fragen habe ich noch. Wurde hier die bedauernswerte Lisa Färber umgebracht?"

„Bedauernswert?"

Lebewirt stöhnt gedehnt.

„Lisa war ein Flittchen. Bis auf den unverheirateten Domen hat sie uns Familienväter erpresst. Sie hätte unseren Frauen die Weibergeschichten brühwarm unter die Nase gerieben, hätten wir nicht bezahlt."

„Und wer von euch ist ausgeflippt?"

Langanhaltende Stille.

Dann erst protestiert der Polizeipräsident: „Halt! Moment!"

Er kreischt. „Keiner von uns. Vermutlich konnte Bauer die Finger nicht bei sich behalten. Der war der Schärfste von uns."

„Ihr vermutet?"

„Na ja, es war ja keiner dabei", erklärt mir Lebewirt die Vorkommnisse recht plausibel. An dem Tag war unser Günther mit Lisa allein im Büro, denn da war ich in Verkaufsangelegenheiten unterwegs."

„So war's", sagt Domen, „jetzt wissen Sie's."

Er gedenkt zur Tagesordnung überwechseln. „Fangen wir endlich an. Mein Stängel explodiert fasst."

Er lacht.

„Ich darf als erster ran."

„Nein ich", widerspricht der Polizeipräsident. „Sara ist immerhin meine Untergebene."

Der Abgeordnete und Lebewirt halten sich bedeckt. Ahnen sie, das aus den Schäferstündchen nichts wird?

Und das ist so, denn aus den Beischlafaktivitäten wird nichts, denn als wir das Liebesnest betreten, ziehe ich meine Pistole aus dem Halfter und fuchtele mit der Waffe vor den Nasenspitzen der Horde nach ihrem Fick Hechelnden herum.

„Ab in die Zimmerecke", befehle ich rigoros und deute die Ecke an. „Los, los und die Hände nach oben. Ihr bleibt alle schön in meinem Sichtbereich. Tut ihrs nicht, kann ich auch anders."

Die belämmerten Mannsbilder schauen dämlich drein.

„Tja", schäkere ich, „von einer Polizistin wie ich lässt man besser die Flossen. Sie, Herr Polizeipräsident, soll-ten das eigentlich wissen."

„Das hat ein Nachspiel", droht der jetzt viel älter wir-kende Mann.

„So, hat es das?"

Ich grinse ihn an. „Das Sie Ihren Schwanz überhaupt noch hochkriegen, das wundert mich."

„Ich schmeiße Sie aus dem Polizeidienst", beschwört Lothar Vandenberg böse Geister.

„Ach was", lasse ich ihn abprallen. „Seien Sie froh, wenn ich Sie im Präsidium nicht zum Gespött mache."

Und zu den übrigen Versammelten sage ich: „Haben Sie tatsächlich geglaubt, eine Polizistin macht den Hokuspokus mit?"

Ich spucke vor den Männern verächtlich aus. „Pfui, Teufel. Schämen Sie sich. Betrachten Sie sich als vorgeladene Gäste im Präsidium. Ist Ihnen morgen gegen zehn Uhr recht? Auf Wiedersehen, verehrte Herren."

Ich stecke meine Knarre zurück ins Halfter, drehe mich um und schreite zum Portal hinaus.

Draußen sehe ich keine Spur vom Wagen mit dem Bodyguard. Ist mir recht, denke ich. Einen kleinen Spaziergang nachhause habe ich mir redlich verdient.

*

Auf dem Heimweg zieht sich der Himmel zu, nach Regen sieht es allerdings nicht aus. Beim hin und her überlegen bekomme ich Konturen in das Mordgeflecht. Bauer hat das junge Ding erwürgt. Er war der Sexbesessenste. Doch dafür hat er seine Strafe bekommen. Wenn es Lynchjustiz war, wer hat sich zum Rächer aufgeschwungen? Lisas Freund? Der geschasste Turan? Einer der heuchlerischen Altrammler? Aber warum dann die Schüsse auf Morgenrot? Ich werde noch rammdösig.

Knappe zehn Minuten war ich unterwegs, als ich gut entspannt und locker meine Haustür erreiche.

„Plop!"

Ich fasse mich an die Schulter. Von der durchfährt mich ein stechender Schmerz... .

„Plop!!!"

Geistesgegenwärtig werfe ich mich auf die Gehsteigplatten und krabbele hinter einen Mercedes, dabei denke ich: Die Ratte hat ein Gewehr mit Schalldämpfer. Und glücklicherweise hat mich der Schuss nur an der Schulter erwischt.

Was heißt erwischt. Der Schuss hat meinen Oberarm oberflächlich angeritzt. Blut rinnt zwar aus der Wunde, aber es ist der oft bemühte Streifschuss, der den Helden im Krimi zum heroischen Jäger macht, und ihn im packenden Duell über den Bösen siegen lässt.

Ich bin meilenweit von einer Drückebergerin entfernt und spähe durch die Scheiben des Mercedes, dabei ziehe ich meine Waffe aus dem Halfter.

Woher kam der Schuss?

Mein Fluch klingt schmerzverzerrt. „Ich muss raus aus der Schusslinie."

Es gilt kleine Brötchen zu backen, aber destruktiv bleiben wäre mein Todesurteil. Der Schießwütige hat sein Versteck nicht preisgegeben und die Stelle des Mündungsfeuers kann ich nur vage zuordnen. Wo steckt der Schurke? Verbirgt er sich hinter den Alleebäumen?

Gebetsmühlenähnlich rattere ich aufbauende Wortfetzen herunter: „Nicht aufgeben. Ich mache das Richtige. Was mich nicht umbringt, macht mich stark."

Funktioniert das?

Nach dem Motto werde ich einen Ausfallversuch unternehmen. Der birgt zwar Risiken, aber er könnte klappen.

Ich gehorche meiner Eingebung und schleiche geduckt zur Seitentür meines Pandas. Mein Plan ist es, den zu starten und mit Bleifuß am Old Shatterhand mit der Silberbüchse vorbeizupreschen, schon wäre ich keine menschliche Zielscheibe mehr

Mit einer ordentlichen Ladung Adrenalinstößen versehen, hangele ich mich am Griff der nicht verschlossenen Beifahrertür empor. Ich öffne sie vorsichtig, dann wurstele ich mich wie ein Zirkusaffe ins Wageninnere und schwinge mich hinüber zum Lenkrad. Ich stecke den Schlüssel ins Zündschloss und drehe an ihm.

Der Panda gurgelt, dann springt er an.

Er macht einen Hüpfer... .

Der Motor droht auszugehen.... .

Ist meine Lebensuhr abgelaufen?

Mein Heroismus hatte mir im Maklerbüro ein berauschendes Erfolgserlebnis beschert, und schon soll's vorbei sein mit der Glücksseeligkeit?

Niemals, das sehe ich nicht ein.

Ein schwarzes Monstrum hechelt mit dem Schießprügel im Anschlag auf die vor mir liegende Fahrbahn.

„Er legt auf mich an", stoße ich hysterisch heraus.

„Gas geben! Ihn platt fahren", kreische ich.

Radikal trete ich aufs Gaspedal. Das drücke ich durch bis zum Anschlag.

Der Panda macht den Satz der Befreiung. Es riecht stark nach Sprit. Habe ich meine Karre abgewürgt?

Nein, nein... .

Die Reifen quietschen.

Die Blechbüchse nimmt Geschwindigkeit auf. Wie der Torpedo eines U-Bootes schießt der sprintunerprobte Panda auf den Vermummten zu.... .

Und der sieht sich in Bedrängnis.

Er reißt fluchtartig die Arme hoch.

Katzengewandt hüpft er zur Seite, bis hin zum Rinnstein, dabei fällt ihm die Knarre auf die Fahrbahn.

Der Panda ruckt kurz, dann knackt es blechern, mehr hölzern unter den Rädern. Der Fluchtweg ist frei.

Mit dröhnendem Motorenjaulen jage ich den treuen Kleinwagen über den Kreisverkehr in die Viktoriastraße bis hinüber zur Stolberger Straße.

Wer war der Schweinehund? Ich frage mich das, als ich den Ort der Verdammnis etwa hundert Meter hinter mir gelassen habe. Welches Scheusal verbirgt sich unter der Strumpfmaske?

Und weitere fünfzig Meter zurückgelegt, bin ich nicht weiter mit meinen Erkenntnissen. Irgendwoher kenne ich den Hinterhältigen. Wo und wann hatte ich es, das ver-meintliche Vergnügen? Das war.., das war..?

Verdammt, ich habe den Namen auf der Zunge.

Die in tiefschwarz gehaltene Körpermasse hatte sich über seine Haare und das Gesicht eine Strumpfmaske gestülpt. Außerdem trug der Mann Adidas Turnschuhe, und er hat mit seinem Laufstil und dem muskulösen Körperbau seine Visitenkarte hinterlassen. In welchem Zusammenhang begegnete ich ihm?

Ich verinnerliche mir Kowalski als treibende Kraft. Weshalb den Oberkommissar? Das Schussmonster hat nicht seine Figur mit dem Bauch, wie ihn Kowalski hegt und pflegt. Er hat auch eine andere Ausstrahlung, aber weshalb hat der Attentatsvorgang Kowalskis Bild in mir wachgerufen?

Natürlich liegt es daran, dass ich meinem Chef durch meine Verdächtigungen auf die Pelle gerückt bin. Noch dazu saß Kowalski mit der Sexclique beim Spiel gegen Preußen Münster in der Loge der Prominenz. Demnach ist der Oberkommissar eine der Negativfiguren in der mit dem Attentat auf die Spitze getriebenen Posse.

Bisher hatte ich mich gegen Kowalskis Beteiligung an der Intrige gesträubt. Nun wird es wahrscheinlich, dass mich der Bomber an der Nase herumgeführt hat.

O Mann, was für ein Quatsch, meutern meine mit Unverständnis abgespeisten Gehirnzellen. Kowalski ist der angehende Polizeipräsident. Der setzt sich nicht in die Nesseln und vermasselt sich die Karriere. Ebenso wenig Domen. Doch seine Kampfmaschine könnte sich hinter dem genreüblichen Mordklischee verbergen?

Der Bodyguard besucht ein Bodybuilding-Center. Er ist mit mehr Muskeln bepackt, als es die Polizei erlaubt. Der Kraftprotz kommt in die enge Wahl. Doch traue ich dem Klotz das Benutzen einer Schusswaffe zu?

Und dann der Landtagsfreak. Der ist sportlich und er hatte sich im Immobilienbüro unrühmlich hervorgetan. Er könnte sich ins Auto gesetzt haben und hat mir dann aufgelauert. Aber Gossen ist übervorsichtig. Er greift als Politiker nur aus Ausweglosigkeit zur Waffe. Dient Schneiders Anwesenheit im Schoß der Kripo der Sicherung seiner Interessen?

Ich bändige den Polemiker in mir, trotzdem denke ich an Kowalskis Bedeutung. Obwohl die Schussattacke kein dummer Jungenstreich war muss ich akzeptieren, dass er keinen Finger für mich krümmt. Er hat sich auf einen Syrer oder den in Schieflage geratenen Lebewirt versteift. Meine Kandidaten sind für ihn Quatsch. Sie sind dröge Figuren aus Science-Fiction-Filmen, also Utopien und nicht der Rede wert, so zwingt er mich zur Improvisation.

Welche Schutzmaßnahmen ergreife ich? Und die brauche ich, sonst nagelt mich der Killer erbarmungslos an die Wand. Der Strolch schießt mir präzise in den Kopf, was beinahe und im Hurrastil geklappt hätte. Am besten bleibe ich im Hafen der Mordkommission. Doch bevor ich mich dem Oberbullen anvertraue, begebe ich mich lieber in die Obhut der Heilsarmee.

In meinem Handschuhfach liegt eine Packung Zigaretten. Ich will mir mit zittrigen Händen einen Glimmstängel anzünden. Zack, zack, zweimal bricht mir das Zündholz über. Zudem hat sich der Schnürsenkel des rechten Schuhs gelockert. Ich bücke mich und mache eine neue Schleife. Und damit fertig, betrachte ich mir meine Schusswunde.

„Halb so schlimm", seufze ich. „Ich fahre trotzdem ins Krankenhaus und lasse die Wunde verbinden."

*

283

Während ich mich aufs nächste Attentat gefasst mache, sitzt Lebewirt wegen Steuerhinterziehung, Spendenbetrug, und Urkundenfälschung in Untersuchungshaft. Seine Latte an Vergehen hat die Länge eines Besenstils, doch der Mordvorwurf gegen den Spielsüchtigen verschwindet ohne Federnlesen in Schneiders unterster Schreibtischschublade.

Lebewirt gesteht vergleichsweise harmlose Bagatellen, so nennt er seine Betrügereien, aber keine Beteiligung an den Morden. Der Mann ist ein mieser Betrüger, mehr aber auch nicht.

Da sich Lebewirt aus dem Kreis der Mordverdächtigen verabschiedet hat, schwebt weiter das von mir favorisierte Komplott über mir. Ich krame in meinem unerschöpflichen Gedankengut: Wem bin ich unbequem wie eine Reißzwecke der nackten Fußsohle? Aus welchen Leuten besteht die Verschwörung? Weshalb hat das Konsortium BFS den Zuschlag zur Grundstücksbebauung mit einem Hotel erhalten und nicht die Baufirma des Präsidenten? Haben die Schlaumeier Bauer und Mor-genrot den Baulöwen hämisch ausgelacht und sein Schmiergeld unter sich aufgeteilt?

Was ist der Präsident Domen für ein Mann? Ist er unverheiratet? Ich erinnere mich noch ganz gut an seine Villa. In der deutete nichts an der Einrichtung auf weibliche Beeinflussung hin, denn niemals hängt eine Frau wertvolle Kunstdrucke neben eine Kuckucksuhr, dermaßen geschmacklos kann nur ein primitives Mannsbild sein.

Unter der Hand werden Gossen Frauengeschichten nachgesagt. Sind die seriös, oder sind es vogelwilde Gerüchte? Was macht er mit den Bedürfnissen eines Mannes? Reicht ihm der gelegentliche Fick mit dem jungen Gemüse. Schwitzt er sich den überschüssigen Mannessaft durch die Rippen?

Puh. Ich fange mit dem Spekulieren am besten noch einmal mit Bauer an: Der geile Bock war kein Adonis, galt aber als Fremdgänger wie er im Buche steht. Hatte er Erfolg? Immerhin war seine Sekretärin Agnes auf ihn hereingefallen.

Ich will nichts beschreien, aber Bauer war mit seiner unansehnlichen Leibesfülle ein fideler Lustmolch. Er konnte seine Finger nicht bei sich lassen und hat Lisa Färber erwürgt. Dem beißt die Maus nicht den Faden ab. Oder war es doch Lisas Freund Peter? Eventuell Turan? Beide hatten gute Gründe und dadurch ein Hühnchen mit Lisa zu rupfen. Außerdem fehlt denen das wasserdichte Alibi. Sie weiter zu verdächtigen ist nicht nur theoretischer Natur.

Günther Bauer führte ein Doppelleben. Von den Amüsements im Immobilienbüro ist nichts an die Öffentlichkeit durchgesickert. Und seine Machtposition machte ihn sexy. Hat er Domen, neben dem Schmiergeld, auch ein Betthupferl ausgespannt? Demnach gehört der Mord an Bauer in die Schublade Eifersucht. Und weshalb starb der Architekt? Morgenrot hatte ein Verhältnis mit Bauers Frau und hat vom Grundstücksverkauf profitiert. Wen hat das gestört?

Was treibt der Muskelprotz Bernd neben dem Job als Aufpasser? Verschwommen taucht der Verdächtige in meinen Erinnerungsbildern auf. Welches Accessoire baumelte am Gürtel seines Kampfanzuges? Das Ding ähnelte einem Totschläger, und das ist ein runder Gegenstand. Hat das Prügelinstrument die Verletzungen in Bauers Visage und die Löcher im Boden des Vorgartens verursacht? Die Mordtheorie mit dem Muskelmann ist salonfähig, betrifft es Bauer, aber sie zieht nicht beim Tod Lisas und schon gar nicht bei Morgenrot, denn der wurde heimtückisch erschossen.

Noch fehlen mir handfeste Beweise. Und auf die Ehrlichkeit Kowalskis zu setzen, das vergesse ich besser. Das wäre ja geradeso, als den Engel zu verschmähen, um sich stattdessen dem Teufel anzuvertrauen. Solange der Oberkommissar das Verdächtigen seiner Freunde als Lappalie abtut und sie mit dem Wischmopp unter den Perser fegt, weise ich ihn darauf hin, solange werde ich ihm gegenüber wachsam bleiben.

Bei meiner Seele, mit dem mir drohenden Tod komme ich nur schwer zurecht. Wär's nur das Bangen vor einem chirurgischen Eingriff oder ein ähnliches Gefühl, das würde ich routiniert wegstecken, aber die Angst durch einen Todesschuss aus dem Hinterhalt getötet zu wer-den, die bringt mich um den Verstand.

Aber als Kommissarin darf ich nicht kopflos reagieren. Ich muss mich freischwimmen. Soll ich Felix um Hilfe oder wenigstens um Anteilnahme bitten? Seine schützende Nähe habe ich mir noch nie so sehr wie jetzt gewünscht. Und bin ich gut beraten, wenn ich Kowalski gegenüber das Schussattentat unter Verschluss halte? Kowalskis Aussehen erinnert mich an ein Tier. Nicht etwa an eine Ratte, sondern an einen Maulwurf.

19

Dem Vertrauten geht der Arsch auf Grundeis, ebenso dem Mordbuben, denn bei dem herrscht Erklärungsnotstand.

Der Vertaute fragt ihn: „Wann kriegst du endlich die Biege?"

„Mein Gott, ich hatte Pech", nörgelt der Mörder. „Die Schüsse waren nicht schlecht. Alles andere war Scheiße."

„Das kannst du laut sagen", rümpft der Vertraute die Nase, um danach mit einer Überraschung rauszurücken: „Glücklicherweise habe ich ein besseres Eisen im Feuer. Eins aus Kruppstahl."

„Aus Kruppstahl?"

Der Mörder glotzt verwirrt, weswegen ihm der Vertraute offenbart: „Im Handumdrehen zieht das Eisen der Polizeischlampe das Fell über die Ohren."

Der Mörder bleibt hartnäckig: „Und wann? War's bisher zu schwer für ihn? Aus welchem Grund führst du mich hinters Licht?"

„Bleib auf dem Teppich, ja", dröhnt der Vertraute. „Mein Eisen macht das erfolgreich. Besser als du Spezialist. Der hält seine schützenden Hände über mich."

„Herrgott", tobt der Mörder und pocht sich vor die Brust. „Und was hat's bisher genützt?"

„Das ist meine Sache", plappert der Vertraute. „Die Kommissarin aufs Abstellgleis zu stellen ist schwierig. Du bringst deine Schüsse ja auch nicht in die Reihe."

Das Mordferkel rollt mit den Pupillen. Die herabwürdigende Bewertung seiner Exekutionsarbeit ist ihm auf den Magen geschlagen.

Sich den Bauch reibend, grunzt er: „Die Kommissarin habe ich ruhig gestellt. Aus Schiss rückt die uns nicht auf den Pelz. Sollte sie aber ihre Detektivspielerei fortsetzen, mache ich kurzen Prozess."

„Nein", trotzt der Vertraute. „Schiebe es nicht auf die lange Bank."

Er hat seine Hände in die Hüften gestemmt. „Du legst sie um und zwar sofort."

„Mache ich", beruhigt ihn der beleidigte Mörder, trotz allem entschuldigt er sich: „Virtuos waren meine Schüsse nicht, eher Durchschnitt. Das war mit der Scheißwaffe nicht verwunderlich. Und was macht dein Eisen? Soll er's doch übernehmen."

„Gib Ruhe, du Esel", schnauzt der Vertraute. „Was mein Eisen macht, geht dich nichts an. Nur so viel, er frisst mir aus der Hand."

Der Mörder krümmt sich unter dem Esel. Weshalb wehrt er sich nicht?

„Schon gut", nickt er beschämt. „Gleich morgen knalle ich die Kommissarin ab. Schaffe ich's nicht, soll dein Eisen der Kanaille den Hahn zudrehen."

„Das wird er", beschwichtigt der Vertraute, wobei er sich denkt: Gehe ich mit meiner Dominanz zu weit?

Doch den Gedanken verwirft er, denn er ergänzt wie ein Patriarch, gegen jeden Widerspruch immun: „Mein Eisen hat mir den Abgang der Bullentussi versprochen. Bist du dafür zu blöde, macht er aus ihr Blutwurst."

*

Passt mein Grips in eine leere Streichholzschachtel? Eher als in einen Schuhkarton. Aus Dummheit habe ich

Kowalski in den versuchten Hinterhalt eingeweiht, aber warum ausgerechnet den Oberkommissar?

Kowalski reagiert zwar aufgeregt, doch keiner der Beschuldigten erhält eine Vorladung. Zumindest hatte ich die Durchsuchung der Villa des Unternehmers erwartet, doch ich stehe allein auf weiter Flur, obwohl ich mein Spekulieren spitzfindig, ja einleuchtend finde.

Um aus meinem Verdacht handfeste Beweise wachsen zu lassen, brauche ich die Mithilfe der SOKO, doch die bleibt aus. Die Kollegen entwickeln sich zu Hemmschuhen, auch wenn Pelzer, spitz wie Nachbars Lumpi und mit ausgebeulter Hose im Schritt, mich anhimmelnd um mich herum scharwenzelt.

Irgendwann habe ich es satt und ich nehme Pelzer beiseite. „Mach dir keine falschen Hoffnungen", erkläre ich ihm. „Ein zweites Mal wird es nicht geben."

Und das öffnet ihm endlich die Augen, sodass er sein Nachstellen einstellt. Hoffentlich wird der liebe Kollege Pelzer nicht impotent, oder er trägt einen seelischen Schaden davon. Wünschenswert wäre, er würde sich wieder um seine Frau kümmern.

Immerhin hat meine Schussverletzung ein Umdenken bei Felix erzeugt. Ist es aufflammende Liebe? Das glaube ich weniger, aber auf einmal unterstützt er mein Vorhaben, mich aus der Schusslinie zu bringen.

Als mich der Oberkommissar auf meinen Verband am Oberarm anspricht, äußere ich den Wunsch, in die Eifel untertauchen zu wollen, worauf Kowalski mir den Gefallen genehmigt. Er spricht eine Beurlaubung aus, ohne großartig mit mir zu diskutieren. Aus welchem Grund akzeptiert er mein Abtauchen?

Das erfahre ich leider nicht, aber ich habe das Gefühl, dass es ihn zufrieden stimmt. Was liegt ihm an meinem Verschwinden aus dem Präsidium? Und ganz die Naive teile ich dem Bomber mit, dass ich mich mit Claudia im

Campingbus meines Partners verdrücke. Ich nenne ihm mit Monschau sogar den Aufenthaltsort und das wir auf dem dortigen Campingplatz übernachten wollen. Aber die Lage des Platzes kann sich sogar ein Sehbehinderter zusammenreimen.

Doch bevor ich verschwinde, steinigt mich Kowalski: „Ist bei Ihnen im Oberstübchen alles in Ordnung? Was haben Sie sich dabei gedacht, die Prominenz Aachens vorzuladen? Allesamt sind sie über mich hergefallen. Ich hatte keine ruhige Minute. Was blieb mir übrig, als die Vorladungen zurückzunehmen."

„Und nun verschwinden Sie, Frau Sonntag, bevor ich's mir anders überlege", gibt mir der Oberkommissar als Überlebensration mit auf den Weg in die Eifel. „Ich will Sie erst wieder im Präsidium sehen, wenn Gras über die Mordfälle gewachsen ist."

In verhaltener Hochstimmung habe ich Claudia abgeholt. Dann fahren wir zügig die Himmelsleiter hinauf bis Roetgen, wo ich aus Unachtsamkeit in Höhe der Therme in eine Radarfalle rassele.

Während der Weiterfahrt lenken wir uns mit Radiohören ab. Und abermals ist es der Musiksender mit den Oldies. Wieso ich auf alte Songs stehe? Nun ja, weil ich reife Männer bewundere, siehe Felix. Mit meiner rauen Stimme bin ich eine Rockröhre. Fürs Mitsingen im Kirchenchor hat's allerdings nicht gereicht.

Kurz vor dem Zielort beginnen wir ein Gespräch über die Mordfälle und das bekommt eine ungeahnte Tiefe.

„Für mich steht der Mörder an Lisa fest", erkläre ich der Freundin meine Hintergründe. „Das Schwein Bauer hat Lisa erwürgt. Und mir wird von Stunde zu Stunde klarer, wer ihn und Morgenrot nach Walhalla geschickt hat."

Woraufhin Claudia folgendermaßen spekuliert: „Du denkst, Domen hat das Würgespektakel an Bauer veranstaltet und danach die Schüsse auf Morgenrot und dich abgefeuert?"

„Gewiss, das denke ich."

Doch dann rührt sich verhaltener Einwand in mir. „Ich verstehe nur nicht, warum er die Brutalnummer bei Bauer durchgezogen hat? Die passt nicht zu ihm. Und später soll er sich für die relativ schnelle und sanfte Todesart entschieden haben?"

„Eben", brummt Claudia. „Warum? Vielleicht schiebt er die Tat anderen zu und es ist sein Kalkül?"

„Siehst du, genau das weiß ich noch nicht. Da werden meine Grenzen offensichtlich", kleckere ich, weshalb die Süße eine sehr interessante Richtung einschlägt.

„Gesetz den Fall, Kowalski hat Bauer und Morgenrot auf Geheiß des Baufritzen um die Ecke gebracht. Das ist gerissen. Was sagst du zu der Version?"

„Der Oberkommissar als Mörder? Das wäre die Sensation", mutmaße ich. „Morgenrot okay, aber würde der ein Opfer erwürgen? Und wie bringst du Lisa und mich in dem Mordschema unter?"

„Oder er deckt den Mörder wegen seiner Karriere", fährt Claudia fort. Sie mag Kowalski nicht und lässt das unverblümt durchblicken. „Seine Karriere betont er oft genug."

„Klar ist Kowalski ein Mistkerl, aber er ist der zukünftige Polizeipräsident."

Wegen meiner beginnenden Genickschmerzen lasse ich den Kopf gedankenverloren in den Nacken fallen.

„Leider wird dein Chef das wohl", sagt Claudia respektlos. „Trotz allem hat er den Gefährlichkeitsgrad einer Landmine. Der gibt erst Ruhe, hat man dich auf dem Friedhof verscharrt."

Kowalskis Undurchsichtigkeit spukt seit Tagen mit Argwohn durch mein Energiezentrum, aber ich war bei Felix auf wenig Gegenliebe gestoßen. Und kaum bin ich in Gedanken bei meinem Lover, überkommt mich Wehmut. Spontan hatte mir Felix seinen Campingbus anvertraut. Ein ganz toller Zug von ihm. Nicht jedem hätte er sein Vehikel gegeben. Aber wie bringt er's seiner Frau bei?

Doch nun sitzt Claudia neben mir, anstelle des Partners, was ich nicht bedaure. Aber mit Felix habe ich einiges nachzuholen. Obwohl viele Schwachstellen gegen ihn sprechen, liebe ich ihn immer noch. Der abgeklungene Liebesklamauk mit ihm steckt mir immer noch tief in den Knochen.

Als ich es gegenüber Claudia erwähne, ist die nicht beleidigt, sondern seufzt: „Denk dran, nichts ist unmöglich. Die Männer stecken voller Überraschungen."

Urplötzlich entflammen in ihr berechtigte Zweifel am Vorhaben Monschau. Mit gerunzelter Stirn räuspert sie sich: „Ich sehe die Möglichkeit, dass der Vermummte unser Reiseziel kennt. Mit wem hast du darüber gesprochen?"

Abrupt durchfährt meinen Körper ein langanhaltender Stich, also latsche ich auf die Bremse.

Während der Campingbus gemächlich ausrollt, stammele ich: „Heiliger Strohsack. Gegenüber Felix natürlich und dem Chef. Im Gespräch mit dem Oberbullen ist mir das Nest Monschau unüberlegt rausgerutscht."

„Ach, du grüne Neune", entfährt Claudia der Schreck. „Der Neandertaler Kowalski weiß Bescheid. Na dann, prost Mahlzeit."

Wir sind auf einem Parkplatz vor Monschau ausgestiegen und gehen grübelnd auf und ab. Meine Freundin sieht mich dabei nachdenklich an. Dann spricht sie ihr Unbehagen offen aus: „Die Situation missfällt mir. Fahren wir woanders hin."

Selbstverständlich verstehe ich ihre Beklommenheit, auch ich kann mich davon nicht freisprechen. Doch derlei Trübsal entsorge ich bildlich in die nur eingebildeten Abfallbehälter.

„Keine Angst, Claudia", schnaufe ich aus. „Ich habe meine Knarre dabei und kann mich trotz der Schmerzen im Arm ganz gut wehren. Und der Arm wird wieder, bei entsprechender Schonung."

In seltenen Fällen erzeugt eine Pistole Wärme, schon gar keine Wohlfühlatmosphäre. Ist es diesmal anders?

Claudias Gesichtszüge verändern sich. Sie hellen sich auf, denn sie schaltet auf ein Zwischenhoch.

Lächelnd sagt sie zu mir: „In Ordnung, meine Heldin. Ich vertraue deinen bewundernswerten Fähigkeiten. Verbringen wir wundervolle Tage."

Im Umschalten von Verzweiflung aufs himmelhoch Jauchzen sind wir uns ähnlich.

*

Unseren Zielort Monschau erreichen wir am späten Nachmittag. Dort dauert die Suche nach dem Campingplatz nicht lange, so glimmt der Hoffnungsfunke in uns auf: Wir haben den Derwisch abgeschüttelt, außerdem hat der genug mit dem Besorgen einer neuen Knarre zu tun.

Nachdem wir uns häuslich eingerichtet haben, setzen wir uns in bequeme Liegestühle, denn die Sonne lacht schelmisch vom tiefblauen Himmel. Die Temperatur ist annehmbar. Im Moment haben wir milde vierzehn Grad. Beim Planen des nächsten Tages gönnen wir uns einen alkoholfreien Schlummertrunk.

„Weißt du, was mir morgen unternehmen, Claudia?"

„Na, was?"

„Wir machen eine schöne Tageswanderung entlang der Rur bis zum Rursee und durch Vogelsang gemächlich zurück", erläutere ich ihr mit raumfüllenden Handbewegungen den Rundgang. „Kannst du dir den Marsch vorstellen?"

„O Gott", seufzt meine Freundin. „Der Vorschlag ähnelt der Gefahr einer Schreckensherrschaft."

Nach meiner Schätzung sind es fünfundzwanzig Kilometer, doch da Claudia mit erstaunlich guten Turnschuhen ausgerüstet ist, willigt sie ein: „Du hast das Sagen, wie in früheren Zeiten."

Später, in der Schlafkoje, verleben wir eine unbehelligte Nacht.

Wir sind wohlgemut, als uns der neue Tag in Beschlag nimmt, denn uns erwartet eine reizvolle Wanderung. An einem einsamen Bootssteg, wir füttern gerade Schwäne und Enten, offenbare ich der Freundin, dass mir der Wanderspaß hervorragend gefällt. Ohne angsteinflößende Umstände würde das Vergnügen bedeutend lustiger ausfallen, doch wir nehmen es, wie es ist. Es zu än-dern steht nicht in unserer Macht. Und um unsere Stimmung hoch zu halten, nehmen wir uns weitere Tageswandertouren vor.

Einem Mittagsimbiss gönnen wir uns in einer Wanderkate. Gegen alle Vernunft esse ich ein Jägerschnitzel, wovon mir hundeelend wird. Ich übergebe mich sogar und beklage mich: „Das Fleisch war verdorben. Ich rühre das Zeug nie wieder an."

Worauf Claudia vermutet: „Das Rebellieren deines Magens ist eine Spätfolge des Mordversuchs. Mich quälen keine derartigen Symptome, trotz des Verspeisens eines Zigeunerschnitzels."

Wahrscheinlich stimmt ihre Problemhypothese, trotzdem ergehe ich mich in einem Knurren: „Denke ich an die armen Tiere, kotzt mich die ewige Fleischfresserei an."

Und meine Freundin grantelt: „Da hast du recht. Wir werden Vegetarier. BSE, hormonverseuchte Fleischwaren, der Umgang mit armseligen Kreaturen ist skandalös."

Es ist dunkel geworden, daher beschließen wir den Abend mit einem Absacker in einer trüben Spelunke. Da ich hungrig werde, hefte ich mein Augenmerk auf eine Speisekarte. Doch leider gibt's nur Würstchen.

„In Herrgottsnamen, bringen Sie uns Ihre Würstchen ", bestelle ich verärgert bei dem übelriechenden Wirt.

„Und bitte zwei Gläser Limonade", ruft Claudia ihm nach. In ihr hatte sich kein Widerspruch gegen den Verzehr des Würstchens geregt.

Mehrere besoffenen Scheißkerle, eben lümmelten sie an der Theke, torkeln saublöde grinsend an den Nebentisch, wo sie sich auf die Stühle schmeißen. Wir sehen dem Treiben hilflos zu und essen hastig, dabei müssen wir anzügliche Anpöbeleien über uns ergehen lassen.

Einer der Kerle steht auf und versucht, mich zu betatschen. Und ich, längst auf Hundertachtzig, blaffe den Mistkerl an: „Behalte gefälligst deine Drecksflossen bei dir."

„Ho, ho", lacht der Strolch.

Dann nimmt er sich die Schwachheit raus, mit seinen Wichsgriffeln das Zopfmuster meines Pullis zu befummeln.

„Wir gehen, Claudia."

Ich bin aufgesprungen.

„Dazubleiben hat keinen Zweck."

Die lauwarme Bockwurst schmeckt eh grauenhaft. Ich reibe sie dem Mistkerl unter die Nasenflügel, dann fuhrwerken wir uns aus dem Etablissement.

Claudia ist untröstlich. Aufgebracht tippt sie sich auf dem Marsch zum Schlafplatz an die Stirn. „Was geht in den Schweinen vor? Verstehst du das speichelleckende

Verhalten des Mannsvolkes? Sie sehen in Frauen nur das Lustobjekt."

„Ach, Schatz." Ich versuche das Gleichgewicht meiner Freundin gerade zu rücken. „Saufsäcke sind gefühlsarm. Beim Anblick hübscher Frauen regt sich bei denen sofort der Schwanz."

Wir beenden das leidige Thema.

Als wir am Campingbus eintreffen, hat sich Claudia gefangen. Sie befördert uns ohne großes Brimborium in die Horizontale. Und da liege ich nun neben Claudia, die sich auf ihren Esoteriktrip begibt, wobei sie mir vorschwärmt: „Schau, die Engel. Wohlig erwärmen sie den Bus. Siehst du sie denn nicht, Sara?"

„Wo? In der Dachluke?"

„Na da. Sie schmiegen sich an mich."

Claudia reibt sich schmeichlerisch über ihre wohlgeformten Rundungen.

„Hör auf, Claudia."

Mit dem energischen Zwischenruf beende ich ihre Anwandlungen und füge einen Scherz an: „Deine Engel sind mir schnuppe, solange sie mir nicht auf den Wanst pinkeln."

Claudia richtet sich auf, Verblüffung in den Augen. Wie aus einem Feuerlöschschlauch prustet aus ihr raus, dass sie es nicht fassen könne. Mein Geschwafel, solange mir die Engel nicht auf den Wanst pinkeln, hat sie erheitert. Die Überraschte machte sich beim Lachen fast ins Höschen, als sie kichert: „Herrlich, Sara. Du bist eine hervorragende Spinnerin."

*

Es knarrt verdächtig an der Heckklappe der Schlafbehausung. Mir läuft ein Schaudern über den Rücken. Starr vor Entsetzen blicke ich meine Freundin an.

„Steigen Sie aus", schnarrt eine rauchige Stimme. „Sie befinden sich auf Privatbesitz. Campingbusse sind hier nicht zugelassen."

„Er ist es", flüstere ich erschrocken.

Mit der nächsten Aufforderung erweitert der Störenfried seinen Lügenkatalog. „Bei mir herrscht Zucht und Ordnung."

Die noch schlaftrunkene Claudia richtet sich auf und presst sich an mich. Trotz der Dunkelheit spüre ich: Ihr Gesicht ist kalkweiß. Ihren Körper überzieht ein Zittern. Es klingt wie Espenlaub.

Ich allerdings bin abgehärtet gegen derlei Plattitüden. Von wegen Privatbesitz. Das ist ein öffentlicher Campingplatz. Schon oft hat mich die Liebe versetzt, aber nie mein Aufbäumen.

„Claudia", wispere ich aufmunternd. „Reiß dich zusammen und beiß auf die Zähne. Das mit dem Privatbesitz ist ein alter Zopf. Aussteigen sollen wir, damit er mich problemlos abknallen kann."

„Ja, ja", antwortet die Bibbernde, wonach sie zischt: „Mensch, Sara. Erschieß ihn. Warum tust du's nicht?"

„Nein, das wäre voreilig", wehre ich ab. „Stell dir vor, es ist nur ein Dieb?"

Claudias Zähne klappern hinter eng zusammengekniffenen Lippen. Hört man es draußen? Flüsternd weise ich sie ein: „Ich öffne die Seitentür, dann springen wir das Monstrum an. Ich an den Hals und du an dessen Beine. Mit Glück machen wir kurzen Prozess."

„Ja, Sara."

„Wie lange dauert es noch?"

Die unbeherrschte Stimme schnaubt. „Meine Geduld ist aufgebraucht."

„In Ordnung. Wir kommen raus", entgegne ich unterkühlt. „Anziehen darf man sich ja wohl."

Nochmals ermuntere ich Claudia: „Es klappt. Mach den Sprung wie ein Tiger."

Sie nickt.

Wir schieben uns lautlos zur seitlichen Schiebetür und ich frage die Freundin: „Bist du soweit?"

„Jetzt!"

Ich reiße die Tür auf.

Die scheppert in die Verankerung.

Wo ist er?

Wir sind dem Verfolger nicht in die Parade, sondern ins Leere gesprungen.

Unsere Augen tasten sich durch die Finsternis. An die müssen wir uns erst gewöhnen.

Da.

Ein unheimlicher Schatten löst sich aus der Schwärze der Nacht. Der Schurke mit der Strumpfmaske kommt auf uns zu, mit dem Schießprügel in der rechten Hand. Fünf Meter vor uns bleibt er stehen. Sorgsam richtet er das Gewehr aus.

Zielt er auf mich?

Claudia macht eine Bewegung auf den Vermummten zu und das Ferkel schießt.

Hat er getroffen....?

Sakra. Meine Tigerkatze strauchelt. Schwer getroffen quillt Blut zwischen ihren Brüsten hervor. Der Blutfleck auf Claudias weißem T-Shirt wird größer. Dann sinkt sie neben mir in das uns bis an die Knöchel reichende Gras.

„Du Satan", gurgele ich beklommen.

Vor Entsetzen handlungsunfähig vergesse ich, dass auch ich bewaffnet bin. Wie narkotisiert wende ich den Blick vom Schießwütigen ab und bücke mich zu der gekrümmt vor mir liegenden Freundin hinunter.

Atmet mein Täubchen noch?

Mein Herzmuskel krampft. Gleich steht sie wieder auf und umarmt mich, funken meine an ein Wunder glaubenden Blutkörperchen. Du bist meine beste Freundin, wird sie zu mir sagen.

Ich hebe Claudias Kopf an und streichle ihre Wangen.

„Sag was, Mäuschen", hauche ich kaum wahrnehmbar. Mich hat abgrundtiefe Trauer erfasst. Mir treten taubeneigroße Tränen in die Augen.

„Sprich mit mir", schluchze ich gequälte Durchhalteparolen. Ich rüttele sacht an ihr, dann immer heftiger.

Was ist mit Claudias rehbraunen Augen?

Das innere ihrer Augen ist erstarrt, es ist erloschen. Meine kleine, zuckersüße Fledermaus stiert mit leblos glasigen Pupillen durch mich hindurch.

„Sie ist tot. Du hast sie kaltblütig abgeknallt", wimmere ich Gott zum Erbarmen. Meine Anklage ist an den hinzu getretenen Todesschützen gerichtet. „Warum hast du geschossen? Mein Engelchen hat dir nichts angetan."

Der Vermummte zaudert.

„Du bist doch.....", stottere ich.

Das drahtige Ungeheuer hebt das Gewehr und richtet es mit ausgestrecktem Arm auf meine Stirn. Sein Zeigefinger krümmt sich.

„Schieß endlich", flehe ich den Aussätzigen an.

Ich sehe die Schuhe des Monsters. Es sind Adidas-Turnschuhe, was sonst.

Das Schwein hat meine Claudia ins Reich der Toten verabschiedet. Wahrscheinlich hat er auch Bauer und Morgenrot auf dem Gewissen. Er und kein anderer bereichert die Mörderkartei. Gleich wird mein Körper in Fetzen gerissen und ich werde auf die Engelsgestalt fallen. In unserer Blutlache werden wir vereint sein.

Warum drückt er nicht ab...?

Der Saukerl flucht: „Deck sie zu!"

Er dreht sich um und geht weg. Einfach so, als habe es den Todesschuss nie gegeben. Ist es der Abgang eines Verstörten?

Von den Ereignissen übermannt vergieße ich Herzblut. Mit meiner Freundin allein bin ich ein bis ins Mark getroffene Wehmutsbündel. Ich lasse Beates Kopf behutsam ins Gras sinken. Was hat das Monster gesagt? Ich solle sie zudecken?

Ja, ja, eine Decke.

Ich hülle Claudias Körper in den aus dem Bus geholten Schlafsack. Mit schmerzender Brust und vernichtetem Herz drücke ich ihre gebrochenen Augen zu.

Woher nehme ich die Kraft dazu?

Dann wimmere und schluchze ich heftig. Alsbald ist das Todesgewand meiner Claudia durchtränkt mit meinen Tränen. Mein wehklagen bildet eine Einheit mit der Anklage des säuselnden Windes in einer Nacht des Unfassbaren.

*

Bis in die Morgenstunden habe ich bei der Toten ausgeharrt. Ich habe sie wie die Kronjuwelen bewacht. Erst die eingetroffenen Polizisten bereiten dem Sakrament der Trauer ein Ende. Wer hat die Uniformierten angerufen? In meinem Zustand betrachte ich die Kollegen als Randerscheinungen.

„O Gott, meine liebste Freundin ist tot.... Sie ist tot...‚ stammele ich unentwegt, als wäre ich mutterseelenallein. „Das Schwein hat sie erschossen, einfach so.“

Zwei unsentimentale Beamte versuchen mich von der Freundin wegzuzerren, doch ich klammere mich an die Verblichene und wehre mich gegen rustikale Polizeimethoden, doch mein Bemühen bleibt erfolglos. Sie verfrachten mich in einen Polizeitransporter, dann prasseln unzählige Fragen auf mich ein.

Weshalb es zum Todesschuss gekommen sei? Mein Motiv steht im Brennpunkt. Meine Zurechnungsfähigkeit wird angezweifelt. Ob ich Alkohol getrunken hätte? Meine Glaubwürdigkeit stellt man auf den Prüfstand. Ein Delikt aus Verzweiflung oder Rache, wegen was weiß ich, hängt man mir an. Ich höre sogar das Wort Mordverdacht. Untersuchungshaft ist das Letzte, was ich zum Abschluss vernehme.

Mich lassen die Anschuldigungen kalt. Das ich selbst Mitglied der Mordkommission Aachen bin, glaubt mir eh niemand. Soweit reicht die Solidarität unter Kollegen vom Land und denen in der Stadt nicht. Sollen sie mich einsperren. Mein Himmelreich hat eine Höllenbrunst in Schutt und Asche belegt. Dessen Bedeutung realisiere ich mit unendlich viel Zeit im Knast. Ein Leben ohne Claudia? Pah!

Den Tag nach dem Trauma verbringe ich in Untersuchungshaft, dann setzt man mich mit Auflagen auf freien Fuß. Der rekonstruierte Tatablauf entlastet mich, dazu die nicht zu meiner Bekleidung passenden Spuren im hohen Gras, die nicht vorhandene Schmauchspuren an meinen Händen, dann der Schusswinkel und all das Tral-lala. Es fehlt die Mordwaffe und ein Augenzeuge, das alles sind wichtigste Instrumente zum überführen eines Tatverdächtigen.

Die Monschauer Polizei übergibt an die Aachener SO-KO, wo der Mord hingehört, denn vom Dreiländereck begab sich der Mörder in meinen Windschatten. Zur Clique der Gutbetuchten könnte der Todesschütze gehören. Ein Pseudoangesehener hat meine Freundin aus dem Leben gerissen.

Der Name des Mörders?

Ich kenne ihn...... .

Es war..., es war...?

Die Buchstaben des Verrückten habe ich auf der Zunge, kann allerdings weder ein Wort noch Bild daraus formen. Ein winziger Kick zum Namen fehlt im Kopf. Wie spricht sich der Nachname aus? Er besteht aus fünf oder sechs Buchstaben. Womit fängt er an? Mit D, oder einem G, oder einem K....?

Sinnbildlich hat mich der Oberkommissar wieder am Sack. Allein beim Gedanken an ihn ballen sich meine Hände zu Fäusten. Für mich besteht keinerlei Zweifel, dass seine Rolle gewaltig zum Himmel stinkt. Womit ist der Oberbulle am Vollstrecken des Todesurteils beteiligt? War er es, der den Todesschützen auf meine Spur gesetzt hat? Und was ist mit der SOKO? Sind die Kollegen dem Oberkommissar auf die Schliche gekommen? Hat der Frauenschwarm Felix Freitag die Scheuklappen abgelegt? Und ist ihm das gelungen, wo sind dann die Beweise?

Kowalski gibt sich keine Blöße. Es wird schwer, den Chef der Kripo anhand spekulativer Verdachtsmomente zum Geständnis zu bewegen. Felix und die Kollegen Schneider und Pelzer sind gute Polizeibeamte, aber es fehlt ihnen an der dafür nötigen Kaltschnäuzigkeit. Und ob ich je wieder zum Zug komme, das steht in den Sternen. Darüber entscheidet Kowalski und der wird es verhindern.

Die an ihren inneren Verletzungen jämmerlich verblutete Claudia wird in die Gerichtsmedizin nach Aachen zur Obduktion überführt. Das Aufschlitzen ist unumgänglich und normal bei unnatürlich zu Tode Gekommenen. Der Schuss hat das Herz der Guten zerfetzt, das hat mir einer der Monschauer Polizeimediziner versichert.

Auch mein Herz ist gebrochen und der Ort Monschau ist für mich Geschichte, und zwar eine, die von der Trauer lebt.

Mit Felix fahre ich im Campingbus heim in mein mit Wolken zugehangenes Aachen. Der hat keine Sekunde an meiner Unschuld gezweifelt. Es ist schön, den beruhigenden Atem des Freundes zu hören, und die Wärme durch seine Nähe zu spüren. Jede liebgewonnene Geste baut mich auf. Dermaßen harmonisch könnte es mit uns weitergehen. Das ist ein Wunsch, der nie stirbt.

C`est la vie.

Prompt zerstört Felix die über uns schwebende Einigkeit mit einem fragwürdigen Kompliment, denn der Sack behauptet: „Während deiner Abwesenheit habe ich mir mit einem Bild von dir als Wichsvorlage über meinen Bernstein gerubbelt."

Du meine Güte, das ist ungeheuerlich. Die Wichsvorlage als Beweis für seine Liebe zu mir zu verwenden, ist eine scheußliche Entgleisung. Sie ist entwürdigend. Aus ihr spricht die Abneigung zum weiblichen Geschlecht, speziell gegen seine Ehefrau. Dazu empfinde ich seine Äußerung so was von unpassend.

„Geschenkt, Kollege", mache ich meinem Unmut Luft. „Halt deine Zunge im Zaum. Normalerweise lasse ich dir den sexistischen Kram nicht durchgehen."

Ich ignoriere den Verdutzten, stattdessen trauere ich hingebungsvoll bei der Heimfahrt. Hängen die Fahnen an den Häusern auf halbmast?

20

Warum hat der Mann mit der Strumpfmaske meine Freundin kaltblütig abgeknallt? Warum nicht mich? Das sind die elementaren Fragen, alle bisherigen Schweinereien überschatten. Hat mich eine Ladehemmung gerettet? War's ein Versehen? Übermannte den Mörder nach dem Abschlachten Claudias etwa Bedauern?

Diese Überlegungen sind von grundsätzlicher Bedeutung, ebenso die Fragen nach meiner Zukunft: Hat sich der Killer der Kripo gestellt? Wurde der Todesschütze eingebuchtet? Ist das Regiment an Verruchtheit ausgestanden und ich kann mich wieder frei und unbeschwert unter meinen Mitmenschen bewegen?

Schön wär's, aber mein Verstand wehrt sich gegen das einlullende Getue. Der Mörder ist eine Schmeißfliege. Die wird weiterhin um mich herumschwirren und den nächsten Mordversuch starten. Bei seinen verkorksten Manieren war Monschau der sprichwörtliche Aussetzer, den er bereut.

Jedenfalls bin ich wieder präsent in Aachen, allerdings befinde mich am Scheideweg: Räche ich die grausam Verblutete? Aber wen knöpfe ich mir vor, ohne Gefahr zu laufen, wie Claudia zu enden? Hat Felix seine Zurückhaltung gegenüber Kowalski aufgegeben? Während der Autofahrt nach Aachen hat er sich diesbezüglich bedeckt gehalten. Schalte ich den akkuraten Schneider ein, wie ich's vorhatte?

Zuerst einmal aktiviere ich die Eigenverantwortung für mein Weiterleben. Es gilt genauestens hinzuschauen, was sich um mich herum regt. Ich behalte die Bäume, Sträucher und verdächtige Hauseingänge im Auge, auch die Fenster. Der Todesbote kann hinter allem lauern mit dem Karabiner im Anschlag. Des Schicksals Mächte stehen in meiner Schuld. Werden die sich anstrengen und meinen Tod verhindern? Und was kann ich mit folgendem Kalenderspruch anfangen: Ein gutes Gewissen ist ein sanftes Ruhekissen?

Um mein Gewissen steht es hundsmiserabel. Ich hätte das sinnlose Erschießen meiner Freundin verhindern müssen. Das nicht getan zu haben, belastet mich. Auch den Selbstmord des seiner Gefühle beraubten Frührentners habe ich nicht vergessen. Beides erdrückt mich wie ein unreparierbares Vermächtnis. Ich kann Gott sei Dank damit umgehen, denn mein Tod lässt auf sich Warten.

Das Gerichtsverfahren gegen den Kleinkriminellen Lebewirt steht an. Das ist ungewöhnlich bei den langsam mahlenden Mühlen der Gerichtsbarkeit und deren Überbelastung. Im Dreiländereck ist die Kriminalitätsrate von Jahr zu Jahr in die Höhe geschnellt. Die Richter und Schöffen stöhnen unter der Last an Verhandlungen und unter der gesellschaftlichen Verrohung. Anhand der riesigen Summe an Verbrechen quillt der Schaukasten vor dem Gerichtsgebäude über.

Im Fall Lebewirt lässt das Gericht den Mordvorwurf fallen. Das ist der skandalträchtigen Presse zu entnehmen. Bezeichnenderweise baut Lebewirts Anwalt Altenheim auf eine clevere Verteidigungsstrategie. Für ihn haben überzogene Lebensansprüche im Trend des Zeitgeistes Lebewirts Spielsucht und die damit einhergehende Verschuldung verursacht. Lebewirt ist durch die Glimmerwelt der Reichen ins straucheln gekommen.

Bei der hervorragenden Arbeit des Anwalts kommt der Halsabschneider glimpflich davon, das vermute ich. Nun ja, wie die meisten Kriminellen in diesem Land, die mit den Finanzen anderer spekulieren.

In einer alten Ausgabe der Tageszeitung, erschienen während des Eifeltrips, lese ich einem Artikel auf der Lokalseite. In dem hatte der Oberkommissar den Lesern berichtet: Es war Günther Bauer, der seine Verkaufskraft Lisa Färber erwürgt hat. Dann bezichtigte er den bedauernswerten Gottwald des Mordes an Bauer und dem Architekten. Als Begründung musste natürlich die leidige Eifersucht herhalten. Großkotzig hatte der Oberbulle das Überführen des Rentners als solides Stück Polizeiarbeit gepriesen. Wenige Wochen klein, klein Taktik hätte den Mörder in die Ausweglosigkeit gehetzt. Der in die Enge Getriebene sah sein Seelenheil im Suizid. So leid es ihm täte, aber sein Hand an sich Legen lag nicht in meinem Einflussbereich.

Ich klappe das Wurstblatt zu und murmele: „Hau den Lukas, du widerliche Wanze. Nichts als verlogene Heuchelei. Du bist und bleibst ein bedauernswerter Satansbraten."

Den Mord an Lisa hat er richtig verkauft. Dass Bauer der Mörder war, hatte ich frühzeitig der SOKO verklickert. Und Gottwald des Mordes an Günther Bauer zu bezichtigen, geht ja noch an, nehmen wir den Schutz vor den Schlägen, denen seine Geliebte ausgesetzt war, als Motiv, aber das Erschießen des Architekten mit Eifersucht zu begründen ist inakzeptabel.

Zum selben Thema hatte Anja in ihrer Gerichtskolumne geschrieben: Per Zufall hat der Oberkommissar herausgefunden, dass der Architekt eine Liebesbeziehung zur Frau des Maklers Bauer unterhalten hatte, genau zu der Frau, in die auch der Frührentner verliebt war. Das ist nicht neu, aber ist das überhaupt richtig? Oder gleicht es einer Sage und ist nur ein Gerücht?

Für mich ist Gottwald als Mörder getürkt und Kowalski benutzt das unbedeutende Techtelmechtel als billige Rechtfertigung. Das es eine SOKO gibt und die meine Meinung zementiert hat, darüber wurde in der Presse mit keiner Zeile berichtet. Für Unbeteiligte hört sich das Pamphlet glaubhaft an.

Ich habe mir schweren Herzens die Schuld an Gottwalds Suizid eingestanden, trotzdem muss irgendwann Schluss sein mit den Selbstvorwürfen. Gottwald musste nicht auf den Mogeltrick reinfallen und daraus diese Konsequenz ziehen. Ich konnte die Größenordnung seine Verzweiflung beim besten Willen nicht erahnen. Deshalb gräme ich mich nicht bis ins Unendliche, denn auch darüber wächst Gras. Der Vater Rhein fließt weiter über Holland in die Nordsee.

*

Ich bin hundemüde und blase Trübsal. Mir geht's wie einem Köter, dem man auf den Schwanz getreten hat. Als total Weggetretene betrachte ich die Bedienungsknöpfe meines Waschvollautomaten. Der strahlt eine ähnlich gestörte Lebensfreude, wie ich aus. Nur eine saubere Jeans und zwei T-Shirts sind mir geblieben. Welchen Waschgang nehme ich? Ich weiß nicht mehr, wo mir der Kopf steht.

Was soll nun werden? Mit Claudias Tod werde ich mich niemals abfinden. Ich sehe nur eine Lösung und die lautet: Geh endlich wieder unter Menschen.

Also latsche ich mit der Beschaffenheit eines Sozialfalls durch die Lothringer Straße und überquere die Wilhelmstraße, um kurz danach durch den Elisengarten und um den Dom herum zu schlendern. Ich habe mich in Aachen immer wohlgefühlt, obwohl mir Wasser in der Form eines Flusses fehlt. Für mich ist die Altstadt ein Stück Heimat. Als ich am Rathausbrunnen vor der Figur Karls des Großen verharre, denke ich in dessen Angesicht an Kowalski. Der Oberbulle ist von der Macht besessen, ähnlich dem großen Karl, nur wird er seine Berühmtheit nie erreichen.

Nach zwanzig Minuten gehe ich weiter und komme zum Glaskubus, wo ich abermals innehalte. Die Innenstadt mag Schwachstellen haben, denke ich, aber sie kann sich mit anderen Zentren des Landes messen, was mich freut, dennoch horche ich, wegen des Schmerzes über den Verlust der Freundin, tief in mich hinein. In mein Leben zieht nie mehr Freude ein. Noch dazu kräht nach mir kein Hahn.

Ist das so? Denkt eventuell der wankelmütige Felix an mich? Meine angespannte Beschaffenheit, wegen des mordlüsternen Monsters, quakt: Du bist zu jung zum Sterben, aber wer sich in Gefahr begibt, kommt darin um. Schere dich nachhause, Mädchen, und verrammele deine Bude.

Ausnahmsweise regnet es keine Bindfäden. Ich verspüre auch kein quälendes: Du brauchst Nahrung. Mich hat eine entkräftende Appetitlosigkeit befallen. Ich bin zum Strich in der Landschaft abgemagert. Im Moment ähnelt mein Körper einem skelettartigen Gestell mit schlaffen Hautfetzen dran. Das bilde ich mir zumindest ein.

In meinem Zustand hat Felix keinen Spaß an mir, denke ich. Der Mistkerl findet mich abstoßend. Aber egal. Er macht eh einen Bogen um mich, was an den Trauerrändern unter meinen Augen liegen könnte. Mit denen gleiche ich einer verkratzten Schallplatte der Beatles aus den sechziger Jahren oder dem Teilnehmer an einem Begräbnis.

Ist es dann Zufall, oder treibt mich eine innere Vorahnung am Hauptquartier des Oberkommissars vorbei? Und das ist seine stadtbekannte Kneipe. KÖPI nennt sich der Schuppen.

Neugierig bleibe ich vor dessen Eingangstür stehen.

Ist Kowalski in der Kneipe?

Wie ein Fanal der Gebrochenheit starre ich die zur Renovierung anstehende Barockfassade an, als der Oberkommissar gut gelaunt aus dem Gebäude auf mich zustürzt. „Hallo, du Traum meiner schlaflosen Nächte", dröhnt es mir entgegen. „Lange nichts voneinander gehört. Vor Minuten habe ich wegen des Todes deiner Freundin an dich gedacht."

Meine Atemwege verkrampfen sich. „Erwähnen Sie nicht meine Freundin", knurre ich. „Bitte wechseln Sie das Thema."

„Tut mir leid, Frau Sonntag", haucht der Kommissar seidenweich und noch dazu schwammig. „Ach was, ich sage Sara."

Der Bomber hat eine mordsmäßige Alkoholfahne und begrabscht mich unterhalb der Schulterblätter. „Vergiss die Tote für ein paar Minuten", labert er. „Machen wir ein Schwätzchen, dabei trinken wir ein paar Bierchen. Ich bin in Feierlaune."

Mir bleibt die Spucke weg. Von Kowalskis Stimme bekomme ich die Krätze. Hört sich so Anteilnahme an, gar tiefstes Bedauern? Ich warte auf die Feierlichkeiten mit der Familie zu Claudias Begräbnis, dazu ist Gottwald kaum unter der Erde, und das Ekel denkt an Radikalbesäufnisse.

Okay, der Suffkopf ist ein grober Klotz und der Alkohol hat ihn gefühlskalt gemacht. Mitgefühl ist von abgestumpften Menschen nicht zu erwarten, außerdem ist er der Schuldige an Claudias Ableben, davon bin ich überzeugt. Wo war der Schmutzfink zur Tatzeit? War er in Monschau?

Der scharfsinnige Schneider könnte es wissen. Hinter den Neuen werde ich mich klemmen. Aber zuerst horche ich den Bomber aus. Ich werde ihm auf den Zahn fühlen. Im Suff hat sich schon mancher um die Früchte seiner Arbeit gebracht.

Der abgehalfterte Polizeipräsident hat sich in den Ruhestand zurückgezogen, um der befürchteten Bloßstellung zuvorzukommen, dazu ist die bevorstehende Beförderung des Oberkommissars festgezurrt. Über diese Vorgänge weiß die Presse alles. Sie vertraut den von Kowalski in die Welt gesetzten Todesgründen, Bauer, Lisa und Morgenrot betreffend. Ratlosigkeit dagegen herrscht beim unsinnigen Tod meiner Claudia.

Kowalski hakt sich bei mir ein und wir schlurfen ins KÖPI. In dem werden wir mit großem Bahnhof begrüßt. Seine aufgeschwemmte Fratze und den ekelhaften Bierbauch hat sich Kowalski hier an der Theke des Spießbürgerlokals angelacht, vermute ich.

Als wir uns auf die hochbeinigen Barhocker gehievt haben, bestellt Kowalski mit donnernder Stimme: „Zwei Biere und zwei Klare!" Die Bestellung hallt als Echo von den verräucherten Wänden wider.

Die Getränke stehen vor uns, da grölt Kowalski: „Ex und hopp, Sara. Rein damit."

„Brrrr... ."

Der Doppelkorn schüttelt mich durch, worüber Kowalski abwertend lacht. Das klingt vulgär, wegen seiner gewaltigen Batterie an Schnäpsen intus. Bei der Saufnase erlischt sogar der Anspruch auf Flaschenpfand, denke ich mit Abscheu. Der Oberbulle hat sich bereits im Präsidium eine Vorfeier auf die beschlossene Beförderung genehmigt.

„Das Gleiche noch mal", bestellt der Bomber erneut, ich habe gerade mal am Bierglas genippt.

Die Zunge Kowalskis lockert sich vom hochprozentigen Fusel. Sein Kopf fängt Feuer. Seine Birne ähnelt denen im Rotlichtmilieu.

„Hoppla. Der Hocker ist glatt."

Der Bomber juchzt vergnüglich.

„Griechischer Wein, der ist das Blut der Erde....... ", schmettert er in den Schankraum.

„Ach was, das Gesöff saufen höchstens die von der Sonne ausgedörrten griechischen Waschlappen", grölt er über den Tresen. „Udo. Bitte noch zwei Köppelchen für gestandene Polizeibeamte."

Mittlerweile hat mir der Bomber das Du aufgezwungen. „Sag Alfred zu mir", so hatte er's mir grinsend eingebläut, dabei hat er wie ein Lude seinen rechten Arm um meine schlanken Hüften gelegt.

Er starrt gierig auf meine Brüste, wobei er über seine Beförderung in einem Anfall von Größenwahn labert: „Ich bin der Größte und habe es geschafft", kommt ihm nuschelnd über seine wulstigen Lippen. „Rasant, was? Den Aufstieg zum Polizeipräsident verdanke ich meinem Gönner."

„Domen, nehme ich an."

Ich bin schlau wie ein Fuchs und habe den mutmaßlichen Gönner in unser Gespräch eingeflochten, weswegen die Schnapsdrossel klönt: „Na klar. Der Mann ist ein Tausendsassa. Domen ist verdammt egoistisch und ge-rissen, sage ich dir. Aber als Erfolgsmensch macht er überall seinen Einfluss geltend."

„Auch bei dir?"

Kowalski hat meine Frage nicht überhört. Sturzbetrunkene sind zwar schwerhörig, aber nicht dämlich. Trotz allem bemerkt er nicht, worauf ich hinauswill, so schwa-felt er weiter: „Natürlich, meine Süße, warum nicht? Domen ist die graue Eminenz in Aachen. Mit Reichtum und Macht, sagt er, manipuliert er jede Stellenbesetzung und kauft jeden."

„Domen imponiert mir nicht. Der ist..... ."

„Aber mir", donnert Kowalski dazwischen. „Er ist ein Bonze von bewährtem Schrot und Korn."

Brutal drischt er mit der Faust auf das Eisengestänge des Tresens, dann tätschelt er sich zufrieden den Bauch.

„Manchmal aber auch ein verweichlichter Hasenfuß", näsele ich unterschwellig.

Pass auf, was du sagst, so bedrängen mich meine wissbegierigen Gehirnsegmente in weiser Voraussicht. Bloß kein falsches Wort in den Mund nehmen. Verärgere ihn nicht. Der Oberkommissar macht nicht umsonst viel Lärm. Dahinter verbirgt er irgendwas.

Ich verarbeite gerade den Rat, als der Bomber radebrecht: „Rede kein dummes Zeug. Domen ist ein feiner Mensch, auch wenn er den einen oder anderen Fehler macht."

Kowalski wischt sich nach einem mächtigen Zug den Bierschaum von den Lippen und kippt fast vom Hocker. Doch er berappelt sich und klammert sich mit beiden Händen an mich. Das besoffene Ferkel und was verbergen? Nicht in dem geilen und besoffenen Zustand. Ein verriegelter Medikamentenschrank ist der nur nüchtern.

Ich notiere mir im Kopf Kowalskis Plappern vom Fehlermachen und frage: „Welche Fehler? Doch nicht dein verehrter Herr Domen?"

„Na ja", erwidert der Bomber. „Aber dann hat er ja mich."

„Selbstverständlich", lobe ich ihn und gebe ihm einen freundschaftlichen Klaps. „Du bist sein Freund."

„Und das ist gut, Süße", kräht Kowalski. „Für meine Karriere übernehme ich gerne die Schmutzarbeit. Bauer und Morgenrot hätten Domen fast das Genick gebrochen. Da wird man unachtsam."

Was meint Kowalski mit der Schmutzarbeit? Mir geistern subtile Gedankensprünge durchs Kleinhirn: Der Präsident besitzt Laufschuhe. Wollte er meinen Skalp als Trophäe an seinen Gürtel heften? Und das wegen meiner Schönheit? Aber warum musste meine Freundin sterben? Ist sie die Unachtsamkeit, von der Kowalski gesprochen hat? Wer ist die unkenntliche Figur in meinem Kopf? Wann nimmt sie Kontur an?

Darin bin ich nicht viel weitergekommen. Den jetzigen Sachstand hatte ich oft, also denke ich detailgetreuer nach: Der Baulöwe erwürgt Bauer, dann erschießt er Morgenrot wegen der nicht eingelösten Grundstückszusage. Das nehme ich als Fakt. Danach befürchtet er das Offenlegen durch mich, und das zwingt ihn zum Äußersten. Es klingt logisch, dass mir Domen das Lebenslicht ausknipsen wollte, aber warum hat er Claudia in den Tod geschickt?

Und was wäre, wenn Kowalski auf mich geschossen hat? Das nötige Geschick zur Waffenanwendung besitzt er. Ich laufe ihm aus dem Ruder, prompt sieht in mir Gefahrenpotenzial für seine Beförderung und er schießt. Doch er hat mich nur leicht verletzt, daher verfolgte er mich zum Zweck meiner Hinrichtung nach Monschau. Und dort, in jener Schreckensnacht, erschießt er meine Claudia. Aber weshalb meine Freundin?

Tja, wie war's nun?

Meine Gedanken kehren zum Präsidenten zurück, denn wenn Domen der Mörder ist, dann benutzt er die Ab-hängigkeit des Bombers als Rückendeckung. Der verhält sich loyal, das weiß er. So geht er felsenfest davon aus, dass Kowalski meine Aufklärungsschritte unterbindet. Als ihm das nicht gelingt, bietet Kowalski Domen eine Notlösung an. Er will den Selbstmörder

Gottwald zum Mörder erklären, aber das reicht dem Präsidenten nicht, weil ich ein Sicherheitsrisiko bleibe, also fordert er auf Nummer sicher zu gehen, und das ist mein Tod. Ist das die Erklärung für das Spektakel in Monschau? Was ging schief in jener Nacht? Nicht ich, Claudia ist das Opfer.

Stockschwere Not. Höre ich die Flöhe husten?

Es ist der blanke Wahnsinn. In mir dreht sich alles. Ich fühle mich wie auf einer Achterbahn. Mit wem sitze ich hier an der Theke? Mit einem Mordhelfer oder einem rücksichtslosen Mörder?

Der Bomber hat sich von den anderen Saufkumpanen abgewandt. Er legt seine rechte Hand auf meinen linken Oberschenkel.

„Süße Sara", schäkert er. „Endlich wird's noch was mit uns beiden."

Die Fahne des Saufsacks und seine Aufdringlichkeiten sind mir unangenehm, dennoch bleibe ich auf Tuchfühlung und versuche belanglos zu klingen, als ich erwähne: „Dein Baulöwe hat Bauer abgrundtief gehasst. Das verstehe ich, aber.... ."

„Noch zwei Doppelkorn, Udo!"

Kowalski hat resolut dazwischen gebrüllt, danach sabbert er ordinär ins leere Bierglas. Mir graust bei der Vorstellung, der Oberprolet lenkt als Aushängeschild die Geschicke Aachens. Der gehört in ein Arbeitslager, in dem man ihm den sozialen Umgang mit Mitarbeitern beibringt.

Ich bin gedanklich noch beim Dilemma, da schiebt sich der Bomber ganz nah an meine linke Ohrmuschel. Unbeholfen legt er den Zeigefinger auf die zugespitzten Lippen. Schwammig glänzen seine Augen wegen seines Alkoholpegels.

„Psst, Süße", flüstert er sorglos. „Was ich dir jetzt sage ist streng vertraulich. Nichts für neidische Ohren. Verstehst du das?"

„Freilich", sage ich geduldig.

„Domen hasste Bauer und Morgenrot wie die Pest", faselt das Alkoholfass hemmungslos drauflos. „Mal ehrlich, wer tat das nicht. Du doch genauso, oder?"

„Sicher", bejahe ich, obwohl ich beide kaum kannte, doch ich mache das Fragespiel mit und antworte. „Aber Domen wurde von den Ratten verarscht?"

„Und wie", schnalzt der Bomber. „Mein Freund hat viel Gutes getan, denke an den Stadionneubau. Aber trink aus, Sara."

Mir ist schwummrig im Kopf. Zu viel Schnaps auf leeren Magen vertrage ich nicht. Doch um den Oberkommissar bei Laune halten, befolge ich seine Aufforderung. Ich nippe kurz, dabei lüftet Kowalski altbekannte Vorgänge: „Domen hat Millionen ins Tivolineubauprojekt und hinterher in die Vorbereitungen zum Grundstückskauf gestopft", sabbert er. „Alles Schwarzgeld und am Fiskus vorbei, aber danach fragt heutzutage ja keiner."

„Das war doch unvorsichtig", entgegne ich. „Warum tat Domen das? Die Steuerfahndung schläft nicht. Ich habe ihn für cleverer gehalten, denn das kommt raus. So richtig verstehe ich das Verhalten des Baulöwen nicht. Oder hat er geglaubt, die Bestechung sei perfekt abgesichert gewesen?"

„Das könnten dir die Säue Bauer und Morgenrot erklären, würden sie noch leben. Die hatten ihm versichert, dass er keinerlei Risiken eingeht, dennoch verweigerten sie Domen den Zuschlag", schnauft der Besoffene. „Die Galgenvögel haben ihn trotz der Finanzspritzen übergangen."

„Und da wurde der Präsident narrisch.... ."

„Ja logisch. Das würdest du auch", beteuert Kowalski. „Mein Freund geriet regelrecht aus dem Häuschen. Deshalb schickte er seinen Hünen zum Bauer. Woher sollte er wissen, was sich entwickelt?"

Mir stockt die Blutzufuhr vor Verblüffung.

Ist das Gefasel des Überquellenden gequirlte Scheiße? Hat er in seiner Alkoholumnebelung das Geheimnis um den wahrheitsgetreuen Tathergang der verhängnisvollen Nacht in Bauers Haus preisgegeben?

Es ist atemberaubend.

Mir verschlägt es die Sprache. Wochenlang habe ich in den Mittelpunkt der Zielscheibe spekuliert, denke ich. Und jetzt stellt sich Bernd als das Nonplusultra heraus. Zum Teufel auch. Das Komplott besteht aus dem Baulöwen, aus seinem Bodyguard, und dem das Verbrechen deckenden Kowalski. Mit Bernd erklären sich die runden Abdrücke am ersten Tatort. Der Leibwächter hatte beim Warten auf Bauer mit dem Totschläger im Boden gestochert, wie ich's vermutet hatte. Schamlos hat der Bomber mit stoischer Dreistigkeit die Unschuld vom Lande gemimt, obwohl er der entscheidende Mitwisser im Mordmelodram ist.

Und als würde das Skandalöse nicht reichen, sprudeln weitere Ungeheuerlichkeiten aus Kowalski heraus.

„Bernd ist dumm und unbeherrscht. Derlei Schlafmützen beherbergt jeder Verein. Neben sinnloser Kraft im Bizep hat er nur Stroh im Hirn."

„Das sieht man dem Kraftprotz an", bestärke ich den Oberkommissar bei seiner Analyse, sodass der gurgelt: „Das Kraftpaket sollte Bauer nur einschüchtern. Domen dachte an einen Denkzettel. Dass Bernd den Bauer dermaßen verdrischt und noch dazu erwürgt, konnte er nicht vorhersehen."

„Und Morgenrot?"

Ich bin ganz nah dran an der totalen Aufklärung, deshalb muss alles an den Pranger.

„Beim Tod des Architekten war eh alles egal", grummelt Kowalski. „Auf einen Toten mehr oder weniger kam es nicht an. Nur hat Bernd seine Linie verlassen und sich einen Schießprügel besorgt."

„Und wie deichselte es Domen mit Bauers Schnalle?"

Ich frage nach dem Busenwunder. „Frau Bauer hat den Verdacht auf den Syrer Hamadi gelenkt, obwohl sie ihn nicht gesehen hat. Die hat nichts vom Mord an ihrem Mann mitgekriegt."

Kowalski reibt sich die Hände.

„Ihre Rolle hat sie phantastisch ausgefüllt, denn der Präsident hat sie mit schnödem Mammon manipuliert", erklärt er. „Weiber sind käuflich. Sagte ich das nicht?"

„Doch, doch."

Ich schüttele mich angewidert, bleibe aber in Lauerstellung. „Und wo ist das Schmiergeld geblieben?"

Der Oberbulle säuft erneut einen Schnaps auf ex und schüttelt sich.

„Wahrscheinlich haben es Bauer und Morgenrot unter sich aufgeteilt", stammelt er vor sich hinsabbelnd. „Ich denke, es liegt auf einer Bank in der Schweiz oder in Luxemburg."

„So, so, und du hast das alles gewusst", sage ich mit federweicher Stimme, obwohl ich innerlich lodere. „Mein lieber Scholli. Von Anfang an?"

„Ne, ne, meine Schöne", wehrt sich der Bomber. „So eindeutig war's anfangs nicht. Okay, ich habe weggesehen. Das hätte ich nicht tun dürfen."

„Keine Frage", rutscht mir raus.

„Aber um Hilfe bat mich Domen erst nach deinem Besuch bei ihm", wurstelt sich Kowalski um Kopf und Kragen. „Der hat ihn nervös gemacht. Erst durch deine Fragerei bekam er's mit der Angst zu tun."

Aha, so lief das also ab. Ich habe den Fast-Polizei-präsidenten im Schwitzkasten, aber so was von hallo. Jetzt fehlen noch die Infos zum Tod meiner Freundin. Auch über den muss Kowalski die Wahrheit rüberwachsen lassen.

Unruhig rutsche ich auf dem Schemel hin und her. Ich bohre nach: „Apropos, wo du die Angst erwähnst. Ich bin vor Furcht fast gestorben."

„Du armes Mäuschen", säuselt der Bomber und will mich an sich reißen, aber ich entziehe mich dem Umarmungsversuch und frage: „Hast du den Kollegen Freitag wegen meines Weiterschnüffelns zum Leiter der SOKO ernannt?"

„Mann, Sara", nuschelt der Bomber, „nicht so schnell und nicht soviel auf einmal."

„Und den Mordversuch an mir hast du nicht verhindert", fasele ich, dabei packe ich dem Bomber resolut an die Schultern. „Hauchdünn bin ich dem entgangen."

„Was soll's. Du lebst und siehst gut aus."

Kowalski zieht meine Arme nach unten und will mir die Backen streicheln, wobei er mir halbherzig unterbreitet: „Ich habe die Machenschaften Bernds zu spät er-kannt. Wie sollte ich sie verhindern?"

„Halts Maul", fahre ich Kowalski an. „Du hast mich zu lange hinters Licht geführt. Hätte mich das Schwein in Monschau abgeknallt, was wäre dann gewesen? Du hättest dummdreist gelacht."

„Nein, Sara."

„Oh doch, sogar lauthals", bollere ich wie ein Kanonenofen. „Spucke es aus. Wer hat meine Claudia erschossen?"

„Bernd natürlich."

Das der Bodyguard der Mörder ist, ist keine Überraschung, denn einige Zusammenhänge deuteten auf den Schwachkopf hin, man hätte sie nur zuordnen müssen.

Bernd ist also der Name, der mir partout nicht einfallen wollte.

Ich staune auch nicht, als der Bomber ungelenk am Tresen hängt, und sich in der lächerlichen Haltung rechtfertigt: „Der Präsident hätte seinen Bodyguard zurückpfeifen müssen, wie ich's wollte, aber meine Rücksichtnahme dir gegenüber hat Domen erstrecht gegen mich aufgebracht."

„Rücksichtnahme? Habe ich mich eben verhört, oder hast du Rücksichtsnahme gesagt?"

Ich grolle verächtlich: „Schlicht und ergreifend Dusel hatte ich, dafür zolle ich dir keinen Dank. Ne, ne, Kowalski. Durch deine Hinterhältigkeit hast du das Leben meiner Freundin ausgelöscht."

„Ach die", knurrt der Oberkommissar, sichtlich gelangweilt.

„Ach die?", wiederhole ich noch abweisender. „Was soll das heißen? Hat der Tod meiner Freundin bei dir Schadenfreude ausgelöst? Was hast du gegen Frauen?"

„Nichts", zuckt der Bomber beschönigend mit den Schultern. „Die sah sogar gut aus."

„Herrgott noch mal, du falscher Fuffziger bist ein Frauenfeind", sage ich mit Feuereifer zu ihm und zeige ihm die kalte Schulter. „Mich hättest du ebenso über die Klinge springen lassen. Sterben solche Hyänen wie du nie aus?"

Mein Verstand meldet sich: Herr im Himmel, ich brauche verlässliche Zeugen. Wer bezeugt das Gefasel des Oberkommissars? Der Barkeeper?

Udo bestimmt nicht. Geschäftstüchtige sagen nicht gegen ihre besten Kunden aus. Und da wären die anderen Gestalten, die dem Suff frönen, doch auch die Unterbelichteten hake ich resignierend ab. Kneipenrumhängern sagt man ein vermindertes Urteilsvermögen nach. Ist das Geständnis Kowalskis wertlos?

Über die Realität enttäuscht, rüttele ich wutentbrannt am Anzug des Bombers. Und das so intensiv, dass der Besoffene zu schwitzen anfängt.

„He, Süße. Was machst du?", widersetzt sich Kowalski. „Du versaust mir den nagelneuen Anzug."

Vor Zorn bebend lasse ich den Oberkommissar los und reibe mir mit den Händen über meine Hosenbeine, als hätte ich mir die Finger an dem Gaukler schmutzig gemacht, prompt schüttet sich der Saufsack den nächsten Schnaps in den Rachen.

„Ahhh."

Kowalski prustet, dann wischt er sich die Lippen und das Kinn mit dem Ärmel seiner Jacke ab, dabei lallt er: „Und meine Beförderung? Was wäre ich ohne die Unterstützung des Baulöwen? Ein Streifenbulle mit Hungerlohn, kein Polizeipräsident."

Das war's.

Ich kann Kowalski nicht mehr zuhören und ihn nicht mehr ertragen. Das vom Suff geprägte Geplapper des Saufsacks ist unzumutbar und hat meine Nerven überstrapaziert.

Als mich Kowalski auch noch Sex fordernd anstiert, vergesse ich mich: „Du Furz wirst nie Polizeipräsident", brülle ich den Bomber mit ohnmächtiger Abscheu an. Ich springe vom Hocker und schütte dem Verstörten mein volles Glas Bier in die Fresse, danach schubse ich ihn auf die Kneipenfliesen.

21

Alles Gute kommt von oben. Das ist ein Satz aus dem alltäglichen Sprachgebrauch, doch bei mir kommt das Gute von der Seite, denn zu der ziehen mich kräftige Pranken, als ich durch das Portal ins Freie trete.

Es sind Schneiders Hände, und der zischt mit stechenden Augen, die ähneln spitzen Macheten. „Bravo, Sara. Endlich ist der Oberkommissar in die Mausefalle getappt. Beharrlichkeit zahlt sich aus. Die drei Augen und Ohrenzeugen haben dein Gespräch mit Kowalski klar und deutlich vernommen, das reicht."

Wen meint er mit den Zeugen? Da erst erkenne ich die Männer hinter Schneider, denn erschienen sind zum Entzücken meiner Pupillen Haftrichter Scheuer, und der Landtagsabgeordnete Gossen. Beide drücken sich an einem Spalt geöffneten Fenster ihre Nasen platt. Und wo steckt mein Kollege?

Gossen löst sich vom Fenster und reicht mir die Hand. Er schnarrt: „Tag, Frau Sonntag. Wie geht's?"

„Mau", antworte ich. „Zuviel Alkohol. Und Ihnen? Haben Sie meine Abfuhr im Immobilienbüro verdaut?"

Der Abgeordnete gackert.

„Bald geht es Ihnen besser, Frau Sonntag", ergänzt er. „Was halten Sie von einem Waffenstillstand?"

„Meinetwegen", antworte ich, doch ich behalte meine ablehnende Haltung. Für mich ist er ein Schmierenkomödiant der unverbesserlichen Sorte. Aus dem Mangel an Tageslicht überzieht sein Gesicht eine ungesunde Blässe. Damit sieht er leidend aus, doch durch sein gewinnendes Politikerlächeln wirkt er wiederum recht pas-sabel. Aber gerade das behagt mir wenig.

„Ich arbeite rund um die Uhr", behauptet der Abgeordnete. „Und gegen den Substanzverlust hilft gelegentlicher Lustgewinn als Entspannung und Stressabbau zum Wohle des Landes."

Soll das ein Witz sein? Er betitelt das Mitwirken bei fragwürdigen Amüsements als Stressabbau. Wegen dieser Frechheit nehme ich ihn in die Verantwortung.

„Sie sind als Politiker gewählt, nicht als fidele Bumskeule."

Ich konnte diese Randbemerkung nicht runterschlucken. Zu sehr lag sie mir auf der Seele. Nichtsdestotrotz versucht mich das Ferkel einzulullen: „Seien Sie nicht so kleinlich und legen Sie mein Hobby nicht auf die Goldwaage."

„Ihr schmutziges Hobby. Das wollten Sie sagen."

„Na gut. Ich werde mich bessern. Das verspreche ich. Aber wer ist denn bisher zu Schaden gekommen?"

„Politiker und Versprechungen", knurre ich. Mein Hohn hat sich verselbständigt. „Tanja Göring sieht das sicher anders. Das von euch missbrauchte Mädel hat einen gehörigen Knacks."

„Die ist zu weich", flötet Gossen. „Völlig ungeeignet fürs waagerechte Gewerbe. Aber niemand hat Tanja zur Teilnahme gezwungen. Und nun kommen wir zu Ihnen, also zum Höhepunkt."

Er lacht dreckig, als habe er den Witz des Monats gerissen.

„Mein Mann aus Düsseldorf nimmt Kowalski fest. Ich habe Schneider, als der Fall Bauer zum Politikum ausuferte, zur Kripo nach Aachen abkommandieren lassen. Er ist das beste Pferd im Stall des BKA."

„Aha?"

Ich bin verblüfft. „Sie haben das also angeordnet. Darauf wäre ich nie gekommen."

„Ich weiß", erwähnt der Abgeordnete mehr beiläufig. „Ich war ja ein Mordverdächtiger."

„Unter anderem auch Sie", sage ich ehrlich.

„Keine Ursache", räuspert sich Gossen. „Eben das übliche Denkmuster. Der bedeutende Politiker räumt den Kontrahenten ab."

„Daran wäre nichts außergewöhnlich", stoppe ich das arrogante Großmaul wegen des bedeutenden Politikers, doch der Landtagsabgeordnete tätschelt mir die linke Wange. „Geschenkt, liebe Frau Sonntag. Ich verzeihe es Ihnen."

In mir würgt es, was Gossen nicht daran hindert, nun alle Hemmungen abzulegen. Sein Geschwafel wird sogar noch schlimmer: „Einer zuckersüßen Frau kann man ja nicht böse sein."

Gott sei's gelobt, ich muss das Furunkel nicht lobpreisen, noch weniger wählen. Gossen hatte, und das ist typisch für ihn, mit dem Glücksgriff Schneider nur an seine ureigensten Interessen gedacht.

Auch der Haftrichter drückt mir gerührt die Hand und lobt meine Taktik. „Sie sind eine Granate. Wie Sie das Geständnis aus dem Oberkommissar herausgelockt haben, olala, das war erste Sahne."

Danach ordnet er an: „Genug der Höflichkeitsfloskeln. Hinein in die gute Stube. Zuerst wird Kowalski verhaftet, später dann Domen, und letztlich der Mörder, dieser Bernd. Einfach wird's nicht."

Doch bevor wir reingehen, frage ich Schneider: „Bist du immer so weitsichtig? Wie hast du den Prominentenaufmarsch vor der Kneipe zustande bekommen?"

„Nun ja. Ich hatte mit Gossen und Scheuer abgesprochen, dass ich handeln würde, sobald sich die Chance ergibt, denn mir sind beim Observieren des Oberkommissars Ungereimtheiten aufgefallen. Durch dich war's soweit. Dass Kowalski üble Flecken auf der Weste hat, war schon lange klar."

„Perfekt", zolle ich ihm Respekt. „Aber warum habe ich das nicht bemerkt?"

„Ich war supervorsichtig", antwortet Schneider. „Meine Funktion durfte nicht publik werden. Die SOKO und Kowalski, keiner hat den Braten gerochen."

„Du bist der Maulwurf. Alle Achtung. Das Manöver ist dir gelungen."

„Danke, Sara", ergänzt der Kollege. „Irgendwann geht mir der Oberkommissar auf den Leim. Ich brauchte nur eins und eins zusammenzuzählen, denn zu oft schaut der Suffkopf zu tief ins Glas. Aber dir mit deiner Glanznummer verdanken wir den Durchbruch. Den hast du durch dein Treffen mit Kowalski heraufbeschworen. Ich habe nur die Zeugen aufgetrieben."

„Nur? Nicht so bescheiden", hauche ich Beifall.

„Das ist auch wieder wahr. Doch Kowalskis ist abhängig vom Alkohol, wie die Südostasiaten vom Mekong. Seinen unmäßigen Alkoholkonsum hat man tagtäglich gerochen. Dafür brauchte ich keine Intelligenzbestie zu sein."

Der Mann vom BKA ist ein Polizist der Extraklasse, aber weshalb zückt er, als wir wie ein Sturmtrupp die Kneipe besetzen und bis zum Thekenbereich vordringen, seinen Dienstausweis? Das ist übertrieben. Der Bomber kennt ihn schließlich.

Der Oberkommissar sitzt weiterhin auf seinem Barhocker und ist bereit zu irgendwelchen Schandtaten. In der Haltungsnote verdient er eine fünf Minus, denn er befindet sich in der Endstufe seines Saufgelages.

„Ich nehme Sie fest, Herr Kowalski", mault Schneider theatralisch. „Bezahlen Sie und dann gehen wir."

Der Bomber reagiert nicht.

Er sieht mit seinen glasigen Augen geistesabwesend und steinalt aus, wie ein Greis. Das vom Bier klebrige Haar hängt ihm zerzaust in die Stirn. Mein Stoßen vom Barhocker hat seine piekfeine Anzughose verlottert. Sein gut geschnittenes Jackett hängt ihm zerknittert auf den Schultern, vorn offenstehend. Darunter, aus dem Schulterhalfter, lugt seine Knarre.

„Stehen Sie unverzüglich auf, Herr Oberkommissar, und geben Sie mir ihre Dienstwaffe. Sie sind verhaftet", schreit Schneider noch energischer. „Haben Sie das verstanden?"

Kowalski rutscht vom Hocker.

Er wackelt bedenklich, als er mit sichtlicher Verblüffung schnarrt: „Verhaftet? Mensch..., Schneider, ich bin Ihr Vorgesetzter. Noch solch ein Scherz... und ich degradiere Sie. Dann wienern Sie... die Polizeilatrine."

Schneider bleibt unbeeindruckt.

Er kramt sehr umständlich die Handschellen hervor, woraufhin Kowalski ironisch fragt: „Die ....Dinger .... wollen Sie ..... mir anlegen? Diese Kneifzangen .... soll ich tragen?"

Danach schaut er sich um und registriert meine Begleiter. „Sie hier..., Herr Scheuer? Habe ... die Ehre. Ein Bier... für den Haftrichter."

Aber nicht genug damit, schreit er den hinter dem Tresen lauernden Barmixer an: „Und eins...für den Promi... aus der Politik!"

Es vergehen einige Sekunden, dann wendet er sich wieder an mich: „Komm her, ..meine ...Süße. Wir sind... jetzt ein Paar."

„Machen Sie keinen Aufstand, Herr Kowalski", quakt Schneider. „Sie sind der Beihilfe an drei Morden überführt. Dazu kommt Bestechlichkeit im Amt und das Vertuschen von Straftaten."

„Was...bin ich?"

Der Oberkommissar lässt einen fahren und tut so, als sei es ihm peinlich. „Na so was", spottet er, dagegen kokettiert der BKA-Mann mit der Macht.

„Sie haben die Morde an Bauer und Morgenrot bewusst verschleiert", knurrt er selbstbewusst. „Und den Mord an der Freundin der Kommissarin haben Sie wissentlich in Kauf genommen. Schießen Sie Ihre Karriere auf den Mond."

Beim Namen Karriere durchfährt den Bomber ein Verlegenheitszucken. Schneiders Redefluss hat ihn elektrisiert. Erst dadurch hat er das Ausmaß seiner Situation kapiert. Seine verquollenen Augen glotzen listig, das Po-tential eines Giftmischers ausstrahlend. Er gibt sich nicht auf, nicht Kowalski, das spüre ich.

Genau so ist es, denn der Bomber ähnelt einem Fahrzeug mit scheppernden Panzerketten, als er stammelt: „Verhaftet...? So, so. Tja..., glaubt... man's?"

Und dann passiert es.

Kowalski kollabiert.

Er reißt seinen Revolver aus dem Halfter und richtet die Waffe auf Schneider.

„Keine....Dummheiten", droht er, dabei wirkt er fast wieder nüchtern. „Ich gehe jetzt unbehelligt zur Tür raus, dabei rührt sich hier niemand vom Fleck."

„Sie bleiben", schnarrt Schneider. Und der Haftrichter hängt an: „Ein Fluchtversuch verschlimmert Ihr Dilemma."

„Ich gehe..., basta. Und du, Sara, ...kommst mit."

Kowalski bringt seine Bewegungsmechanismen in Bewegung. „Befehle... erteile immer noch ich", haspelt er. „Das sagt...Ihnen...der zukünftige.... Polizeipräsident."

Behutsam setzt der Bomber einen Fuß vor den anderen. Ganz langsam, Schritt für Schritt, nähert er sich der Tür.

„Nun...komm, ...Sara", knattert er.

Schneiders Geduld ist überstrapaziert, denn der schreit abermals: „Sie sind verhaftet! Bleiben Sie stehen!"

Und auch ich mische mich ein, denn ich ahne, was gleich passiert. „Weit kommst du nicht, Kowalski. Gib auf. Du hast keine Chance."

Doch der Bomber ignoriert meinen Ratschlag. Ihm ist Stagnation fremd. Als er zwei Meter von der Ausgangs-tür entfernt ist, liefert er Schneider den willkommenen Anlass, den Helden herauskehren zu können.

Und der BKA-Mann ist kein Pappkamerad, sondern ein Bulle aus Fleisch und Blut, denn blitzschnell zieht er seine Waffe aus dem Halfter.

Wer schießt zuerst. Kowalski...?

Schneider....?

Die Schüsse fallen zeitgleich.... .

Ein Schrei...., dann das Röcheln.... .

Wen hat's erwischt?

Gerechterweise Kowalski.

Der Bomber stöhnt erbärmlich. Wegen bombastischer Schmerzen windet er sich mit einem Bauchschuss auf dem Fliesenboden. Unter ihm bildet sich eine Blutlache. Der heroische Schneider hatte Glück, denn Kowalski ist im Umgang mit der Waffe aus der Übung.

Alles weitere gleicht der Präzision eines Uhrwerks.

Ein herbeitelefonierter Krankenwagen bringt den Ver-letzten ins Klinikum, in Begleitung einer Polizeieskorte. Eine Notoperation ist fällig. Der Bomber hat viel Blut verloren. Sein Leben steht auf der Kippe. Hat er eine Überlebenschance?

*

Der Mord an Bauer schien anfangs aufgeklärt zu sein. Für meinen Partner stand nur Hamadi zur Debatte.

Niemanden anderes hatte er auf dem Radar. Doch den zu überführen erwies sich als knifflig, denn mit Lisa Fär-ber und dem Architekten Morgenrot sind zwei Tote hinzugekommen. Dadurch hatte sich das Netz an Verdäch-tigen von Tag zu Tag erweitert.

Zu denen gehörten der Makler, der Abgeordnete und der Baulöwe. Dazu bereicherten der zweite Syrer und Lisas Freund das Feld der Mordkandidaten. Zeitweise sogar Bauers Sohn und der Nachbar Gottwald. Und nun hat sich der Bodyguard Bernd Klever herausgeschält.

Jetzt ist der Sachverhalt klar, aber wie entwickelt sich die Verhaftung Bernd Klevers? Wird es das befürchtete Himmelfahrtskommando? Geht es sogar als wildes Ge-metzel in die Analen der Domstadt Karls des Großen ein?

Das Polizeiaufgebot übertrifft die Größe bei Fußball-spielen auf dem Tivoli. Solch ein Aufmarschszenario kennt man aus hunderttausend Krimis. Ein Spezialein-satzkommando aus Beamten mit kugelsicheren Westen rückt an und verteilt sich um das pompöse Anwesen des Präsidenten. Auf den Dächern der Häuser und in den Toreinfahrten wimmelt es von Scharfschützen mit ihren Präzisionsgewehren. Im vornehmen Südviertel herrscht der Ausnahmezustand.

Über Megaphon fordert der Einsatzleiter: „Kommen Sie mit erhobenen Händen raus, Herr Klever. Leisten Sie keinen Wiederstand."

Nichts rührt sich.

Der Vorgang wiederholt sich, aber diesmal kreischt Bernd Klever wutverzerrt: „Holen Sie mich doch. Ich gehe nicht in den Knast."

Das war's.

Alsbald wird die letzte Warnung ausgesprochen, doch wie es nicht anders zu erwarten war macht der Bernd

Klever keinerlei Anstalten, der Forderung des Einsatzleiters nachzukommen.

Dann ist die Frist abgelaufen. Es tritt das Verhaftungsprozedere in Kraft. Vier Mann der erprobten Einsatztruppe stürmen in die Garage, in die sich Bernd verschanzt hat.

Die Elitepolizisten versuchen, den rüden Artgenossen im Hauruckverfahren zu überrumpeln, doch der Leibwächter ergibt sich nicht kampflos. Er erweist sich eines Mörders würdig und macht seinem Ruf, ein brutaler Schläger zu sein, alle Ehre. Statt mit der Schusswaffe, die er anscheinend entsorgt oder versteckt hat, wehrt sich Klever mit seinem Totschläger. Mit dem drischt er auf die SEK-Beamten ein. Unverkennbar ist es das Ding, durch das Bauer entsetzlich entstellt wurde.

Erst als Bernd mehrere Kollegen krankenhausreif geschlagen hat, überwältigt die Übermacht den Widerling. Und womit war der Bodyguard vor der Festnahme beschäftigt? Typisch für ihn war er bei der Autowäsche einer Karosse seines Geldgebers.

*

Die Festnahme des smarten Baulöwen verläuft wenig spektakulär, aber auch nicht reibungslos. Domen beruft sich auf seinen Rechtsverdreher und macht die üblichen Sperenzchen. Das passt zu dem mit allen Schmutzwassern des Baugewerbes Gewaschenen.

Schneider überreicht dem Sonnenkönig in dessen zum Schutzbunker umgebauten Keller den Haftbefehl, doch der von seiner Paradestellung Überzeugte tönt: „Ich verklage Sie wegen Amtsanmaßung. Bitte den Namen und Dienstgrad?"

„Was soll der Unfug? Sie kennen mich", rechtfertigt sich der überraschte Schneider.

Danach erteilt Domen dem BKA-Mann eine Lehrstunde in Überheblichkeit. „Nehmen Sie Haltung an. Wissen Sie überhaupt, wen Sie vor sich haben?"

Schneider kontert schlagfertig und gehässig: „Den Präsidenten eines Pleiteclubs."

„Das ist eine bodenlose Frechheit. Haben Sie keine Manieren?"

Die Frage des Dressmanns klang nach Majestätsbeleidigung, doch eklig ist der nächste Einwand: „Damit eins von vornherein klar ist. Ohne meinen Anwalt läuft gar nichts."

Ist das überkandidelte Aufschneiden des Baulöwen berechtigt? Hilft ihm die anmaßend zur Schau getragene Borniertheit?

Der Verweis auf das Hinzuziehen des Anwalts ist eine weitverbreitete Unsitte der in den Penunzen Schwimmenden, aber entwickelt sich die Arroganz des Präsidenten zum Rohrkrepierer?

Das wird sich zeigen. Zumindest kommt die Selbstgefälligkeit des Präsidenten nicht von ungefähr, denn er hat die Kultfigur der Anwaltszunft in Lohn und Brot, den für die in normalen Dimensionen Lebenden unbezahlbaren Bossi-Verschnitt Michael Ludwig. Paukt der seine Bereicherungsquelle raus?

Doch bevor es dazu kommt, siegt die Gerechtigkeit, denn dem Baulöwen bleibt die Untersuchungshaft nicht erspart. Selbst die Koryphäe Ludwig erwirkt keine Haftverschonung für den introvertierten Baulöwen. Vorerst wandert er als Drahtzieher der Morde mit wehenden Fahnen hinter Schloss und Riegel. Ist mit den Verhaftungen Domens und des Muskelprotzes das leidige Kapitel Lebensgefahr für mich ausgestanden?

Normalerweise ja, dennoch spüre ich tief im Innersten ein unerklärliches Unbehagen. Hockt mein nach Tod riechendes Ende in den Startlöchern?

22

Die vier Monate nach der Verhaftungswelle sind wie im Flug verflogen. Jetzt befinden wir uns im Karnevalsmonat Februar, und ein Schneesturm treibt sein Unwesen über Aachen. Lisa Färber, Günther Bauer und der Architekt, wurden beigesetzt. Deren Kadaver verwesen unter einer Humusschicht.

Auch die Freundin hat man im engsten Familienkreis und mit meiner Anwesenheit beerdigt. Die nie in Vergessenheit Geratene ruht in Frieden auf dem Westfriedhof. Ich besuche sie in unregelmäßigen Zeitabständen, obwohl ich die Gräberwirtschaft nicht mag. Die übertriebene Brauchtumspflege ist nichts für mich. Davon profitieren hauptsächlich die Blumengeschäfte, die sich dusselig daran bereichern.

Anstiftung zum Mord lautet die Anklage, mit Domen auf der Sünderbank. Bei Verhandlungsbeginn wirkt der Staatsanwalt auffällig gleichgültig. Er hat die Schmiergeldzahlungen zum Hotelbauvorhaben auf dem Skandalgrundstück nicht als Bestechungsgeld bewertet, denn sämtliche Beweise hatte Domen durch den Schredder gejagt. Demnach stehen dem Staatsanwalt keine Belastungsbelege zur Verfügung. Überweisungen sind nicht bei den Empfängern aufgetaucht oder sie wurden vernichtet. Angeblich existieren keine Belege, die eine Bestechung belegen. Den ominösen Geldkoffer, in Aachen immer ein Thema, und in Krimis häufig verarbeitet, hat's auch nicht gegeben.

Wer's glaubt?

Dass das Schmiergeld seine Empfänger erreicht hat, dafür braucht man keine hellseherischen Fähigkeiten, so ist jedem Prozessinteressierten klar: Unter der Decke wird gemauschelt.

Die Anklageerhebung gegen Kowalski wegen Amtsmissbrauch und Mitwisserschaft, analog die gegen Bernd Klever, hat das Gericht von dem Verfahren gegen Domen abgetrennt. Lebewirt wurde vor Wochen verurteilt, woraufhin er das Immobilienbüro verkauft hat.

Gegen die Witwe läuft eine Klage mit dem Vorwurf der Bestechlichkeit. Und für die Unschuld der zwei Syrer, die vorher als vermeintliche Mörder viel Staub aufgewirbelt hatten, interessiert sich inzwischen keine Sau. Die ungerechtfertigte Hetzjagd auf Hamadi und Turan, leider von uns Polizisten eingeleitet, war der Presse keine noch so kleine Randnotiz wert.

Die Prozesslawine ist also angerichtet und die Vorzeichen stehen auf Sturm, passend zum fetzigen Gerichtsspektakel. Als glorreicher Triumphator, skrupellos den Zeige- und Mittelfinger zum *Victory*-Zeichen des Sieges in die Höhe gestreckt, betritt der Präsident der *Alemannia* den Verhandlungssaal. Doch bevor er sich setzt, winkt er lässig in das ihm wohlgesonnene Publikum.

Dezent gestylt trägt der Lackaffe einen mausgrauen Anzug, dazu ein pikfeines, weißes Hemd. Und um seine Seriosität hervorzuheben, setzt er auf eine strenge Frisur, die Haare glatt nach hinten gekämmt, dazu hat er sich eine edle, schwarze Krawatte umgebunden.

Die Fans des Präsidenten gebärden sich wie ein Hooligan auf den Tivolirängen, die ihren Solidarbeitrag zum Verhindern der Totalpleite leisten. Tja, die *Alemannen* sind nicht irgendwer. Der Clubname hat Tradition und verpflichtet zur Treue. Aber der Aderlass an teuren Profis, und eine Verjüngungskur, haben die Mannschaft auf die Abstiegsränge katapultiert.

Wegen des Klamauks der Radaubrüder verpuffen die Buhrufe seiner Feinde, denn die Gegner des Präsidenten sind in der Minderzahl. Ich bin als Zeugin der Anklage, dazu als Nebenklägerin präsent und werde mit obszönen Zwischenrufen überhäuft, wovon ich mich aber keinesfalls einschüchtern lasse.

In dem Prozessgewimmel sichte ich den Landtagsabgeordneten und den Haftrichter, die ebenfalls als Zeugen geladen sind, dann den Vertreter der Bürgerinitiative Stefan Wiese und die Presse mit Reuter und Anja Sondermann, selbstverständlich auch einige Kollegen mit Felix Freitag an der Spitze.

Der hat sich übrigens rar gemacht. Unsere Beziehung steht wie so oft auf der Kippe. Das Licht am Horizont ist erloschen. Anzuraten ist ein Radikalschnitt, und das wäre der Schlussstrich. Doch jedes Aus hat auch was grausames, denn noch immer gilt der Spruch: Alte Liebe rostet nicht.

Wie ich den Wankelmütigen einschätze und ich seine Ehe beurteile, besteht die aus der Liebe zu den Kindern. Aus der Perspektive bezieht meine Hoffnung ihre Nahrung. Mein Wunsch bleibt, dass der Tunichtgut in naher Zukunft schwanzwedelnd zu mir zurückkommt. Aber will ich ihn dann noch?

Während des Verhandlungsablaufes traue ich dem Staranwalt jede Schlitzohrigkeit zu. Besen mit harten Borsten kehren hervorragend. Und in der Tat macht Ludwig aus Domen ein Rennpferd internationaler Prägung. Ein Mann der Güte des Präsidenten hat es nicht nötig, kriminell zu werden, behauptet er in seiner ausgefeilten Gestik. Er schmiert den Richtern und Schöffen Honig um den Bart.

Für mich setzt der Verteidiger auf eine Schindmähre, anstatt eines Araberhengstes. Normal wäre es, wenn den Baulöwen wegen der Sintflut an Belastungszeugen die galoppierende Schwindsucht ereilen würde, das hoffe ich. Doch ist das gegeben bei dem hohen Ansehen des Präsidenten? Alles andere als eine harte Bestrafung wäre Betrug an der Rechtsprechung.

Während des Prozesses drücken die Teilnehmer des Kneipenspektakels dem Anklageverlauf den Stempel auf. Deren rücksichtslose Offenlage des Verachtungsprofils des Präsidenten verfehlt nicht seine Wirkung. Und ich, die verantwortliche Kommissarin, vollende den Feldzug der Vernichtung gegen den Unternehmer. Mir hatte der betrunkene Oberkommissar die Morde mit der dazugehörigen Indizienkette preisgegeben. Ich habe die Nebelschwaden um die Morde verscheucht, daher weiche ich nicht die kleinste Nuance von dem mir von Kowalski geschilderten Mordablauf ab.

Domen hat die Morde an Morgenrot, an Bauer und auch den an Claudia von seinem Wachmann gefordert. Quasi war's Mord auf Bestellung. Allerdings stehen meine Schuldzuweisung auf wackeligen Beinen, denn die den Angeklagten belasteten Äußerungen tätigte Kowalski im Suff, demnach ungewollt.

Nun gut, Besoffene sagen generell die Wahrheit, aber zählt die vor Gericht?

Domen stellt der geballten Belastungsstreitmacht den Staranwalt Bossi entgegen. Pardon, der Rechtsverdreher heißt natürlich Ludwig. Und der verbarrikadiert den Baulöwen, da das Rennpferd seine Wirkung verfehlt hatte, hinter einem bemitleidenswerten Unschuldslamm. Er verpackt den Reuigen in einen Wattebausch, ja, er setzt ihm sogar eine Art Heiligenschein auf.

Ludwig sülzt: „Der Leumund des Herrn Domen ist untadelig. Die auf Anstiftung zum Mord aufgebaute Anklage ist grob fahrlässig. Gar ein Unding ist der Vorwurf, mein Mandant habe Schmiergeld gezahlt."

„Ha, ha, der Präsident und untadelig", werfe ich verächtlich in den Gerichtssaal.

„Ruhe bitte", räuspert sich der Richter, doch ich kreische noch unausstehlicher: „Domen ist ein Teufel. Die Personifizierung des Schreckens."

Klong. Ich handele mir neben einem Verweis auch die Hasstiraden der Anhänger des Präsidenten ein.

Gewiss, mein Verhalten ist unvorbildlich und unprofessionell, zumindest ist das der entstandene Eindruck. Aber das ist verständlich bei den Schikanen, denen ich durch Domen ausgesetzt war.

Der zweite Verhandlungstag ist zum Speien.

Ludwig wäscht schmutzige Wäsche. Für Domen lügt er die Sterne vom Himmel, denn er lamentiert: „Mein Mandant ist hochgradig gottesfürchtig. Ihn zeichnet ein überdimensionales Maß an Offenherzigkeit aus. Gar Nächstenliebe war die Beschäftigung des Bodyguards. Trotz der Vorstrafen hat er ihm eine Chance eingeräumt. Für die gespaltene Persönlichkeitsstruktur seines Leibwächters kann man meinen Mandanten nicht in die Verantwortung nehmen."

„Gottesfürchtig?"

„Ich höre wohl nicht richtig", und beschwere mich. „Der Lackaffe hat einen Beratervertrag mit dem Teufel in der Tasche."

Ludwig ist mit dem Verhandlungsverlauf nicht einverstanden. Er wirft dem Richter vorwurfsvolle Blicke zu, doch der reagiert mit abweisendem Weggucken.

Aus Erfolglosigkeit wird der Anwalt drastisch: „Aber eins ist natürlich wahr", hebt er mit gehobenem Zeigefinger hervor. „Die Gräueltaten des Leibwächters sind verabscheuungswürdig. Grässlichere Verbrechen hat die Stadt Aachen selten erlebt. Aber den ehrenwerten Herrn Domen mit den Morden in Verbindung zu bringen, beruht auf bedauernswerten Missverständnissen. Kein Gericht darf meinem Mandanten einen Strick aus seiner Gutgläubigkeit drehen."

O ja, Ludwig hat die Magie der Verdummung gepachtet. Er ist ein Meister der Verschleierung. Der Rechtsverdreher wälzt, ohne rot zu werden, alle Belastungspunkte auf den wegen Körperverletzungsdelikten vorbestraften Leibwächter ab.

„Bernd Klever hat die Intelligenz eines Gladiators", haut Ludwig den Bodyguard vollends in die Pfanne. „Meinem Mandanten waren die Vorstrafen seines Wächters zwar bekannt, aber er setzte auf das Gute im Menschen. Hätte er nicht an ihn geglaubt, dann wäre es nicht zur Einstellung gekommen. Dass Bernd Klever die Herren Bauer und Morgenrot umbringt, und sogar die wehrlose Frau Hammers, das entzog sich seiner Wahrnehmung. Diese himmelschreienden Schweinereien konnte sein Mandant nicht registrieren."

„Sie lügen", raunt Schneider.

„Das ist die Wahrheit", schwafelt Ludwig, dabei seine Entrüstung demonstrierend. „Ja, ich behaupte sogar, der Oberkommissar ist dem Alkohol verfallen und eine zu enormen Übertreibungen neigende Plaudertasche geworden. Das belastende Gespräch zwischen dem Oberkommissar und Frau Sonntag fand schließlich in einer Kneipe statt, bei reichlichem Zuspruch an Bier und Doppelkorn."

Die Stimmung ist zweigeteilt. Mehrere Besucher sind aufgesprungen. Es kommt zu Unmutsbekundungen der Zuschauer.

„Ruhe auf den Besucherbänken", brüllt der Richter. Er drischt, um sich Gehör zu verschaffen, energisch mit dem Hammer auf die Tischplatte. „Sonst lasse ich den Saal räumen."

Danach rügt er den Verteidiger: „Na, na, Herr Ludwig. Beherrschen Sie sich. Die Belastungszeugen haben die Anklagepunkte nicht zufällig zusammengetragen."

Doch der Verteidiger hat sich in Rage geredet. Mit der Überzeugungskraft eines Seelenverkäufers hakt er nach: „Dann erklären Sie mir, Herr Richter, warum soll mein Mandant die Morde von seinem Bodyguard verlangt haben? Er ist Präsident der *Alemannen*, nicht irgendein bunter Hund. Er hat durch seine gesellschaftliche Stellung in der Öffentlichkeit so was wie Anstiftung zum Mord nicht nötig. Das ist indiskutabel."

„Daran ist nichts indiskutabel", plärre ich dazwischen. „Domen wurde von Bauer hintergangen, deshalb hat der Leibwächter im Auftrag des Präsidenten gehandelt."

„Nun ist aber Schluss", keucht Ludwig.

Er will rebellieren, doch ich brülle wie von der Tarantel gestochen: „Klever hat Herrn Bauer, den Architekten Morgenrot und meine Freundin auf Geheiß des Präsi-denten umgebracht. Daran ist nicht zu rütteln."

„Noch ein Zwischenruf und Sie finden sich auf dem Flur wieder", droht der Richter.

Die Sitzung ist aus den Fugen geraten. Trotz allem, dieser Ludwig verdient Anerkennung, denke ich. Er ist eine in Stein gemeißelte Intelligenzbestie. Und diese imposante Überzeugungsgabe bestätigt er mit einem weiteren Auftritt, der soll Domen endgültig entlasten.

„Herr Richter", beginnt er mit einer die Anwesenden einwickelnden Anrede. „Ich weise noch einmal auf die Tatsache hin, dass sich die Beweisführung auf irrelevantes Geschwafel in der Kneipe stützt. Das reicht nicht für eine Verurteilung."

„Das entscheidet das Gericht", murrt der Richter, worauf Ludwig unverschämt wird: „Vielleicht hat die knackige Hauptkommissarin dem besoffenen Oberkommissar falsche Beschuldigungen in den Mund gelegt? Haben Sie das bedacht? Kowalski war sturzbesoffen. In dem Zustand hat er gegenüber dem Vamp die Fassung verloren."

Schauspielreif deutet Ludwig mit dem ausgestreckten Zeigefinger auf mich, dann rundet er mit beiden Händen die geschwungenen Formen meiner Modellfigur nach, womit ihm Gejohle und überschwängliches Gelächter im Publikum sicher ist.

Doch was Ludwig danach vom Stapel lässt, das ist reif für eine Fernsehserie. Der Privatsender RTL würde sich nach dem die Finger lecken. Er greift zu seinem einstudierten Paradeauftritt, denn wie der Heilige Geist breitet er seine Arme aus und streckt sie mit geöffneten Handflächen zur Decke.

Und mit dem dazugehörigen Aufschrei beendet er sein Plädoyer: „Herr Domen ist unschuldig", verkündet er, wie ein Priester von der Kanzel. „Mein Mandant ist der Verratene und Hintergangene."

„Was ist der Lump?" Ich lache verächtlich. „Und was soll ich sein? Ein Vamp?"

Meine verspätete Meuterei wegen des Vamps ist etwas albern, aber sie entspricht meinem Frauenbewusstsein.

„Das mit dem Vamp nehmen Sie umgehend zurück. Und unterlassen Sie bitte diese frauenfeindlichen Vergleiche."

Aber wo bleibt die erhoffte Wirkung? Kein Raunen geht durch den Saal, ich ernte keine Beifallstürme. Mit dem Hinweis auf die frauenfeindlichen Bemerkungen kann ich im von Männern dominierten Gerichtssaal nicht punkten.

Und das tut eher unwiderstehliche Ludwig, indem er den Begriff Ehrlichkeit zum unerwünschten Fremdwort erklärt, denn seine Lügenbreitseiten sitzen. Mal stellt er Domen als aufopferungsvoll kämpfenden Wohltäter hin, dann als bemitleidenswertes Opfer. Doch die Krönung ist die lächerliche Äußerung, mit der er alles Vorherige auf den Kopf stellt: „Der Oberkommissar hat im Suff mit Frau Sonntag gespielt. Er hat sie dabei an der Nase herumgeführt."

Unglaublich. Der Oberkommissar soll mit mir gespielt haben. Woher nimmt der Anwalt die Dreistigkeit. In meinem Kopf dreht sich alles. Meine Gedanken gleichen der Fahrt auf einem Kettenkarussell auf einem billigen Rummelplatz.

Uns so kommt es, wie's zu erwarten war. Nach drei Verhandlungstagen resigniert die Anklage, für mich ein Witz. Das Aufbäumen des Staatsanwaltes bleibt aus. Und zur allgemeinen Verwunderung sehen Staranwalt Ludwig und der Vertreter der Anklage den Verhandlungsspielraum ausgeschöpft. War das schnelle Beenden der Verhandlung zwischen dem Richter und dem Anwalt abgesprochen? Wurde das Urteil feuchtfröhlich bei einem Wein ausgeknobelt? Hat die Machtfülle des Präsidenten dem Mann mit der Robe das Rückrat gebrochen?

Ein Gerangel zweier Rivalen am Abgrund war das Aufeinandertreffen der Anklage und der Verteidigung nicht. Sie war eine lauwarme Suppe, der es an Gewürzen fehlte. Bei der Außenwirkung hatte der Fall mehr Engagement verdient.

Simsalabim. Das Urteil steht an. Nach dem einseitigen Verhandlungsverlauf kann ich von einer saftigen Strafe für den Baulöwen nur träumen. Ich schaue mit unsicherem Blick in die Augen meiner Mitstreiter. Sehe ich

Zweifel darin. Der arrogante Domen wird doch nicht mit einem Freispruch davonkommen?

Über Aachen braut sich ein Gewitter zusammen. Es führt Hagelstürme mit sich. Man würde keinen Hund vor die Tür jagen und die Katzen haben sich vor den Hagelkörnern aus dem Garten in die warmen Wohnungen in Sicherheit gebracht.

Aber unbeeindruckt vom Sauwetter kennt der Staranwalt die Zusammenstellung des Zaubertranks, denn das Urteil wird zur Farce. Man fühlt sich in den zweiten Weltkrieg zurückversetzt, denn durch das Einknicken des Richters prasselt die Urteilsverkündung wie ein Bombenteppich auf den Gerechtigkeitssinn nieder.

Präsident Domen wird aus Mangel an Beweisen freigesprochen. Ich fühle mich mit dem Klammerbeutel gepudert. Bis auf den großen Haufen unverbesserlicher Anhänger des Präsidenten, verschafft die Zuschauergemeinde ihrem Unmut mit Verbalakrobatik Luft.

23

Über den schlecht beratenen Bodyguard fällt die Justiz Wochen nach dem Freispruch seines Arbeitgebers her. Wie die Vertreter der Gerichtsbarkeit, so befinde auch ich mich im Dauerstress. Aber das Sensationelle am Verhandlungsablauf gegen den Leibwächter ist der selbst, denn Bernd Klever verhält sich gegenüber seinem Gönner loyal. Warum tut er das?

Domen hatte alle Schuldzuweisungen auf den sich zugeknöpft gebenden Mordangeklagten abgewälzt, doch Bernd Klever schweigt, als habe man ihm den Mund zugeklebt. Gibt ihm das Verhalten seines Chefs nicht zu denken? Bekommt Klever keine Zeitung in die Zelle? Ahnt der Sturkopf nicht, dass ihm lebenslänglich blüht?

Der Leibwächter muss gutgläubig sein, oder er ist saublöde. Er hat nicht kapiert, dass sich sein Boss längst von ihm abgewandt hat. Ohne das es Klever ahnt, hat Domen den Leibwächter in die Rolle des Alleingängers bei den Mordausübungen manövriert. Vor Gericht sind sie erbitterte Rivalen, dermaßen brutal hat sich Domen gegenüber seinen Leibwächter verhalten. Der Baulöwe hat durch seinen Anwalt mit erlaubten und unerlaubten Mitteln für seinen eigenen Vorteil gekämpft. Er hat nur seine Haut gerettet. Weshalb kapiert das Bernd Klever nicht?

Ich vermute: Klever fällt auf den von Domen versprochenen sorgenfreien Lebensabend herein. Klärt ihn niemand auf? Was hat der geistige Tiefflieger bei einer lebenslangen Haftstrafe davon?

Auch den wegen dreifachen Mordes Angeklagten verteidigt Starverteidiger Ludwig. Macht das den Bodyguard nicht stutzig? Vertritt der Anwalt des Präsidenten tatsächlich seine Interessen? Ist der Schachzug genial, oder Dummheit, sich auf Ludwig einzulassen?

Ludwig verschanzt den Hünen hinter einem psychiatrischen Gutachten, das ein mit ihm befreundeter Seelenklempner ausgearbeitet hat. Darin attestiert der Psychiater dem Angeklagten eine psychische Erkrankung. Bernd Klever sei stark depressiv und er höre Stimmen, die ihm Befehle erteilen. Ihn als Neurotiker plagen Wahnvorstellungen, er ist also ein Psychopath.

Na klar. Die Taktik des Verteidigers ist auf verminderte Schuldfähigkeit ausgelegt.

„Günther Bauer war Ihnen ein Fremder. Warum haben Sie ihn so fürchterlich entstellt?", fragt der Richter den Angeklagten, doch der schweigt. Er bleibt das stumpfsinnig vor sich hinstarrende Raubein, das keinerlei Gemütsregungen zeigt. Sein Mund bleibt verschlossen wie ein zugenagelter Sarg.

Es ist zum Mäusemelken, denn das Schweigen wiederholt sich bei der Frage, weshalb er nicht mich, also die Kommissarin, sondern Frau Hammers ausgelöscht habe. Ist die reduzierte Körpersprache Klevers einstudiert? Ist sein Schweigen instrumentalisiert?

Staranwalt Ludwig behauptet: „Die Verweigerungshaltung des Angeklagten ist das typische Krankheitsbild bei einer ausgeprägten Neurose, wohinter sich mannigfaltige Nebenerkrankungen verbergen, so ist mein Mandant ist eine psychopathische Person."

Danach betont er theatralisch: „Er leidet an Schizophrenie, das ist eine unreparierbare Wahrnehmungsschwäche. Dazu hat sich Verfolgungswahn gesellt. Als Folgeerscheinung tritt der Verlust des Erinnerungsvermögens in Kraft."

„Ach du lieber Herr Gesangsverein. Das ist eine Mogelpackung", höre ich aus dem Publikum. Und noch weitere Zwischenrufe folgen aus den Zuscherreihen: „Den gesammelten Krampf kann kein einziger Dummkopf auf sich vereinen."

Auch ich finde, es ist ein bisschen viel an hochgestochenem Psychokram. Der Mord an Bauer könnte als Todschlag eines Schizophrenen durchgehen, aber um Morgenrot zu erschießen, benötigt man kriminelle Energie, und Claudias Tod ist ein besonders kritischer Sonderfall. Kommen Schusswaffen ins Spiel, scheidet Todschlag aus. Das ist ein ungeschriebenes Gesetz und wird von Fachleuten nicht widersprochen. Für mich betreibt Staranwalt Ludwig Haarspalterei.

Und nun zum mitschreiben: Das Umbringen Morgenrots war eiskaltes Kalkül und das Bernd Klever mit den Frauen auf Kriegsfuß steht, daran leiden viele Männer. Aber es darf die Bestrafung für Claudias Tod nicht mindern. Kein Wort der Reue ist Bernd Klever während der Verhandlung über die Lippen gekommen. Dass der Leibwächter in Claudia eine frühere Freundin wiedererkannt haben will, die ihn sexuell erniedrigt hatte, hat ihm sein Staranwalt folgerichtig eingetrichtert.

Für mich ist alles erstunken und erlogen, denn bei seinem Hass auf Frauen hätte er mich nicht verschont, eher wäre das Gegenteil eingetreten. Aber laut Aussage des trickreichen Verteidigers trat bei Klever die Wahrnehmungsschwäche in Aktion.

Tja, alle Versuche, den Bodyguard zum Reden zu brin-gen, sind aussichtslos. Der Mann bleibt ein nicht zu knackendes Rätsel. Er schweigt stupide zur Ursache seiner unverständlichen Taten. Und so wie ich den Dummkopf einschätze, nimmt er die Antworten mit ins Grab, was keinem der Ermordeten hilft.

Nach zwei Verhandlungstagen liegt die Frage nach der Persönlichkeitsstruktur Bernd Klevers wie eine Glocke aus Dunst über den Besuchern im Saal. Ist Bernd Klever ein berechnender Mörder oder ein psychisch Kranker? Für welche Einschätzung entscheidet sich das hohe Gericht? Fällt es erneut auf die Bauernschläue Ludwigs herein?

Obwohl es für mich keine zwei Meinungen geben darf, bin ich angespannt. Nach dem Freispruch des Baulöwen ist mein Glaube an die Gerechtigkeit angeknackst. Ich bin angesäuert und stehe damit nicht allein. Sogar der

Haftrichter Scheuer schüttelt anhaltend den Kopf und hat Sorgenfalten im Gesicht.

Doch ohne langen Heckmeck kommt es zur Urteilsverkündung. Und wie es zu erwarten war, ist das Urteil den Wünschen des Verteidigers angepasst. Den Bodyguard trifft die verminderte Härte des Gerichts, denn er wird zur Feststellung der Schuldfähigkeit in die Psychiatrie eingewiesen.

Kann das wahr sein? Ja, wo leben wir denn. Ich dachte immer, unser Land ist ein Rechtsstaat? Im Moment könnte man an mafiaähnliche Verstrickungen denken. Sind geheime Absprachen in deutschen Gerichtssälen möglich? Oder gehören sie zum Tagesgeschäft?

Rums, das war's.

Soll ich jubeln oder weinen?

Ich zeige keinerlei Reaktionen. Mein Vorrat an Tränen ist aufgebraucht. Zu lange lähmt mich das Wirrwarr um die Ermordeten, besonders um meine Freundin.

Aber einen Lichtblick enthält die Begründung, denn in einer Fußnote heißt es: Sollte dem Bodyguard keine krankhafte Neigung nachgewiesen werden, dann tritt folgendes Urteil in Kraft: Das Gericht verurteilt Bernd Klever wegen dreifachen Mordes zu einer lebenslangen Gefängnisstrafe.

Was ist das nun wieder? Ein gerechtes Urteil?

Ich stecke im Zwiespalt. Wer beurteilt den Zustand Klevers und ist auf dessen Beurteilung Verlass? Und die Sicherungsverwahrung sollte selbstverständlich sein und keine Beigabe. Sie müsste automatisch für Bernd Klever erfolgen.

Aber das läßt sich nicht mehr ändern. Das Urteil ist rechtskräftig. Die verpaßte Forderung nach der Sicherungsverwahrung hat der Staatsanwalt zu verantworten. Dessen Durchsetzung wäre sein Part gewesen.

Realistisch eingeschätzt sitzt Klever einige Jährchen in der Klapse ab und verlässt die als geheilter Mann. Psychiater sind bei der Masse an Psychopaten überfordert. Bald wird der Unhold wieder unbehelligt unter uns weilen. Dann ist zu befürchten, dass er erneut seiner Lieblingsbeschäftigung nachgeht, dem rücksichtslosen Plattmachen Unschuldiger.

Mich schaudert es bei der Vorstellung, denn der Verrohte hat leider nur eins erlernt, das Prahlen mit seinen Muskelpaketen. Für Normalempfindende ist die lebenslange Haft mit Sicherungsverwahrung angebracht.

*

Bleibt demnach der Revolverheld Kowalski übrig.

Gedanklich beschäftige ich mich mit dem versoffenen Meerschweinchen, schon überfällt mich Unbehagen. Wegen seiner Widerwärtigkeit ringe ich innerlich mit meiner Selbstbeherrschung, denn die hängt am seidenen Faden.

Der Oberkommissar hat sich von seinem Steckschuss in der Bauchgegend schnell erholt. Er ist sozusagen genesen und hat mächtig Pfunde abgespeckt. Als er den Gerichtssaal betritt fällt auf: Sein Bierbauch ist bis zur Unkenntlichkeit geschrumpft. Aber halt. Was hat der Oberkommissar an? Was ist das für eine noble Aufmachung? Eitel in Bekleidungsfragen war er immer, doch woher kenne ich den pikfeinen Zwirn?

Ja, klar, selbstverständlich. Kowalski hat nichts dem Zufall überlassen, denn den mausgrauen Anzug hat er sich vom Baulöwen geliehen.

Doch umgehend zur Strafakte. Das beantragte Strafmaß sieht für seine Vergehen ein Minimum von zwölf Jahren Gefängnis vor. Ist das angemessen?

Darüber kann man trefflich streiten, selbst durch eine neutrale Brille gesehen. Aber kommt es überhaupt zum Normalfall? Welche Entscheidung trifft der Richter mit seinen Schöffen? Muss Kowalski tatsächlich die geforderte Strafe absitzen?

O ha. Das Medieninteresse übertrifft den Presserummel beim Aachener Reiterfest, dem weltweit anerkannten CHIO bei weitem. Immerhin sitzt auf der Anklagebank mit Kowalski der angehende Polizeipräsident. Das allerdings nur, sollte er freigesprochen werden..

Für die Vertreter der Medien ist das Spektakel wie ein Sechser im Lotto. Deren Berichterstattung zeigt Kowalski als pummeliges Baby auf dem Bärenfell, dann mit Plastikente in der Badewanne, als Kommunionskind und als mittelmäßigen Schüler der Realschule. Es ist unglaublich, was beispielsweise Anja Sondermann über den Bomber in die Öffentlichkeit zerrt und sich aus dem Ärmel schüttelt. Zu guter Letzt zeigt sie Kowalski als gefühllosen Mann der Sitte, der die Nutten das Fürchten lehrte.

Bisweilen sind mehrere Zeitungsseiten prallgefüllt mit detailgetreuen Verhandlungsabläufen. Eine Seite des Lokalteils wurde kurzerhand zur Gerichtsgazette umfunktioniert. Mich feiert der Schmierfink Reuter, der mir vorher übel mitgespielt hatte, im Bildzeitungsjargon als unermüdliche Kämpferin für das Gesetz und die Gerechtigkeit. Der unsensible Schreiberling übertreibt und geht schließlich sogar soweit, dass er das Bundesverdienstkreuz für mich fordern will. Dermaßen schnell wendet sich das Blatt.

Ich ignoriere die Presse und denke nur an eins: Hoffentlich bekommt Kowalski die Höchststrafe von zwölf Jahre aufgebrummt. Oder endet das Spektakel wie das mit Kanonenkugeln auf Spatzen schießen?

Und abermals hat sich Staranwalt Ludwig eine teuflische, aber perfekte Strategie zurecht gebastelt, denn er sinniert: „Herr Kowalski ist ein Polizist aus Fleisch und Blut, zwangsläufig auch einer mit Fehlern und Schwächen. Leider ist er dem Alkohol verfallen und der trieb ihn zu haarsträubenden Fehlleistungen."

Selbstverständlich benutzt der Verteidiger als Entlastungskriterien die alkoholbedingten Konzentrationsprobleme des Oberkommissars. „Das bringt seine Verantwortung durch den Stressjob so mit sich", behauptet er und spielt sich als Spezialist für vernünftige Lebensführung auf. „Der Oberkommissar hat als Vorgesetzter des Morddezernats immerhin versucht, dem Bauunternehmer, mit dem ihn eine tiefe Freundschaft verbindet, auf den Pelz zu rücken."

„Das ist Heuchelei", brülle ich unbeherrscht ins Plenum.

„Psst, Frau Sonntag", räuspert sich der Richter, dann hält er sich den Zeigefinger auf den Mund.

Ich aber gedenke nicht mich zurückzuhalten. „Kowalski hat gemauert", beteuere ich ergänzend. „Er hat keins meiner zu Tage geförderten Tatmotive verfolgt, sondern sie dem armen Selbstmörder Gottwald den Mord angehängt."

„Schweigen Sie endlich."

Abermals hat sich der Richter über mich beschwert, doch ich wehre mich gegen die Zurechtweisung, ja ich explodiere sogar: „O nein. Des Oberkommissars Fehlverhalten muss in die Öffentlichkeit. Er hat absichtlich den Kopf in den Sand gesteckt."

War das in Ordnung? Ich bin mir nicht sicher, denn meinen Aussetzer belächelt der Staranwalt, als er mit rührigem Augenaufschlag sagt: „Die Unbeherrschtheit der Hauptkommissarin ist verständlich. Sie hat viel Leid ertragen müssen."

Herr im Himmel, ist der Mann clever. Ich staune Bauklötze. Macht Ludwig so weiter, sieht es hervorragend für den Oberkommissar aus. Und um dessen Ranking deutlich zu verbessern, bittet der Anwalt das Gericht, dem Angeklagten eine Erklärung in eigener Sache zu genehmigen.

Grummeln im Gerichtssaal.

Der Richter überlegt. Ist der Redebeitrag Kowalskis zum jetzigen Zeitpunkt erlaubt?

Es scheint so, denn trotz Bedenken lässt der Richter die Einlassung des Oberkommissars zu. Und so kommt es, dass Kowalski mit der weinerlichen Vergewaltigung seiner Stimmbänder beteuert: „Ich bedauere, dass viele Unschuldige aus dem Leben scheiden mussten. Mein Leben würde ich geben, könnte ich das den Angehörigen widerfahrene Unrecht mindern", und derlei Wischiwaschi mehr.

Ziel seiner Strategie ist ein geringes Strafmaß. Und um das zu befeuern, versucht es Kowalski mit unglaubwürdiger Einsicht: „Es gibt einiges, was ich als Widergutmachung tun kann, daher befürworte ich eine Entziehungskur."

Kowalski schwört Stein und Bein, er wolle den Alkoholentzug antreten, weshalb der Richter aufhorcht. Und um das Gericht nun entgültig einzulullen, ergänzt der Oberkommissar im Stil eines Seelsorgers: „Das ist selbstverständlich nur bei einer Bewährungsstrafe möglich."

„Ehrlich, Kowalski. Schäme dich", knurre ich mit der gebremsten Urgewalt eines Hurrikans. „Du glaubst ja selbst nicht an deine Arie der Verwässerung."

Ich fühle mich wie in einer Seifenoper, deren Darsteller in Zeitlupe dahinschweben. Doch aus der reißt mich der weichgespülte Oberkommissar, indem er eine Multishow abzieht. Etwas ähnliches habe ich bei

Gerichts-einsätzen noch nie erlebt. Daher bin ich total perplex, als mich Kowalski um Verzeihung bittet: „Frau Sonntag, ich kann's nicht erwarten, aber ich erhoffe es inständig, dass Sie meine Entschuldigung annehmen."

Er lächelt milde. „Ich bitte Sie vielmals. Aber geht es nicht, kann ich Sie verstehen."

Wo hat Kowalski er diese Rührseeligkeit gelernt? Hat er einen Fernkurs in derartigen Schauspielkünsten belegt? Ich erkenne ihn nicht wieder, denn bei der Ausübung seines Chefpostens hat er seine Untergebenen rigo-ros unterdrückt.

Jedenfalls ist der Mann in der Robe verblüfft. Man merkt ihm an, dass er Probleme mit der entwaffnenden Mimik des Angeklagten hat. Er tut sich schwer, der zu widerstehen. Und dieser Eindruck hat sich verfestigt, als sich das hohe Gericht zur Beratung zurückzieht.

*

Die Spannung erreicht den Siedepunkt, so gleicht der Gerichtssaal am Tag der Urteilsverkündung einem hibbeligen Ameisenhaufen. Als das Gericht den Verhandlungsraum betritt, verstummt das Geraune. Die Besucher erheben sich von den Bänken. Ermüdend lange haben die Beratungen gedauert, das könnte auf Uneinigkeiten zwischen dem Richter und den Schöffen hindeuten.

Die Mitglieder des hohen Gerichts setzen sich. Im Ver-handlungssaal ist es mucksmäuschenstill, man würde eine Stecknadel zu Boden fallen hören. Dann steht der Vorsitzende wieder auf und richtet seine Garderobe, dabei beobachtet er das Publikum.

Er setzt sich wieder und hustet in seine Hände. Mein Gott ist der Mann nervös. Was bedeutet seine Unsicherheit. Hat sie Auswirkungen auf die Urteilsverkündung?

Ich seufze in mich hinein: „Endlich bekommt Kowalski seine gerechte Bestrafung."

Und dann das Urteil. Tja, ob Sie's jetzt glauben oder nicht. Es gehört zu einer der größten Überraschungen seit der Wahl Angela Merkels zur Bundeskanzlerin.

Als ob ich's geahnt hatte. Auch die Verurteilung des Oberkommissars riecht nach einem abgekarteten Spiel. Der Richter gesteht dem Oberbullen grobe Fahrlässigkeit und eine verminderte Wahrnehmung zu, allerdings bescheinigt er ihm keinerlei Böswilligkeit.

Oh je, was für eine Kacke. Das Universum steht Kopf. Kowalski ist auf freiem Fuß. Es ist zum an die Decke gehen. Den mehr oder weniger beteiligten Prozessteilnehmern ist die Sprachlosigkeit ins Gesicht gezeichnet. Der Scharlatan bekommt seine zweijährige Freiheitsstrafe aufgebrummt, und die selbstverständlich zur Bewährung.

Nennen wir das Kind beim Namen, dann ist der ergaunerte Richterspruch eine Superschweinerei hoch drei. Allerdings wird der Bomber aus dem Polizeidienst ausgeschlossen. Ade, du schmieriger Oberkommissar. Die Ernennung zum Polizeipräsident hat sich damit erledigt, aber für mich war sie längst ein Relikt der Vergangenheit.

Und was wird Kowalski fortan tun?

Der Umweltorganisation Greenpeace wird er sich mit Sicherheit nicht anschließen. Ha, ha, den schlechten Witz erlaube ich mir, trotz des Freispruchs für den Ex-Oberkommissar. Der könnte einen auf Privatschnüffler machen? Sich vielleicht einer Überwachungsfirma anschließen? Oder er verdingt sich bei den schwarzen Sherifs und macht bei denen Karriere. Kruzifix, das ist mir so was von egal.

Beim Verlassen des Gerichtsgebäudes steht Kowalski plötzlich vor mir. Mit einem Gesichtsausdruck, der mir das Blut in den Adern gefrieren lässt. „Du Luder hast mein Leben ruiniert", zischt er, für die Umgebung nicht vernehmbar. „Lass dir eine neue Identität verpassen und geh weg, Sara, ganz weit weg."

Kann das wahr sein?

Ich denke, mich tritt ein Pferd und fauche zurück: „Du drohst mir?"

„Geh irgendwohin, wo ich dich nicht finde", grummelt Kowalski. Er macht Bewegungen die zeigen, wenn man jemandem die Kehle durchschneidet. „Tust du's nicht, kommst du nicht ungeschoren davon."

Herrgott noch mal. Das war eine ernstgemeinte Morddrohung. Zweimal hatte ich Dusel. Da bin ich dem Tod um Haaresbreite von der Schippe gesprungen. Und was ist jetzt? Geht's weiter um Leben und Tod?

Kowalski hat mir Rache geschworen. Er macht sein Scheitern mich ganz allein verantwortlich. Massakrieren wird er mich, eine Art Ehrenkodex bei einem Mann seines Kalibers. Die Einsichtigkeit, die er dem Gericht vorgegaukelt hatte, war natürlich gestelzt. Die Mitmenschen anzulügen, das steckt tief in ihm drin. Sein dominierender Umgang mit der Verlogenheit hat ihn zum Oberkommissar gemacht.

Nur Felix hat die Drohgebärden Kowalskis mitbekommen. „Oje, meine geliebte Sara. Gott bewahre dich vor der Boshaftigkeit des Schakals", seufzt er, als er mich in einem Anfall an Wärme vor meiner Haustür absetzt. „Mit Kowalski im Nacken findest du keinen Frieden."

Doch wegen der Niederträchtigkeit des Ex-Bullen verfalle ich nicht in Schwermut. Angenommen, er meint es so, wie er es gesagt hat, dann zählt für mich der wegweisende Spruch: Totgesagte leben länger. Aber spiegelt sich in der Weißheit meine Zukunft wider?

Ich habe mir ein erfolgreiches und langes Leben durch meinen Rang als Spitzenpolizistin verdient. Wie ich's von mir erwarte, hatte ich bei allen Tötungsdelikten auf die richtigen Motive gesetzt. Wer will mich da aus den Angeln heben? Wohl kaum ein gescheiterter Oberkommissar.

Nun gut, vor Gericht nicht alles wunschgemäß abgelaufen, habe ich trotz allem eine Menge Selbstbewusstsein getankt, daher stelle ich die Unkenrufe meines Kollegen ins Tiefkühlfach.

Eher ist es so, dass sich mein Privatleben in glänzende Bahnen entwickelt, als hätte man mir eine Wunderdroge verabreicht. Ich schwebe wieder auf einer Schäfchenwolke der grenzenlosen Zuneigung, denn ich bin bis über beide Ohren verliebt. Und in wen?

24

Nach dem überstandenen Gerichtsmarathon bestimmt wieder der Polizeialltag meine Lebensphilosophie. Der freigelassene Kowalski ist abgetaucht. Statt der Filzlaus wurde Karl Weidemann ins Amt des Polizeipräsidenten gehievt. Und nun raten Sie mal, wer die Leitung des Kriminalamtes und damit der Mordkommission übernommen hat?

Kommen Sie drauf?

Natürlich mein liebgewonnener Kollege Schneider, der überaus geschätzte LKA-Mann. Überraschend für uns hatte Schneider seinen Hut bei der Stellenausschreibung in den Ring geworfen und sich um die Leiterfunktion beworben. Daraufhin wurde er von Fürsprechern mit Kusshand in die für ihn neue Funktion eingeführt.

Felix ist traurig. Er fühlt sich übergangen, und auch ich hatte mir klitzekleine Hoffnungen auf den lukrativen Posten gemacht. Aber was ist schon Geld, wenn man glücklich ist? Hinterher sehe ich meine Abfuhr realistisch. Für den Posten bin ich viel zu jung.

Um Felix wieder für mich zu gewinnen, hatte ich über einen stoppeligen Acker zu laufen, das natürlich sinnbildlich. Er hat einiges an Überwindung gekostet, aber nach langen Querelen haben wir unseren Zwist beendet. Wir lassen seit der Beendigung des Verhandlungsmarathons so richtig die Puppen tanzen. Ja, ja, manchmal spielt das Leben verrückt. Ein Hurra auf meine Hartnäckigkeit.

Für den Abend bin ich mit Felix im Restaurant Labyrinth verabredet. Das Szenelokal existiert seit Ewigkeiten im Pontviertel. Aber es ist nicht die Küche, die uns zu diesem Besuch bewegt. O nein. Wir wollen uns in kuscheliger Atmosphäre auf einen Abend mit viel Zärtlichkeit und Sex einstimmen. Zu lange lag mein Liebesleben brach.

Wir treffen uns vor dem Lokal, woraufhin Felix mich sofort in die Arme schließt. Er schwärmt während der Umarmung: „Du bist so schön wie eine aufblühende Rose."

„Pass auf, du Schmeichler. Eine Rose hat Dornen", gaukle ich ihm Lockerheit vor.

„Was, du willst mich stechen?"

Felix reagiert noch lauwarm, doch dann sprüht er Funken: „Essen wir schnell eine Kleinigkeit und dann ab ins Körbchen."

„Wie charmant du sein kannst", ziehe ich seine Aufforderung ins lächerliche. In Wirklichkeit bin ich bis in die Zehenspitzen bereit für die Bettorgie und motiviert, sodass ich spotte: „Aber iss nicht zu viel. Ich brauche im Bett einen nach Liebe hungernden Mann."

Felix staunt, dann wischt er meine Bedenken weg. „Ist doch egal, was und wie viel ich esse. Bisher habe ich dich nie enttäuscht."

Wir betreten das Lokal und suchen uns einen Tisch in einer romantischen Nische. „Hier sind wir ungestört", vermerkt Felix den Platz als angenehm. „Bis zum Essen will ich dir ganz nahe sein. Der Geruch deiner Haut hat mir wahnsinnig gefehlt."

„Du hast mir auch gefehlt, du Windhund", reagiere ich überdreht, dabei schniefe ich vor Rührung durch die Na-senlöcher.

„Du wirst doch keinen Schnupfen kriegen?"

Die Frage meines Partners klang besorgt, weshalb ich entwarnend antworte: „Mal abwarten. Vielleicht habe ich mich im Gerichtssaal angesteckt?"

Mit herzhaftem Lachen geht es weiter, minutenlang. Die Anspannung und der Stress der vergangenen Monate sind von uns abgefallen. Wir frönen dem Motto: Die Liebe ist das charismatischste Glück, das einem Menschen im Leben zustößt. Treffender kann man Gefühle nicht umschreiben, finde ich. Die vielen Wechselbäder im Umgang miteinander soll sonst wer bewerten.

Eine Kellnerin mit prallem Hintern serviert den vegetarischen Teller zusammen mit den Suvlakia-Spießen, dabei macht sich Skepsis in mir breit, als ich den über-vollen Teller meines Partners betrachte. Ich denke an den saublöden Spruch und spreche ihn sogar aus: „Bei dir geht die Liebe anscheinend durch den Magen."

Ich lache lauthals.

„Hoffentlich liegen dir die Spieße hinterher nicht quer, oder zu schwer im Magen?"

Felix lehnt sich zurück und faltet die Hände vor dem Bauch. „Hör auf mit dem Mist", stöhnt er. „Du ver-dirbst mir den Appetit."

Danach essen wir, ohne dass uns das schlechte Gewis-sen quält.

Zwar hat die Mordserie negative Auswirkungen hin-terlassen, doch deren Dramaturgie hat unseren Um-gangsformen nicht geschadet. Auch die Angst vor dem Scheusal Kowalski wurde bedeutungslos und eine große Portion Lebensfreude ist uns, Gott sei's gedankt, nicht abhanden gekommen. Unsere Grundeinstellung ist intakt, aber man soll nichts beschreien, denn wenn's dem Menschen zu wohl wird, dann begibt er sich aufs Eis. Diese altkluge Weißheit gilt auch in griechischen Ess-tempeln, so auch die, dass man die Lage der Flüsse und Berge nicht verändern kann, ebenso wenig das Innen-leben eines Menschen.

Tja, wenn man vom Teufel spricht, dann ist er nicht weit. Urplötzlich, wie an unseren Tisch gebeamt, steht unser Ex-Vorgesetzter da und zerstört unsere Ausge-lassenheit. Wir hatten sein Erscheinen wegen unseres Gelächters über unsere Albernheiten nicht bemerkt.

„Jetzt bist du dran, Sara"; knurrt der eine Eissäule de-monstrierende. „Heute schließt sich der Kreis."

Mir graust. In mir ziehen sich die Gedärme zusammen und ich bekomme eine Gänsehaut.

„Welcher Kreis?"

Trotz meiner Frage ist mir meine unbehagliche Situation bewusst, dennoch versuche ich Kowalski Lockerheit vorzugaukeln.

„Du sprichst in Rätseln", sage ich ungerührt, dabei gelingt mir mit den Augen das Kunststück, diese lockere Haltung zu unterstreichen.

„Du weißt, was ich mit Kreis meine", grunzt der Bomber. „Ich hatte dich gewarnt. Geh weit weg und verkrieche dich. Genau das habe ich zu dir gesagt."

„Du hast gesoffen. Mach keinen Scheiß. Ich bin nicht dein Kindermädchen und nicht für deine Probleme verantwortlich", stochere ich im Gemüt des hinzu getretenen Kowalski. Der macht auf mich einen angetrunkenen Eindruck.

„Immer noch die große Klappe", kotzt Kowalski mich an. „Früher habe ich deinen Mut bewundert, doch der nützt dir jetzt nichts mehr."

„Worauf willst du hinaus?"

Meine Frage hätte ich mir sparen können, denn für eine klärende Antwort ist Ex-Oberkommissar viel zu sehr gereizt.

„Maul halten", blökt er. „Die Scheiße mit der Degradierung hast du mir eingebrockt, aber jetzt habe ich das letzte Wort."

Kowalskis Mundpartie hat sich verändert. Wie bei den Menschen, denen nichts mehr am Leben liegt, bilden seine Lippen einen scharfkantigen Strich. Und ohne sein Mienenspiel unwesentlich zu verändern, richtet er seine Waffe auf mich.

Im Lokal knistert es.

Fluchtartig leeren sich die Tische um uns herum. Die Glühbirnen in den Lampen flackern unruhig und die mu-sikalische Untermalung ist verstummt. Die hat der Mann an der Theke ausgeschaltet.

Ich werfe Felix einen prüfenden Blick zu und erhebe mich langsam, woraufhin auch mein Partner von seinem Stuhl aufsteht. Er hat seine Pistole dabei, aber kann er sie gegen den durchgeknallten Ex-Vorturner der Kriminalpolizei auch einsetzen? Wenn's überhaupt dazu kommt?

Felix schiebt sich langsam am Bomber vorbei und positioniert sich seitlich von ihm, etwa fünf Meter von uns entfernt.

Daraufhin plärrt ihn Kowalski an: „Verschwinden Sie, Herr Freitag. Auf Sie Blödmann komme ich in einem späteren Leben zurück."

Mein Partner gleicht einer erstarrten Eisenstange, so hat er sich erschrocken, dann sagt er wegen der spürbaren Ernsthaftigkeit des Bombers: „Sie wollen doch nicht etwa?"

Stockschwere Not. Aus Ratlosigkeit quellen Felix die Augen aus den Höhlen. Er befürchtet genau das, wozu der Bomber fähig ist, und das wäre mein Erschießen und damit mein Tod.

„Was ich will, das können Sie nicht verhindern", lässt der Bomber eine Formulierung folgen, die messerscharf klingt. Er zielt mit dem Lauf seines Revolvers auf meinen Oberkörper, als suche er die todbringende Stelle für das Einschussloch.

„Hören Sie auf mit dem Mist", spuckt mein Partner verächtlich aus, worauf er seine Unerschrockenheit mit trockenem Unterton fortsetzt: „Erschießen Sie meine Partnerin, dann erwischt es Sie ebenfalls."

„Auch das hindert mich nicht daran", schnauzt Kowalski. Er schwankt leicht. „Und Sie, Freitag, können daran nichts ändern."

„Verdammt noch mal", mische ich mich ein. „Du bist besoffen. Denke darüber nach, ob sich dein Alkoholentzug doch einrichten lässt."

„Du lenkst ab, Sara", widerspricht der Bomber. „Da du stirbst, ist das die Lösung unseres Problems."

Der Bomber lässt keine Zweifel an seiner Tötungsabsicht zu. „Seit ich dich kenne, wollte ich dich unbedingt besitzen. Jetzt nehme ich dich mit in den Tod."

Aus Angst rasen apokalyptische Abläufe durch mein Gehirn, gegen die ich wehrlos bin. Wie ernst meint es mein Ex-Chef? Will er Genugtuung und sich an meiner Furcht laben? Hat er aus Rachegelüsten das Drohgebilde aufgebaut?

Vermutlich ist in Kowalski alles aus dem Ruder gelaufen. Er plant ein Exempel zu statuieren, weil ich ihm Ungerechtigkeit zugefügt hatte, jedenfalls unterstellt er mir das in seiner Engstirnigkeit. Der Mann ist an Niederlagen nicht gewöhnt, daher wird ihn nichts vom Irrweg abbringen.

Ich straffe mich.

„Sieh her", rede ich ihn geradeaus an, dann drehe ich mich langsam um meine Achse.

„Ich bin unbewaffnet", schnurre ich. „Schießt du auf eine wehrlose Frau?"

„Das ist mir scheißegal." Der Bomber ist nicht umzustimmen. „Vor Gericht hast du mich wie den letzten Dreck behandelt", kocht er an seiner Henkersmahlzeit. „Weshalb sollte ich dich Miststück verschonen?"

„Weil du dich in mich verliebt hast."

Ich kokettiere mit meinen Reizen, dabei reibe ich dem Oberkommissar mit meinem Luxuskörper eine Praline unter die Nase. Wirkt mein Edelgebäck? Erliegt er meiner Ausstrahlung?

„Ach, leck mich", murrt Kowalski.

Der Bomber lässt sich nicht auf mein Spiel ein. Meine Deeskalationsversuche waren umsonst, dadurch steigert sich die Spannung zu einem hochexplosiven Gasgemisch. Im Restaurant herrscht der Ausnahmezustand.

Es ist menschenleer. Wir drei, also Kowalski, Felix und ich, sind zur Abrechnung bereit. Nur ein auf eine Sensation hoffender Kellner beobachtet die verruchte Situation aus sicherer Distanz.

Die längst überfällige Entscheidung steht an. Der zu erwartende Schusswechsel liegt in der Luft. Felix hat die rechte Hand auf seine Waffe gelegt, dennoch starte ich einen erneuten Umstimmungsversuch, denn nur dem Mutigen gehört die Zukunft.

So jovial es eben geht, versuche ich den Bomber einzuwickeln: „Es reicht. Kowalski. Noch ist nichts passiert, also vergessen wir das grässliche Intermezzo, denn deine Drohgebärden sind nicht spaßig. Mach Schluss damit."

Doch jeder andere würde Spaß verstehen, nur der Bomber nicht. Sein Vorhaben ist klar definiert, was für mich heißt: Er nimmt mich mit ins Grab.

„Genug gequatscht", sagt er mit dem bestimmenden Tonfall eines Humphrey Bogart. „Wir treffen uns in der Hölle. Da gehören wir zwei nämlich hin."

Großer Gott, was für ein Ansinnen. Wir zwei gehören nirgendwo hin, und schon gar nicht zusammen in die Hölle. Aber es ist Kowalskis Wille und wahrscheinlich sind es seine letzten Worte.

Er verändert seine Haltung und steht jetzt breitbeinig vor mir. Seine Augen flattern. Der Arm mit der Knarre zittert, dabei hat er Felix aus den Augen verloren.

„Bitte, schieß nicht." Meine Stimme klingt vor Furcht verzerrt. „Das mit der Hölle hat Zeit."

Auch Felix brüllt: „Schluss mit dem Manöver, Herr Kowalski! Geben Sie mir ihren Revolver."

Mein Partner wirkt hochkonzentriert, als er seinen Polizeirevolver auf den Bomber richtet. Seine Gesichtszüge verraten allerhöchste Aufmerksamkeit.

Doch der Ex-Oberkommissar schreit, was sich anhört, wie ein Büffel bei der Brunft: „Lass deine Knarre fallen, Freitag, sonst schieße ich sofort."

Kowalskis Zeigefinger krümmt sich.

Es kracht.

Nur ein Schuss ist gefallen.

Und der hat Kowalski in den Kopf getroffen.

Wie bei einer Zeitlupeneinstellung sackt der Bomber in sich zusammen, dabei habe ich das Bild der grausam verbluteten Freundin vor Augen.

„Der Teufel soll dich holen. Das hast du Schwein verdient", seufze ich ohne den Hauch von Mitleid oder Reue. „Hättest du deine Ehre nicht im Suff ertränkt, würde Claudia noch leben."

Wie in einer Friedhofskapelle herrscht Stille. Meine Augen füllen sich mit Tränen. Und zu guter Letzt falle ich meinem Retter in die empfangsbereiten Arme.

Zeitfracht Medien GmbH
Ferdinand-Jühlke-Straße 7
99095 Erfurt, Deutschland
produktsicherheit@kolibri360.de